U0097260

中國語言文字研究輯刊

四 編

許 錟 輝 主編

第11冊

《毛詩》重言詞研究

陳 健 章 著

花木蘭文化出版社

國家圖書館出版品預行編目資料

《毛詩》重言詞研究／陳健章 著 -- 初版 -- 新北市：花木蘭文化出版社，2013〔民 102〕

目 4+246 面；21×29.7 公分

（中國語言文字研究輯刊 四編；第 11 冊）

ISBN：978-986-322-220-0（精裝）

1. 詩經 2. 研究考訂

802.08 102002766

中國語言文字研究輯刊

四 編 第十一冊 ISBN：978-986-322-220-0

《毛詩》重言詞研究

作 者 陳健章

主 編 許錟輝

總編輯 杜潔祥

出 版 花木蘭文化出版社

發行所 花木蘭文化出版社

發行人 高小娟

聯絡地址 235 新北市中和區中安街七二號十三樓

電話：02-2923-1455／傳真：02-2923-1452

網 址 http://www.huamulan.tw 信箱 sut81518@gmail.com

印 刷 普羅文化出版廣告事業

初 版 2013 年 3 月

定 價 四編 14 冊（精裝）新台幣 32,000 元

《毛詩》重言詞研究

陳健章　著

作者簡介

杜甫曾說過：「四十明朝過，飛騰暮景斜。」四十過後，一切均已盡在不言中了。昔年讀胡適的《四十自述》是高二那年，而閱讀龔鵬程老師的《四十自述》也已是大二的事了，而今我也到了所謂「不惑之年」，眞是見識到了歲月匆匆催人老。但總得爲這人生留點痕跡，方不負自己。

從高中時代就愛上了文學，常在國文課本中寫詩，或上完某課時便在文中評論一番，當年乳臭未乾自鳴得意，而今看來只是一股文學上莫名的衝動與癖好。若未曾走過那段塗鴨時期，也不會對文學有如此深愛之依戀情誼。當我深深愛上文學時，才知那是一生的愛戀，時時刻刻在你身旁打轉，須臾不離。上中央大學時，那裏的環境提供了我高中時夢想與幻想的情思。有做夢的優雅環境、有悠遊的自由空氣、有同爲文學努力的好友、和首屈一指的教授，大學四年滋養了我、更包容我的淘氣與自負，這些足夠一生回味品嚐了。

之後到東海讀研究所，遇到文字學老師朱歧祥先生和詩經老師呂珍玉師，更厚實了我在文字學和文學上的基礎，他們不斷鼓勵我、支持我、教導我、提攜我，使我於浩瀚文學領域上，能有一個港灣、一些心得。朱老師每於上課時，常說王國維的人生三大境界，也就是做學問的境界，耳旁每每響起老師之犀利口吻，如今我只能遠眺學問之美，而未能實際參與其中了，實爲汗顏。

在不惑之年，承蒙花木蘭文化出版社願意出版我之拙著——「碩士論文」，讓我不勝感激，然文中尙有許多不足之處，冀盼各方儒耆不吝指教。

陳健章　筆

民國 101 年 12 月 15 日

提　要

《詩經》這部古老的詩歌總集，集合了前人的智慧，可說是周王朝「制禮作樂」的文化產物，它流淌著周文化的精神血液，字裏行間中飄散著先民的喜、怒、哀、樂，是周人生活的反映；它是文學、語言學、社會學、文化學的瑰寶。先秦各國來往使節或禮宴場合常引用它，諸子思想中也常以《詩》證論，可見《詩經》在先秦時期的文化、思想、社交地位。孔子在《論語・季氏》告誡兒子：「不學詩，無以言。」在《論語・子路》教誨學生：「誦詩三百，授之以政，不達，使之四方，不能專對；雖多，亦悉以爲？」這樣重視詩教的言論再三出現在他對弟子的言談中；無疑的《詩經》是當時知識份子必須熟讀的經典，而且被奉爲立身行事的準則。

但是經過秦火後，《詩經》亦難逃毀損浩劫，漢代傳《詩》者四家——齊、魯、韓、毛，爾後齊、魯、韓三家相繼失傳，現存留者唯《毛詩》。三家詩則散佚在其他書籍中，所幸清代學者加以整理蒐集。傅斯年先生認爲《毛詩》的起源不明顯，他還說：「子夏、荀卿傳授，全是假話。」這造成今日研讀《詩經》一定的困難，更別說經過唐、宋、元、明、清、民國以來不同經學思想，學術背景不同，詮詩更加的多元化了。

面對研讀《詩經》的諸多問題，撰者以為最切要者莫過於讀懂它的語言，因而本文僅就現傳毛本《詩經》，探討其「重言」問題。根據撰者的統計《毛詩》中有一百九十二篇有重言，使用次數高達六百多次，去其重複共有重言詞三百五十六個。這些重言詞是《詩經》語言的特色，它們以不同的構詞形式表現，展現出諧美的狀聲、狀形文學語言藝術，一詞多義的語義特徵，靈活的出現在不同詩篇之中。因而想更精細的掌握詩義，對重言詞的正確理解是不能閃避的徑路，可惜目前學界尚無人全面探討與重言詞相關的各種問題；不僅對重言的定義和名稱尚有許多分歧的看法，而且對重言詞或狀聲、狀態詞的認定，各家也相當紛歧，對重言詞義的訓詁，更是含糊其詞，莫衷一是。有鑒於此，撰者不揣淺陋，刨根究柢全面處理重言詞這些一直未被說清楚的問題。

本文共分：緒論、重言定義及其與聯綿詞的關係、《毛詩》重言詞類型與修辭功能、擬聲擬態詞判定困難問題、《毛詩》重言詞構詞形式、《毛詩》重言異文、《毛詩》重言詞的訓詁問題、結語等八章，另附有《毛詩》重言表，期望能將重言詞的問題說清楚。在撰寫過程中，個人曾一一收集重言詞訓詁相關資料，計畫未來能完成一部《詩經》重言詞字典，有助於《詩經》重言詞之研究。

目次

第一章　緒　論……1
　第一節　研究動機……2
　第二節　《毛詩》重言篇章與前人對重言的研究……4
　　一、《毛詩》重言篇章……4
　　二、前人對重言的研究……6
　第三節　研究範圍與方法……10
第二章　重言定義及其與聯綿詞的關係……13
　第一節　重言定義……13
　第二節　重言與聯綿詞的關係……19
　　一、聯綿詞的由來……19
　　　（一）聯綿詞名稱……20
　　　（二）傳統與現代對聯綿詞的界定……20
　　二、聯綿詞範圍和《詩經》中聯綿詞的數目……23
　第三節　重言與聯綿詞的異同……25
　　一、相同處……27
　　二、相異處……29
第三章　《毛詩》重言詞類型與修辭功能……31
　第一節　重言類型……34
　　一、單舉其字與重言異義的「單純詞」……34
　　　（一）擬音詞……34
　　　（二）假借字……35
　　二、單舉其字與重言同義的「合成詞」……36

（一）單字與重言相同、相關或為其單字之引申義的重言 …… 36
（二）有本字的用字假借 …… 37
第二節　重言的修辭功能 …… 38
一、聲音和諧 …… 42
二、擬態肖物 …… 44
三、摹聲傳神 …… 53
第四章　擬聲擬態詞判定困難問題——歐秀慧《詩經擬聲詞研究》商榷 …… 55
一、歐文為狀聲詞撰者研判非狀聲詞者 …… 60
二、歐文為狀聲詞撰者認為不易研判者 …… 95
三、歐文與撰者歸類不同的狀聲詞 …… 107
四、歐文無列的狀聲詞 …… 109
第五章　《毛詩》重言詞構詞形式 …… 113
第一節　重言正例 …… 113
一、前疊式（AA××） …… 114
二、後疊式（××AA） …… 114
三、雙疊式（AABB） …… 114
第二節　重言型變 …… 117
一、「有」字式 …… 118
二、「其」字式 …… 120
三、「斯」字式 …… 123
四、「思」字式 …… 124
五、「彼」字式 …… 124
六、「若」字式 …… 126
七、「而」字式 …… 126
八、「矣」字式 …… 126
九、「兮」字式 …… 126
十、「止」字式 …… 127
十一、「伊」字式 …… 127
十二、「然」字式 …… 127
十三、「焉」字式 …… 127
十四、其他 …… 127
第六章　《毛詩》重言異文 …… 131
第一節　異文產生之因 …… 132

一、何謂「異文」……132
二、歷代異文的校勘……134
三、《毛詩》異文產生的原因……136
第二節　《毛詩》重言異文類型……139
一、加形符……140
二、形符不同，聲符相同……141
三、形符相同，聲符不同……143
四、形符、聲符均不同……144
五、形符、聲符相同，位置不同……147
六、《毛詩》非重言，異文爲重言……147
七、《毛詩》重言，異文非重言……148
八、象形字和形聲字……148
九、省形符……148
十、省部件……149
十一、增部件（或增字）……149
十二、通假字……149
十三、形體相似……149
十四、殘字……149
十五、變聲旁……149
十六、錯簡……150
十七、雙重言……150
第三節　《毛詩》異文的價值……151
第七章　《毛詩》重言詞的訓詁問題……153
第一節　《毛詩》重言訓詁困難的原因……154
一、通假字……154
二、方言詞……156
（一）單言詞……162
（二）重言詞……163
三、異文……164
第二節　《毛詩》重言訓詁舉隅……165
結　語……221
參考書目……223
【附錄】《毛詩》重言表……235

第一章　緒　論

《文心雕龍‧明詩》:「詩者，持也，持人情性。」〔註1〕而《詩大序》云:「在心爲志，發言爲詩」，依「維柯《新科學》的說法，人類最初的『說』，注定是詩性的歌詠。永不疲倦的歌唱棲身於其中的那詩意的大地、天空和人事，並且在歌中安放自己對宇宙人生那和諧而生動的理解，無疑是先民生命活動的重心所在。如此，則中華先民的歌詠無疑當爲中國寫作的源頭」。〔註2〕

然則，「歌詠」起於何時？從古代文獻記載中，我們只知道:「歌詠所興，宜自生民始」，〔註3〕唐代孔穎達也曾說:「詩理之先，同夫開闢」。歌詩的起源，在古代中國人看來，是與人類起源同步的。朱光潛也說:「嚴格的說，詩的起源當與人類的起源一樣久遠」。〔註4〕

既然詩歌的起源幾乎是與人類同步，那在詩歌中具有音樂性修辭功能的「重言詞」應該也是和人類同步。葉舒憲在《詩經的文化闡釋》第五章〈摹聲重言嬰兒語〉認爲「重言」的發生可能是從嬰兒的牙牙學語〔註5〕而來，他還認爲《詩經》中的「象聲詞」就是爲了模擬自然界的各種聲音現象。從摹聲到疊音，我們

〔註1〕劉勰著，周振甫注，《文心雕龍》（台北：里仁書局，民國90（2001）年9月28日初版四刷）頁83。

〔註2〕趙雨，《上古詩歌的文化視野》（北京：社會科學文獻出版社，2005年10月），頁12。

〔註3〕梁‧沈約，《宋書‧謝靈運傳》（北京：中華書局，1996年）。

〔註4〕朱光潛，《詩論》第一章〈詩的起源〉（北京出版社，2005年6月第一次印刷），頁2。

〔註5〕葉舒憲，《詩經的文化闡釋》（陝西人民出版社，2005年5月），頁367。

看到的正是潛伏在自然語言之初的「詩的功能。」這種疊字（重言）詩的功能直至現代口語中也常常被運用來加強語氣，也是一種常見的修辭技巧。從東亞的漢藏語系到南亞的達羅毗荼語、南島語、從非洲的尼羅——撒哈拉到美洲的印第安語，重疊式的語言均有廣泛的存在，這證明了重疊式語言是一種古老而又歷久不衰的語言。漢語中很早就有通過這種方式構成的詞，在現存的先秦文獻中就以《詩經》使用重疊式構詞最爲頻繁、最是突出，且對後世文學語言影響最大。

沈謙在《語言修辭藝術》中疊字舉了秦牧《草原語絲——訪問黑龍江漫記》中的一例：

> 有時驅車百里，見到的村落和市鎮也並不多，總是莽原、莽原，或是森林、森林、森林，到處是一片天蒼蒼、野茫茫，無邊無際，遼闊博大的景觀。

例中的「莽原、莽原」，「森林、森林、森林」雖是重疊，但並不是本論文所要討論的「重言」而「蒼蒼」、「茫茫」之形才是本文要討論的類型。因此，〈豳風・鴟鴞〉「鴟鴞」、「鴟鴞」等也非討論範圍。本文所討論的重言，如〈豳風・鴟鴞〉：「予羽譙譙，予尾翛翛，予室翹翹，風雨所漂搖。予維音嘵嘵。」中的「譙譙」、「翛翛」、「翹翹、「嘵嘵」，這種兩個漢字緊密重疊的語言形式。

第一節　研究動機

孔子說：「詩三百，一言以蔽之，曰思無邪！」（《論語・爲政》）《史記・屈原賈生列傳》：「〈國風〉好色而不淫，〈小雅〉怨誹而不亂。」因此，《詩經》不論是在思想上的「思無邪」，抑或是社會風俗的「好色而不淫」、「怨誹而不亂」都是深具高度文化特色，而它的語言技巧也正是如此。韓愈〈進學解〉中說：「《詩》正而葩。」而向熹《詩經語言研究》第六章〈詩經的修辭和章法〉談到「葩」字：

> 葩是就語言表達說，和諧的用韻，豐富的辭匯，多樣的句式，多種修辭的方式，整齊而多變的章法，使詩的語言生動活潑，美妙勻稱，表達感情細緻入微。〔註6〕

〔註6〕向熹，《詩經語言研究》（成都：四川民出版社，1987年4月），頁370。

文學語言是在全民語言的基礎上經過藝術加工、提煉，於漫長的歷史過程逐漸豐富、形成的。在文學創作中，語言是必要的工具，脫離了語言，文學則無依存的憑藉。錢穆先生有言：「凡中國文學最高作品，即是其作者之一部生活史，亦可謂是一部作者之心靈史。此即作者之最高人生藝術。」〔註7〕尼采則說：「一切文學，余愛以血書者。」〔註8〕中國古典詩歌的發展歷程亦可作如是觀。我們都知道，一個時代的生命基調是他的種種具體的文化與藝術成果的主題與靈魂，而人對命的理解則直接主宰著其詩歌的意境特徵和語言風格。

夏、商、周時代，正是古典詩歌萌生與成熟的時期。夏、商兩代，中國文明此時已走上了發展的軌道，詩歌也已從萌生狀態起步，音韻鏗鏘婉轉，意境大氣磅礴。到殷周之際以迄戰國末年，更完整的開拓出《詩經》、《楚辭》兩枝詩歌奇葩，成熟爲眞正的詩歌。這樣奠定了中國詩歌流變史的光輝起點。就《詩經》而論，三百篇詩歌的依次連綴，形成了一個渾然的整體，既是中華先民的「生活史」，更是其「心靈史」，篇篇詩章，在在呈現中華先民的生命精神生發的軌跡。

因此《詩經》無疑是一部綜合先秦先民的生命智慧和語言文學修辭技巧寶典，它豐富多采的語言生命力在中國詩歌史上更是詩人們語言材料和修辭材料的養分，這種養分至今仍是在持續發酵著。《詩經》三百五篇中語言修辭在當時最特殊的當然是「重言疊字」的運用，在先秦詩歌或其他諸家文學作品中罕有如《詩經》中使用如此多的「重言」，而這重言佔了《詩經》篇章的一半以上，由此可知這擁有音樂效果的重言詞之重要性。

在對這部偉大經典進行現代詮釋的同時，主要目的是爲讀者提供另一道發現和體會的橋樑。文學作品之所以不朽的意義，正是在於它文本的深層意涵和語言生命力，而《詩經》中的重言生命力影響歷經兩千多年至今依然不衰。《詩經》語言以四言詩爲主，重言便佔了兩字，而且歷來對重言的判定和訓詁仍然存在著許多問題，且這種「重言」的訓詁也關係著對整句詩意的理解。因此，本論文是站在前人研究的成果上，結合現今出土的材料，再次全面的討論這種

〔註7〕錢穆，《現代中國學術論衡·上古歌詩的文化視野》（長沙：岳麓書社1986年出版），頁249。

〔註8〕王國維著、徐調孚校注《人間詞話》（台北：頂淵文化出版社，民國90（2001）年6月初版一刷），頁19。

雙音節語——重言的判定和修辭、訓詁等問題。

第二節　《毛詩》重言篇章與前人對重言的研究

秦始皇時焚六經，只有《詩經》因口授相傳，缺失較少。漢朝廢了挾書的禁令。文帝以後傳《詩經》的就有《齊》《魯》《韓》三家。燕韓嬰傳《韓詩》，魯申培公傳《魯詩》，齊轅固生傳《齊詩》。《齊詩》魏時已亡，《魯詩》西晉時亦亡，《韓詩》直傳至北宋時始亡，今僅存《韓詩外傳》。齊、魯、韓三家詩武帝時已立學官，平帝時始加《毛詩》爲四家詩。三家詩與毛詩各有優缺，由於《毛詩》傳本比較完整，撰者因而以今所傳的毛本來討論《詩經》中的重言。而今所謂《詩經》即指《毛詩》，本文行文時亦難免同時出現此二種名稱。

一、《毛詩》重言篇章

《詩經》是我國最早的一部詩歌總集，也是第一部用漢字記錄的詩集。在漢語的發展史上，先秦西周時期是漢語詞匯由單音節向雙音節雙音節的重要發展階段，而《詩經》正是這時期文學語言過渡的重要橋樑。因此在語彙的發展上，《詩經》是一部極爲重要研究語言的典籍；《詩經》記錄了當時許多名物，可以增進我們的博物知識，正如《論語・陽貨》，孔子所說學《詩》可以：「多識鳥獸草木之名。」〔註 9〕在其他方面，《詩經》也是具有思想、文學及社會價值。如孔子就曾對孔鯉說：「不學《詩》，無以言。」〔註 10〕孔子將《詩經》作爲倫理典範的教科書，也將它選爲當時語言教科書，可見《詩經》語言的豐富性和生動性，已經達到上古時期語言發展的較高水準。《詩經》中有單音節重疊甚至雙音節重疊詞的大量使用，這個特點就是雙音節化的重要特色。這種疊字（重言）具有鮮明的特色，不僅爲作品傳情達意起到很大的作用，也反映出我國上古時期漢語詞彙運用靈活、意韻豐富的特點。

《詩經》的語言文學特色有許多鮮明的特點，而其中最引人注目的就是詩篇中大量的「重疊詞」的運用，筆者統計《詩三百》中使用重言詞的篇章共有一百九十二篇，占了整部《詩》的 63%，重言出現篇章如下表：

〔註 9〕朱熹，《四書章句集註・論語・陽貨》（台北：鵝湖出版社，民國 73（1984）年 9 月初版），頁 178。

〔註 10〕同上註，頁 173。

國風（85篇）					
1、周南	關雎	葛覃	卷耳	螽斯	桃夭
	兔罝	芣苢	漢廣	麟之趾	
2、召南	采蘩	草蟲	殷其靁	小星	野有死麕
3、邶風	柏舟	燕燕	終風	凱風	雄雉
	匏有苦葉	谷風	簡兮	泉水	北門
	新臺	二子乘舟			
4、鄘風	君子偕老	鶉之奔奔	干旄	載馳	
5、衛風	淇奧	碩人	氓	竹竿	伯兮
	有狐				
6、王風	黍離	君子陽陽	兔爰	葛藟	大車
	丘中有麻				
7、鄭風	清人	有女同車	風雨	子衿	野有蔓草
	溱洧				
8、齊風	雞鳴	東方未明	南山	甫田	盧令
	敝笱	載驅	猗嗟		
9、魏風	葛屨	十畝之閒	伐檀		
10、唐風	蟋蟀	揚之水	杕杜	羔裘	鴇羽
11、秦風	車鄰	小戎	蒹葭	終南	黃鳥
	晨風	渭陽	權輿		
12、陳風	衡門	東門之楊	防有鵲巢	澤陂	
13、檜風	羔裘	素冠	隰有萇楚		
14、曹風	蜉蝣	下泉			
15、豳風	七月	鴟鴞	東山	狼跋	
小雅（58篇）					
1、鹿鳴之什	鹿鳴	四牡	皇皇者華	常棣	伐木
	采薇	出車	杕杜		
2、南有嘉魚之什	南有嘉魚	蓼蕭	湛露	菁菁者莪	六月
	采芑	車攻	吉日		
3、鴻鴈之什	鴻鴈	庭燎	沔水	白駒	斯干
	無羊				
4、節南山之什	節南山	正月	十月之交	雨無正	小旻
	小宛	小弁	巧言	巷伯	
5、谷風之什	谷風	蓼莪	大東	四月	北山
	無將大車	小明	鼓鐘	楚茨	信南山

6、甫田之什	甫田	大田	瞻彼洛矣	裳裳者華	桑扈
	頍弁	車舝	青蠅	賓之初筵	
7、魚藻之什	采菽	角弓	都人士	黍苗	白華
	瓠葉	漸漸之石	苕之華		
大雅（26 篇）					
1、文王之什	文王	大明	緜	棫樸	旱麓
	思齊	皇矣	靈臺		
2、生民之什	生民	行葦	鳧鷖	假樂	公劉
	卷阿	板			
3、蕩之什	蕩	抑	桑柔	雲漢	崧高
	烝民	韓奕	江漢	常武	瞻卬
	召旻				
周頌（14 篇）					
1、清廟之什	清廟	執競			
2、臣工之什	臣工	有瞽	雝	載見	有客
3、閔予小子之什	閔予小子	敬之	載芟	良耜	絲衣
	酌	桓			
魯頌（4 篇）					
	駉	有駜	泮水	閟宮	
商頌（5 篇）					
	那	烈祖	玄鳥	長發	殷武

其中共使用了 685 次重言詞，若去其重複共有 356 個。〔註 11〕這些重言詞將詩歌的形象性和音樂性發揮得淋漓盡致，同時也反映出《詩經》時代漢語詞匯發展的特點，就是用重言來提高音樂性和藝術性。

二、前人對重言的研究

《詩經》中用了大量的疊字、雙聲、疊韻，增強了詩的形象性和節奏，加強語言的音樂性，爲語言藝術創造了豐富的經驗，其中以「疊字」的運用最爲多采。「疊字」是指字的「複疊」，也就是將同一個字重疊後組成一個詞，在訓詁學中稱作「重言」。字重疊後所構成的「雙音節」重言詞，如「滔滔」、「關關」、

〔註 11〕李雲光，《毛詩重言通釋》統計有 357 個（台北：商務印書館民國 67（1978）年 12 月初版）。

「洋洋」、「蟲蟲」、「俁俁」、「悠悠」、「采采」、「翹翹」、「奕奕」，這些詞有的是單字意義，而有些則因重言而產生了新意。

前人對《詩經》重言的研究，舉其要者有王筠、王顯、夏傳才等三家，敘述如下：

王筠《毛詩重言》最早統計《毛詩》重言詞數量，根據他所說：「重言之不取義者爲尤多，或同字而其義迴別，或字異音同而義比附，此正例也，故輯爲上篇；兼取義者，有專字者也，或取引申之義者也，而其以音爲重則一也，故輯爲中篇。」〔註 12〕王筠《重言》的「上篇」與「中篇」均爲重言的正例，其下篇則是變例（其或單字即重言者），依據上、中、下篇的統計合計共有 578 個。撰者將其統計的重言以表格呈現。

（一）王筠：《毛詩重言》重言次數統計表

王筠統計上篇重言正例 222 個、中篇重言正例 133 個，合計上下篇重言正例共有 355 個，下篇重言變例 208 個，又於下篇列出了所謂「不必重而重者」15 例。因此，王筠所累計的重言是 222＋133＋208＋15＝578 個。如下表

正例個數		變例個數		總計
上篇	中篇	下篇		578 個
222 個	133 個	208 個	15（不必重而重者）	

（二）王顯：《毛詩》重言出現次數統計表〔註 13〕

	國風	小雅	大雅	周頌	魯頌	商頌	合計
出現個數	168	201	109	26	28	15	547
出現次數	232	239	129	26	35	17	678

王顯所統計的各單位（如國風、小雅等）個數，加起並不等於全書中出現的個數，因爲各單位中的疊音形式（重言），有許多是重複的，例如〈小雅〉、〈大雅〉、〈魯頌〉、〈商頌〉裡都有「赫赫」；且其所統計只限於形容詞重言詞，作爲名詞的重言，如：〈邶風・燕燕〉「燕燕」，〈小雅・楚茨〉「子子孫孫」以及其他

〔註 12〕王筠，《毛詩重言・序》式訓堂叢書，嚴一萍選輯（板橋：藝文印書館，民國 57（1968）年）。

〔註 13〕王顯，〈詩經中跟重言作用相當的「有」字式、「其」字式、「斯」字式和「思」字式〉，《語言研究》，第 4 期（1959 年），頁 33。

較具詞性爭議的重言〈大雅・公劉〉「楚楚」、「言言」、「語語」,〈周頌・有客〉「宿宿」、「信信」等,他均未列入統計。

(三)夏傳才:《詩經語言藝術》重言篇數和次數統計表〔註14〕

	國　風	小　雅	大　雅	頌	合　計
篇　數	92	58	26	22	198
次　數	218	231	125	73	647

(四)撰者:夏傳才《詩經語言藝術》所作統計不甚完善,撰者重新予以統計如下表

	國　風	小雅〔註15〕	大　雅	頌	合　計
總篇數	160	74	31	40	305
重言篇數	85	58	26	23	192
百分比	53.1%	約78.4%	約83.9%	57.5%	約63%
使用次數	227	243	135	76	681

由上夏傳才和撰者兩表可看出兩個問題:

其一:

撰者和夏傳才所統計的重言篇數有相當的出入。如在〈國風〉中差了八篇,而使用次數相差九次;〈小雅〉重言出現的篇數兩表相同,但使用次數卻相差十一次之多;〈大雅〉篇數相同,使用的次數相差十次;〈頌〉相差一篇,使用差了四次;總計夏先生重言出現的篇數多出撰者七篇,而使用的次數卻多出撰者的統計三十四次之多。這似乎向人透露出一個重要的訊息——重言的判定與計算上仍存在著一些分歧看法,這也是本論文所亟望解決的問題之一。

其二:

《詩經》305 篇中就有三分之二的詩篇運用重言。然而,有的詩篇一章就集中用了許多疊字,如〈衛風・碩人〉「碩人敖敖」、「朱幩鑣鑣」和末章的「河水洋洋,北流活活,施罛濊濊,鱣鮪發發,葭菼揭揭,庶姜孽孽,庶士有朅」,繪聲繪色讀起來鏗鏘有力、音響和諧而響亮;又如〈豳風・鴟鴞〉「予羽譙譙,予尾翛翛,予室翹翹,風雨所漂搖,予維音嘵嘵」,意象鮮明且聽起來悅耳。它

〔註14〕夏傳才,《詩經語言藝術》(北京:語文出版社,1998年1月第一次印刷),頁56。

〔註15〕小雅詩中有 80 首詩,其中〈鹿鳴之什〉中:「南陔、白華、華黍」和〈南有嘉魚之什〉中「由庚、崇丘、由儀」等六篇有篇目無文,實應扣除,故為74篇。

能增強詩的音樂性，使聲調優美動人，它的修辭功能，總的來說就是通過形狀聲音的描寫來增強語言的表現力。

其他人的統計則有：周法高依據杜其容《毛詩連綿詞譜》重新統計所得重言個數，計有 362 個；〔註 16〕但歐秀慧《詩經擬聲詞研究》中說：「杜其容《毛詩連綿詞譜》是從聲韻關係考量而收錄的，若是從字形的重疊形式統計，《詩經》疊字詞應有 358 個」。〔註 17〕但周法高卻說：「《詩經》的疊音形式共出現了 359 個，680 次左右。」〔註 18〕然而，李雲光《毛詩重言通釋‧序》中說：「重言之詞共 357 個」。〔註 19〕楊愛姣〈《詩經》中名詞作疊根的狀態形容詞探析〉收集到 610 個疊根詞。〔註 20〕王艷峰〈《詩經》重言正格淺析〉則認爲：「重言正格有 347 個，使用 691 次。」〔註 21〕程湘清統計「《毛詩》重言使用了 689 次，去其重複有 360 個。」張其昀〈詩經疊字三題〉統計有 363 個。〔註 22〕余培林在〈三百篇中疊字不作動詞說〉中言明重言共使用 595 次去其重複有 359 個。〔註 23〕向熹于《詩經語言研究》：「詩經共有重言 359 個，其中形容有 352 個。其中象聲有 38 個，繪景有 310 個，名詞重言 1 個『燕燕于飛』，動詞重言有五個」；〔註 24〕而向熹在其另一部著作《詩經語文論集》中談到：「《詩經》裏共有 353 個重言詞」，〔註 25〕

〔註 16〕周法高，《中國古代語法‧構詞篇》(《中央研究院歷史語言研究所專刊》之三十九，民國 83（1994）年 4 月景印二版)，頁 121。

〔註 17〕歐秀慧，《詩經擬聲詞研究》中正大學碩士論文（民國 81（1992）年 6 月)，頁 3。

〔註 18〕周法高，《中國古代語法‧構詞篇》《中央研究院歷史語言研究所專刊》之三十九（民國 83（1994）年 4 月景印二版)，頁 122。

〔註 19〕李雲光，《毛詩重言通釋》(台北：商務印書館，民國 67（1978）年 12 月初版)，頁 1。

〔註 20〕楊愛姣，〈詩經中名詞作疊根的狀態形容詞探析〉(《詩經研究叢刊》第四輯，中國詩經學會編，北京：學苑出版社，2003 年 1 月)，頁 183。

〔註 21〕王艷峰，〈《詩經》重言正格淺析〉，《佳木斯大學社會科學學報》，第 20 卷第 6 期（2002 年 12 月)，頁 46。

〔註 22〕張其昀，〈詩經疊字三題〉，《鹽城師專學報》(社會科學版)，第 1 期（1995 年)，頁 29。

〔註 23〕余培林，〈三百篇中疊字不作動詞說〉，《國文學報》，第 17 期，頁 1。

〔註 24〕向熹，《詩經語言研究》(成都：四川人民出版社，1987 年 4 月)，頁 209。

〔註 25〕向熹，《詩經語文論集》(成都：四川民族出版社，2002 年 7 月第一次印刷)，頁

同一個人先後統計的結果竟是相差六個。這似乎告訴我們，各家對重言的認定界定不是那麼清楚，其中存在著一些個人主觀的標準。而撰者將《毛詩》重言詞逐篇重新統計，所得的重言共使用了 356 個，所用次數爲 685 次。這個「數目」與李雲光所統計的結果只相差一個。簡示如各家統計重言使用次數及個數如下表：

姓　名	王　筠	王　顯	夏傳才	周法高	歐秀慧	李雲光	楊愛姣
次　數		547	647				610
個　數	355			362	358	357	

姓　名	王艷峰	程湘清	張其筠	余培林	向熹（1）	向熹（2）	陳健章
篇　數							191
次　數	691	689		595			681
個　數	347	360	363	359	359	353	356

上表中每個人統計都不相同，這足以證明大家對重言詞的判定仍存在著主觀意識，本文將在第二章重新爲重言下一個定義。《詩經》以四言詩爲主體，有時音節不足，而爲了補足四個音節，除用虛字外，就是運用「重言」，如「燕燕于飛」就是最好的例子，如此方能使詩的節奏動聽悅耳，方便記誦，又可收「餘音繞梁」的功效。

第三節　研究範圍與方法

本篇論文以現存的《毛詩》爲研究範圍，在這本豐富的文化資產中，有太多的語言問題值得深入討論。向熹說：

> 《詩經》裏一共出現了 2938 個單字，4000 多個詞，其中有複音詞 1329 個，占整個《詩經》詞彙的百分之三十弱。〔註 26〕

不論向熹的統計數量是否正確，單就這龐大的數字就讓人咋舌不已。而這些詞彙中有聯綿詞、重言詞、複詞、關聯詞和成語，無一不是後代的寶貴資料，而這些詞彙中也無一不是可以進入《詩經》語言世界的切點。

《詩經》擁有文化上、思想上和語言文字的崇高地位，兩千多年來有關《詩

209。

〔註 26〕向熹，《詩經語文論集》（成都：四川民族出版社，2002 年 7 月），頁 37。

經》的研究可說是汗牛充棟，誠如夏傳才在《詩經研究史概要》序言中所說：

> 《詩經》經過不同時代的人們，從不同的方面進行研究。經學家利用它發揮封建政治倫理思想，作爲鞏固封建制度的教科書。政治改革家通過宣傳社會改良主張，作爲鼓吹政治改革的武器。文學家總結它的創作經驗和藝術表現方法，推動文學的發展。史學家注重它的史料內容，用來考察古代社會生活及社會意識形態的演變。語言學家研究它的文字、音韻、訓詁，寫出一本又一本古代語言學著作。考古學家考證它的名物、典制，博物學家也沒有忘記在這裡留下痕跡的那些遙遠年代的草木蟲魚，研究它們在各門科學史上應該佔據的位置。〔註 27〕

因此，幾經思量將研究範圍縮小在《毛詩》重言的研究上。其中包含了狀聲詞和擬態詞的訓詁上，以及和連綿詞之間的異同，並且根據前人對重言的注解再參考異文和現今出土的材料，從文字訓詁的角度上來上來研究，並求達到兼顧詩意的研究方法。期待藉由這樣的研究，能爲理解和認識這部詩集提供實際的證據，並對前人所提重言的爭論，辨其得失，而爲《詩經》語言研究貢獻一份心力。

〔註 27〕夏傳才，《詩經研究史概要》（台北：萬卷樓圖書公司，民國 83（1994）年 11 月初版三刷），頁 1。

第二章　重言定義及其與聯綿詞的關係

第一節　重言定義

重言又稱之爲疊詞，它是語言中較早的一種構詞方式。上古以單音節爲主，爲重言組合提供了重要條件。《甲骨文編》收錄了「又又」一條「重言」且入「合文」中。裘錫圭在〈甲骨文中重文和合文重複偏旁的省略〉中也說：「古文字裏碰到重文的時候通常都用重文符號代替。但是甲骨文裏是否已經使用重文號，卻是一個爭論的問題。」所以，甲骨文中的「又又」一條尚有爭議，因此不作爲重言的起源。眞正較早使用「重言詞」的是在《周易》。根據撰者的統計在《周易》的〈爻辭〉中去其重複的形容性重言共用了 27 次，其中有「嗃嗃」、「亹亹」、「瑣瑣」、「坎坎」在《毛詩》中仍有出現，其義或有不同；另有「君君、子子、兄兄、弟弟、夫夫、婦婦」等六個重言，此六個重言與本論文所討論的形容詞性重言不同，其雖是外形爲重言疊字，然重疊的兩字前後的詞性卻不相同。如「君君」，前爲名詞，後則是動詞，屬於修辭學上的「轉品」。因此，不列入「重言均爲形容詞」的形式計算。

中國古時稱一字爲一言。如《史記·老子韓非列傳》說：「老子著書五千言」，五千言就是五千字。由此可知先秦和漢代「言」和「字」是可以通用的。《說文》：「重，厚也。」段注：「……厚斯重矣，引申之爲鄭重、重疊。……」〔註 1〕因

〔註 1〕東漢·許愼著、清·段玉裁注，《說文解字》（台北：書銘出版社，民國 83（1994）

此，「字」之重疊的形式可稱爲「疊字」或「重言」。

訓詁學上「重言」是兩個相同之字相互重疊，以表達出一個意思來，這種重言包含有「狀聲」與「狀貌」兩種修辭形式。然而，將「重言」一詞列爲專有名詞首見於明代方以智《通雅・釋詁》有兩卷（卷九、卷十）是「重言」，〔註 2〕後來一直沿用。但是最早認識到「重言」這個問題的是清人邵晉涵。他在《爾雅正義》中說：「古者重語皆爲形容之詞。」〔註 3〕清代王筠有《毛詩重言》一書是第一部專講《毛詩》中的重言的專書。他說：

> 重言之不取義者尤爲多，或同字而其義迴別，或字異音同而義則比附，此正例也，故輯爲上篇；兼取義者，有專字者也，或取引申之義者也，而其以音爲重則一也，故輯爲中篇；其或單詞即重言者，此例雖他經所有，然〈檀弓〉曰：『輪焉奐焉』，《左傳》曰：『湫乎攸乎』，其語例未有如《詩》者，兹據《傳》、《箋》、《正義》亦或以例推之，故輯爲下篇。〔註 4〕

依據王筠的的說法，他所認爲的「重言」有「正例」的「不取義者」、又有「引申義」以「音爲重」、又有其「自創獲」的「變例」（就是「單詞即重言者」）等三種，他是「各以其句例之同者類聚焉。」〔註 5〕

重言這一詞雖沿自於明代方以智，仍然有許多人對「重言」的稱呼有許多不同的意見。例如：周法高在《中國古代語法・構詞篇》第二章中說：所謂「全部重疊」，〔註 6〕相當於過去所謂「重言」、「重字」、「疊字」等，他又把它叫作

年 10 月七版），頁 392。

〔註 2〕明・方以智著、侯外廬主編，《方以智全書》（江蘇：上海古籍出版社，1988 年 9 月出版）。

〔註 3〕邵晉涵，《爾雅正義》（《續修四庫全書・爾雅正義卷第四》，上海：古籍出版社，2002 年），頁 103。

〔註 4〕王筠，《毛詩重言》（百部叢書集成，式訓堂叢書，嚴一萍選輯，板橋：藝文印書館印行，民國 57（1968）年），頁 1。

〔註 5〕同上註。

〔註 6〕周法高，《中國古代語法・構詞篇》第二章：「一個雙音形式中的兩個音節的全部重疊」。其說「部份重疊」相當於過去所說「雙聲」、「疊韻」、「（寬的）雙聲兼疊韻」（中央研究院歷史語言研究所發行，民國 83（1994）年 4 月景印二版），頁 97。

「疊音形式」，或省稱「疊音」。以下在舉幾家說法如下：

1、王力《中國語法論》

將「重言」詞歸入「聯緜字」。他說：「中國有所謂的聯緜字，就是聲音相同或相近的兩個字，疊起來成爲一個詞。聯緜字大致可分爲三類：（一）疊字，即『關關』『呦呦』『淒淒』『霏霏』之類；（二）雙聲聯緜，即『丁當』『淋漓』之類；（三）疊韻聯緜，即『倉皇』『龍鍾』之類。」〔註7〕由此可知王力所謂「重言」只是聯緜詞之一。

2、朱廣祁《詩經雙音詞論稿》

重言是傳統小學著作中使用的名稱，只同一音節重疊起來構成的雙音詞。在現代，有的學者把它叫作「疊音詞」。〔註8〕

3、陳望道《修辭學發凡》第七篇〈積極修辭三・複疊〉

將「疊字」列爲複疊中的一部份。他說：「複疊是把同一的字接二連三用在一起的辭格。共有兩種：一是隔離的、或緊相連接而意義不相等的，名叫複詞；一是緊相連接而意義也相等的，名叫疊字。」〔註9〕如「尋尋、覓覓、冷冷、清清、悽悽、慘慘、戚戚。乍暖還寒時候，最難將息。」（李清照〈聲聲慢〉）

4、夏傳才《詩經語言藝術》

疊字，又稱重言。……是兩個發音完全相同的音節重疊。〔註10〕又說：「疊字是兩個發音完全相同的音節重疊。」〔註11〕

5、向熹《詩經語言研究》

重言詞由兩個相同的語素構成，有具體的辭彙意義。〔註12〕

6、李雲光《毛詩重言通釋序》

重言之名亦稱疊字，疊相同之字以爲一詞。蓋單言有不足以肖其聲貌以美

〔註7〕王力，《中國語法理論》下冊（北京：中華書局，1955年4月第一版），頁183。

〔註8〕朱廣祁，《詩經雙音詞論稿》上篇〈重言、補字雙音結構與聯綿詞〉（河南人民出版社，1985年），頁1。

〔註9〕陳望道，《修辭學發凡》（上海：世紀出版集團，2003年10月第三次印刷），頁173。

〔註10〕夏傳才，《詩經語言藝術》（北京：語文出版社，1998年1月第一次印刷），頁56。

〔註11〕同上註，頁57。

〔註12〕向熹，《詩經語言研究》（成都：四川人民出版社，1987年4月第一版），頁208。

其音節者，則為之重言以模繪之。故重言之用，多取其字之音以為義。〔註13〕

7、范淑存《成語中的古漢語知識》第八章〈迭（疊）音詞〉

重疊兩個相同的音節所組成的詞叫疊音詞。前人把它叫做「重言」，又叫「重言形況字」。據此，現在有人叫它「重言詞」。因為一個漢字往往是一個詞，所以，也有人把它叫做「疊字」。〔註14〕

8、《寫作技巧》

疊音修辭學為辭格之一種，又名「疊字」。將音節相同的詞或「詞素」〔註15〕重疊起來使用。如「家家戶戶」（名詞重疊），「痛痛快快」（形容詞重疊），「野心勃勃」（成語中成分重疊）等。疊音不但有音響作用，而且表達了不同的語氣、程度和感情色彩。多用於談話語體和藝術語體。〔註16〕

9、魏聰祺在〈疊字分類及其辨析〉

疊字詞格必須同時具備三個條件：疊用、連續、詞性同。語言學的疊字，又稱重言、重音、疊音或重疊詞。〔註17〕

10、徐振邦《聯綿詞概論》

單字疊用，古代稱作「重言」、「重語」、「重文」、「疊字」，又今稱「疊詞」，如不分單純詞與合成詞，這些名稱可通用。若要細分之，單純詞可稱為「疊音詞」或「疊音單純詞」；合成詞可稱「重疊詞」或「重疊合成詞」，如此從名稱上就可看出絕然不同的「重言」了。〔註18〕

11、楊愛姣〈詩經中名詞作疊根的狀態形容詞探析〉

〔註13〕李雲光，《毛詩重言通釋・序》（台北：商務印書館，民國67（1978）年12月初版），頁1。

〔註14〕范淑存、于雲，《成語中的古漢語知識》（該書「疊」作「迭」字）（北京：中國經濟出版社，1991年），頁219。

〔註15〕「詞素」是語言中一種音義結合的定型結構，是最小的可以獨立運用的造詞單位。葛本儀主編，《漢語詞匯學》（山東大學出版社，2003年8月第二版），頁156。

〔註16〕《寫作技巧》（上海：漢語大詞典出版社，2003年8月），頁459。

〔註17〕魏聰祺，〈疊字分類及其辨析〉，《國學輔導》雙月刊（語文），43卷第5期（民國93（2004）年6月），頁14。

〔註18〕徐振邦，《聯綿詞概論》（北京：大眾文藝出版社，1998年7月北京第一次印刷），頁19。

AA 疊根詞是疊根 A 重疊構成的合成詞。〔註 19〕

12、趙伯義〈《毛詩訓詁傳》解釋重言說〉

重言疊用兩個漢字。〔註 20〕

13、李大遂〈談毛傳對重言的訓釋〉

辨別兩個重疊出現的字是不是重言，主要看這兩個字是否作爲一個詞在語言環境中出現，即看重疊的兩個字的意義是否不同於單字的意義。同則是非重言，不同則是重言。〔註 21〕

14、鄭海清〈論疊字的語法、語用漢語體的特點〉

疊字，古人稱之爲重言，是漢語單音節的重疊形式。被用來重疊的音節，可以獨立表示一個詞，也可以表示一個非獨用的語素。〔註 22〕

15、駱小所〈試析疊字及其修辭功能〉

疊字又稱「復字」、「雙字」、「重言」。疊字是爲了修辭的需要，將形音義完全相同的兩個字緊相連接在一起用的修辭方式。〔註 23〕

16、李長仁〈古漢語雙音詞集說〉

疊音詞：這是一類重疊兩個相同的音節而構成的單純詞。有人稱這類雙音詞爲疊字。明代方以智《通雅》中有「重言」一類，故後人也稱之爲重言詞。〔註 24〕

17、周薦《漢語詞彙結構論》

疊字詞，簡單的說，就是靠語音形式相疊合構成的詞。疊字詞常又被稱爲

〔註 19〕楊愛姣，〈詩經中名詞作疊根的狀態形容詞探析〉（中國詩經學會編《詩經經叢刊》第四輯，北京：學苑出版社，2003 年 1 月出版），頁 183。

〔註 20〕趙伯義，〈《毛詩訓詁傳》解釋重言說〉，《河北師範大學學報》（哲學社會科學版），第 23 卷第 3 期（2000 年 7 月），頁 61。

〔註 21〕李大遂，〈談毛傳對重言的訓釋〉，《廣播電視大學學報》（哲學社會科學版），第 3 期（1999 年），頁 90。

〔註 22〕鄭海清，〈論疊字的語法、語用和語體特點〉，《邵關大學學報》（社會學版），第 16 卷第 1 期（1995 年 1 月），頁 68。

〔註 23〕駱小所，〈試析疊字及其修辭功能〉，《楚雄師專學報》，第 14 卷第 2 期（1999 年 4 月），頁 30。

〔註 24〕李長仁，〈古漢語雙音詞集說〉，《遼寧學報》（社會科學版），第 2 期（1995 年），頁 85。

疊音詞。〔註25〕「詞的兩個直接組成成分的字音疊合而相同，語音形式也相同，或者詞的一個或兩個直接組成成分的字和語音形式本身存在著疊合的現象，都被稱作疊字詞。」〔註26〕

由上可知，「重言」有許多名稱，如複字、雙字、疊字、重字、疊（迭）音詞、疊根詞、重言形況字，甚至有稱爲聯綿詞。現將上述各家重言定義以簡表呈現如下：

序次	姓　名	定　　　義
1	王力	將「重言」詞歸入「聯緜字」
2	朱廣祁	雙音詞
3	陳望道	將「疊字」列爲複疊中的一部份
4	夏傳才	疊字，又稱重言。……是兩個發音完全相同的音節重疊
5	向熹	重言詞由兩個相同的語素構成
6	李雲光	重言之名亦稱疊字，疊相同之字以爲一詞
7	范淑存	疊音詞
8	《寫作技巧》	疊字
9	魏聰祺	疊字詞又稱重言、重音、疊音或重疊詞
10	徐振邦	疊音詞、重疊詞
11	楊愛姣	疊根詞
12	趙伯義	重言疊用兩個漢字
13	李大遂	重疊的兩個字的意義是否不同於單字的意義。同則是非重言，不同則是重言
14	鄭海清	疊字，古人稱之爲重言，是漢語單音節的重疊形式
15	駱小所	疊字又稱「復字」、「雙字」、「重言」
16	李長仁	疊音詞。有人稱這類雙音詞爲疊字。
17	周薦	疊字詞。疊字詞常又被稱爲疊音詞

在這17人中以李大遂所下定義最爲特別，而撰者整理前人的研究，試爲《毛詩》中的「重言」下一個較爲周全的定義：「重言者，兩個相同之字重疊而構成一個具有描繪形貌、狀態或聲音等功能的形容性詞語，此重疊兩字具有同音、連讀、詞性相同的特性，且重言之後一字不可讀輕聲。」

〔註25〕周薦，《漢語辭彙結構論》（上海：辭書出版社，2004年12月第一版），頁71。

〔註26〕同上註，頁72。

第二節　重言與聯綿詞的關係

一、聯綿詞的由來

大量運用聯綿詞，也是《詩經》語言顯著的特色之一。張其昀在〈詩經疊字三題〉中說：「如果疊字的兩個音節之中有一個發生異化，那就產生出連綿字。『勉勉』前一音節韻母的韻尾發生後退的異化：『-n』→『-ŋ』，也就成了『黽勉』。」〔註 27〕重言和聯緜詞最早是活躍於口頭語言中。朱廣祁說：

> 重言和聯綿字的產生，確實是在單音詞之後。而重言和聯綿字都是單純詞，又可以說明她們在雙音詞中產生得最早。〔註 28〕

西漢賈誼《新書》中有提到「連語」一詞，不過《新書》所述與作爲一種語言現象的「連語」（後稱聯綿詞）無關。歷來學者對於聯綿詞這種特殊的語言現象，見仁見智，紛說不一。

早在西周中晚期「聯綿詞」已被記錄下來，有學者認爲最早的聯綿詞是〈小雅·信南山〉「上天同雲，雨雪雰雰，益之以霢霂，既優既渥」中的「霢霂」。《毛傳》：「小雨曰霢霂。」〔註 29〕賈齊華和董性茂在〈聯綿詞成因追溯〉一文中說：

> 據孫常敘先生考釋《卜辭通纂·天象》中所收的第四二六片甲骨文，其內容大意是說：雲從東起，下起蒙蒙細雨，日偏西，出虹。其中『[illegible]』二字，可楷化爲『冒母』，即聯綿詞『霢霂』的前身，用來指細雨。這是現今所知的最早出現的用雙字記錄雙音節聯綿詞的資料。〔註 30〕

春秋以來連綿詞急速增多，從先秦至漢魏六朝，隨著複音詞的不斷增益，聯綿詞已蔚爲大觀，《詩經》作爲先秦語言代表它所產的連綿詞許多一直沿用至

〔註 27〕張其昀，〈詩經疊字三題〉，《鹽城師專學報》（哲學社會科學版），第 1 期（1995 年），頁 30。

〔註 28〕朱廣祁，《詩經雙音詞論稿》上篇〈重言、補字雙音結構與聯綿詞〉（河南人民出版社，1985 年），頁 143。

〔註 29〕鄭玄，《毛詩鄭箋》（校相臺岳氏本，台北：新興書局，民國 82（1993）年 12 月版），頁 90。

〔註 30〕賈齊華，董性茂，〈聯綿詞成因追溯〉，《信陽師範學院學報》（哲學社會科學版），第 16 卷第 3 期（1996 年 7 月），頁 89。

今。如：窈窕、翱翔、參差、踟躕、邂逅、逍遙、綢繆、婆娑、滂沱、輾轉、漂搖、崔嵬等。而它所產生的背景、時代以及名稱、用法上有些學者認爲和重言是相同的，更有人皆將重言歸入「聯綿詞」的一員。

（一）聯綿詞名稱

自《爾雅》起，歷代的雅書的〈釋訓〉中就有所蒐集聯綿字，但是一直沒有明確的名稱。它主要是「記錄口語」。趙克勤於《古漢語詞匯概要》中說：「連綿字是古代生動的有聲語言的紀錄」，它是一種用漢字記錄口語中的「雙音節單純詞」，所形成一種特定的書面形式，朱廣祁於《詩經雙音詞論稿》第三章〈聯綿字〉有相同的看法。然而，早在宋代張有《復古編》下卷〈聯綿字〉〔註31〕就收有聯綿字58個，是有史以來第一次將聯綿詞類聚在一起，冠以「聯綿字」之名。

在我國傳統的語言學中，聯綿詞又稱「聯綿字」，舊稱「連語」、「謰語」、「連文」或「駢字」、「雙聲疊韻」、甚或稱爲「重言」。如明代楊愼的《古音駢字》，朱謀瑋的《駢雅》，方以智《通雅・釋詁》（卷六、七、八）中的「謰語」〔註32〕就是聯綿詞的別稱；又顧炎武《日知錄・卷二十四》：「古經亦有重言之者。《書》：『自朝至於日中昃，不遑暇食。』遑即暇也。《詩》：『無已太康』，已即太也。劉淇《助字辨略》：『《左傳・僖公四年》：十年尙猶有臭』；《漢書・賈誼傳》：『猶尙如是』，愚按：『尙猶』，『猶尙』，倂重言也。」〔註33〕王念孫的《廣雅疏證》和《讀書雜志・漢書第十六》「雙聲疊韻」和「連語」互用。段玉裁《說文》注亦以「雙聲疊韻」和「連語」交互使用。由此可知連綿辭和重言相同也有多種不同名稱。我們在《毛詩》重言的異文中看到「睍睆黃鳥」作「簡簡黃鳥」，或「委蛇委蛇」作「委委蛇蛇」是重言詞和聯綿詞之間密不可分的例證。

（二）傳統與現代對聯綿詞的界定

傳統的聯綿詞和現代對聯綿詞認知是不相同的，以下撰者將傳統和現代對聯綿詞的界定分別條列。

〔註31〕張有，《復古編》下卷〈聯綿字〉四部叢刊三編經部（上海：涵芬樓影印影宋經鈔本，第三冊），頁24。

〔註32〕明・方以智著、侯外廬主編，《方以智全書》（上海：古籍出版社，1988年9月）。

〔註33〕顧炎武，《日知錄・卷二十四》（長沙：商務印書館印行，民國28（1939）年）。

1、傳統界定

（1）宋代張有《復古編下》列有「聯綿字」一章，但未對其作出解釋。

（2）明代楊愼《古音駢字》、《古音複字》二書。《古音駢字》沒對「駢字」進行界定。《古音複字》專收「重言詞」，表明楊愼的「駢字」與「重言」是兩種類型。

（3）明代萬曆年間朱謀瑋編有《駢雅》七卷。而徐長祚於序言中對駢字做了解釋：「駢之爲言并馬也，聯也，謂字與說俱偶也。……。括殊號於同條，標微言於兩字」，可知《駢雅》所收爲雙音詞。値得注意的是《駢雅》中收有眾多的「重言詞」。自《爾雅》《廣雅》開始，「重言」便被看作獨立的一類放在《釋訓》中。朱謀瑋的《駢雅》收有「重言」，與同義的「駢言」排在一起，但大多排在最後，且沒有將「重言」單獨分篇分條。如卷一〈釋詁〉第一條：「蔘綏、恒概、羞繹……酆琅、扈扈、實實：廣大也。」表明朱氏將「重言」也是作「駢字」看。

（4）明末方以智《通雅》中《釋詁》共八卷，其中「謰語」（六、七、八）三卷，「重言」（九、十）二卷，似有意識分類「謰語」和「重言」。《通雅・卷六》中說：「謰語者，雙聲相轉而語謰謱也。」他所說的「語」相當於今天所言的「詞」。「謰謱」是指「聯綿不解之意」〔註 34〕而他的「雙聲相轉」是指「謰語各轉語之間的聲音轉變」，〔註 35〕此名稱後爲清代王念孫所延用。清代聲韻學昌盛，有雙聲疊韻關係的聯綿詞是研究古聲韻的最要材料，因此常以「雙聲疊韻」代指「聯綿詞」。

（5）清代王念孫關於「連語」對後世影響很大。他說：「凡連語之字，皆上下同義，不可分訓。說者望文生義，往往穿鑿而失其本指。」。〔註 36〕根據王念孫的說法連語（連綿詞）是要看成一個語素不可分訓，但連綿詞未必上下同義。（近代學者認爲：王念孫的不可分訓是「同義複合詞」的概念）

（6）王筠《毛詩雙聲疊韻說》其後云：「（聯綿詞）合兩字之聲以成一是之

〔註 34〕關童，〈聯綿詞名義再認識〉，《浙江大學學報》，第 28 卷第 6 期（1995 年 12 月），頁 125。

〔註 35〕同上註。

〔註 36〕王念孫《讀書雜志》〈漢書第十六・連語〉（台北：世界書局印行，民國 52（1963）年）。

意，故泥字則其義不論，審聲則會心非遠」，〔註37〕但就雙聲疊韻和聯綿字之間的關係言，它們互有包含，卻不能同等視之。

（7）王國維《觀堂集林・研究發題》連綿詞的觀念：「聯綿字，合二字以成一語，其實猶一字也。」與王念孫「上下同義，不可分訓」有承傳關係。其《聯綿字譜》按聲韻關係分「雙聲之部」「疊韻之部」「非雙聲疊韻之部」。「重言詞」收在「雙聲之部」。王國維提出多音聯綿詞，在《聯綿字譜》中體現：「洞洞灟灟……、澡澡洒酸、媒媒晦晦……鴻濛鴻洞、壇卷連慢……。」今天只能看作「重言詞重疊」和雙音詞連用。

（8）符定一《聯綿字典》是一部專收雙音詞的辭典。全書有雙聲、疊韻、非雙聲疊韻、疊字、虛詞、雙音複詞。在符氏的觀念中兩個字連用而成爲一個整體的，不論單純詞還是雙音節合成詞，都是聯綿詞。

由上可知，在王念孫以前的大儒學者對於聯綿字的解釋模糊不清，迄至王念孫才下了一個較爲明確「不可分訓」的定義。也就是緊密不可分割訓釋的一個語詞，就是所謂的「合二字爲一詞素」的詞。王念孫所下「不可分訓」是一個正確的指標，然其所謂「上下同義」卻是有待商榷。

王國維《聯綿字譜》，符定一《聯綿字典》等可算是傳統聯綿字理論代表。然而，不論是張有的「聯綿字」、楊愼的「駢字」、朱謀瑋的《駢雅》，方以智的「謰語」、王念孫的「連語」、王國維的「聯綿字」、符定一的「聯綿字」都是處於不同時空、環境、體系、層次的情況下提出來代表各自論點的名稱。

2、現代界定

現代語言學家對聯綿詞的界說是：「雙音節的單純詞」，或說「單純性雙音詞。」具體的說，聯綿詞中的兩個字僅是一個詞素，不能分拆爲兩個詞素，曾有「謰語」、「連語」、「駢字」和「雙聲疊韻」等不同名稱，正如同「重言」亦有多項不同的名稱。徐振邦在《聯綿詞概論》中說：

> 凡是一個複音結構連用時的意義與這複音結構的兩個字單獨使用時的意義毫不相關；或者一個複音結構其中一個字單獨使用的意義與這個複音結構聯用時的意義相同或相近，而另一個字不能單獨使用；或者一個複音結構的兩個字都不能單獨使用，單獨使用便各自

〔註37〕王筠，《毛詩雙聲疊韻說》嚴一萍選輯（板橋：藝文印書館出版，民國57（1968）年）。

無義，這三種情形的複音詞便是聯綿詞。〔註38〕

徐振邦這段話爲連綿詞下了一個較爲完整的定義。他認爲聯綿詞裏有來源於「等義並列複合詞」，來源於單音詞各類，但比例很小。這些來源於同義詞根，來源於單音詞的聯綿詞，今人已將其詞根義忽略了。所以，將它看成只具一個語素的單純詞了。

撰者根據徐振邦《聯綿詞概論》〔註39〕一書所引各家對聯綿詞定義，簡示如下表：

時間	人名、論著	界　　說
五十年代以前	陳兆年《連語叢說》（首發其端）	「今分連語爲二類：悽愴、侵淫之類，雖爲連語，兩字可分用，與連用之義無異，殆爲複語中之一種，此類連語謂之複語連語。其不能分者，謂之曰純連語。」純連語指今日所言「雙音節單純詞」。
	王力（早年）《中國語法理論》	中國有所謂聯綿字，就是聲音相同或相近的兩個字，疊起來成一個詞。
	周法高《中國古代語法・構詞篇》	重疊或重疊形式包括一個雙音形式中的兩個音節的全部重疊或部份重疊。
	朱廣祁《詩經雙音詞論稿》	「今天我們對聯綿詞進行研究，首先要進行正名的工作。所謂『聯綴成義』，是指以兩個音節的組合來表示一個單純的意義，而不是說兩個詞素經常連用表示統一的意義。」又說：「一個詞由兩個音節組成，這兩個音節往往有語音方面的關聯，但整個詞的意義是單一的，分不出兩個詞素來，這樣的詞才是聯綿字。」〔註40〕
六十年代以後	王力《古代漢語》	「單純的複音詞絕大部分是連綿詞。連綿字中的兩個字僅僅代表單純複音詞的兩個音節，古代注釋家有時把這種連綿字拆成兩個詞，當作詞組加以解釋，那是絕大的錯誤。」
	蔣禮鴻、任銘善《古漢語通論》	「什麼叫謰語」：「用兩個音節表示一個整體意義的雙音詞，其中只包含一個詞素，不能分拆爲兩個詞素的，古人管這種詞叫做謰語或連綿詞。簡單的說，謰語就是單純性的雙音詞。」

二、聯綿詞範圍和《詩經》中聯綿詞的數目

周法高《中國古代語法・構詞篇》說：「部分疊音形式，就比疊音形式的處理要困難多了。」〔註41〕他列了幾點困難處：其一「在語音方面的範圍不容易

〔註38〕徐振邦，《聯綿詞概論》（北京：大眾文藝出版社出版，1998年7月北京第一次印刷），頁15。

〔註39〕同上註，頁6、7、8。

〔註40〕朱廣祁，《詩經雙音詞論稿》（河南人民出版社，1985年），頁97。

〔註41〕周法高，《中國古代語法・構詞篇》（《中央研究院歷史語言研究所專刊》之三十九，

確定」；其二「部分疊音的不易分析的雙音詞」；其三「部分疊音形式不象疊音形式那樣絕大多數是狀詞。」〔註 42〕聯綿字的範圍有些學者將其分爲三類：雙聲、疊韻、非雙聲疊韻。王國維〈古文學中聯綿字發題〉:「聯綿字，合二字而成一語，其實猶一字也。分類之法，擬分雙聲字爲一類，疊韻字爲一類，其非雙聲疊韻者，又爲一類。」；〔註 43〕有些則分有第四類：疊字。如符定一《聯綿字典》、喻遂生、郭力合撰《說文解字的複音詞》、王力、楊柏峻等學者均將具有「重言」功能的「重言詞」歸入「聯綿詞」中。而程湘清在《先秦雙音詞研究》則提出「單純雙音詞可區別爲完全重疊詞和部份重疊詞兩類。」完全重疊詞指「單純重疊詞」，如夭夭、菁菁、閑閑、言言、坎坎、交交等，不包括重疊式合成詞。部份重疊詞又分爲聲紐重疊即雙聲、韻部重疊即疊韻和雙聲兼疊韻三種。他實際認爲聯綿詞包括「疊音」、「雙聲」、「疊韻」「雙聲兼疊韻」四類，〔註 44〕沒將「非雙聲疊韻」列入連綿詞中。向熹分爲「雙聲」、「疊韻」、「雙聲兼疊韻」、「非雙聲疊韻」四類。

朱廣祁《詩經雙音詞稐稿》:「聯綿詞還可能依照雙聲或疊韻的規律發生意義相關的微妙變化，派生出許多新詞。這些特點，使它比起同一音節重疊而成的重言來更能適應詩歌聲律的要求，更能造成聲調鏗鏘，變化繁複的美感。」〔註 45〕依據他的統計《詩經》「雙聲」、「疊韻」、「非雙聲疊韻」的聯綿字的數量有 138 個如下：〔註 46〕

雙聲		疊韻				非雙聲疊韻聯綿字
喉牙	唇音	同韻部	對轉疊韻	鄰韻疊韻	旁對轉疊韻	
25	3	51	4	23	9	23
共 28 個		共 87				共 23

而杜其容《毛詩連綿詞譜》（以下簡稱杜《譜》）杜《譜》分 A、B、C、D、

台北：商務印書館，民國 83（1994）年 4 月景印二版），頁 128。

〔註 42〕同上註，頁 128～130。

〔註 43〕同註 68，頁 101（注 2）。

〔註 44〕徐振邦，《聯綿詞概論》（北京：大眾文藝出版社，1998 年 7 月北京第一次印刷），頁 18。

〔註 45〕朱廣祁，《詩經雙音詞論稿》（河南人民出版社，1985 年），頁 97。

〔註 46〕同上註，頁 111 至 126。

E、F 六個譜，其 A 譜紀錄嚴的雙聲兼疊韻（即是重言），B 譜至 F 譜則爲聯綿字，〔註47〕也就是周法高所稱的「部分疊音形式的雙音詞」共有 247 條。〔註48〕

向熹《詩經語文論集・詩經裏的複音詞》中說：「《詩經》裏的單純複音詞一共不過 98 個。」（表一）〔註49〕而他先前的《詩經語言研究・詩經裏的複音詞》統計有 99 個〔註50〕（表二）。撰者將表列於下：

表一

類　別	雙　　聲	疊　　韻	雙聲兼疊韻	非雙聲疊韻
個　數	26	41	7	24
總　數	74			24

表二

類　別	雙　　聲	疊　　韻	雙聲兼疊韻	非雙聲疊韻
個　數				26
總　數	73			26

由上兩表可知「非雙聲疊韻」差了兩個，此也印證了朱廣祁所言「聯綿詞較重言不易判別。」

第三節　重言與聯綿詞的異同

向熹《詩經語言研究》說：「《詩經》中有複音詞 900 餘個，約佔全書 3400 個詞的 27%。從詞性看，名詞、動詞、形容詞都有。……複音詞有單純複音詞、有重言詞、也有複合詞。」〔註51〕「單純複音詞也叫聯綿詞，雖有兩個音節，卻

〔註47〕B 譜是「寬的雙聲兼疊韻」、C 譜是「嚴的雙聲」、D 譜是「寬的雙聲」、E 譜是「嚴的疊韻」、F 譜是「寬的疊韻」。

〔註48〕周法高，《中國古代語法・構詞篇》(《中央研究院歷史語言研究所專刊》之三十九，台北：商務印書館，民國 83（1994）年 4 月景印二版)，頁 153。

〔註49〕向熹《詩經語文論集・詩經裏的複音詞》(成都：四川民族出版社，2002 年 7 月)，頁 39。

〔註50〕向熹《詩經語言研究・詩經裏的複音詞》(成都：四川人民出版社，1987 年 4 月)，頁 205～207。

〔註51〕向熹《詩經語言研究》(四川人民出版社，1987 年 4 月)，頁 204；向熹在其另一

只是一個詞素，〔註 52〕即所謂『合兩字之音，以成一字之意』。它們一般不能再從結構上進行分析，語音上可以分爲雙聲疊韻和非雙聲疊韻兩類。」〔註 53〕若依向熹之言「重言」與「聯綿詞」雖同爲複音詞，卻是不同語義結構。然而，重言是不是聯綿詞，這就要從聯綿詞的特點與疊字重言的自身狀況去考察。聯綿詞是單純性的雙音詞，突出特點是兩字拆開後皆無義，不能分開解釋。有的拆開後的字義與聯綿詞義不相關，而重言詞經過學者的研究，可分爲兩類：一類是由「音變造詞」而產生的「疊音單純詞」，這類詞兩個音節只是一個詞素，不能單獨運用，如關關（鳥鳴聲）、脈脈（注視貌）、活活（水流聲）、霍霍（磨刀聲）、娑娑（衣服飄動貌）、所所（伐木聲）、霏霏、瞿瞿、嗷嗷、迢迢、交交（鳥叫聲）、夭夭、喓喓（蟲叫聲）、闐闐、坎坎、雰雰等。另一類是由「語法造詞」而產生的重疊是合成詞，重疊的單音詞，能夠獨立運用，單用的意義與重疊後的意義有的相同、有的相關，這種重言不合聯綿詞的特點，就不是單純性的聯綿詞。如：

1、涓涓，細流。《廣雅・釋訓》：「涓涓，流也。」《說文・水部》：「涓，小流也。」

2、洋洋，盛多、廣大。《詩經・衛風・碩人》：「河水洋洋，北流活活。」毛《傳》：「洋洋，盛大也。」《廣雅・釋詁下》：「洋，多也。」

3、惴惴，恐懼貌。《詩經・秦風・黃鳥》：「臨其穴，惴惴其慄。」毛《傳》：「惴惴，懼也。」《說文・心部》：「惴，憂懼也。」

4、泱泱，深廣貌。《詩經・小雅・瞻彼洛矣》「瞻彼洛矣，維水泱泱。」毛《傳》：「泱泱，深廣貌。」《說文・水部》：「泱，滃也。」《說文・水部》：「滃，雲气也。」

5、煌煌，明亮貌。《詩經・大雅・大明》：「檀車煌煌」。毛《傳》：「煌煌，明也。」《說文・火部》：「煌，煌煌煇也。」

6、赫赫，顯赫貌。《詩經・商頌・殷武》：「赫赫厥聲」。鄭《箋》：「赫赫乎其出政教也。」《說文・赤部》：「赫，大赤皃。」「赫赫」用「赫」之引申義。

書《詩經語文論集》則說「複音詞 1329 個，占整個《詩經》詞彙的百分之三十弱。」（四川民族出版社，2002 年 7 月），頁 37。

〔註 52〕葛本儀，《漢語詞彙學》說：「詞素是最小的直接構成詞的語言單位，只有在構詞中詞素才具有生命力。」（山東大學出版社，2003 年 8 月第二次印刷），頁 11。

〔註 53〕同註 78，頁 205。

以上是重疊式合成詞，它們可拆開分訓，故與聯綿詞不同。

從漢語詞彙的發展史來看，聯綿字是雙音詞中出現較早的單純詞。後來，由兩個單音詞素通過語義結合組成複合詞的構詞法發展起來的。《詩經》時代以前漢語是以單音節爲主，〔註 54〕而《詩經》詞匯中具有多量的「重言」和「聯綿詞」，這兩種詞彙在同時代同時被運用，而在當時聯綿字是不容易被誤解的，這些特殊的用法不會影響到文義的明確性。可是到了後代，由於時代久遠，許多人不明白聯綿詞構詞特性，未能瞭解其義，而產生誤會。這種誤會最突出的就是將聯綿字拆開來分訓，如：「猶豫」被說成兩種獸，「狐疑」被說成狐性多疑。「重言」和「聯綿詞」雖然產生的時代接近，且都在《詩經》中大量被使用，它們具有何種異同之處，撰者將其歸納如下：

一、相同處

1、最早雙音詞

重言和連綿字是漢語中最早出的雙音詞，兩者都是從單音節走向雙音節的重要橋樑，均爲適應實際語言運用的需要。而《詩經》中的聯綿詞中沒有作抽象名詞的，這一現象也可以說明聯緜字和重言一樣，是漢語中出現較早的雙音詞。聯綿字屬於雙音節單純詞，而重言中的「摹聲詞」也是屬於單純詞，都是兩字只表示一個語素。

2、具有多樣的名稱

「重言」，有「疊字」、「疊音詞」、「重言形況字」、甚或「聯綿字」等名稱；「聯綿詞」有「連語」、「謰語」、「連文」或「駢字」、「雙聲疊韻」、甚或稱爲「重言」等名稱。

3、同是《詩經》大量出現的詞彙

《詩經》、《楚辭》之前，先秦的其他典籍中，聯綿字和重言並不很多。先秦諸子中所用亦不多，而聯綿字和重言的大量、廣泛使用以《詩經》最爲突出。

4、不可分訓

連綿字屬於「單純複音詞」，〔註 55〕所以王國維說聯綿字「合二字而成一語，

〔註 54〕甲骨卜辭和西周彝器銘文中出現的個別雙音詞，不能說是漢語中一開始就有雙音詞的存在。

〔註 55〕向熹，《詩經語文論集》（四川民族出版，2002 年 7 月），頁 39。

其實猶一字也。」王念孫《讀書雜志・漢書第十六・連語》中也說：「凡連語之字，皆上下同義，不可分訓。」而王筠早於《毛詩雙聲疊韻說》中說：「（聯綿詞）合兩字之音，以成一事之義」。重言中的「摹聲詞」也是屬於「單純的雙音詞」，不可分訓。

5、上下字有聲音關係

連綿詞不論是「雙聲」、「疊韻」、「雙聲兼疊韻」均有聲音上的關係，即使是「非雙聲疊韻」也曾有聲音上的關係。誠如朱廣祁說：「聯綿字在聲音上的演變，方式是多方面的。有的保持聲母相同，改變韻母；有的保持韻母相同，改變聲母；有的聲韻都有變化，但仍保持原來的雙聲或疊韻關係。但這三種情況可以繁複交錯出現，其結果就會形成一些非雙聲疊韻聯綿字，並且會出現一些語意相近而聲音相距甚遠的聯綿字。」〔註56〕重言則是兩個音節聲母、韻母完全相同。所以朱廣祁說：「如果從語音的角度看，可以把重言當作特殊形式的聯綿字。」〔註57〕

6、一義多形（多用假借字）

所謂「駢詞無定字」。聯綿詞字形不同，或因文字通假或因方言書寫問題。聯綿字是通過約定俗成流傳下來的，它只能要求語音方面的大體近似，如「委訑」、「委佗」、「委蛇」或「匍匐」，可寫成「扶服」、「扶伏」「蒲服」、「蒲伏」、「匍百」等。《詩經》重言和聯綿字一樣有著多種寫法，這是用假借字，所以有一義多形的問題。如「煢煢」、「嬛嬛」、「睘睘」、「惸惸」或「麃麃」、「鑣鑣」、「瀌瀌」或「肺肺」、「茷茷」、「旆旆」或「旁旁」、「騯騯」或形容聲音的「將將」、「鎗鎗」、「鶬鶬」、「瑲瑲」或「鏘鏘」。

7、識音之字

聯綿詞和重言中的狀聲詞多爲識音之字。魯實先《假借遡原》說：「狀聲之字，聲不示義。」〔註58〕既是不示義，所以不能用合成詞的方式來訓解。

8、富有音樂性

重言具有「聽覺上的美感」，能使作品的語言富于「音樂性」，能使人感到

〔註56〕朱廣祁，《詩經雙音詞論稿》（河南人民出版社，1985年），頁138。

〔註57〕同上註，頁2。

〔註58〕魯實先，《假借遡原》（台北，文史哲出版社，民國62（1973）年10月初版），頁36。

活潑生動而留下深刻的印象，《詩經》中大量用重言和聯綿字大多是因「聲律要求」。所以，朱廣祁說：「《詩經》多用重言，是爲滿足詩歌聲律的需要。」

9、口頭文學語言特點

重言和聯綿字最早是活躍於口頭語言的，此可用於調整聲律，而《詩經》正是講求音律的文學作品。

二、相異處

1、詞性多不同

重言和聯綿字在語音性質上相近，但兩者的詞類分部上卻多不相同。重言在《詩經》中都是形容詞（「燕燕于飛」爲特例）。王筠《說文釋例・卷五》中說：「凡重言皆形容之詞。」〔註59〕朱廣祁《詩經雙音詞論稿》說：「《詩經》中的重言基本上都應歸入形容詞。」〔註60〕楊合鳴《詩經疑難詞語辨析》也說：「竊以爲凡疊根詞皆爲形容詞。」而劉勰《文心雕龍・物色》：「灼灼狀桃花之鮮，依依盡楊柳之貌，杲杲爲出日之容，瀌瀌擬雨雪之狀，喈喈逐黃鳥之聲，喓喓學草蟲之韻。」這「狀鮮」、「盡貌」「爲容」、「擬狀」就是道出重言爲形容詞（只有三個名詞，如：「燕燕」、「子子」、「孫孫」）；而聯綿字在《詩經》中不只有形容詞，還有動詞、名詞和副詞等、甚至也有嘆詞。

2、詞的多義性

朱廣祁《詩經雙音詞論稿》說：「（重言）含糊籠統，容易產生歧解，不能準確地指出事物的本質屬性。」〔註61〕而連綿字形容詞比較準確。朱廣祁所謂「含糊籠統」所指乃是當重言離開語境時，因其有一詞多義的特性，而不易精確理解其涵義。

3、詞的內涵不完全相同

聯綿字都是單純詞，而重言詞並非全是單純詞（狀聲詞屬單純詞），如楊合鳴所言「疊根詞屬於合成詞」。其所謂疊根合成詞如：維葉「萋萋」（周南・葛覃）、碩人「俁俁」（邶風・簡兮）等狀貌形容詞。

〔註59〕楊合鳴，《詩經疑難詞語辨析》（武漢：崇文書局，2003年5月），頁225。

〔註60〕朱廣祁，《詩經雙音詞論稿》（河南人民出版社，1985年），頁41；其又於同書，頁43說：「『燕燕于飛』確鑿無疑是名詞。這是《詩經》中的特例。」

〔註61〕同上註，頁52。

由以上撰者對「重言」和「聯綿詞」的異同分析，有助於讀者進一步對兩者的認識，以及如何區別它們之間的差異。

第三章　《毛詩》重言詞類型與修辭功能

《詩經》是我國第一部詩歌總集，其時代約周初到春秋中葉五百年間（公元前十一世紀到公元前六世紀之間）。秦火之後，《詩經》的傳授儘管出現了《毛詩》和三家詩（魯、齊、韓）的不同，而流傳到現在的《詩經》（即《毛詩》）在文字方面儘管也有異文甚或錯簡，這些都還不至於影響到我們全面地認識與研究它的語言面貌。因此，《詩經》作爲語言資料的研究價值是十分可貴的，它是考察春秋以前漢語面貌的一部最珍貴的文獻。

在甲骨卜辭和彝器銘文中，可以看出周代以前語詞構詞方面以單音節詞爲主，這是當時辭彙中的一個特點。單音節使得語言的表現能力或在新詞的創造上都受到相當大的限制。漢語從單音節詞過度到雙音節詞，是一個十分重要的現象，它歷經了十分綿長的歷史演化過程。由殷商入周之後，農業生產力、社會關係、政治制度、文化思想甚至商業活動都變得複雜，且迅速的發展。爲「應付與符合社會交際，語詞產生了變化，最重要的特色就是突破了單音節的限制，而逐漸產生了複音詞，從而在詞彙上演變爲雙音複合詞。」〔註 1〕《詩經》所處的時代，正是這個重要演化的開始階段，從漢語詞彙研究的角度來看，漢語單音詞進入雙音詞，《詩經》是最重要的文獻資料。它的四言形式特點決定了它在語言中重視雙音節詞和雙音節詞組的運用，這也是促進漢語詞匯向雙音節的發展的重要

〔註 1〕朱廣祁，《詩經雙音詞論稿》（河南人民出版社，1985 年），頁 4。

因素。在《詩經》中雙音節使用最多且描寫神態、聲音最爲生動的就是重言詞的運用。這種型態的文學語言技巧對後代的詩發展具有極其重要的影響。而《毛詩》的「重言」具有兩個類型，正如朱廣祁先生在《詩經雙音詞論稿》引言中說：

> 《詩經》中的雙音詞，有單純詞也有複合詞。單純詞即重言和連綿字，……重言和連綿字是漢語詞匯中較早出現的雙音節詞，兩個音節有著語音方面的一定聯繫，並且以這種語音聯繫爲線索演變出許多意義上有關聯的同族詞。……雙音詞由單純詞向合成詞發展是漢語造詞法上的一個重要的躍進。在《詩經》中，雙音節複合詞已經具有了很豐富的構詞方式，奠定了漢語構詞法的基礎。〔註2〕

清人邵晉涵於《爾雅正義》卷第四〈釋訓第三〉也曾說：

> 古者重語皆爲形容之詞，有「單舉其文與重語同義者」。如：肅肅，敬也；丕丕，大也。祇言「肅」、祇言「丕」，亦爲「敬也」、「大也」。有「單舉其文即與重語異義者。如：坎坎，喜也；居居，惡也。祇言「坎」、言「居」，則非「喜」與「惡」矣。〔註3〕

邵晉涵所言的「單舉其文與重言同義者」就是朱廣祁所說的「重言合成詞」；而「單舉其文即與重言異義者」乃是「重言單純詞」。另外，孫冬妮在〈詩經疊字分析〉一文中將重言的類型分爲「疊音詞」和「疊根詞」。她說：

> 疊音詞是由音變造詞產生的單純詞，其兩個音節僅是一個詞素，不能單獨使用；或者可單獨使用，但是與疊用的意義無關。在《詩經》中，疊音詞的主要功能是擬聲摹狀。另一類是由語法造詞而產生的重疊式合成詞，或稱「疊根詞」。這類詞屬於單音詞的重疊使用，故而單字也可以獨立使用，單用時的意義與重疊後的意義有的相同、有的相關。〔註4〕

楊合鳴〈詩經疊根詞皆爲形容詞〉一文中也將「重言」分爲「疊音詞」和「疊根詞」。他說：

〔註2〕朱廣祁，《詩經雙音詞論稿》（河南人民出版社，1985年），頁4。

〔註3〕邵晉涵《爾雅正義》卷第四〈釋訓第三〉，收於《續修四庫全書 187・經部・小學類》（上海：古籍出版社），頁103。

〔註4〕孫冬妮，〈詩經疊字分析〉，《襄樊學院學報》，第24卷第6期（2003年11月）。

> 重疊詞古人稱作「重言詞」。重疊詞包括「疊音詞」和「疊根詞」兩種。疊音詞屬於單純詞，易於理解，……。疊根詞屬於合成詞，它是由兩個相同的詞根重疊而成。《詩經》中疊根詞使用頻率高，且較爲複雜。〔註5〕

楊合鳴認爲疊根詞的意義原於詞根的意義：（一）詞根爲本義；（二）詞根爲引申義，如：「夭夭」「灼灼」「謔謔」；（三）詞根爲通假義，如「居居」「伎伎」「泥泥」「斤斤」。

謝永玲〈疊音詞和重疊式合成詞的區分〉則是將重言分爲「疊音詞」和「重疊式合成詞」（重疊式）。她說：

> 疊音詞和重疊式是兩種不同的構詞類型。……前者是「語匯上的構詞重疊」；後者是「語法上的構形重疊」。……疊音詞屬於單純詞，重疊式屬於合成詞。……疊音詞的字僅僅是一個音節，而不是語素，它們不能獨立成詞、單獨使用。重疊式中的一個字就是一個語素，她們可以分開單用，獨立成詞。〔註6〕

若依謝文所言「單純詞」是「詞彙學上的構詞重疊」其性質如同邵晉涵的「單舉其文即與重言異義者」；「重疊式」則是「語法構形」如「單舉其文與重言同義者」。向熹《詩經語言研究》基本上也是這樣的分法。他說：

> 重言詞與單字詞的關係看，主要有兩種情況：一種情況是，重言詞由兩個純粹的音節構成，同單字的意義沒有聯繫，例如「蟲蟲」是熱氣蒸騰的樣子，與昆蟲的「蟲」沒有聯繫；「濕濕」是牛耳動搖的樣子，與乾濕的「濕」沒有聯繫。……另一種情況是，重言詞的意義與單音詞的意義基本相同，不過重言帶有更強的描寫性質。例如「發」與「發發」都表示風疾吹聲。〈檜風‧匪風〉：「匪風發兮」；〈小雅‧蓼莪〉：「飄風發發」。《毛傳》：「發發，疾貌」。〔註7〕

〔註5〕楊合鳴，《詩經疑難詞語辨析》（武漢：崇文書局出版，2003年5月第二次印刷），頁255。

〔註6〕謝永玲〈疊音詞和重疊式合成詞的區分〉，《河南師範大學學報》（哲學社會科學版），第25卷第3期（1998年），頁77。

〔註7〕向熹，《詩經語言研究》（成都：四川人民出版社，1987年4月），頁210。

因此，現代重言大多被歸爲「單純詞」與「合成詞」，而單純詞大多是「不重不能用」的「疊音詞」;「合成詞」則是「不重亦能用」的所謂「疊根詞」。撰者在此依前人所言將「重言」兩類型重新分爲「單舉其字與重言異義者的單純詞」和「單舉其字與重言同義者的合成詞」。不論是「單純詞」，抑或是「合成詞」，本文均認定其爲「雙音詞」的「重言詞」。(在〈匪風〉「匪風發兮」,《毛傳》就以「飄風發發」的重言詞形式來表現出疾風的狀態，這就是以「重言給人強烈感的」情感修辭法，而這「發」兮的單詞也就是王筠所言:「單詞即重言者」，用作「發發」能使音感更強烈。)

第一節　重言類型

一、單舉其字與重言異義的「單純詞」

這類的重言是由兩個完全相同的音節組成爲一個「語素」的詞，也就是所謂的「不疊不能用」的「雙音重言詞」。這兩個字只代表著兩個音節，與重言詞的意義無關，也就是說單字的本義與新造成的重言詞意義無關。通常是用在「擬音」或是「依聲託事」的「無本字」用字假借。在現世傳本的《毛詩》中依撰者統計有 68 個，占重言總數比例百分之十九。以下略述其構成，並舉詩例，說明其詞義特點:

(一)擬音詞

這類詞在《毛詩》中有相當的數量。魯實先《假借遡原》中說了四個聲不示義的原則:「一曰狀聲之字，聲不示義。若玉聲曰:玲、瑲、玎、琤。二曰識音之字，聲不示義。三曰方國之名，聲不示義。四曰假借之文，聲不示義。」〔註 8〕擬聲詞也就是狀聲詞，其聲不示義，只擬其聲。因此，常出現「一聲多詞」的狀況。如:

1、「喈喈」

〈小雅・出車〉:「倉庚喈喈」、〈大雅・卷阿〉:「雝雝喈喈」，所狀是「鳥鳴聲」。〈鄭風・風雨〉:「雞鳴喈喈」，所狀是「雞鳴聲」。〈小雅・鼓鐘〉:「鼓鐘喈

〔註 8〕魯實先，《假借遡原》(台北:文史哲出版社，民國 62(1973)年 10 月初版)，頁 36，39，45，65。

喈」，毛《傳》：「喈喈猶將將」，所狀是「鐘鼓聲」。〈大雅・烝民〉：「八鸞喈喈」，毛《傳》：「喈喈猶鏘鏘」，所狀是「鈴聲」。

2、「坎坎」

〈魏風・伐檀〉：「坎坎伐壇兮，置之河之干兮。」毛《傳》：「坎坎，伐檀聲。」朱熹《詩集傳》：「用力之聲。」《說文》：「坎，陷也。」「坎坎」在此是描摹伐木的聲音，與「坎」字本義「低陷」無關。此「坎坎」只是擬砍伐聲。而〈小雅・伐木〉：「坎坎鼓我」，鄭《箋》：「為我擊鼓坎坎然」，所狀是「鼓聲」。

3、「嘒嘒」

〈邶風・谷風〉：「習習谷風，以陰以雨。」〈小雅・小弁〉：「鳴蜩嘒嘒」，毛《傳》：「蜩，蟬也。嘒嘒，聲也。」所狀為「昆蟲鳴叫聲」。〈小雅・采菽〉：「鸞聲嘒嘒」，此所狀為「鈴聲」。〈商頌・那〉：「嘒嘒管聲」，毛《傳》：「嘒嘒然和也」，所狀為「管樂聲」。

（二）假借字

許慎在《說文解字》為假借下了一個定義：「假借者，本無其字，依聲託事。」〔註9〕而段玉裁認為假借字的起源是：「大氐假借之始，始於本無其字。及其後也，既有其字矣，而多為假借。又其後也，且至後代，譌字亦得自冒於假借。」〔註10〕段氏之意是：最早是無本字假借，後來是有本字假借，最後是譌字也冒充假借。《毛詩》重言詞的單字本身都有各自的來源，但其在重言詞中指一個代表兩個音節的語詞，與其重疊後的「重言」並無意義上的關係。如：

1、〈衛風・氓〉「信誓旦旦」中的「旦旦」

鄭《箋》說：「懇惻款誠」。但是，「旦」之本義為「日出」，故此只借其「音」，如魯實先先生所言：「識音之字，聲不示義。」，〔註11〕與「懇惻款誠」毫無相關。

2、〈衛風・碩人〉「碩人敖敖」的「敖敖」

毛《傳》曰：「敖敖，長貌。」《說文・出部》：「敖，出游也。」「敖」即後

〔註9〕東漢・許慎著、清・段玉裁注，《說文解字》（台北：書銘出版社，民國83（1994）年10月七版），頁764。

〔註10〕同上註，頁764。

〔註11〕魯實先，《假借遡原》（台北：文史哲出版社，民國62（1973）年10月初版），頁39。

來「遨」之本字，此與「敖敖，長貌。」並無相關。因此，「敖」在此乃是一個假借字。

3、〈大雅・皇矣〉「臨衝閑閑」的「閑閑」

毛《傳》曰：「閑閑，動搖也。」《說文・門部》：「閑，闌也。」「閑」的本義是「欄杆」之義即後來「遨」，與此「閑閑，動搖也。」並無相關。因此，「閑」在此乃是一個假借字。

二、單舉其字與重言同義的「合成詞」

由兩個形、音、義完全相同的單字所組成的詞，有兩個語素單位，也就是所謂的「不疊也能用」的「雙音重言詞」，是楊合鳴所說的「疊根詞」。這兩個字所代表的兩個音節，與重言詞的意義相同、相關或重言詞爲其單字之引申義。「單舉其字與重言同義者的合成詞」大多屬於單音節形容詞的重疊使用。此類在《毛詩》中有 288 個，占重言總數比例百分之八十。這亦可分爲兩類：其一是「單字」即與重言相同、相關或爲其單字之引申義；其二則是「有本字」的用字假借。

（一）單字與重言相同、相關或為其單字之引申義的重言

1、〈邶風・柏舟〉「憂心悄悄」的「悄悄」

《毛傳》：「悄悄，憂皃。」又〈陳風・月出〉「勞心悄兮」。《毛傳》「悄，憂也。」《說文・心部》：「悄，憂也。」引《詩》曰：「憂心悄悄。」可見許慎也同意「悄悄」之意即是「悄」重疊義。所以，此「悄」之單字義與重言後的「悄悄」音義皆同。

2、〈秦風・黃鳥〉「惴惴其慄」的「惴惴」

《毛傳》：「惴惴，懼也。」《說文》：「惴，憂懼也。《詩》曰：『惴惴其慄』。」《爾雅・釋訓》：「惴惴、憢憢，懼也。」郭《注》：「皆危懼。」又《孟子・公孫丑》：「自反而縮，雖褐寬博，吾不惴焉。」趙岐注曰：「惴，懼也。」是「惴惴」與「惴」相同。

3、〈邶風・二子乘舟〉：「汎汎其逝。」的「汎汎」

《毛傳》：「汎汎然迅疾而不礙也。」《朱傳》：無注。《說文》：「汎，浮貌。」

4、〈小雅・白駒〉：「皎皎白駒，食我場苗。」的「皎皎」

毛《傳》無訓釋。《朱傳》：「皎皎，潔白也。」《說文》：「皎，月之白也。」

「皎」由月之白引申爲白之意。因此，「皎」之單字引申義與重疊後「皎皎」同義。

5、〈大雅・思齊〉：「肅肅在廟。」的「肅肅」

毛《傳》：「肅肅，敬也。」《書・洪範》：「恭作肅」。《說文》：「肅，持事振敬也。」「肅」的本義爲恭敬，「肅肅」的本義亦是恭敬，單用與疊用意思相同。

（二）有本字的用字假借

1、〈小雅・裳裳者華〉「裳裳者華，其葉湑兮」的「裳裳」

《毛傳》：「裳裳猶堂堂也。」《箋》云：「華堂堂於上，喻君也。」《說文・巾部》：「常，下帬也。從巾尚聲。常或从衣。」〔註12〕「裳」爲「常」之重文，「常」、「裳」同字；《說文・土部》：「堂，殿也。」宮殿堂皇，故「堂」引申有「美麗盛大」之意。因此，「裳裳」爲「堂堂」之假借，再由「堂」引申有「美盛義」。

2、〈魯頌・有駜〉「夙夜在公，在公明明」的「明明」

毛《傳》無注；《箋》引《禮記》曰：「大學之道，在明明德。」馬瑞辰《通釋》：「明，勉一聲之轉，明明即勉勉之假借，謂其在公盡力也。《箋》訓爲『明明德』，失之。」〔註13〕王引之《經義述聞第七・毛詩》「明明天子」一條則說：「家大人曰：『明、勉一聲之轉，故古多謂勉爲明。重言之則曰明明。《爾雅》曰：亹亹，勉也。鄭注禮器曰：亹亹，猶勉勉也。亹亹、勉勉、明明，亦一聲之轉。……〈魯頌・有駜〉『夙夜在公，在公明明』，言在公勉勉。』」〔註14〕《說文》「明，照也。段注：『火部曰：照，明也。……凡明之至，則曰明明。明明猶昭昭也。〈大雅・大明〉、〈常武〉，《傳》皆云：明明，察也。……有駜：在公明明。鄭《箋》云：在於公之所但明明德也。引《禮記》：『大學之道，在明明德』。夫由微而著，由著而極，光被四表，是謂明明德於天下。』」《說文》「勉，彊也。段注：『凡言勉者，皆有相迫之意。自勉者自迫也……大雅毛傳曰：亹亹，

〔註12〕東漢・許慎著、清・段玉裁注，《說文解字》（台北：書銘出版社，民國83（1994）年10月七版），頁362。

〔註13〕馬瑞辰，《毛詩傳箋通釋》（北京：中華書局，2005年7月第四次印刷），頁1131。

〔註14〕王引之，《經義述聞》（孔子大全編輯委員會，山東：友誼書社出版，1990年），頁685。

勉也。周易鄭注：亹亹猶沒沒也。』」〔註 15〕「明」在明母陽部，「勉」在明母元部，兩者聲母相同故可假借。

由於疊根詞是由兩個相同的詞根重疊而成，其意義源於詞根的意義。因此，疊根詞具有三個特點：〔註 16〕

（一）可以拆析：疊音詞連綿詞渾然一體故不可離析。疊根詞的根義與詞義相當，故可以拆析。黃侃《爾雅音訓》謂疊根詞「單言亦得成義。」

（二）含有多種意義：音疊根詞也就具有一詞多義性。如，「肅肅在廟。」的「肅肅」有「恭敬義」；「肅肅兔罝」的「肅肅」卻是「細密之義」。

（三）具有靈活性：有些單音節形容詞描寫事物本來就不甚精確，而疊根詞的意義就更加顯得籠統而模糊，這就決定了疊根詞具有靈活性。同一疊根詞在描寫不同事物時，其意義具有微殊的現象，因而只有聯繫具體語境，悉心玩味，方能決定其確切涵意。

在重言詞中「有本字」的假借用例合成詞，因其單字義與重言之訓釋無直接關聯，若是僅從字面上看，似與「單舉其字與重言異義者的單純詞」相同，其必須通過本字的考釋辨析，方能明白其義，否則，便會與「單純詞」相混淆。而這兩類重言影響後世的重言造詞方式，我們若要分辨這兩個類型的重言，不能只注意到字與字之間的語音關係，而忽略了語素和語素之間的結構關係。只有掌握住語音、語素、詞三者之間的關係，才能正確的分析這兩種重言類型。

第二節　重言的修辭功能

修辭功能，顧名思義就是能使語言表達得準確、鮮明而生動有力的效能。修辭是言語現象，語法是語言現象，林裕文在《辭彙、語法、修辭》中指出：「修辭的特點與語法構造的特點密切相關，而在語言的發展過程中，某些修辭現象又會轉化爲語法現象。」〔註 17〕而顧頡剛論《詩經》所錄全爲樂曲「對山歌因

〔註 15〕東漢・許慎著、清・段玉裁注，《說文解字》（台北：書銘出版社，民國 83（1994）年 10 月七版），頁 706。

〔註 16〕楊合鳴，《詩經疑難詞語辨析》附錄〈詩經疊根詞皆爲形容詞〉（武漢：崇文書局出版，2003 年 5 月第二次印刷），頁 255。

〔註 17〕汪如東，〈漢語重疊的語法意義和修辭意義〉，《湖北師範學院學報》（哲學社會科學版），第 22 卷第 1 期（2002 年 1 月）。

問作答，非複沓不可……」，他所說的《詩經》修辭功能就是「疊章複沓」。《詩經》多為配樂詠唱、方便記誦則常以複沓的形式增強效果，而這種複沓的音樂性和重言的修辭技巧可說是有異曲同工之妙。重言的修辭功能也是通過藝術的描寫，以增強語言的表現力，它可以：「借聲音的繁複增進語感的繁複；借聲音的和諧張大語調的和諧。」〔註 18〕音節相互重疊，借助音感，既能增添詩詞韻律之美，又能體現描摹事物、景物和人物的色彩美和聲音的獨特性。《毛詩》使用大量的重言詞，在三百五篇中共有一百九十一篇使用「重言」，占百分比為62．6。夏傳才在《詩經語言藝術新編・疊字疊句》中說：

> 為什麼《詩經》大量運用疊字，而且其中有些篇章集中運用，有達到句句有疊字（如《衛詩・碩人》的第四章），這是因為它能產生特殊的效果，具有增強語言音樂性、生動地描寫狀物、難以替代的擬聲這三種功用。〔註 19〕

這段話很明白的說出重言在《詩經》中的作用，就是「增強語言音樂性」、「狀貌寫物」、「摹擬聲音」。對於這種「狀貌」、「擬聲」的功能早在為南北朝劉勰《文心雕龍・物色第四十六》就說：

> 是以詩人感物，聯類不窮。流連萬象之際，沉吟視聽之區；寫氣圖貌，既隨物以宛轉；屬采附聲，亦與心而徘徊。故灼灼狀桃花之鮮，依依盡楊柳之貌，杲杲為出日之容，瀌瀌擬雨雪之狀，喈喈逐黃鳥之聲，喓喓學草蟲之韻；皎日嘒星，一言窮理，參差沃若，兩字窮形：並以少總多，情貌無遺矣。雖復思經千載，將何易奪。〔註 20〕

劉勰這段話中的「狀桃花之鮮」、「盡楊柳之貌」、「為出日之容」、「擬雨雪之狀」說出了「重言」所具有狀貌的藝術性功能；「逐黃鳥之聲」、「學草蟲之韻」表明「重言」摹擬聲音形態的藝術修辭功用。若非經一番「沉吟」的過程，運用形象思維，才能使詩句、詩篇傳神動人。這種優美的重言藝術技巧增添了《毛詩》

〔註 18〕陳望道，《修辭學發凡》（上海：教育出版社，2001 年），頁 178～180。

〔註 19〕夏傳才，《詩經語言藝術新編》（北京：語文出版社，1998 年 1 月第一次印刷），頁 56。

〔註 20〕劉勰著、周振甫注，《文心雕龍》（台北：里仁書局，民國 90（2001）年 9 月 28 日初版 4 刷），頁 845。

藝術性、活潑性和音樂性，使得《詩經》的語言藝術價值和優美的音樂性凌駕於當時的文學作品。重言的修辭技巧具有優美的藝術性功能，但是朱廣祁於《詩經雙音詞論稿》中卻說：

> 重言對事物的形容，跟一般形容詞很不相同。它不象大、小、長、短、速、遲詞一樣，直接說明事物的性質或狀態，而只是以重疊的音節來朦朧地烘托出事物的態貌。〔註21〕

但撰者以爲「大」「小」「長」「短」「快」「慢」是一種比較性的語詞，必須實際應用於完整表達句子，才能具體表達事物之性質或狀態。而《毛詩》中的重言雖有些具有一詞多義的特性，然而若是放在實際語境之中，透過聯想，亦可達到劉勰所說的「灼灼狀桃花之鮮」、「依依盡楊柳之貌」、「杲杲爲出日之容」、「瀌瀌擬雨雪之狀」、「喈喈逐黃鳥之聲」、「喓喓學草蟲之韻」等狀貌摹聲的藝術修辭功用，若是脫離了語境，有些重言的意思就會顯得模糊不精確。但是，這種具有音樂特性的修辭藝術在當時確爲一支異軍突起，而且其特殊修辭效果，一直影響後代文學。近代學者如向熹、吳宗淵、袁旭東等人也都曾提出他們對重言修辭功能的看法，試將各家說法製成簡表如下：

人名及論著	重　言　功　能
向熹《詩經語言研究》第四章〈《詩經》的詞匯‧第七節《詩經》裏的複音詞〉（頁209～210）	重言詞不外象聲和繪景兩大類。象聲重言詞38個，描寫各種聲音……繪景重言詞310個，占絕大多數，用以描寫事物的各種狀態和顏色。
吳宗淵〈疊字在古典詩歌中的狀況與修辭功能〉，《寧夏大學學報》（社會科學版），第17卷第4期（1995年）	1、適應摹聲的需要，具有音樂性 2、適應摹狀的需要，具有形象性 3、適應感情的宣洩，具有抒情性 4、可以強化語氣 5、可用來表示語氣的舒緩、輕捷 6、可用來形容或描寫事物的紛繁眾多
袁旭東〈談疊字的修辭美〉，《自貢師專學報》，第2期（1997年）	1、從思想內容說： 運用疊字有助於加強語氣，增進感情氛圍，突出事物特點。 2、從藝術技巧講： 其音節自然和諧，結構單純清楚，字義容易理解，憑藉語感，還能造成一種鏗鏗鏘鏘的音樂效果。

〔註21〕朱廣祁，《詩經雙音詞論稿》（河南人民出版社，1985年），頁46。

駱小所〈試析疊字及其修辭功能〉,《楚雄師專學報》，第 14 卷第 2 期(1999 年 4 月)	1、不避重複，反而利用重複，造成形式上整齊，語感上和諧以及刺激感官，加重形象的摹擬，來提高表達的效果。 2、它是《詩經》語言美的一個不可忽視的方面、是組成《詩經》韻律美的重要因素；也是《詩經》創造意境、描繪形象，充分抒情的重要手段。用疊字描摹物態，往往可以有事半功倍的效果。
張保寧〈詩經疊音詞與主體情感表現〉，《西安外國語學院學報》(哲學社會科學版)，第 5 卷第 2 期（1997 年）	1、疊音詞具有很強的形象性，運用疊音詞，可以使詩中主體的情感得到鮮明的表現。 2、《詩經》中的疊音詞大都具有較強的動態感，可以使詩中主體的情感得到眞實的表現。疊音詞具有鮮明的節奏感。
周成蘭〈漢語疊音詞的修辭功能及語用規律〉,《湖北師範學院學報》(哲學社會科學版),第 25 卷第 2 期（2005 年 2 月）	1、加強語勢強調理性義 2、伸張節奏增強韻律美 3、親切輕鬆隨意音柔化 4、詳盡細膩生動形象化
米小群〈談 AA 式疊音詞的修辭功能〉，《六盤水師專學報》第 12 卷第 2 期 2000 年 6 月	1、狀物擬聲的作用。 2、加深程度、強調範圍的作用。 3、表達歡快、喜愛、親暱等感情。 4、調節音節、構成匀稱和諧的韻律美。

上表所列的重言修辭功能大多強調重言的「韻律和諧」、「狀貌摹聲」等性質，而這正也是《毛詩》重言的最大藝術特色。

《毛詩》中重言的「摹聲」是利用象聲詞摹擬自然聲音、飛禽走獸或工具、樂器所發出的聲音，故也是為了擬寫態貌。因此，摹聲與狀貌二者的功能，只有在具體的語境中才能完全體現。譬如，〈小雅・采薇〉:「昔我往矣，楊柳依依；今我來思，雨雪霏霏。」「依依」、「霏霏」均屬摹狀重言，這「依依」用於楊柳則是「盡楊柳之貌」，若用於離情便是「依依不捨」，因此要了解「依依」的意思必須從眞實的語境中得知；「霏」字《說文》無，《毛傳》注說:「甚也」，《廣雅疏證》:「霏霏，雨也」，朱駿聲《說文通訓定聲》認為同「飛」字，〔註 22〕亦作「霏」，也就是「雪」飄飛之意。「霏霏」用於「雨雪」為「甚」，若是用於「霪雨」便有「綿綿」之義，語境不同解釋不同；而〈周南・關雎〉:「關關雎鳩，

〔註 22〕朱駿聲，《說文通訓定聲》:「飛，鳥翥也。象張翼之形。」(台北：藝文印書館，民國 64（1975）年 8 月三版)，頁 579。

在河之洲」、〈鄭風・風雨〉「雞鳴喈喈」、「雞鳴膠膠」的「關關」、「喈喈」、「膠膠」均屬於擬聲詞。「喈喈」可用於「鐘鼓」就是狀「鐘鼓」聲，如〈小雅・鼓鐘〉「鼓鍾喈喈」。可知，即使是相同狀聲詞加之於不同的名物之前後或不同的語境便擬不同聲音。

使用重言摹狀擬聲，可使讀者如睹其狀，如聞其聲，可以增強形象的鮮明和讀者的特殊感覺，能收「以少總多」的效果。正如袁旭東說：

> 關鍵在於運用此法一要認眞觀察，二要悉心揣摩。這就是「隨物以宛轉，與心而徘徊」的修辭效果。〔註23〕

這也就是「流連萬象，沉吟視聽」的聯想過程。這種聯想必須是建立在心之意和物之象的凝合上，才能顯示出重言的語義。重言「擬聲」、「狀物」的修辭功能，既是描寫「態勢聲貌」，其詞必爲形容詞。所以，王筠在《說文釋例・卷五》才說：「凡重言皆形容之詞。」而楊合鳴也說：「竊以爲凡疊根詞皆爲形容詞。」而朱廣祁《詩經雙音詞論稿》也說：「重言在《詩經》的作用，一是摹聲，一是擬寫事物的態貌。摹聲也是爲了擬寫態貌，所以重言絕大部分可以歸入形容詞。」〔註24〕謹將重言修辭的功能分述於下：

一、聲音和諧

周成蘭〈漢語疊音詞的修辭功能及語用規律〉說：

> 疊音詞因爲音節的重複疊加，語感上音節得以重複強化，伸張了節奏，強化了韻律美，好比音樂表現上的重複敘述，給聽眾更深刻悠長的內心感受。不同的重疊形式表現了漢語不同的快慢節奏，猶如音樂節奏上二分之一拍、四分之一拍、四分之三拍等多彩的的表現形式。因此，不管我們是默讀還是誦讀主要形式疊音詞都會覺得琅琅上口，其內在的韻律都會在耳邊縈繞，給我們一種較強的聲音韻律美的享受，這是語言文字的聲音，也是漢語特有的語音形象審美特質的體現。〔註25〕

〔註23〕袁旭東，〈談疊字的修辭美〉，《自貢師專學報》，第二期（1997年）。

〔註24〕朱廣祁，《詩經雙音詞論稿》（河南人民出版社，1985年），頁7。

〔註25〕周成蘭，〈漢語疊音詞的修辭功能及語用規律〉，《湖北師範學院學報》（哲學社會

夏傳才先生在《詩經語言藝術新編・疊字疊句》也說：

它（疊字）在發音各不相同的辭匯中間隔的出現，運用的得當可以促進音調和節奏的變化，產生音響的意趣。〔註26〕

《詩經》常用複沓或用重言的形式來增加音樂效果，以及便於記誦。下面舉三個例子。如〈周南・螽斯〉：

螽斯羽，詵詵兮，宜爾子孫，振振兮。

螽斯羽，薨薨兮，宜爾子孫，繩繩兮。

螽斯羽，揖揖兮，宜爾子孫，蟄蟄兮。

〈衛風・碩人〉末章：

河水洋洋，北流活活。施罛濊濊，鱣鮪發發，葭菼揭揭。庶姜孽孽，庶士有朅。

〈豳風・鴟鴞〉末章五句連用疊字：

予羽譙譙，予尾翛翛，予室翹翹，風雨所漂搖，予維音嘵嘵。

這種連用重言讓人讀起來感覺聲調鏗鏘而富變化，音響和諧而響亮、連綿和諧悠揚的音響，具有寫物摹狀功能，讓人有一種親臨現場的感覺。此外如〈周南・葛覃〉「葛之覃兮，施于中谷。維葉萋萋，黃鳥于飛，集于灌木，其鳴喈喈。」如〈召南・草蟲〉「喓喓草蟲，趯趯阜螽。未見君子，憂心忡忡。亦既見止，亦既覯止，我心則降。」這些詩歌運用重言宛如唱出作者心中的喜、怒、悲、傷，所謂「發諸情，形於歌。」遇有相應物即隨之婉轉，常達到情、物、聲妙合的自然風韻。在《毛詩》中這種重言的音樂性比比皆是。

《詩經》多屬四字詩，且爲合律，若不足四字常以虛字或加詞頭、詞尾予以補足，正如《文心雕龍・麗辭》說：「偶語易安，奇字難適。」如爭論頗多的〈邶風・燕燕〉「燕燕于飛，差池其羽」，此重言是《毛詩》重言中的一個名詞性特例。「燕燕」在此只爲補足音節上的不足，使之具有音樂韻律的節拍，而達到《人間詞話》所言的「鏗鏘可誦」的音樂效果。

科學版），第25卷第2期（2005年2月）。

〔註26〕夏傳才，《詩經語言藝術新編・疊字疊句》（北京：語文出版社，1998年1月），頁57。

二、擬態肖物

所謂摹態就是對事物形象的逼眞描摹，是詩歌形象思維最基本的表現手法，摹態最不易達到唯妙唯肖的境界。《毛詩》以重言爲摹態的主要表現方式，這種功能包括「景物形態」、「人物心理和神態」或「人、物的動態」等等。向熹說：「重言詞不外象聲和繪景兩大類。……繪景重言詞 310 個，占絕大多數，用以描寫事物的各種狀態和顏色。」〔註 27〕若依此數量來看當時的詩歌作者在擬態的描摹上所下的功夫。然而撰者統計《毛詩》中的重言去其重複者共有 356 個，若再減掉 68 個（其中含 4 個狀聲貌均可者）共有 288 個。此數量與向熹所統計的相差 22 個，這種差異性歷來都是長期存在的，造成這種原因乃是對重言的訓詁判斷有關。以下撰者依《毛詩鄭箋》、〔註 28〕《說文》、〔註 29〕《爾雅校箋》、〔註 30〕《經典釋文》、〔註 31〕朱熹《詩集傳》〔註 32〕《詩毛氏傳疏》、〔註 33〕《毛詩傳箋通釋》、〔註 34〕《廣雅疏證》、〔註 35〕《經義述聞》、〔註 36〕《毛詩重言》、〔註 37〕異文、〔註 38〕屈萬里《詩經詮釋》、〔註 39〕高本漢《詩經注釋》〔註 40〕《詩經植物

〔註 27〕向熹，《詩經語言研究》第四章〈《詩經》的詞彙·第七節《詩經》裏的複音詞〉（成都：四川人民出版社，1987 年 4 月），頁 210。

〔註 28〕漢·鄭玄，《毛詩鄭箋》（校相臺岳氏本，台北：新興書局出版，民國 82（1993）年 12 月版）。

〔註 29〕漢·許愼、清·段玉裁注，《說文解字》（台北：書銘出版社，民國 83（1994）年 10 月七版）。

〔註 30〕周祖謨，《爾雅校箋》（雲南人民出版社，2004 年 11 月第一版第一次印刷）。

〔註 31〕唐·陸德明，《經典釋文》（孔子大全編輯委員會，濟南：山東友誼出版社，1990 年）。

〔註 32〕朱熹，《詩集傳》（台北：藝文印書館，民國 56（1967）年）。

〔註 33〕陳奐，《詩毛氏傳疏》（台灣：學生書局出版，民國 75（1986）年 10 月第七次印刷）。

〔註 34〕馬瑞辰，《毛詩傳箋通釋》（北京：中華書局，2005 年 7 月北京第四次印刷）。

〔註 35〕王念孫，《廣雅疏證》（北京：中華書局，2004 年 4 月北京第二次印刷）。

〔註 36〕王引之，《經義述聞》（孔子大全編輯委員會，濟南：山東友誼出版社，1990 年）。

〔註 37〕王筠，《毛詩重言》（百部叢書集成，式訓堂叢書，嚴一萍選輯，台灣：藝文印書館，民國 57（1968）年）。

〔註 38〕王應麟，《詩考》、范家相，《三家詩拾遺》、陳喬樅，《詩經四家詩異文考》、江瀚，《詩經四家詩異文考補》（《詩經要籍集成》，中國詩經學會編，北京：學苑出版社，2002 年）；王先謙，《詩三家義集疏》（台灣：明文書局，民國 77（1988）年 10 月

圖鑑》〔註41〕將《毛詩》中的擬態重言分爲七個大類：「擬人類之態」、「擬動物之態」、「擬昆蟲之態」、「擬植物之態」、「擬物之態」、「摹自然之景」、「其他」表列於下：

（一）擬人類之態

1、外在視覺上

衣飾之盛	被之「僮僮」（召南・采蘩）、庶姜「孽孽」（衛風・碩人）、「青青」子衿（鄭風・子衿）、衣裳「楚楚」／「采采」衣服（曹風・蜉蝣）、「粲粲」衣服（小雅・大東）、狐裘「黃黃」（小雅・都人士）
弁帽之態	載弁「俅俅」（周頌・絲衣）
武勇之態	「赳赳」武夫（周南・兔罝）、武夫「洸洸」（大雅・江漢）、申伯「番番」（大雅・崧高）、「桓桓」武王（周頌・桓）、「蹻蹻」王之造（周頌・酌）、「矯矯」虎臣／「桓桓」于征（魯頌・泮水）、相土「烈烈」（商頌・長發）
身材魁梧貌	碩人「俁俁」（邶風・簡兮）、「偕偕」士子（小雅・北山）
身材高眺貌	碩人「敖敖」（衛風・碩人）
身體瘦瘠貌	棘人「欒欒」兮（檜風・素冠）
哭泣之貌	泣涕「漣漣」（衛風・氓）
笑樂之貌	言笑「晏晏」（衛風・氓）
手纖細貌	「摻摻」女手（魏風・葛屨）
赫赫顯著	「赫赫」在上（大雅・大明）、「濟濟」辟王（大雅・棫樸）、「皇皇」后帝（魯頌・閟宮）、「赫赫」姜嫄（魯・閟宮）

2、內在感覺上

美德之貌	「秩秩」德音（秦風・小戎）、「顯顯」令德與德音「秩秩」（大雅・假樂）、「顒顒」「卬卬」（大雅・卷阿）
兄弟和樂	「戚戚」兄弟（大雅・行葦）
恐懼之情	A、戒愼恐懼：「戰戰」「兢兢」（小雅・小旻）、「戰戰」「兢兢」（小雅・小宛）、「矜矜」「兢兢」（小雅・無羊）、「兢兢」「業業」（大雅・雲漢）、「兢兢」「業業」（大雅・召旻）

10日初版）；于茀，《金石簡帛詩經研究》（北京大學出版社，2004年10月第一次印刷）；陸錫興，《詩經異文研究》（北京：中國社會科學出版社，2002年10月第二次印刷）。

〔註39〕屈萬里，《詩經詮釋》（台北：聯經出版社，民國91（2002）年10月初版第十四刷）。

〔註40〕董同龢譯，《高本漢詩經注釋》（台北：國立編譯館中華叢書編審委員會編印，民國68（1979）年2月再版）。

〔註41〕潘富俊著、呂勝由攝影，《詩經植物圖鑑》（台北：貓頭鷹出版社，民國91（2002）年1月）。

恐懼之情	B、恐懼之心：狂夫「瞿瞿」（齊風・東方未明）、良士「瞿瞿」（齊風・蟋蟀）、「惴惴」其慄（秦風・黃鳥）、「惴惴」小心（小雅・小宛）
內心之憂	憂心「忡忡」／憂心「惙惙」（召南・草蟲）、「耿耿」不寐（邶風・柏舟）、憂心「悄悄」（邶風・柏舟）、憂心「殷殷」（邶風・北門）、中心「養養」（邶風・二子乘舟）、中心「搖搖」（王風・黍離）、勞心「忉忉」／勞心「怛怛」（齊風・甫田）、憂心「欽欽」（秦風・晨風）、心焉「忉忉」／心焉「惕惕」（陳風・防有鵲巢）、中心「悁悁」（陳風・澤陂）、憂心「烈烈」（小雅・采薇）、憂心「悄悄」／憂心「忡忡」（小雅・出車）、憂心「京京」／憂心「愈愈」／憂心「惸惸」／憂心「慘慘」／憂心「慇慇」（小雅・正月）、「悠悠」我里（小雅・十月之交）、「憯憯」日瘁（小雅・雨無正）、「契契」寤歎（小雅・大東）、憂心「奕奕」／憂心「怲怲」（小雅・頍弁）、念子「懆懆」（小雅・白華）、我心「慘慘」（大雅・抑）、憂心「慇慇」（大雅・桑柔）
思念之長	「悠悠」我思（邶風・終風）、「悠悠」我思（邶風・雄雉）、我心「悠悠」（邶風・泉水）、「悠悠」我心（鄭風・子衿）、「悠悠」我思（秦風・渭陽）
憂傷之貌	「哀哀」父母（小雅・蓼莪）
喜樂之情	君子「陽陽」／君子「陶陶」（王風君子陽陽）、驕人「好好」（小雅・巷伯）、徒御「嘽嘽」（大雅・崧高）、征夫「捷捷」（大雅・烝民）、旨酒「欣欣」（大雅・鳧鷖）、無然「謔謔」（大雅・板）
和悅之貌	公尸來止「熏熏」（大雅・鳧鷖）
勞心之態	勞心「忉忉」（檜風・羔裘）、勞心「慱慱」兮（檜風・素冠）、勞人「草草」（小雅・巷伯）
勞苦之態	或「慘慘」劬勞（小雅・北山）
熾怒之貌	多將「熇熇」（大雅・板）
忿恨之貌	視我「邁邁」（小雅・白華）
孤獨之態	獨行「踽踽」／獨行「睘睘」（唐風・杕杜）、「嬛嬛」在疚（周頌・閔予小子）

3、態度上

威儀盛美	威儀「棣棣」（邶風・柏舟）、「委委」「佗佗」（鄘風・君子偕老）、「赫赫」南仲（小雅・出車）、「赫赫」師尹（小雅・節南山）「濟濟」「蹌蹌」（小雅・楚茨）、威儀「反反」／威儀「幡幡」／威儀「抑抑」／威儀「怭怭」（小雅・賓之初筵）、「抑抑」威儀（大雅・抑）、「穆穆」「皇皇」／威儀「抑抑」（大雅・假樂）、「蹌蹌」「濟濟」（大雅・公劉）、「藹藹」王多吉士（大雅・卷阿）、威儀「反反」（周頌・執競）
態度恭敬	左右「秩秩」（小雅・賓之初筵）、厥猶「翼翼」（大雅・文王）、「穆穆」文王（大雅・文王）、小心「翼翼」（大雅・烝民）、小心「翼翼」（大雅・大明）、「肅肅」在廟（大雅・思齊）、天子「穆穆」（周頌・雝）、至止「肅肅」（周頌・雝）、「濯濯」厥靈（商頌・殷武）、「穆穆」魯侯（魯頌・泮水）
態度閑雅	好人「提提」（魏風・葛屨）、良士「休休」（唐風・蟋蟀）、「厭厭」良人（秦風・小戎）、「平平」左右（小雅・采菽）、或「燕燕」居息（小雅・北山）、「厭厭」夜飲（小雅・湛露）、「雝雝」在宮（大雅・思齊）、有來「雝雝」（周頌・雝）
仁厚之貌	「振振」公子／公姓／公族（周南・漢廣）、「振振」君子（召南・殷其雷）、宜爾子孫「振振」兮（周南・螽斯）、氓之「蚩蚩」（衛風・氓）

柔和之態	「溫溫」恭人（小雅・小宛）、「溫溫」其恭（小雅・賓之初筵）、「溫溫」恭人（大雅・抑）
誠懇之貌	信誓「旦旦」（衛風・氓）、老夫「灌灌」（大雅・板）
尊敬之貌	君婦「莫莫」（小雅・楚茨）
驕逸之態	小子「蹻蹻」（大雅・板）
明察之態	「明明」在下（大雅・大明）、「明明」天子（大雅・江漢）、「斤斤」其明（周頌・執競）、在公「明明」（魯頌・有駜）、「明明」魯侯（魯頌・泮水）
反顧勤厚	「睠睠」懷顧（小雅・小明）
勤勉體察	「亹亹」文王（大雅・文王）、勉勉」我王（大雅・棫樸）、「亹亹」申伯（大雅・崧高）

4、狀人多

狀人多貌	行人「彭彭」／行人「儦儦」（齊風載驅）、桑者「泄泄」（魏風・十畝之閒）、「駪駪」征夫（小雅・皇皇者華）、室家「溱溱」（小雅・無羊）、子孫「繩繩」（大雅・抑）、烝徒「增增」（魯頌・閟宮）、來假「祁祁」（商頌・玄鳥）

5、動作之態

疾驅之貌	「肅肅」宵征（召南・小星）、載驟「駸駸」（小雅・四牡）
動作敏捷	良士「蹶蹶」（唐風・蟋蟀）
舒徐徐行	行道「遲遲」（邶風・谷風）、行邁「靡靡」（王風・黍離）、將其來「施施」（王風・丘中有麻）、行道「遲遲」（小雅・采薇）、執訊「連連」／攸馘「安安」〔註42〕（大雅・皇矣）
往來之貌	桑者「閑閑」（魏風・十畝之閒）
獨行之貌	「佻佻」公子（小雅・大東）
舞姿之態	「蹲蹲」舞我（小雅・伐木）、屢舞「僊僊」／屢舞「僛僛」／屢舞「傞傞」（小雅・賓之初筵）、萬舞「洋洋」（魯頌・閟宮）
舉手之態	A、招手：「招招」舟子（邶風・匏有苦葉） B、舉火：執爨「踖踖」（小雅・楚茨） C、舉杯：舉醻「逸逸」（小雅・賓之初筵）

6、其他狀詞

福分優厚	降福「穰穰」／降福「簡簡」（周頌・執競）
言論之貌	讒口「囂囂」（小雅・十月之交）、「蛇蛇」碩言〔註43〕（小雅・巧言）
態度傲岸	聽我「囂囂」（大雅・板）
人與人之關係	「瑣瑣」姻亞（小雅・節南山）、「綽綽」有裕〔註44〕（小雅・角弓）
迷濛不清	視爾「夢夢」（大雅・抑）

〔註42〕「連連」，毛《傳》：「徐也」。「執訊連連，攸馘安安」，鄭《箋》：「執所生得者而言問之，及獻所馘，皆徐徐以禮爲之，不尚促速也。」

〔註43〕此兩重言不易判斷，第四章有詳說。

〔註44〕「此令兄弟，綽綽有裕」毛《傳》：「綽綽，寬也。裕，饒。」

以上的重言詞對不同階級、不同場合中的人物神態表達得細緻入微，維妙維肖，且這些重言的運用，多帶有內心喜憎褒貶的主觀感情色彩，這就是重言的附帶意義。

（二）擬動物之態

1、飛　禽

狀尾羽磨損貌	予羽「譙譙」／予尾「翛翛」（豳風・鴟鴞）
飛而相隨之貌	鶉之「奔奔」／鵲之「彊彊」（鄘風・鶉之奔奔）
狀成群飛貌	「振振」鷺（魯頌・有駜）、歸飛「提提」（小雅・小弁）
狀鳥飛舞貌	「翩翩」者鵻〔註45〕（小雅・四牡）
狀鳥小貌	「交交」黃鳥（秦風・黃鳥）、「交交」桑扈〔註46〕（小雅・小宛）
狀鳥肥澤貌	白鳥「翯翯」（大雅・靈臺）

2、走獸及其飾品

狀馬疲敝	四牡「痯痯」（小雅・杕杜）
狀馬高大貌（盛貌）	駟介「麃麃」（鄭風・清人）、駟介「旁旁」（鄭風・清人）、四驪「濟濟」（齊風・載驅）、四牡「業業」〔註47〕／四牡「騤騤」〔註48〕（小雅・采薇）、四牡「龐龐」／四牡「奕奕」〔註49〕（小雅・車攻）、四牡「彭彭」〔註50〕（小雅・北山）、四牡「蹻蹻」〔註51〕（大雅・崧高）、「駉駉」牡馬（魯頌・駉）
狀馬喘息貌	「嘽嘽」駱馬（小雅・四牡）
狀馬驅馳貌（行不止之貌）	駟介「陶陶」（鄭風・清人）、四牡「騑騑」（小雅・四牡）
驅馬遠行貌	驅馬「悠悠」（鄘風・載馳）、「悠悠」南行（小雅・黍苗）
狀馬閑習貌	四牡「翼翼」〔註52〕（小雅・采薇）、四牡「騑騑」（小雅・車舝）
狀馬白貌	「皎皎」白駒（小雅・白駒）
狀馬飾多貌	朱幩「鑣鑣」（衛風・碩人）、垂轡「濔濔」（齊風・載驅）、六轡「耳耳」（魯頌・閟宮）
狀馬飾光亮貌	鉤膺「濯濯」（大雅・崧高）

〔註45〕〈小雅・南有嘉魚〉有相同句。

〔註46〕〈小雅・桑扈〉有相同句。

〔註47〕〈大雅・烝民〉有相同句。

〔註48〕〈小雅・六月〉、〈大雅・桑柔〉、〈大雅・烝民〉有相同句。

〔註49〕〈大雅・韓奕〉「四牡奕奕」。

〔註50〕〈大雅・烝民〉「四牡彭彭」、〈大雅・大明〉「駟騵彭彭」。

〔註51〕〈魯頌・泮水〉「其馬蹻蹻」。

〔註52〕〈小雅・采芑〉有相同句。

狀狐舒行貌	有狐「綏綏」（衛風・有狐）、雄狐「綏綏」（齊風・南山）
狀鹿速行貌	維足「伎伎」〔註 53〕（小雅・小弁）
狀鹿肥澤貌	麀鹿「濯濯」（大雅・靈臺）
狀鹿眾多貌	麀鹿「麌麌」（小雅・吉日）、「甡甡」其鹿（大雅・桑柔）、麀鹿「噳噳」（大雅・韓奕）
羊角聚集貌	其角「濈濈」（小雅・無羊）
牛耳潤澤貌（或動貌）	其耳「濕濕」（小雅・無羊）

（三）擬水族之貌

狀魚游相隨貌	其魚「唯唯」（齊風・敝笱）
狀魚肥大貌	魴鱮「甫甫」（大雅・韓奕）

（四）擬昆蟲之態

狀眾多貌	螽斯羽，「詵詵」兮（周南・螽斯）
狀跳躍貌	「趯趯」阜螽（召南・草蟲）、「趯趯」阜螽（小雅・出車）
狀欲飛之狀	「泄泄」其羽（邶風・雄雉）
狀往來貌	「營營」青蠅（小雅・青蠅）
狀捲屈貌	「蜎蜎」者蠋（豳風・東山）

（五）擬植物之態

1、草　本

狀茂盛貌	維葉「萋萋」／維葉「莫莫」（周南・葛覃）、「采采」卷耳（周南・卷耳）、「采采」芣苢（周南・芣苢）棘心「夭夭」（邶風・凱風）、維莠「驕驕」／維莠「桀桀」（齊風・甫田）蒹葭「蒼蒼」／蒹葭「淒淒」／蒹葭「采采」（秦風・蒹葭）、維葉「泥泥」（大雅・行葦）綠竹「猗猗」／綠竹「青青」（衛風・淇澳）、葭菼「揭揭」（衛風・碩人）、「籊籊」竹竿（衛風・竹竿）、「緜緜」葛藟（王風・葛藟）、采蘩「祁祁」（豳風・七月）、卉木「萋萋」／采蘩「祁祁」（小雅・出車）、「菁菁」者莪（小雅・菁菁者莪）、「蓼蓼」者莪（小雅・蓼莪）、「楚楚」者茨（小雅・楚茨）、萑葦「淠淠」（小雅・小弁）、「幡幡」瓠葉（小雅・瓠葉）、「莫莫」葛藟（大雅・旱麓）、「驛驛」其達／「厭厭」其苗（周頌・載芟）

2、木　本

狀茂盛貌	其葉「蓁蓁」（周南・桃夭）、「翹翹」錯薪（周南・漢廣）、其葉「湑湑」／其葉「菁菁」（唐風・杕杜）、其葉「牂牂」／其葉「肺肺」（陳風・東門之楊）、楊柳「依依」（小雅・采薇）、其葉「萋萋」（小雅・杕杜）、其葉「蓬蓬」（小雅・采菽）、其葉「青青」（小雅・苕之華）、「芃芃」棫樸（大雅・棫樸）、榛楛「濟濟」（大雅・旱麓）、「菶菶」「萋萋」（大雅・卷阿）、其實「離離」（小雅・湛露）、松柏「丸丸」（商頌・殷武）

〔註 53〕馬瑞辰，《毛詩傳箋通釋》（北京：中華書局，2005 年 7 月北京第四次印刷），頁 646。

狀花盛貌	桃之「夭夭」／「灼灼」其華（周南桃夭）、「裳裳」者華（小雅・瞻彼洛矣）、「皇皇」者華（小雅・皇皇者華）、鄂不「韡韡」（小雅・常棣）
狀薪眾貌	「翹翹」錯薪（周南・漢廣）

3、五穀、糧食

狀茂盛貌	「芃芃」其麥（鄘風・載馳）、彼黍「離離」（王風・黍離）、「芃芃」黍苗（曹風・下泉）、我黍「與與」／我稷「翼翼」（小雅・楚茨）、黍稷「彧彧」（小雅・信南山）、黍稷「薿薿」（小雅・甫田）、「芃芃」黍苗（小雅・黍苗）、「緜緜」瓜瓞（大雅・緜）、荏菽「旆旆」／禾役「穟穟」／麻麥「幪幪」／瓜瓞「唪唪」（大雅・生民）
狀食物穀物盛貌	夏屋「渠渠」（秦風・權輿）、積之「栗栗」（周頌・良耜）

（六）擬物之態

鞋　貌	「糾糾」葛屨（魏風・葛屨）、赤舄「几几」（狼跋・豳風）、「糾糾」葛屨（小雅・大東）
襚帶貌	「鞙鞙」佩璲（小雅・大東）
弓　貌	「騂騂」角弓（小雅・角弓）
酒器貌	犧尊「將將」（魯頌・閟宮）
門高大貌	應門「將將」（大雅・緜）
都城整飭貌	商邑「翼翼」（商頌・殷武）
道路直貌	「踧踧」周道（小雅・小弁）
屋宇貌	予室「翹翹」（豳風・鴟鴞）、「佌佌」彼有屋（小雅・節南山）
宗廟整飭堅固貌	「奕奕」寢廟（小雅・巧言）、作廟「翼翼」（大雅・緜）、新廟「奕奕」／「實實」「枚枚」（魯頌・閟宮）
舟船遠行貌	舟船：「汎汎」楊舟（小雅・菁菁者莪）、「汎汎」楊舟（小雅・采菽）
網密貌	「肅肅」兔罝（周南兔罝）
旐旗盛貌	「孑孑」干旄（鄘風・干旄）、旂旐「央央」／胡不「旆旆」（小雅・出車）、白旆「央央」（小雅・六月）、旂旐「央央」（小雅・采芑）、「悠悠」旆旌（小雅・車攻）、其旂「淠淠」（小雅・采菽）、龍旂「陽陽」（周頌・載見）、其旂「茷茷」（魯頌・泮水）
車盛貌	出車「彭彭」（小雅・出車）、檀車「幝幝」（小雅・杕杜）、戎車「嘽嘽」（小雅・采芑）、檀車「煌煌」（大雅・大明）、臨衝「閑閑」／臨衝「茀茀」（大雅・皇矣）、百兩「彭彭」（大雅・韓奕）
農具利貌	「畟畟」良耜（周頌・良耜）
溪石潔白、山石高峻貌	白石「鑿鑿」／白石「皓皓」／白石「粼粼」（唐風・揚之水）、「漸漸」之石（小雅・漸漸之石）
光亮貌	庭燎「晣晣」（小雅・庭燎）
火烈貌	如火「烈烈」（商頌・長發）
玉盛貌	奉璋「峨峨」（大雅・棫樸）

7、摹自然之景

上　天	「悠悠」蒼天（王風・黍離）、「悠悠」蒼天（唐風・鴇羽）、視天「夢夢」（小雅・正月）「皓皓」旻天（小雅・雨無正）、「悠悠」昊天（小雅・巧言）、「明明」上天（小雅・小明）、上帝「板板」（大雅・板）、「蕩蕩」上帝（大雅・蕩）、「藐藐」昊天（大雅・瞻卬）、「高高」在上（周頌・敬之）
天　候	「曀曀」其陰（邶風・終風）、秋日「淒淒」／冬日「烈烈」（小雅・四月）、「赫赫」「炎炎」（大雅・雲漢）
風　雨	風雨「淒淒」／風雨「瀟瀟」（鄭風・風雨）、有渰「萋萋」／興雨「祁祁」（小雅・大田）、雨雪「瀌瀌」／雨雪「浮浮」（小雅・角弓）
風　況	「習習」谷風（邶風・谷風）、「習習」谷風（小雅・谷風）、飄風「發發」／飄風「弗弗」（小雅・蓼莪）、飄風「發發」（小雅・四月）
雨　雪	雨雪「霏霏」（小雅・采薇）、雨雪「雰雰」（小雅・信南山）
露　水	零露「瀼瀼」（鄭風野・有蔓草）、零露「瀼瀼」／零露「泥泥」／零露「濃濃」（小雅・蓼蕭）、「湛湛」露斯（小雅・湛露）
水　勢	河水「瀰瀰」／河水「浼浼」（邶風・新臺）、河水「洋洋」／北流「活活」（衛風・碩人）淇水「湯湯」（衛風・氓）、淇水「滺滺」（衛風・竹竿）、方「渙渙」兮（鄭風・溱洧）、汶水「湯湯」／汶水「滔滔」（齊風・載驅）、泌之「洋洋」（陳風・衡門）、其流「湯湯」（小雅・沔水）、「秩秩」斯干（小雅・斯干）、「滔滔」江漢（小雅・四月）、淮水「湯湯」／淮水「湝湝」（小雅・鼓鐘）、維水「泱泱」（小雅・瞻彼洛矣）、江漢「浮浮」／江漢「湯湯」（大雅・江漢）、洪水「芒芒」（商頌・長發）
川　澤	川澤「訏訏」（大雅・韓奕）
雷　電	「爗爗」震電（小雅・十月之交）
昏　暗	「噦噦」其冥（小雅・斯干）、維塵「冥冥」（小雅・無將大車）
雲　貌	「英英」白雲（小雅・白華）
星　體	明星「煌煌」／明星「晳晳」（陳風・東門之楊）
山　高	南山「崔崔」（齊風・南山）、南山「烈烈」／南山「律律」（小雅・蓼莪）、泰山「巖巖」（魯頌・閟宮）、「幽幽」南山（小雅・斯干）、維石「嚴嚴」（小雅・節南山）、「奕奕」梁山（大雅・韓奕）
田　野	「畇畇」原隰（小雅・信南山）、牧野「洋洋」（大雅・大明）、周原「膴膴」（大雅・緜）、宅殷土「芒芒」（商頌・玄鳥）

8、其他狀詞

謀　略	「秩秩」大猷（小雅・巧言）
政　令	「肅肅」王命（大雅・烝民）、敷政「優優」（商頌・長發）
功　勳	「肅肅」謝功（小雅・黍苗）
王　事	王事「傍傍」（小雅・北山）
農　事	A、耕耘：其耕「澤澤」／「緜緜」其麃（周頌・載芟） B、農穫：豐年「穰穰」（商頌・烈祖）
氣　味	A、香氣：燔炙「芬芬」（大雅・鳧鷖） B、氣狀：蘊隆「蟲蟲」（大雅・雲漢）、烝之「浮浮」（大雅・生民） C、旱氣：「滌滌」山川（大雅・雲漢）

國族昌盛	「赫赫」宗周（小雅・節南山）
邦國疆域	疆埸「翼翼」（小雅・信南山）
軍容壯盛	王旅「嘽嘽」（大雅・常武）、「烈烈」征師（小雅・黍苗）
行　車	以車「彭彭」／以車「伾伾」／以車「繹繹」／以車「祛祛」（魯頌・駉）
時　光	春日「遲遲」（豳風・七月）、春日「遲遲」（小雅・出車）、六月「棲棲」（小雅・六月）、「慆慆」不歸（豳風・七月）

上表摹態重言尚未去其重複。一般說來，重言比單字詠嘆之味更是充足，且具有深刻意象和圖像效果，故在詠嘆之中，能使人感受到生動詩意的內涵。所以，單字不足以詠嘆，於是就運用重言，一則繪景，一則擬聲。《詩經》語言文字優雅、膾炙人口，其重要因素之一就是使用了大量的重言詞。根據張其昀在〈詩經疊字三題〉說擬態和擬聲的比例是 8：1 的比例，但依據撰者所統計約是 5：1 的比例，這是因為訓詁上的分歧。此擬態重言訓詁在第五章第二節再專門討論。

《毛詩》中還有一個特殊情形，用多個重言描寫一種容狀或一種聲音，最特別的是對人心憂勞的容狀描寫，有「忡忡（召南・草蟲）、悄悄（邶風・柏舟）（小雅・出車）、殷殷（邶風・北門）、養養（邶風・二子乘舟）、搖搖（王風・黍離）、忉忉（齊風・甫田）（檜風・羔裘）（陳風・防有鵲巢）、怛怛（齊風・甫田）、欽欽（秦風・晨風）、惕惕（陳風・防有鵲巢）、悁悁（陳風・澤陂）、慱慱（檜風・素冠）、烈烈（小雅・采薇）、京京、愈愈、惸惸、慘慘（小雅・正月）、慇慇（正月）（大雅・桑柔）、奕奕、炳炳（小雅・頍弁）共有二十個」。〔註 54〕那麼多的疊字中，有些意義之間是有差別的，分別使用它們，可以把人的憂勞容狀細緻的描寫出來。不過分別使用這些重言詞更主要的價值在於：避免呆阪和雷同，實現語言的新鮮活潑。〔註 55〕

可知《毛詩》在擬態的重言極盡擬態之能事，眞正如劉勰《文心雕龍・物色》所說：「皎日嘒星，一言窮理，參差沃若，兩字窮形：並以少總多，情貌無遺矣。雖復思經千載，將何易奪。」〔註 56〕

〔註 54〕張其昀〈《詩經》疊字三題〉，《鹽城師專學報》，第一期（1995 年）。

〔註 55〕同上註。

〔註 56〕劉勰著、周振甫注，《文心雕龍・物色第四十六》（台北：里仁書局，民國 90（2001）年 9 月 28 日初版 4 刷），頁 845。

三、摹聲傳神

擬聲是指通過重言詞特殊的聲韻組合，產生語音特殊化來摹擬人、事、物所發出的各種聲音，使聲音能夠具體化、形象化，給人如聞其聲、如臨其境的眞實而傳神感覺。向熹說：「重言詞不外象聲和繪景兩大類。象聲重言詞 38 個，描寫各種聲音。」〔註 57〕歐秀慧《詩經擬聲詞研究・摘要》中說：「《詩經》擬聲詞一百五十六個，其中疊字式一百零八個，非疊字式有四十八個，分別依其所擬之聲源、對象歸納爲五類：（一）天然現象、（二）蟲語鳥獸、（三）人類言語、（四）生產勞動、（五）金玉器物。」〔註 58〕撰者分類擬聲詞只有 68 個。在這些狀聲詞中有些是歐文誤判，有些是歐文敘述稍簡略而撰者與以補充，而有些重言狀貌、狀聲實不易判別者，撰者則注兩者均可。以下將歐文與撰者擬聲詞表列於下：【歐文分類多於撰者，字之底色反白】

歐秀慧	陳健章
（一）擬自天然現象所作之聲：風聲、風雨聲、雪落聲、雷電聲、流水聲	（一）摹擬大自然風雨雷電：風聲、風雨聲、雷電聲、水流聲
（二）擬自蟲魚鳥獸所作之聲：蟲作之聲、魚作之聲、鳥作之聲（鳴聲、羽聲）、獸作之聲（角聲、喘聲、鳴聲、行聲）	（二）擬飛禽走獸和昆蟲鳴叫聲： 1、飛禽：鳥鳴、雞鳴、羽聲 2、走獸：鹿鳴、馬鳴 3、昆蟲：昆蟲鳴聲、昆蟲羽聲
（三）擬自人類言行所作之聲：哭泣聲、呼號聲、嘆息聲、喜樂聲、口舌聲、行走聲	（三）人類感官所發出的聲音：嘆息聲、哭聲、恐懼聲、說話聲
（四）擬自生產勞動所作之聲：驅車聲、打樁聲、伐木聲、收穫聲、鑿冰聲、掘土聲、築牆聲、捕魚聲、炊飯聲	（四）勞作所發出的聲音：穫禾聲、敲擊木樁聲、伐木聲、建築聲、鑿冰聲、淅米聲、撒網入水聲
（五）擬自金玉器物所作之聲：鐘聲、鼓聲、鈴聲、玉聲、管聲、合樂聲、巾飄聲、鞗革聲、尊器聲	（五）樂器或玉珮撞擊聲：管磬聲、鼓聲、鐘鼓聲、玉珮撞擊聲
	（六）車聲或車鈴聲：車聲、鈴聲

由上表得知撰者與歐文在《毛詩》擬聲詞的分類上尚有許多差異，且在擬

〔註 57〕向熹《詩經語言研究》第四章〈《詩經》的詞匯・第七節《詩經》裏的複音詞〉（四川人民出版社，1987 年 4 月），頁 209。

〔註 58〕歐秀慧《詩經擬聲詞研究》貳章〈詩經疊字式擬聲詞及其分類〉中正大學碩士論文，民國 81 年，頁 34。

聲詞數目上歐文收 108 個，而撰者只收 68 個，竟然相差了 40 個之多，顯然是因爲擬聲詞的判斷十分困難之故。爲深入探討擬聲詞界定上存在的問題，以及相互對照兩人意見之異同，且處理此龐大之擬聲詞問題，撰者希望藉歐文對《毛詩》擬聲詞探討的研究成果，提出擬聲詞判定上的問題。因此，撰者於下章獨立專章討論，將撰者意見與歐文相互對照，且提出看法，以論歐文判詞之異處。

第四章　擬聲擬態詞判定困難問題——歐秀慧《詩經擬聲詞研究》商榷

歐秀慧《詩經擬聲詞研究》中說：「《詩經》擬聲詞共一百五十六個，其中疊字式者有一百零八個，非疊字式有四十八個。」〔註1〕但撰者統計歐文擬聲詞去其重複實際陳列的重言數有133個。撰者將歐文所歸類的狀聲詞表列於下(但有些未去其重複，因為有些重複的擬聲詞，歸類不同)，且在表格末兩欄提出自己的歸類和是否贊同歐文的分類。「✓」撰者與歐文均認同為擬聲詞的符號;「×」乃是撰者不認同擬聲詞的符號；「*」為不易判別是擬聲或是狀貌的符號。「重言」歸類相同者僅在注釋呈現。(本表重言順序依歐文《詩經擬聲詞研究》) 若撰者與歐文歸類分歧將於下文逐一討論。

歐文歸類		毛詩重言	撰者	撰者
一、擬自天然現象所作之聲	風聲	「習習」谷風（邶風・谷風）	風聲	✓
	風聲	飄風「發發」(小雅・蓼莪)	風聲或風大	*
	風聲	飄風「弗弗」(小雅・蓼莪)	風聲或風大	*
	風雨聲	秋日「淒淒」〔註2〕(小雅・四月)	寒涼	×
	風雨聲	風雨「瀟瀟」(鄭風・風雨)	風雨聲或雨貌	*
	雪落聲	雨雪「霏霏」(小雅・采薇)	雨雪大貌	×

〔註1〕歐秀慧《詩經擬聲詞研究》(中正大學碩士論文，民國81年6月)，頁34。

〔註2〕「淒淒」另有：〈鄭風・風雨〉風雨「淒淒」。

一、擬自天然現象所作之聲	雪落聲	雨雪「雰雰」（小雅・信南山）	雨雪紛紛貌	×
	雪落聲	雨雪「瀌瀌」（小雅・角弓）	雨雪甚貌	×
	雪落聲	雨雪「浮浮」（小雅・角弓）	雨雪甚貌	×
	雷電聲	「虺虺」其靁（邶風・終風）	雷聲	✓
	雷電聲	「爗爗」震電（小雅・十月之交）	電光	×
	水流聲	河水「洋洋」〔註3〕（衛風・碩人）	水勢浩大貌	×
	水流聲	北流「活活」（衛風・碩人）	水流聲或水流貌	✳
	水流聲	淇水「湯湯」〔註4〕（衛風・氓）	水勢盛大貌	×
	水流聲	汶水「滔滔」〔註5〕（齊風・載驅）	水勢盛大貌	×
	水流聲	淮水「湝湝」（小雅・鼓鐘）	水勢盛大貌	×
	水流聲	維水「泱泱」（小雅・瞻彼洛矣）	水流深廣貌	×
二、擬自蟲魚鳥獸所作之聲	蟲作之聲	螽斯羽，「詵詵」兮（周南・螽斯）	蟲多貌	×
	蟲作之聲	螽斯羽，「薨薨」兮〔註6〕（周南・螽斯）	群飛聲	✓
	蟲作之聲	螽斯羽，「揖揖」兮（周南・螽斯）	蟲會集狀多貌	×
	蟲作之聲	「喓喓」草蟲〔註7〕（召南・草蟲）	蟲鳴聲	✓
	蟲作之聲	鳴蜩「嘒嘒」（小雅・小弁）	蟲鳴聲	✓
	蟲作之聲	「營營」青蠅（小雅・青蠅）	蠅飛聲	✓
	魚作之聲	鱣鮪「發發」（衛風・碩人）	狀聲、貌均可通	✳
	鳥鳴之聲	「關關」雎鳩（周南・關雎）	鳥鳴聲	✓
	鳥鳴之聲	其鳴「喈喈」〔註8〕（周南・葛覃）	鳥鳴聲	✓
	鳥鳴之聲	「雝雝」〔註9〕鳴鴈（邶風・匏有苦葉）	鳥鳴聲	✓
	鳥鳴之聲	雞鳴「膠膠」（鄭風・風雨）	雞鳴聲	✓
	鳥鳴之聲	「交交」黃鳥〔註10〕（秦風・黃鳥）	狀聲、貌均可通	✳
	鳥鳴之聲	鳥鳴「嚶嚶」（小雅・伐木）	鳥鳴聲	✓
	鳥羽之聲	「泄泄」其羽（邶風・雄雉）	鳥羽聲或鼓翼貌	✳
	鳥羽之聲	「肅肅」鴇羽〔註11〕（唐風・鴇羽）	鳥羽聲	✓

〔註3〕〈陳風・衡門〉有同樣句子。

〔註4〕「湯湯」另有：〈齊風・載驅〉汶水「湯湯」、〈小雅・沔水〉其流「湯湯」、〈小雅・鼓鐘〉淮水「湯湯」、〈大雅・江漢〉江漢「湯湯」。

〔註5〕「滔滔」另有：〈小雅・四月〉「滔滔」江漢。

〔註6〕〈齊風・雞鳴〉有同樣句子。

〔註7〕〈小雅・出車〉有同樣句子。

〔註8〕「喈喈」作狀聲另有：〈鄭風・風雨〉雞鳴「喈喈」、〈小雅・出車〉倉庚「喈喈」、〈大雅・卷阿〉「雝雝」「喈喈」。

〔註9〕「雝雝」作狀聲另有：〈大雅・卷阿〉「雝雝」「喈喈」。

〔註10〕「交交」另有：〈小雅・小宛〉「交交」桑扈（〈小雅・桑扈〉有同樣句子）。

〔註11〕「肅肅」作狀聲另有：〈小雅・鴻雁〉「肅肅」其羽。

二、擬自蟲魚鳥獸所作之聲	鳥羽之聲	「翽翽」其羽（大雅・卷阿）	鳥羽聲	✓
	獸角之聲	其角「濈濈」（小雅・無羊）	獸角會聚貌	×
	獸喘之聲	「嘽嘽」駱馬（小雅・四牡）	馬疲累貌	×
	獸喘之聲	四牡「痯痯」（小雅・杕杜）	馬疲累貌	×
	獸鳴之聲	「呦呦」鹿鳴（小雅・鹿鳴）	鹿鳴聲	✓
	獸鳴之聲	「蕭蕭」馬鳴（小雅・車攻）	馬鳴聲	✓
	獸行之聲	駟介「旁旁」（鄭風・清人）	馬驅馳不息貌	×
	獸行之聲	駟介「麃麃」（鄭風・清人）	馬強盛貌	×
	獸行之聲	駟介「陶陶」（鄭風・清人）	馬驅馳貌	×
	獸行之聲	四牡「騑騑」〔註12〕（小雅・四牡）	馬行不止貌	×
	獸行之聲	載驟「駸駸」（小雅・四牡）	馬疾行貌	×
	獸行之聲	四牡「騤騤」〔註13〕（小雅・采薇）	馬強盛貌	×
	獸行之聲	四牡「龐龐」（小雅・車攻）	馬充實強盛貌	×
	獸行之聲	「儦儦」「俟俟」（小雅・吉日）	馬疾行貌	×
	獸行之聲	四牡「彭彭」〔註14〕（小雅・北山）	馬驅馳不息貌或強盛貌	×
三、擬自人類言行所作之聲	人哭泣聲	其泣「喤喤」（小雅・斯干）	哭聲	✓
	人呼號聲	予維音「嘵嘵」（豳風・鴟鴞）	恐懼聲	✓
	人呼號聲	選徒「囂囂」〔註15〕（小雅・車攻）	數車徒之聲或眾多貌	⋇
	人呼號聲	哀鳴「嗸嗸」（小雅・鴻雁）	鳥鳴聲	✓
	人呼號聲	老夫「灌灌」（大雅・板）	誠懇貌	×
	人呼號聲	「皋皋」訿訿（大雅・召旻）	小人毀人貌	×
	人歎息聲	「哀哀」父母（小雅・蓼莪）	憂愁貌或嘆息聲	⋇
	人歎息聲	「契契」寤歎（小雅・大東）	憂苦貌	×
	人歎息聲	「嗟嗟」臣工〔註16〕（周頌・臣工）	嘆息聲	✓
	人喜樂聲	良士「休休」（唐風・蟋蟀）	樂道之心或安閑之貌	×
	人喜樂聲	驕人「好好」（小雅・巷伯）	喜樂貌	×
	人喜樂聲	公尸來止「欣欣」（大雅・鳧鷖）	喜樂貌	×
	人喜樂聲	無然「憲憲」（大雅・板）	喜樂貌	×

〔註12〕〈小雅・車舝〉有同樣句子。

〔註13〕〈小雅・六月〉〈小雅・桑柔〉〈小雅・烝民〉有相同句子。

〔註14〕「彭彭」另有：〈大雅・烝民〉四牡「彭彭」、〈大雅・大明〉駟騵「彭彭」。

〔註15〕「囂囂」另有：〈小雅・十月之交〉讒口「囂囂」。

〔註16〕「嗟嗟」另有：〈周頌・臣工〉「嗟嗟」保介、〈商頌・烈祖〉「嗟嗟」烈祖。

三、擬自人類言行所作之聲	人喜樂聲	無然「謔謔」（大雅・板）	戲謔貌	×
	人喜樂聲	徒御「嘽嘽」（大雅・崧高）	眾盛貌	×
	人口舌聲	桑者「泄泄」兮（魏風・十畝之間）	多人貌或多言	⋇
	人口舌聲	無然「泄泄」（大雅・板）	多人貌	×
	人口舌聲	「蛇蛇」碩言（小雅・巧言）	大言欺世之貌	×
	人口舌聲	「緝緝」翩翩（小雅・巷伯）	說話聲	✓
	人口舌聲	「捷捷」幡幡（小雅・巷伯）	說話聲	✓
	人行走聲	「肅肅」宵征（召南・小星）	疾行貌	×
	人行走聲	行人「彭彭」（齊風・載驅）	人來往眾多貌	×
	人行走聲	行人「儦儦」（齊風・載驅）	人多貌	×
	人行走聲	「駪駪」征夫（小雅・皇皇者華）	人多貌	×
	人行走聲	振旅「闐闐」（小雅・采芑）	鼓聲	✓
	人行走聲	王事「傍傍」（小雅・北山）	王事盛多之貌	×
	人行走聲	武夫「浮浮」〔註17〕（大雅・江漢）	強盛貌	×
	人行走聲	征夫「捷捷」（大雅・烝民）	動作敏捷貌	×
	人行走聲	武夫「洸洸」（大雅・江漢）	武勇貌	×
	人行走聲	王旅「嘽嘽」（大雅・常武）	眾盛貌	×
	人行走聲	征徒「增增」（魯頌・閟宮）	人多貌	×
四、擬自生產勞動所作之聲	驅車聲	大車「檻檻」（王風・大車）	車行聲	✓
	驅車聲	大車「哼哼」（王風・大車）	眾盛貌或車聲	⋇
	驅車聲	載驅「薄薄」（齊風・載驅）	車輪與地摩擦聲	✓
	驅車聲	有車「鄰鄰」（秦風・車鄰）	車行聲	✓
	驅車聲	出車「彭彭」〔註18〕（小雅・出車）	眾盛貌	×
	驅車聲	檀車「幝幝」（小雅・杕杜）	車敝貌	×
	驅車聲	戎車「嘽嘽」（小雅・采芑）	眾盛貌	×
	驅車聲	嘽嘽「焞焞」（小雅・采芑）	眾盛貌	⋇
	驅車聲	「蔌蔌」方有穀（小雅・正月）	窶陋貌	×
	驅車聲	以車「繹繹」（魯頌・駉）	壯盛貌	×
	驅車聲	以車「伾伾」（魯頌・駉）	壯盛貌	×
	驅車聲	以車「祛祛」（魯頌・駉）	壯盛貌	×
	打樁聲	椓之「丁丁」〔註19〕（周南・兔罝）	敲擊木樁聲	✓
	伐木聲	「坎坎」伐檀／輻／輪（魏風・伐檀）	伐木聲	✓

〔註17〕〈大雅・江漢〉原詩：「江漢浮浮，武夫滔滔」。歐文據《經義述聞》改。歐秀慧《詩經擬聲詞研究》（中正大學碩士論文，民國81年6月），頁69。

〔註18〕「彭彭」訓釋相同另有：百兩「彭彭」〈大雅・韓奕〉、以車「彭彭」〈魯頌・駉〉。

〔註19〕「丁丁」作狀聲另有：〈小雅・伐木〉伐木「丁丁」。

四、擬自生產勞動所作之聲	伐木聲	伐木「許許」（小雅・伐木）	伐木聲	✓
	收穫聲	穫之「挃挃」（周頌・良耜）	穫禾聲	✓
	鑿冰聲	鑿冰「沖沖」（豳風・七月）	鑿冰之聲或鑿冰之意	＊
	掘土聲	其耕「澤澤」（周頌・載芟）	土鬆解貌	×
	掘土聲	「畟畟」良耜（周頌・良耜）	農具銳利貌	×
	築牆聲	約之「閣閣」（小雅・斯干）	縮版聲	✓
	築牆聲	椓之「橐橐」（小雅・斯干）	用力聲或用力貌	＊
	築牆聲	捄之「陾陾」（大雅・緜）	建築聲	✓
	築牆聲	度之「薨薨」（大雅・緜）	投入版中之聲	✓
	築牆聲	築之「登登」（大雅・緜）	建築聲	✓
	築牆聲	削屢「馮馮」（大雅・緜）	削牆斷屢之聲	✓
	捕魚聲	施罛「濊濊」（衛風・碩人）	撒網入水聲	✓
	炊飯聲	釋之「叟叟」（大雅・生民）	淅米聲	✓
	炊飯聲	烝之「浮浮」（大雅・生民）	烝氣上浮之聲	✓
五、擬自金玉器物所作之聲	鐘聲	鼓鐘「將將」（小雅・鼓鐘）	鐘鼓聲	✓
	鐘聲	鼓鐘「喈喈」（小雅・鼓鐘）	鐘鼓聲	✓
	鐘聲	鼓鐘「欽欽」（小雅・鼓鐘）	鐘鼓聲	✓
	鼓聲	「坎坎」鼓我（小雅・伐木）	鼓聲	✓
	鼓聲	伐鼓「淵淵」〔註20〕（小雅・采芑）	鼓聲	✓
	鼓聲	鼉鼓「逢逢」（大雅・靈臺）	鼓聲	✓
	鼓聲	鼓「咽咽」（魯頌・有駜）	鼓聲	✓
	鼓聲	奏鼓「簡簡」（商頌・那）	鼓聲	✓
	鈴聲	和鸞「雝雝」（小雅・蓼蕭）	鑾鈴聲	✓
	鈴聲	八鸞「瑲瑲」（小雅・采芑）	鑾鈴聲	✓
	鈴聲	鸞聲「將將」（小雅・庭燎）	鑾鈴聲	✓
	鈴聲	鸞聲「噦噦」〔註21〕（小雅・庭燎）	鑾鈴聲	✓
	鈴聲	鸞聲「嘒嘒」（小雅・采菽）	鑾鈴聲	✓
	鈴聲	八鸞「鏘鏘」〔註22〕（大雅・烝民）	鑾鈴聲	✓
	鈴聲	八鸞「喈喈」（大雅・烝民）	鑾鈴聲	✓
	鈴聲	八鸞「鶬鶬」（商頌・烈祖）	鑾鈴聲	✓
	鈴聲	和鈴「央央」（周頌・載見）	鈴聲	✓
	玉聲	佩玉「將將」〔註23〕（鄭風・有女同車）	玉佩撞擊聲	✓

〔註20〕「淵淵」訓釋相同另有：鞀鼓「淵淵」〈商頌・那〉。

〔註21〕〈魯頌・泮水〉有同樣句子。

〔註22〕〈大雅・韓奕〉有同樣句子。

〔註23〕〈秦風・終南〉有同樣句子。

五、擬自金玉器物所作之聲	玉聲	盧「令令」（齊風・盧令）	鈴聲	✓
	玉聲	「鞙鞙」佩璲（大雅・大東）	美玉貌	✕
	管聲	「嘒嘒」管聲（商頌・那）	管樂聲	✓
	合樂聲	鐘鼓「喤喤」〔註24〕（周頌・執競）	鐘鼓聲	✓
	合樂聲	磬管「將將」（周頌・執競）	管磬聲	✓
	巾飄聲	朱幩「鑣鑣」（衛風・碩人）	壯盛貌	✕
	巾飄聲	其旂「淠淠」（小雅・采菽）	飄動貌	✕
	鞗革聲	鞗革「沖沖」（小雅・蓼蕭）	轡飾聲	✓
	尊器聲	犧尊「將將」（魯頌・閟宮）	美盛貌或杯碰撞聲	⁎

根據上表統計，撰者贊同狀聲詞共有58個，不贊同者有60個，有15個不能確定是狀聲或是狀貌，亦或是兩者均可。以下分別討論之：

一、歐文為狀聲詞撰者研判非狀聲詞者

歐文所列133個擬聲中，經撰者分析各家說法有60個並非歐文所判定的擬聲詞，撰者根據上表順序逐一討論而重言歸類相同者，則歸併討論。

（一）秋日「淒淒」（小雅・四月）

【健章案】：〈小雅・谷風・四月〉秋日「淒淒」與歐文有不同看法。毛《傳》說：「淒淒，涼風也。」陳奐《詩毛氏傳疏》說：「涼寒義通。」歐文按語說：「傳注諸家又謂『淒淒』有寒涼之意，這是陳明聲中寓意，蓋『淒淒』為擬聲詞，從〈風雨〉全篇當確實可知。」〔註25〕撰者以為此秋日「淒淒」之淒淒，應是觸覺感受，所以毛《傳》說：「淒淒，涼風也。」且此「淒淒」接於「秋日」之後為「寒涼」義較妥，而歐文說此為「聲中寓意」或不恰當。

（二）雨雪「霏霏」（小雅・采薇）

【健章案】：毛《傳》：「霏霏，甚也。」《廣雅》：「霏霏，雪也」。《王力古漢語字典》：「雨雪盛貌。」〔註26〕《說文》無此字。〈邶風・北風〉：「北風其喈，雨雪其霏。」毛《傳》：「霏，甚貌。」不論是「霏」之單字，亦或是重言，毛《傳》所訓都是相同，且為狀貌詞。《說文通訓定聲》引〈石壁精舍詩〉：「雲霞收夕霏。」

〔註24〕「喤喤」訓釋相同另有：「喤喤」厥聲〈周頌・有瞽〉。

〔註25〕歐秀慧，《詩經擬聲詞研究》（中正大學碩士論文，民國81年（1992）年），頁37。

〔註26〕王力主編，《王力古漢語字典》（北京：中華書局，2003年12月北京第四次印刷），頁1616。

《注》:「雲飛皃。」又引〈楚辭〉「怨上雹霰兮霏霏。」《注》:「集皃。字又作霏，又作霏」〔註27〕由毛《傳》、《廣雅》、《說文通訓定聲》、《王力古漢語字典》可知「霏霏」一詞應爲狀貌的重言詞，而歐文卻說：「霏霏實以擬下大雪之聲，狀雪盛之貌。」又聲又貌，確實非妥。大雪貌訴之視覺遠比聽覺合於常理。

（三）雨雪「雰雰」（小雅・信南山）

【健章案】：雨雪「雰雰」，毛《傳》言：「雰雰，雪貌。」《正義》:「雰雰然多而積也。」《王力古漢語字典》:「雰雰，霜雪紛降貌。」〔註28〕均說「雰雰」爲狀貌詞。《說文》「雰」爲「氛」的重文，許慎注說：「祥气也。」《廣雅疏證・釋訓》:「雰雰，雪也。」〔註29〕《說文通訓定聲》說：「假借重言形況字。《詩・信南山》:『雨雪雰雰』，白帖引作『紛紛』。」〔註30〕王先謙《詩三家義集疏》中說：「三家『雰』作『紛』。」〔註31〕所以，此「雰雰」非爲擬聲詞。

（四）雨雪「瀌瀌」（小雅・角弓）

【健章案】：歐文言：「與前『雨雪霏霏』、『雨雪雰雰』有相同句法，類似訓解，又同爲重唇聲母，則『瀌瀌』爲擬聲詞無疑，以下大雪之聲，狀雨雪之盛況。」〔註32〕此言「以下大雪之聲，狀雨雪之盛況」，實不合觀物之正常邏輯。蓋鄭《箋》言：「雨雪之盛瀌瀌然也。」很明確的說出此爲狀貌之重言詞，且《廣雅疏證・釋訓》:「瀌瀌，雪也。」〔註33〕《王力古漢語字典》說：「瀌瀌，雨雪盛貌。」〔註34〕陳奐《傳疏》引孔《疏》:「瀌瀌疑詩本作『麃麃』，後人加水旁

〔註27〕朱駿聲，《說文通訓定聲》（台北：藝文印書館，民國64（1975）年8月三版），頁579。

〔註28〕王力主編，《王力古漢語字典》（北京：中華書局，2003年12月北京第四次印刷），頁1613。

〔註29〕王念孫，《廣雅疏證》（北京：中華書局，2004年4月北京第二次印刷），頁178。

〔註30〕朱駿聲，《說文通訓定聲》（台北：藝文印書館，民國64（1975）年8月三版），頁793。

〔註31〕王先謙，《詩三家義集疏》（台北：明文書局，民國77（1988）年10月10日初版），頁756。

〔註32〕歐秀慧，《詩經擬聲詞研究》（中正大學碩士論文，民國81年（1992）年），頁39。

〔註33〕王念孫，《廣雅疏證》（北京：中華書局，2004年4月北京第二次印刷），頁178。

〔註34〕王力主編，《王力古漢語字典》（北京：中華書局，2003年12月北京第四次印刷），頁642。

耳。《韓詩外傳四》、《荀子・非相篇》、《漢書・劉向傳》作『麃麃』。」〔註35〕又說：「〈碩人〉『鑣鑣，盛皃』；〈載驅〉『儦儦，眾貌』，並以麃聲得義，則此『麃麃』為雨雪眾盛也。」〔註36〕可知「瀌瀌」亦非擬聲之詞實乃狀貌之重言。

（五）雨雪「浮浮」（小雅・角弓）

【健章案】：歐文說：「陳奐《傳疏》云：『浮浮、瀌瀌一聲之轉。』所以，『浮浮』同『瀌瀌』作擬聲之用，以下大雪之聲，狀雨雪之盛況。」〔註37〕歐文「瀌瀌」既已誤認此當隨之。然而，《王力古漢語字典》：「浮浮，盛貌。」〔註38〕毛《傳》言：「浮浮，猶瀌瀌也。」「瀌瀌」為狀貌，故「浮浮」非擬聲。

（六）「爗爗」震電（小雅・十月之交）

【健章案】：毛《傳》：「震電貌」，《釋文》同。鄭《箋》云：「雷電過常。」《正義》：「又爗爗然有震雷之電，其聲駮駛過長。」朱《傳》：「電光貌。」依毛、朱則「爗爗」似屬狀貌詞。《說文》：「爗，盛也。《詩》曰『爗爗震電』。」〔註39〕《說文》：「震，劈歷振物者。」引春秋傳「震夷伯之廟」。又「霆，雷餘聲鈴鈴，所以挺出萬物。」〔註40〕〈倉頡篇〉：「霆，霹靂也。」為聲音。所以，馬瑞辰《通釋》說：「是震、霆為一，皆為雷，與電不同。」陳奐《傳疏》：「震者電之聲，電者震之光。《說文》『爗，盛也。』謂聲光之盛也。」〔註41〕他說出了「爗爗」屬狀聲詞和狀貌均可。馬瑞辰又言：「《說文》：『雪，雪雪霅電皃。』雪雪疑即爗爗之異文。」〔註42〕《說文》段《注》：「雪雪，聲光襍沓之皃。」〔註43〕而段《注》

〔註35〕陳奐，《詩毛氏傳疏》（台北：台灣學生書局，民國75（1986）年10月第七次印刷），頁618。

〔註36〕同上註，頁618。

〔註37〕歐秀慧，《詩經擬聲詞研究》（中正大學碩士論文，民國81年（1992）年），頁40。

〔註38〕王力主編，《王力古漢語字典》（北京：中華書局，2003年12月北京第四次印刷），頁591。

〔註39〕東漢・許慎撰、清・段玉裁注，《說文解字》（台北：書銘出版社，民國83（1994）年10月七版），頁490。

〔註40〕同上註，頁577。

〔註41〕陳奐，《詩毛氏傳疏》（台北：台灣學生書局，民國75（1986）年10月第七次印刷），頁507。

〔註42〕馬瑞辰，《毛詩傳箋通釋》（北京：中華書局，2005年7月第四次印刷），頁613。

〔註43〕東漢・許慎撰、清・段玉裁注，《說文解字》（台北：書銘出版社，民國83（1994）

說是「聲光襍沓」形容有聲音，也有電光。

（七）河水「洋洋」（衛風・碩人）

【健章案】：歐文判「洋洋」爲擬聲詞。她說：「《論語・泰伯》：『師摯之始，關雎之亂，洋洋乎盈耳哉！』鄭注曰：『洋洋盈耳，聽而美之。』《韓詩外傳》九鍾子期美伯牙之言云：『善哉！鼓琴！洋洋若江河。』疑『洋洋』當爲擬聲之詞，造詞之初即擬自水勢盛大流動之聲，而後以『洋洋』聲所寓之『盛大』含義比況他事。所以《論語》《韓詩》以『洋洋』形容鼓琴樂音之聲，如江河浩瀚之盛。」〔註 44〕縱使彼處爲狀聲，亦不妨於此處宜作狀貌。「洋洋」，王力認爲有三義：〔註 45〕其一、大水貌；其二、美盛貌；其三、喜樂貌。此爲「大水貌」。毛《傳》於〈碩人〉注說：「洋洋，盛大也。」於〈衡門〉則說：「廣大也。」陳奐《傳疏》在〈衡門〉解釋說：「盛大言流滿，廣大言水寬。」朱熹《詩集傳》言：「水流貌。」且毛《傳》於〈閟宮〉說：「洋洋，眾多也。」眾多與盛大義近，此均明明確確地說出「洋洋」爲狀「浩大」的「狀貌」重言。

（八）淇水「湯湯」（衛風・氓）

【健章案】：「湯湯」，歐文言：「『湯湯』實爲水流波動之聲，以聲音形容河水盛流之貌。」〔註 46〕此「聲中寓貌」是歐文一貫兩歧用語。毛《傳》於〈氓〉言：「湯湯，水盛貌。」於〈載驅〉言：「大貌。」於〈沔水〉言：「言放縱無所入也。」鄭《箋》於此篇說：「波流盛貌。」於〈鼓鐘〉，《傳》《箋》均無注，可知此認同其前所言「大貌」之義。《廣雅疏證・釋訓》：「湯湯、泱泱、湝湝、浩浩，流也。」〔註 47〕「流也」即是「流貌。」而《說文》：「湯，熱水也。」段《注》：「湯湯，水盛。」〔註 48〕《書・堯典》：「湯湯洪水分割」，乃是狀「水大急流之貌」，故《王力古漢語字典》說：「湯湯，水大急流之貌。」

年 10 月七版），頁 577。

〔註 44〕歐秀慧，《詩經擬聲詞研究》（中正大學碩士論文，民國 81 年（1992）年），頁 41。

〔註 45〕王力主編，《王力古漢語字典》（北京：中華書局，2003 年 12 月北京第四次印刷），頁 581。

〔註 46〕歐秀慧，《詩經擬聲詞研究》（中正大學碩士論文，民國 81 年（1992）年），頁 42。

〔註 47〕王念孫，《廣雅疏證》（北京：中華書局，2004 年 4 月北京第二次印刷），頁 184。

〔註 48〕東漢・許慎著清代・段玉裁注，《說文解字》（台北：書銘書局，民國 83 年 10 月七版），頁 566。

〔註49〕此「湯湯」同「洋洋」都是在形容水勢盛大貌，非所謂擬聲詞。

（九）汶水「滔滔」（齊風・載驅）

【健章案】:「滔滔」，歐文於「滔滔」案語言:「《說文》:『滔，水漫漫大貌。从水舀聲。』所以，『滔』爲形聲字，聲符取自水流之聲所以也是擬聲詞。」〔註50〕歐文引《說文》無非是替自己證明以此爲擬聲詞是一種誤判，因《說文》以明言此乃是「水漫漫大貌」的狀態形容詞，且毛《傳》於〈載驅〉言:「滔滔，流貌。」於〈四月〉則言:「滔滔，大水貌。」而《箋》於二篇均不再另注，應是贊同《傳》言。王力認爲「滔滔」有兩義:〔註51〕其一、水流貌；其二、盛貌。屬狀貌之詞。陳奐《傳疏》說:「湯湯言大，滔滔言流，《傳》互文也。」〔註52〕這直接證明了「湯湯」與「滔滔」同是形容水大貌。《傳疏》又言:「〈四月〉『滔滔』，大水皃；〈江漢〉『滔滔』，廣大皃，是滔滔亦大也。」〔註53〕此均可證，以狀貌爲長。

（十）淮水「湝湝」（小雅・鼓鐘）

【健章案】:「湝湝」，歐文案語言:「《說文》:『湝，水流湝湝也。从水皆聲。』陳奐《傳疏》說:『湯湯爲水流之大，湝湝猶然也。』……《說文》之意也以『湝湝』爲水流聲，所以『湝湝』爲擬聲詞無疑。」〔註54〕《說文》於「湝」字下引「風雨湝湝」，但今〈鄭風〉只有「風雨淒淒。」《廣雅疏證・釋訓》:「湯湯、泱泱、湝湝、流也。」歐文所引《傳疏》「湯湯爲水流之大，湝湝猶然也。」此以證爲狀貌，而《傳》於〈鼓鐘〉也言「湝湝猶湯湯也。」「湯湯」既爲狀皃，「湝湝」則不爲「擬聲詞。」

（十一）維水「泱泱」（小雅・瞻彼洛矣）

〔註49〕王力主編，《王力古漢語字典》（北京：中華書局，2003年12月北京第四次印刷），頁609。

〔註50〕歐秀慧，《詩經擬聲詞研究》（中正大學碩士論文，民國81年（1992）年），頁43。

〔註51〕王力主編，《王力古漢語字典》（北京：中華書局，2003年12月北京第四次印刷），頁619。

〔註52〕陳奐，《詩毛氏傳疏》（台北：台灣學生書局，民國75（1986）年10月第七次印刷），頁259。

〔註53〕同上註，頁259。

〔註54〕歐秀慧，《詩經擬聲詞研究》（中正大學碩士論文，民國81年（1992）年），頁43。

【健章案】：歐文言「泱泱」，引《說文》：「泱，滃也。」而《說文》：「滃，雲气起也。」〔註 55〕歐文於案語又引段玉裁於《說文》「盎」字條下注曰：「滃滃猶泱泱也。」她說：「『滃滃』是擬缶成之後，以容器爲音箱的共鳴聲，以狀缶器之深廣，猶如『泱泱』擬水流之聲，狀水流之深廣貌。」〔註 56〕又言：「泱泱擬水流之聲，狀水流之深廣貌」，讓人不知「泱泱」究竟是擬聲或是摹狀。然毛《傳》於此篇（瞻彼洛矣）則說：「泱泱，深廣貌。」明白說出「泱泱」爲狀貌。《王力古漢語字典》說「泱泱」有兩義：〔註 57〕其一、水深廣貌；其二、雲氣起貌。《廣雅疏證・釋訓》亦言：「泱泱，流也。」陳奐《傳疏》和馬瑞辰《通釋》也無異義，而歐文之所以會認爲「泱泱」爲擬聲或受《左傳・襄公二十九年》：「泱泱乎大風也哉！」杜預曰：「泱泱，弘大之聲也」，影響。由此重言可知重言詞需放在語境中而依據其上下文義方能較正確判斷其義。

（十二）螽斯羽，「詵詵」兮（周南・螽斯）

【健章案】：「詵詵」，歐文說：「詵詵可知爲眾多昆蟲動股擦翅之聲，以羽聲之眾多，狀蟲數之眾多。」〔註 58〕毛《傳》：「詵詵，眾多也」，鄭《箋》：「詵詵然眾多」，朱《傳》：「和集貌。」三位大儒均認爲此乃擬態。范家相《三家詩拾遺》、陳喬樅《詩經四家詩異文考》列「詵詵」異文「辨辨」且陳喬樅說：「辨辨」或作『莘』『騂』『辨』『兟兟』『甡』。」〔註 59〕而《說文》：「桑，盛皃。讀若《詩》曰『莘莘征夫』。」〔註 60〕《廣雅》：「辨，多也。」《玉篇》：「辨，多也。或作兟。」王先謙《集疏》：「詵詵，三家作『辨辨』。」〔註 61〕

〔註 55〕東漢・許愼著、清・段玉裁注，《說文解字》（台北：書銘出版社，民國 83（1994）年 10 月七版），頁 562。

〔註 56〕歐秀慧，《詩經擬聲詞研究》（中正大學碩士論文，民國 81 年（1992）年），頁 44。

〔註 57〕王力主編，《王力古漢語字典》（北京：中華書局，2003 年 12 月北京第四次印刷），頁 577。

〔註 58〕歐秀慧，《詩經擬聲詞研究》（中正大學碩士論文，民國 81 年（1992）年），頁 44。

〔註 59〕陳喬樅，《詩經四家詩異文考》（《詩經要籍集成》第 40 冊，中國詩經學會編，北京：學苑出版社，2002 年），頁 319。

〔註 60〕東漢・許愼、清・段玉裁注，《說文解字》（台北：書銘出版社，民國 83（1994）年 10 月七版），頁 495。

〔註 61〕王先謙，《詩三家義集疏》（台北：明文書局，民國 77（1977）年 10 月 10 日初版），頁 36。

馬瑞辰《通釋》說：「《詩》古文作『甡甡』，『㑜㑜』即『甡』字重文，今《說文》本偶脫去耳。……『詵詵』爲眾多貌，猶《說文》『駪』訓爲『馬眾多皃』也。」〔註62〕〈小雅・皇皇者華〉：「駪駪征夫」，毛《傳》訓「駪駪」爲「眾多之貌。」故可知「詵詵」非是擬聲詞。

（十三）螽斯羽，「揖揖」兮（周南・螽斯）

【健章案】：「揖揖」，《王力古漢語字典》認爲是「群集貌」、「眾多貌」，〔註63〕屬擬態。毛《傳》：「揖揖，會聚也。」朱熹亦同。而歐文說：「馬瑞辰則以爲『詵詵、薨薨、揖揖皆形容羽聲之眾多耳。』因此，『揖揖』爲擬螽斯會聚的羽聲，應可從之。」〔註64〕王先謙《集疏》言「揖揖，《魯》、《韓》作『集』。」〔註65〕《說文》「集」有三「隹」在木上，故訓爲「羣鳥在木上也。」段《注》：「秦入切，七部。」「揖，攘也。」「伊入切，八部。」兩字音近同在段玉裁〈古十七部合用類分表〉的第三類。所以，馬瑞辰《通釋》說：「揖蓋集之假借……《新序》引作『集』……『集』本事群鳥集聚，引申爲凡聚之稱。重言之則曰集集。」〔註66〕且《廣雅疏證・釋訓》：「集集，眾也。」王念孫注曰：「卷三云：『集，聚也。』重言之則曰『集集』。〈周南・螽斯〉『螽斯羽，揖揖兮』，《傳》云『揖揖，會聚也。』義與集集同。」〔註67〕如是知「揖揖」亦非擬聲詞，而馬瑞辰《通釋》說：「詵詵、薨薨、揖揖皆形容羽聲之眾多耳。」〔註68〕或有欠當。

（十四）其角「濈濈」（小雅・無羊）

【健章案】：歐文言：「濈濈與揖揖音近，聲符同爲咠。《說文》：『咠，聶語也。』也就是附耳密語的說話聲。『揖揖』在〈螽斯篇〉擬羽聲之眾多，『濈濈』

〔註62〕馬瑞辰，《毛詩傳箋通釋》（北京：中華書局，2005年7月第四次印刷），頁51。

〔註63〕王力主編，《王力古漢語字典》（北京：中華書局，2003年12月北京第四次印刷），頁380。

〔註64〕歐秀慧，《詩經擬聲詞研究》（中正大學碩士論文，民國81年（1992）年），頁45。

〔註65〕王先謙，《詩三家義集疏》（台北：明文書局，民國77（1977）年10月10日初版），頁39。

〔註66〕馬瑞辰，《毛詩傳箋通釋》（北京：中華書局，2005年7月第4次印刷），頁53。

〔註67〕王念孫，《廣雅疏證》（北京：中華書局，2004年4月北京第二次印刷），頁187。

〔註68〕馬瑞辰，《毛詩傳箋通釋》（北京：中華書局，2005年7月第4次印刷），頁51。

在此篇也宜作擬聲之用，即狀羊群會聚，以牴角相互磨觸的濈濈聲。」〔註69〕

其角「濈濈」(小雅・無羊)，《王力古漢語字典》認爲是「聚集貌」。〔註70〕毛《傳》:「濈濈，聚其角而息濈濈然。」《釋文》:「濈濈，本又作『䈉』，亦作『戢』，莊立反。」〔註71〕又:「戢」或爲「濈」之省」。《說文》:「濈，和也。」陳喬樅《詩經四家詩異文考》引異文作「戢戢」，《說文》無此字。馬瑞辰《通釋》引宋本《釋文》作「湒湒」，他說是「濈濈」的假借。〔註72〕《爾雅》:「戢，聚也。」〈周南〉，毛《傳》:「戢戢，會聚也。」故毛《傳》在此又言:「聚其角而息濈濈然」，可見「濈濈」爲狀貌詞。因此，歐文以爲角摩擦聲欠當。

(十五)「嘽嘽」駱馬(小雅・四牡)

【健章案】:歐文言:「《說文》依《毛傳》訓:『嘽，喘息也。一曰喜也。從口單聲。』喜笑過甚也會大喘息。……《毛傳》說:『喘息之貌』是自擬態著眼，朱熹的『眾盛之貌』當可視爲四牡奔勞後喘聲之盛。……所以本文以爲『嘽嘽』實直摹於駱馬喘息之聲。」〔註73〕

「嘽嘽」，《王力古漢語字典》認爲此是「喘氣的樣子」。〔註74〕《說文》:「嘽，喘息也。一曰喜也。」毛《傳》:「嘽嘽，喘息之貌」《釋文》:「嘽嘽，他丹反，喘息也。」三注均是狀貌之詞。而朱熹《詩集傳》作「眾盛之貌。」陳喬樅引異文爲「疼疼」;王先謙《集疏》:「三家『嘽』，作『疼』。」〔註75〕又《說文》:「疼，馬病也。《詩》曰:『疼疼駱馬』。」〔註76〕《廣雅疏證》:「疼

〔註69〕歐秀慧，《詩經擬聲詞研究》(中正大學碩士論文，民國81年(1992)年)，頁51。

〔註70〕王力主編，《王力古漢語字典》(北京:中華書局，2003年12月北京第四次印刷)，頁636。

〔註71〕陸德明，《經典釋文》(孔子大全編輯委員會，濟南:山東友誼出版社，1990年)，頁316。

〔註72〕馬瑞辰，《毛詩傳箋通釋》(北京:中華書局，2005年7月第4次印刷)，頁588。

〔註73〕歐秀慧，《詩經擬聲詞研究》(中正大學碩士論文，民國81年(1992)年)，頁52。

〔註74〕王力主編，《王力古漢語字典》(北京:中華書局，2003年12月北京第四次印刷)，頁136。

〔註75〕王先謙，《詩三家義集疏》(台北:明文書局，民國77(1977)年10月10日初版)，頁557。

〔註76〕東漢・許慎著、清代・段玉裁注，《說文解字》(台北:書銘出版社，民國83(1994)

痑、騑騑，疲也。」〔註 77〕可知「嘽嘽」爲「痑痑」，乃狀態重言詞，而《王力古漢語字典》認爲「痑痑」乃是「馬疲勞喘息的樣子」。〔註 78〕高本漢《詩經注釋》:「《詩經》原來用『嘽』或用『痑』，現在不能確定，不過無論用哪一個，意義原來都是『力竭』。」〔註 79〕高氏也認爲「嘽嘽」應該釋爲狀貌詞。又〈小雅・采芑〉:「戎車嘽嘽」、〈大雅・崧高〉:「徒御嘽嘽」、〈大雅・常武〉:「王旅嘽嘽」之「嘽嘽」均有「眾盛」之義，亦屬狀態形容詞。此篇有異文爲輔，撰者以爲應釋「馬疲累」，故歐文釋爲「喘聲」欠當。

（十六）四牡「痯痯」（小雅・杕杜）

【健章案】:歐文言:「『痯』、『嘽』古韻同部，且『四牡痯痯』對應的上句爲『檀車幝幝』，本文以爲『幝幝』爲擬車行聲之詞，所以將不見於《說文》的『痯痯』視作擬聲詞處理。……『痯痯』是疲乏困頓、罷病不支時，呼吸困難的喘息聲。」〔註 80〕

「痯痯」，《王力古漢語字典》認爲是「疲憊的樣子」。〔註 81〕毛《傳》:「罷貌。」《釋文》、朱熹《詩集傳》同毛《傳》。《說文》無此字。《爾雅・釋訓》:「痯痯、瘐瘐，病也。」〔註 82〕陳奐言:「疑『痯』即『悹』。」《說文》:「悹，憂也。」段《注》:「今〈大雅・板〉《傳》作『管管』。」〔註 83〕「管管」狀貌，「悹悹」、「痯痯」亦是狀貌之詞，歐文釋爲「喘聲」欠當。

（十七）駟介「旁旁」（鄭風・清人）、四牡「彭彭」（小雅・北山）

年 10 月七版），頁 356。

〔註 77〕王念孫，《廣雅疏證》（北京：中華書局，2004 年 4 月北京第二次印刷），頁 180。

〔註 78〕王力主編，《王力古漢語字典》（北京：中華書局，2003 年 12 月北京第四次印刷），頁 755。

〔註 79〕董同龢譯，《高本漢詩經注釋》（台北：國立編譯館中華叢書編審委員會編印，民國 68（1979）年 2 月再版），頁 405。

〔註 80〕歐秀慧，《詩經擬聲詞研究》（中正大學碩士論文，民國 81 年（1992）年），頁 52。

〔註 81〕王力主編，《王力古漢語字典》（北京：中華書局，2003 年 12 月北京第四次印刷），頁 757。

〔註 82〕周祖謨，《爾雅校箋》（昆明：雲南人民出版社 2004 年 11 月），頁 39。

〔註 83〕東漢・許慎著、清代・段玉裁注，《說文解字》（台北：書銘出版社，民國 83（1994）年 10 月七版），頁 510。

【健章案】：歐文言：「『旁旁』當與『旁』字本義無關。馬瑞辰說：『彭旁鼓聲義同』，『彭』即爲擬聲詞，所以『旁旁』亦可自擬聲詞的角度觀察。本篇『駟介××』的句型有三……旁旁、麃麃、陶陶的變換。……馬瑞辰說：『獨此聲作旁旁者，上既言清人在彭，必變言旁旁，以與彭爲韻，是亦義同字變之類。』按馬氏之意，旁旁、麃麃、陶陶爲『義同字變之類』，猶如螽斯篇的詵詵、薨薨、揖揖皆爲擬聲之詞，形容羽聲之眾多，但隨音近韻同的頌讚詞振振、繩繩、蟄蟄而轉換。……是『旁旁』爲壯盛的馬行聲。」〔註 84〕於「彭彭」下說：「各家處理訓解雖有不同，但檢視《詩經》『彭彭』出現七處，從詩中文句對應的情形，及其呈現的意境看來，皆作擬聲詞無疑。……『彭』本身就是擬自『彭彭』鼓響的擬聲字，重言『彭彭』，在押韻，或湊字成句的結構功能，以及表示動作的持續性，或加強作用上，都有特殊的效果。所以，「彭彭」爲疊字擬聲詞。」〔註 85〕

駟介「旁旁」（鄭風・清人）、四牡「彭彭」（小雅・北山）、駟騵「彭彭」（大雅・大明）。〈清人〉，毛《傳》：「旁旁然不息。」朱《傳》：「馳驅不息之貌。」〈北山〉，毛《傳》：「彭彭然不得息。」朱熹同毛。〈大明〉，《箋》說：「馬又強」，朱《傳》：「強盛貌。」《廣雅疏證》：「彭彭、旁旁，盛也。」可知「彭彭」、「旁旁」不作狀聲詞。歐文言：「旁旁壯盛的馬行聲」或有欠當。

（十八）駟介「麃麃」（鄭風・清人）

【健章案】：歐文言：「麃麃在此詩與旁旁、陶陶爲義同字變之類，所以也當是擬聲詞。」〔註 86〕

「麃麃」（鄭風・清人），毛《傳》：「武貌。」朱《傳》、《釋文》所訓同毛《傳》。《說文》：「麃，麠屬。」段《注》：「《詩・鄭風》：『駟介麃麃』。《傳》云：『武貌』。蓋『儦儦』之假借字也。」〔註 87〕《說文》訓「麃」乃是動物種類，而段《注》說「麃」爲「儦」之借字。又《說文》：「儦，行貌。《詩》曰：『行人儦儦』。」〔註 88〕《廣雅疏證・釋訓》：「儦儦，行也。」王念孫案：「《釋文》：

〔註 84〕歐秀慧，《詩經擬聲詞研究》（中正大學碩士論文，民國 81 年（1992）年），頁 53。

〔註 85〕同上註，頁 58。

〔註 86〕同上註，頁 54。

〔註 87〕東漢・許慎著、清代・段玉裁注，《說文解字》（台北：書銘出版社，民國 83（1994）年 10 月七版），頁 475。

〔註 88〕同上註，頁 372。

『儦儦』本或作『麃麃』。」〔註 89〕江瀚《詩經四家異文考補》引異文作「驃驃」，其案語言：「《說文・金部》：『驃，馬銜也。』《字彙》『驃』同『鑣』，此雖同音相假，實滋益之俗字。」〔註 90〕將所言「驃」爲「鑣」之俗字。〈衛風・碩人〉：「朱幩鑣鑣」，毛《傳》：「鑣鑣，盛貌。」屬狀貌詞。陳喬樅《詩經四家詩異文考》引作「儦儦」。可見「麃麃」、「儦儦」、「鑣鑣」可互假借，同屬狀貌形容詞。歐文於「朱幩鑣鑣」訓爲狀聲詞，此「麃麃」隨之或是欠當。

（十九）駟介「陶陶」（鄭風・清人）

【健章案】：歐文言：「高本漢說：『這裡的『陶』d′ôg 語言上大概是和同音的『蹈』d′ôg／d′âu／t′ao 有關係。』因爲『蹈』有『行、踏』之意（見。〈孟子離婁篇〉）。……『陶陶』又與前二例爲義同字變之類，作爲擬聲詞的功用很明顯。所以，『陶陶』是擬駟介驅馳的馬蹄著地聲。」〔註 91〕

駟介「陶陶」，撰者在第七章第二節〈重言訓詁問題〉例七有詳說。「陶陶」非擬聲詞。

（二十）四牡「騑騑」（小雅・四牡）

【健章案】：歐文言：「四牡騑騑與前述『駟介旁旁』、『駟介麃麃』、『駟介陶陶』，所見意境、文句十分相像，所以『騑騑』當擬馬行不止之聲，以狀馬行不止之貌。」〔註 92〕

「騑騑」，《王力古漢語字典》：「騑騑，馬行不止貌。」〔註 93〕毛《傳》在〈四牡〉訓「騑騑，行不止之貌。」在〈車舝〉則無訓解。《玉篇》：「行不止也」，同毛《傳》。鄭《箋》於〈車舝〉說：「如御四馬騑騑然」；《正義》：「使四牡之馬騑騑然行而不息，進止有度。」毛《傳》、鄭《箋》、《正義》、《王力古漢語字典》的訓解都是狀貌詞。《說文》：「騑，驂馬也。旁馬也。」是車駕兩旁馬的名稱。《廣雅疏證》：「騑騑，疲也。」王念孫案：「首章云：『四牡騑騑，周道倭遲』，

〔註 89〕王念孫，《廣雅疏證》（北京：中華書局，2004 年 4 月北京第二次印刷），頁 183。

〔註 90〕江瀚，《詩經四家詩異文考補》（《詩經要籍集成》第 41 冊，中國詩經學會編，北京：學苑出版社，2002 年），頁 5。

〔註 91〕歐秀慧，《詩經擬聲詞研究》（中正大學碩士論文，民國 81 年（1992）年），頁 55。

〔註 92〕同上註，頁 55。

〔註 93〕王力主編，《王力古漢語字典》（北京：中華書局，2003 年 12 月北京第四次印刷），頁 1686。

次章云：『四牡騑騑，嘽嘽駱馬』，則騑騑亦得訓爲疲。」王念孫認爲「騑騑」可以有兩訓：其一如毛《傳》所訓，其二則是「疲」。「騑騑」不論是從毛《傳》的「行不止之貌」或是《廣雅疏證》的「疲也。」均爲狀貌詞。歐文言：「騑騑當擬馬行不止之聲，以狀馬行不止之貌」，或是欠當。

（二十一）載驟「駸駸」（小雅·四牡）

【健章案】：歐文言：「《說文》：『驟，馬疾步也。』又『駸，馬行疾貌。』盧紹昌認爲：『毛傳釋擬聲之詞，往往不言其爲聲，而言某某貌，……是則『駸駸』本當爲聲。』所以這篇原句『駕彼四駱，載驟駸駸』用現在的話說，就是『駕起那四匹高大的黑鬣白馬，就向前狂奔疾馳地駸駸作響』，也就是以『駸』爲馬疾行之聲了，這與說文的定義也可吻合。」〔註94〕

「駸駸」，《王力古漢語字典》認爲是「馬疾行貌」。〔註95〕《說文》：「駸，馬行疾貌。《詩》曰：『載驟駸駸』。」毛《傳》：「駸駸，驟貌。」《說文》：「驟，馬疾步也。」《釋文》：「駸駸，驟貌。《字林》云：『馬行疾也，七林反』。」〔註96〕又《廣雅疏證》：「駸駸，疾也。」《玉篇》：「駸駸，驟貌，行疾貌。」此篇「載驟駸駸」乃是用「駸駸」的本義本字而歐文言「向前狂奔疾馳地駸駸作響」似乎不太恰當。

（二十二）四牡「騤騤」（小雅·采薇）

【健章案】：歐文言：「采薇篇毛傳訓『彊也』，可知『騤騤』是一種壯盛、雄武的動作所發出的聲響，正是四大壯馬驅馳不息行進之聲。而且烝民篇詩文是『四牡騤騤，八鸞喈喈』，喈喈狀鸞鳴之聲，騤騤與喈喈相對，亦應爲擬聲詞，所以是狀四牡蹄聲的又證。」〔註97〕

「騤騤」，《王力古漢語字典》認爲是「馬行雄壯貌」，〔註98〕《說文》：「騤，

〔註94〕歐秀慧，《詩經擬聲詞研究》（中正大學碩士論文，民國81年（1992）年），頁56。

〔註95〕王力主編，《王力古漢語字典》（北京：中華書局，2003年12月北京第四次印刷），頁1685。

〔註96〕陸德明，《經典釋文》（孔子大全編輯委員會，濟南：山東友誼出版社，1990年），頁298。

〔註97〕歐秀慧，《詩經擬聲詞研究》（中正大學碩士論文，民國81年（1992）年），頁56。

〔註98〕王力主編，《王力古漢語字典》（北京：中華書局，2003年12月北京第四次印刷），頁1687。

馬行威儀也。」《廣雅疏證》:「騤騤，盛也。」〈采薇〉，毛《傳》:「騤騤，彊也。」〈桑柔〉，毛《傳》:「騤騤，不息也。」〈烝民〉，毛《傳》:「騤騤猶彭彭也。」上例以說明「彭彭」乃是狀貌詞。《釋文》在〈采薇〉所注同毛《傳》。馬瑞辰於〈采薇〉說:「業業、翼翼、彭彭，《廣雅》竝訓爲盛，是知此詩『四牡業業』、『四牡騤騤』、『四牡翼翼』義竝相同。」李雲光《毛詩重言通釋》也說:「騤騤爲馬行貌。」「騤騤」在此用本字引申義，爲狀貌之詞，非狀聲詞也。歐文言:「駕馬車奔馳時壯盛的馬行聲」似欠當。

(二十三)四牡「龐龐」(小雅・車攻)

【健章案】:歐文言:「『龐』與『旁』、『彭』同爲陽聲韻，也都具有豐隆、壯盛的音感。所結合的『四牡』既是豐滿、充實、強盛的馬匹，驅馳時馬蹄著地的堅實聲亦可想見。所以，『龐龐』當爲擬聲詞，是駕馬車奔馳時壯盛的馬行聲。」〔註 99〕

「龐龐」(小雅・車攻)，《說文》:「龐，高屋也。」段《注》:「引申之爲凡高大之偁。」〔註 100〕所以，毛《傳》訓爲「充實也。」朱《傳》訓解同毛《傳》。《正義》:「四牡之馬龐龐然充實矣。」均有高大義。《玉篇》:「驡驡，充實貌。」「驡驡」陳奐《傳疏》疑出自三家字。他認爲:「充實貌」就是「彊盛之義。」〔註 101〕屬於狀貌詞;而歐文言:「龐龐當爲擬聲詞，是駕馬車奔馳時壯盛的馬行聲。」不甚恰當。

(二十四)「儦儦」「俟俟」(小雅・吉日)

【健章案】:歐文言:「『儦儦』,《說文》:『儦儦，行貌。』……從《說文》看，『儦』可能擬音於行進之聲。……『儦儦』，聲母爲重唇音，有寬厚的音感，當擬群獸疾行聲或眾行聲。『俟俟』，毛《傳》將『儦儦』、『俟俟』視爲同類詞，本文既以『儦儦』爲擬聲，則『俟俟』亦然。……『儦儦』狀疾行聲或眾行聲，音量較小的『俟俟』狀徐行聲。」〔註 102〕

〔註 99〕歐秀慧，《詩經擬聲詞研究》(中正大學碩士論文，民國 81 年(1992)年)，頁 57。

〔註 100〕東漢・許慎、清・段玉裁注，《說文解字》(台北:書銘出版社，民國 83(1994)年 10 月七版)，頁 449。

〔註 101〕陳奐，《詩毛氏傳疏》(台北:台灣學生書局，民國 75(1986)年 10 月第七次印刷)，頁 458。

〔註 102〕歐秀慧，《詩經擬聲詞研究》(中正大學碩士論文，民國 81 年(1992)年)，頁 57。

毛《傳》:「趨則儦儦，行則俟俟。」「儦儦」前已說明其爲狀貌詞。而此「趨」、「行」均是一種狀態形容詞。《釋文》:「俟俟，行也。」〔註 103〕《說文》:「俟，大也。《詩》曰:『伾伾俟俟』。」〔註 104〕《說文》所訓雖與毛《傳》不同，但仍爲狀態貌形容詞。馬瑞辰《通釋》說:「『騃』與『俟』……『騃騃』者正字，作『俟俟』者假借字也。」〔註 105〕《說文》:「騃，馬行仡仡也。」蓋形容馬走路之貌，而歐文言:「『儦儦』狀疾行聲或眾行聲，音量較小的『俟俟』狀徐行聲。」或爲臆測。

（二十五）老夫「灌灌」（大雅・板）

【健章案】:老夫「灌灌」,《王力古漢語字典》認爲有三義：其一「水流盛貌」、其二是「懇切貌」、其三是「鳥名」。可知王力認爲此爲狀貌詞。毛《傳》:「灌灌，猶款款也。」鄭《箋》云:「老夫諫女款款然，自謂也。」《釋文》:「灌灌，猶欵欵也。」「欵」爲「款」之俗字。朱《傳》同《釋文》。馬瑞辰《通釋》:「灌、款以疊韻爲訓。《說文》:『懽，喜款也。』『款，意有所欲也。』胡承珙謂『灌』爲『懽』之借，故《說文》引《爾雅》正作懽懽。」〔註 106〕《爾雅・釋訓》:「懽懽、愮愮，憂無告也。」郭《注》:「賢者憂懼無所訴也。」。〔註 107〕王應麟《詩考》和范家相《三家詩拾遺》之異文「灌灌」作「懽懽」；而王先謙《集疏》:「《魯》灌，亦作『懽』。」「懽懽」，應是本字，由此三者所引異文和前注可知此「灌灌」爲狀態詞。高氏《詩經注釋》九二七條認爲清代學者以爲：「《毛詩》的灌就是這個『懽』的假借字」並無例證。他說：

> 《尚書大傳》注引作『老夫嚾嚾』。『嚾』和『喚』是一個詞，指『叫、吵』，如《荀子・非十二子篇》『嚾嚾然不知其所非也。』楊倞注：『嚾嚾，喧囂之貌』。……《毛詩》的『灌』顯然是這個『嚾』的假借字。

〔註 103〕陸德明，《經典釋文》(孔子大全編輯委員會，濟南：山東友誼出版社，1990 年)，頁 311。

〔註 104〕東漢・許愼、清・段玉裁注，《說文解字》(台北：書銘出版社，民國 83 (1994) 年 10 月七版)，頁 373。

〔註 105〕馬瑞辰，《毛詩傳箋通釋》(北京：中華書局，2005 年 7 月第 4 次印刷)，頁 562。

〔註 106〕同上註，頁 927。

〔註 107〕周祖謨，《爾雅校箋》(昆明：雲南人民出版社 2004 年 11 月)，頁 41。

不論「灌灌」是「懽懽」，亦或是「嚾嚾」，由上均可知其爲狀貌形容詞，高氏和歐文均未參考異文而有失之。

（二十六）「皐皐」訿訿（大雅・召旻）

【健章案】：「皐皐」訿訿，「皐皐」，歐文說：「陳奐以『皋』爲『嗥』之省，《說文》『嗥，咆也。』段注：『廣韻：嗥，熊虎聲。』《左傳》曰：『狐狸所居，豺狼所嗥。』段注在『皋』字下也說：『蓋古告皋嗥號四字，音義皆同。』因此，本文判定『皋皋』爲擬聲詞，以咆哮、號呼的聲音，形容執政者頑慢無禮、橫行霸道的惡行惡狀。」〔註108〕毛《傳》：「皋皋，頑不知道也。」《釋文》無注。《爾雅・釋訓》：「皋皋，刺素食也。」郭《注》：「譏無功德尸寵祿也。」〔註109〕《說文》：「皋，气皋白之進也。」〔註110〕高本漢也贊同《毛傳》。而馬瑞辰《通釋》說：「皋當讀爲謸。《玉篇》：『謸，相欺也。』重言之則曰謸謸。……『皋皋』『訿訿』皆極言小人讒毀人之狀。」〔註111〕他認爲《爾雅》所言是「釋詩之大義，非釋詩詞」。又王先謙《集疏》：「《魯》『皋』作『浩』。」陳喬樅《詩經四家詩異文考》：「浩浩訿訿」。然，陳奐以爲「皋」爲「嗥」之省，馬瑞辰以爲是「謸」之省，若從陳奐則「皐皐」屬擬聲詞，若從馬瑞辰則那麼「皐皐」就是狀態之詞，但從此章詩文「皐皐訿訿，曾不知其玷。」則「皐皐」亦應爲狀態貌之詞，且有異文「浩浩」佐證。

（二十七）「契契」寤歎（小雅・大東）

【健章案】：毛《傳》：「契契，憂苦也。」鄭《箋》：「契契憂苦而寤歎。」歐文言「『契契』實與『契』本義無關。毛《傳》爲『憂苦』，是因人心中憂苦而煩悶而長聲嘆息，聞其聲便知其憂苦之義，所以『憂苦』是嘆息聲的寓義。」〔註112〕陳喬樅《詩經四家詩異文考》列出異文「挈挈」。〔註113〕《說文》：

〔註108〕歐秀慧，《詩經擬聲詞研究》（中正大學碩士論文，民國81年（1992）年），頁61。

〔註109〕周祖謨，《爾雅校箋》（昆明：雲南人民出版社，2004年11月），頁41。

〔註110〕東漢・許慎著、清代・段玉裁注，《說文解字》（台北：書銘出版社，民國83（1994）年10月七版），頁502。

〔註111〕馬瑞辰，《毛詩傳箋通釋》（北京：中華書局，2005年7月第四次印刷），頁1036。

〔註112〕歐秀慧，《詩經擬聲詞研究》（中正大學碩士論文，民國81年（1992）年），頁61。

〔註113〕陳喬樅，《詩經四家詩異文考》（《詩經要籍集成》第40冊，中國詩經學會編，北京：學苑出版社，2002年），頁423。

「挈，縣持也。」段注：「提與挈皆爲縣而持之……古假借爲『契』『絜』字。」〔註114〕可知「契」與「絜」互假。〈邶風・擊鼓〉，毛《傳》「契闊，勤苦也。」《廣雅疏證》：「絜絜，憂也。」王念孫案：「『契契寤歎』……一本作『挈挈』並與『絜絜』同。」〔註115〕馬瑞辰《通釋》：「讀如提挈之挈，憂苦即提挈之義所引申。……《廣雅》『絜絜，憂也』，與《詩》『契契』皆假借字。」〔註116〕其又引《孟子》：「孝子之心爲不若是恝」，《說文》引作「忿」，且云：「忿，忽也」，與趙《注》：「恝，無愁之貌。」義合。「恝」即「忿」之或體。馬瑞辰云：「無愁曰恝，與愁苦曰契契，意義相反而相成。」〔註117〕馬氏說出了「絜」「契」「恝」「忿」之間的關係。由上可知，「契契」非狀聲詞，乃狀憂苦之貌。

（二十八）良士「休休」（唐風・蟋蟀）

【健章案】：歐文言：「此條以俞樾在《群經平議》中所說的最允當：一章云：良士瞿瞿，二章云：良士蹶蹶，三章云：良士休休，其義皆同。……此休當讀燠休之休。昭三年《左傳》杜《注》曰：燠休痛念之聲。《正義》引服《注》曰：若今時小兒痛，父母以口就之曰燠休。以是推之，休休，猶嘻嘻也。……休與嘻一聲之轉。……瞿瞿以目言，蹶蹶以足言，休休以聲言……所以『燠休』爲擬聲詞，『休』字作擬聲詞的符號使用，摹擬人口中出氣的聲音。」〔註118〕

「休休」，《王力古漢語字典》認爲是「安閒的樣子」。〔註119〕《說文》：「休，息止也。」毛《傳》：「休休，樂道之心。」《釋文》同《傳》。朱《傳》：「休休，安閑之貌。」《尚書・泰誓》有「其心休休焉」，孔《傳》云：「休休，樂善也」，亦與毛《傳》相似。又《爾雅・釋訓》：「瞿瞿、休休，儉也。」郭《注》：「皆良士節儉。」陳奐《傳疏》引《爾雅》並說：「李注云：『皆良士顧禮義之儉也。』」

〔註114〕東漢・許愼著、清代・段玉裁注，《說文解字》（台北：書銘出版社，民國83（1994）年10月七版），頁602。

〔註115〕王念孫，《廣雅疏證》（北京：中華書局，2004年4月北京第二次印刷），頁178。

〔註116〕馬瑞辰，《毛詩傳箋通釋》（北京：中華書局，2005年7月第4次印刷），頁675。

〔註117〕同上註，頁676。

〔註118〕歐秀慧，《詩經擬聲詞研究》（中正大學碩士論文，民國81年（1992）年），頁63。

〔註119〕王力主編，《王力古漢語字典》（北京：中華書局，2003年12月北京第四次印刷），頁19。

〔註 120〕可知「休休」爲狀良士之行止。王先謙《集疏》:「《魯》說以『休休』爲『故禮節之儉』者外雖樸謹,中自寬裕也。《列女・楚子發母傳》:『詩曰:好樂無荒,良士休休。』言不失和也。不失和,亦即寬裕之意。」〔註 121〕而馬瑞辰和高本漢均爲專注或同毛《傳》無異義也,均爲狀態詞;又《書・泰誓》:「其心休休焉,其如有容」。此「休休」乃形容「器量大的樣子」,也是狀貌詞。歐文引俞樾之說而認爲「休休」即是同「燠休」故爲擬聲詞。俞樾雖爲大家,但「燠休」只是口語借音以狀安慰人傷痛之聲,不能等同於借音以狀態之「休休」。因此,「休休」不應爲擬聲詞。

（二十九）驕人「好好」（小雅・巷伯）

【健章案】:歐文言:「《疏》:彼驕人好好然而喜。……從孔疏的注釋看,也有將『好好』視作狀驕人稱心如意的喜樂笑聲,所以是擬聲詞,猶今語形容人『笑呵呵』,『呵呵』即擬笑聲。」〔註 122〕

驕人「好好」,《說文》:「好,媄也。」段《注》:「好本謂女子,引申爲凡美之偁。」〔註 123〕可知「好」爲狀態詞。毛《傳》:「好好,喜也。」《正義》:「彼驕人好好然而喜。」朱《傳》:「好好,樂也。」王先謙《集疏》:「《魯》『好』作『旭』者,《釋訓》『旭旭,憍也。』即『好好』之異文。」「憍」即「驕」字。馬瑞辰《通釋》亦引《爾雅》且說:「好,古通𤕝,從丑聲,與旭從九聲同,二字竝許九切,故通用。〈女曰雞鳴〉詩『旭日始旦』,〔註 124〕《釋文》引《說文》:『旭,讀若好。』亦旭、好同音之證。」〔註 125〕陳奐也說:「『旭旭』即『好好』之異文。」〔註 126〕因此,「好好」爲狀驕人喜樂貌,非是狀聲詞。

〔註 120〕陳奐,《詩毛釋傳疏》（台灣:學生書局,民國 75（1986）年 10 月第七次印刷）,頁 281。

〔註 121〕王先謙,《詩三家義集疏》（台北:明文書局,民國 77（1977）年 10 月 10 日初版）,頁 416。

〔註 122〕歐秀慧,《詩經擬聲詞研究》（中正大學碩士論文,民國 81 年（1992）年）,頁 63。

〔註 123〕東漢・許慎著、清代・段玉裁注,《說文解字》（台北:書銘出版社,民國 83（1994）年 10 月七版）,頁 624。

〔註 124〕「旭日始旦」應是在〈匏有苦葉〉,馬瑞辰言在〈女曰雞鳴〉有誤。

〔註 125〕馬瑞辰,《毛詩傳箋通釋》（北京:中華書局,2005 年 7 月第 4 次印刷）,頁 663。

〔註 126〕陳奐,《詩毛氏傳疏》（台北:台灣學生書局,民國 75（1986）年 10 月第七次印

（三十）公尸來止「欣欣」（大雅・鳧鷖）

【健章案】：歐文言：「『從俞樾說，改自旨酒欣欣』。《說文》：『欣，笑喜也。』段《注》：『言部訢下曰，喜也。義略同。』《史記》〈萬石君傳〉：『有僮僕訢訢如也。』一語，集注曰：『訢訢，聲和貌也。』同源字典以『熙：僖嬉娭嫛喜禧；喜：欣（忻）訢』〔註127〕爲同源字。左傳襄公二十九年：『廣熙熙乎！』注曰：『熙熙，和樂聲。』由上可知，與『欣』同的『訢訢』、『熙熙』皆作擬聲之詞，本詞例的『欣欣』也當以喜樂笑聲狀喜樂貌。」〔註128〕

「欣欣」，《王力古漢語字典》認爲「欣欣」有「喜貌貌」、「草木茂盛貌」兩種意思。《說文》：「欣，笑喜也。」陳奐《傳疏》：「《爾雅》欣，樂也。重言之欣欣。」〔註129〕毛《傳》：「欣欣然樂也。」《正義》：「飲美酒而言欣欣，故爲樂，謂尸之樂也。」朱《傳》亦說：「欣欣，樂也。」《廣雅疏證》：「欣欣，喜也。」王念孫按語說：「《孟子・梁惠王》篇云：『舉欣欣然有喜色』。」〔註130〕所言乃是形容臉色，而本詩此章有「公尸來旨熏熏」，毛《傳》：「熏熏，和說也」，均爲一貫的。又《楚辭・九歌・東皇太一》：「五音紛兮繁會，君欣欣希樂康。」王逸《注》曰：「欣欣，喜貌」。〔註131〕所以「欣欣」是「酒酣耳熱」的喜樂之心，非爲狀聲詞，而歐文又從俞樾改《詩》文並不必要。

（三十一）無然「憲憲」（大雅・板）

【健章案】：歐文言：「欣、憲雙聲，段玉裁也以『憲』爲『欣』的假借。『欣欣』既是喜樂笑聲的擬聲詞，則『憲憲』亦然。」〔註132〕

《爾雅》：「憲憲，制法則也。」毛《傳》：「憲憲猶欣欣也。」鄭《箋》：「女無憲憲然，無沓沓然爲之制法度。」《正義》：「憲憲猶欣欣，喜樂貌也。」朱《傳》：「憲憲，欣欣也。」可知「憲憲」爲狀貌形容詞。馬瑞辰《通釋》：

刷），頁540。

〔註127〕王力，《同源字典》（北京：商務印書館，2002年11月北京第六次印刷），頁88。

〔註128〕歐秀慧，《詩經擬聲詞研究》（中正大學碩士論文，民國81年（1992）年），頁63。

〔註129〕陳奐，《詩毛氏傳疏》（台北：台灣學生書局，民國75（1986）年10月第七次印刷），頁720。

〔註130〕王念孫，《廣雅疏證》（北京：中華書局，2004年4月北京第二次印刷），頁178。

〔註131〕馬茂元主編，《楚辭注釋》（台北：文津出版社，民國82（1993）年9月），頁123。

〔註132〕歐秀慧，《詩經擬聲詞研究》（中正大學碩士論文，民國81年（1992）年），頁64。

「憲、欣二字雙聲，憲憲即欣欣之假借，猶掀訓軒起，昕天即軒天，皆以雙聲爲義也。欣通作訢，《說文》:『訢，喜也。』字从言，疑有喜言之義，與下文『泄泄』義相近。」〔註 133〕由上知「憲憲」一詞非所謂擬聲詞。

（三十二）無然「謔謔」（大雅・板）

【健章案】: 歐文言 :「孔《疏》云 :『此言猶上憲憲。』……《說文》:『謔，戲也。』所以『謔謔』還有『戲侮』之意，是『謔謔』乃擬嬉戲笑鬧之聲。」〔註 134〕

「謔謔」,《王力古漢語字典》認爲是「喜樂貌」。〔註 135〕《說文》:「謔，戲也。」毛《傳》:「謔謔然喜樂。」陳奐《傳疏》:「謔、樂聲同。」《爾雅・釋訓》:「謔謔，崇讒慝也。」〔註 136〕朱《傳》:「謔，戲侮也。」王先謙《集疏》引孫炎曰 :「厲王暴虐，大臣謔謔然喜，謞謞然盛，以興讒慝也。」此說同《爾雅》。而王氏又說 :「謔謔非喜，而云喜樂者，王方暴虐，甚可憂懼，而以戲謔出之，故曰『謔謔然喜』直以爲憂謔也。」〔註 137〕喜樂本會出聲，但依《詩》:「天之方虐，無然謔謔」,「謔謔」應作「戲謔」之義應爲狀貌之詞。

（三十三）徒御「嘽嘽」（大雅・崧高）

【健章案】: 歐文言 :「《說文》『嘽』，一曰『喘息』，一曰『喜也』。《禮記・樂記》亦云 :『其樂心感者，其聲嘽而緩。』所以『嘽』不僅擬馬喘聲也用來擬人的喜樂聲，用喜樂之聲，狀喜樂安舒。」〔註 138〕

毛《傳》:「嘽嘽，徒行者御車者嘽嘽喜樂也。」鄭《箋》說 :「車徒之行嘽嘽安舒，言得禮也。」《正義》云 :「嘽嘽，安舒之狀。行則安舒，貌則喜樂，與箋相接成也。」朱《傳》則說 :「嘽嘽，眾盛也。」由上可知,「嘽嘽」一語爲「安舒」、「喜樂」甚或是「眾盛」純屬狀態貌之詞。在〈采芑〉「戎車嘽嘽」毛《傳》

〔註 133〕馬瑞辰,《毛詩傳箋通釋》(北京 : 中華書局，2005 年 7 月第 4 次印刷)，頁 925。

〔註 134〕歐秀慧,《詩經擬聲詞研究》(中正大學碩士論文，民國 81 年 (1992) 年)，頁 64。

〔註 135〕王力主編,《王力古漢語字典》(北京 : 中華書局,2003 年 12 月北京第四次印刷)，頁 1289。

〔註 136〕周祖謨,《爾雅校箋》(昆明 : 雲南人民出版社 2004 年 11 月)，頁 41。

〔註 137〕王先謙,《詩三家義集疏》(台北 : 明文書局，民國 77 (1977) 年 10 月 10 日初版)，頁 916。

〔註 138〕歐秀慧,《詩經擬聲詞研究》(中正大學碩士論文，民國 81 年 (1992) 年)，頁 64。

訓「嘽嘽，眾也。」〈常武〉「王旅嘽嘽」毛《傳》訓「嘽嘽然盛也。」此三篇均與軍旅相關，而《毛傳》所訓大致相同，歐文所言：「『嘽』不僅擬馬喘聲也用來擬人的喜樂聲」，是將此篇和〈四牡〉「嘽嘽駱馬」，《毛傳》訓「嘽嘽，喘息之貌」聯想。其引《禮記‧樂記》則陳奐有言說：「〈樂記〉云：『其樂心感者，其聲嘽以緩』；又云：『嘽諧慢易繁文簡潔之音作，而民康樂。』是嘽嘽有喜樂之意。」〔註139〕陳奐所言亦爲狀貌詞。然此「嘽嘽」應爲「眾盛」，而高本漢《詩經注釋》亦認爲「嘽嘽」訓「眾盛」比訓「其聲嘽嘽以緩」〔註140〕要好。

（三十四）無然「泄泄」（大雅‧板）

【健章案】：毛《傳》：「泄泄猶沓沓也。」鄭《箋》：「女無憲憲然無沓沓然，爲之制法度達其意以成其惡。」《正義》：「泄泄猶沓沓，競進之意也，謂見王將爲惡政，競隨從爲之制法也。」朱《傳》：「泄泄猶沓沓也。蓋弛緩之意。」王先謙《集疏》：「《魯》『泄』亦作『洩』，《齊》《韓》作『呭』。」馬瑞辰《通釋》：「泄泄，實多言之貌。」又說：「《說文》：『沓，語多沓沓也。』沓通作誻，《說文》：『誻，還誻也。』《玉篇》：『還誻，妄語也。』《荀子‧正名篇》曰：『誻誻然』，楊倞注：『誻誻，多言也。』《詩》『噂沓背憎』，鄭《箋》謂『噂噂沓沓，相對談話』。是沓沓亦爲多言，故《傳》曰『泄泄猶沓沓』。言義本之《孟子》。孟子曰：『事君無義，進退無禮，言則非先王之道者，猶沓沓也。』正以言非先王之道爲猶沓沓，與《荀子》訓誻誻義合。泄泄，謂多言妄發，故下文辭輯、辭懌專以言詞言。《爾雅‧釋訓》：『憲憲、泄泄，制法則也。』郭注：『佐興虐政，設教令也。』……《正義》以『泄泄猶沓沓』爲競進之意，朱子《孟子集注》又以泄泄沓沓爲弛緩之意，均與古義遠矣。」〔註141〕毛《傳》、鄭《箋》，楊倞所言均爲擬態，此「泄泄」爲狀貌。

（三十五）「蛇蛇」碩言（小雅‧巧言）

【健章案】：毛《傳》：「蛇蛇，淺意也。」《釋文》同毛《傳》。《正義》：「蛇蛇然淺意之大言。」朱《傳》：「蛇蛇，安疏貌。」「淺意」、「安舒」或有

〔註139〕陳奐，《詩毛釋傳疏》（台北：台灣學生書局，民國75（1986）年10月第七次印刷），頁781。

〔註140〕詳參董同龢譯《高本漢詩經注釋》（國立編譯館中華叢書編審委員會編印，民國68（1979）年2月再版），頁965。

〔註141〕馬瑞辰，《毛詩傳箋通釋》（北京：中華書局，2005年7月第4次印刷），頁926。

不同，但為狀貌。《說文》:「蛇」是「它」的重文訓為「蟲也。」〈羔羊〉，毛《傳》:「委蛇，行可從迹也。」是「它」的引申義。王先謙《集疏》:「《魯》『蛇蛇』作『虵』」陳喬樅《詩經四家詩異文考》列此條，江瀚《詩經四家詩異文考補》:「訑訑碩言」，且江瀚按語說:「《玉篇》作『訑』。」《說文》無「訑」字。朱駿聲《說文通訓定聲》:「詑，兗州謂欺曰『詑』……字亦作『訑』、作『訑』……又重言形況字……張音蓋言:『辭不正欺罔於人自誇大之貌』。」〔註142〕馬瑞辰《通釋》:「蛇蛇即訑訑之假借。《孟子》『則人將曰訑訑』，趙《注》:『訑訑者，自足其智，不嗜善言之貌。』……《廣雅》:『詑，欺也。』《玉篇》:『訑，詭言也。』《燕策》:『寡人甚不喜訑者言。』並以『訑』為詭言欺人。重言之則曰訑訑。……《呂氏春秋・重己篇》高誘注引《詩》:『虵虵碩言』，虵虵蓋大言欺世之貌。」〔註143〕可知「蛇蛇」為「虵虵」乃指「大言欺世之貌」。歐文引陳奐《傳疏》:「蛇與訑聲同而義近，而且與『泄、呭』亦聲轉而義通。……《說文》『呭』、『訑』字下都訓作『多言也』……『蛇蛇』即『訑訑』，是『自足其智，不嗜善言。』得欺世矜誇之辭，是兼指聲音顏色的說話聲。」〔註144〕她主要的根據或是《孟子》的「訑訑之聲言顏色。」若依《詩》文「蛇蛇碩言，出自口矣」和前人注釋此「蛇蛇」列為狀貌詞較適當。

（三十六）「肅肅」宵征（召南・小星）

【健章案】:毛《傳》:「肅肅，疾貌。」朱《傳》:「肅肅，齊遫貌。」《爾雅・釋訓》:「肅肅，恭也。」陳奐《傳疏》:「《爾雅・釋詁》『肅，疾也。』重言之為肅肅。肅肅猶數數，數亦疾也。」〔註145〕「疾也」乃是狀貌形容。高本漢也同意毛《傳》。而《說文》:「肅，持事振敬也」，為「敬」之義與此「肅肅」無關。歐文引朱守亮《詩經評釋》以〈小星〉〈烝民〉的「肅肅」為「摹聲之詞」，朱氏說:「在〈小星〉狀夜間為公事忙碌奔走，疾行所成之聲。」〔註146〕不太

〔註142〕朱駿聲，《說文通訓定聲》(台北：藝文印書館，民國64（1975）年8月三版)，頁516。

〔註143〕馬瑞辰，《毛詩傳箋通釋》(北京：中華書局，2005年7月第4次印刷)，頁654。

〔註144〕歐秀慧，《詩經擬聲詞研究》(中正大學碩士論文，民國81年（1992）年)，頁66。

〔註145〕陳奐，《詩毛釋傳疏》(台灣：學生書局，民國75（1986）年10月第七次印刷)，頁64。

〔註146〕歐秀慧，《詩經擬聲詞研究》(中正大學碩士論文，民國81年（1992）年)，頁67。

恰當。若從《詩》義「肅肅宵征，抱衾與裯」，晚上行走，故應是言疾行貌。

（三十七）行人「彭彭」（齊風・載驅）

【健章案】:《王力古漢語字典》認爲「彭彭」有兩義：其一「盛多貌」、其二是「行進貌」。其「盛多貌」引此〈載驅〉和〈出車〉。《說文》:「彭，鼓聲也。」毛《傳》:「彭彭，多貌。」朱熹《詩集傳》同。歐文引陳奐說：「彭，讀如旁，此彭彭儦儦分章，與清人旁旁麃麃分章同。儦儦猶麃麃，旁旁猶彭彭。」歐秀慧又說「旁旁爲馬行聲，則本詞『彭彭』亦爲擬聲詞。」〔註147〕但陳奐有說：「《傳》云多者，君行師從也。」此言又似贊同毛《傳》。若由《詩》之文「汶水湯湯，行人彭彭」來說，此言應是說汶水廣大，而行人來往眾多，爲本義之引申，且此鄭玄無《箋》、馬瑞辰無注，乃是同意毛《傳》。〈小雅・出車〉:「出車彭彭」之「彭彭」，毛《傳》:「四馬貌」，也是狀貌詞。因此，「行人彭彭」之「彭彭」還是狀貌詞。

（三十八）行人「儦儦」（齊風・載驅）

【健章案】:《王力古漢語字典》認爲「儦儦」有二義，其一「行走的樣子」，引〈載驅〉詩；其二「眾貌」，亦引〈載驅〉詩。毛《傳》:「儦儦，眾貌。」朱《傳》同毛。歐文說：「陳奐《傳疏》『《說文》，儦儦，行貌。《傳》云眾者，謂行眾也。』可見『儦儦』當擬眾人行進之聲。……其作用也與『行人彭彭』一樣。」〔註148〕歐文既將「行人彭彭」之「彭彭」訓爲擬聲詞，此亦同樣不甚恰當。從毛《傳》、《說文》、《傳疏》實看不出何以「儦儦」爲擬聲詞。然〈衛風・碩人〉「朱幩鑣鑣」，毛《傳》:「鑣鑣，盛貌。」而《玉篇》引《韓詩》爲「朱幩儦儦」也訓「盛」。〈鄭風・清人〉:「駟介麃麃」，毛《傳》云：「麃麃，武貌。」〈小雅・角弓〉「：雨雪瀌瀌」，鄭《箋》說：「雨雪之盛瀌瀌然。」《逸周書・太子進》:「志氣麃麃」，《注》:「麃麃，盛也。」〈小雅・吉日〉:「儦儦俟俟」，毛《傳》:「趨則儦儦」此有「跑」之意。從「麃」得聲者，大多有「盛」、「武」其甚或是「跑」的意思，爲狀貌之詞，因此非擬聲之詞。

（三十九）「駪駪」征夫（小雅・皇皇者華）

〔註147〕同上註，頁67。

〔註148〕歐秀慧，《詩經擬聲詞研究》（中正大學碩士論文，民國81年（1992）年），頁67。

【健章案】:《王力古漢語字典》認爲「眾多貌」。〔註 149〕毛《傳》:「駪駪，眾多之貌。」高本漢《詩經注釋》第十七條「詵詵兮」也同意毛《傳》。《正義》:「汝駪駪眾多之行夫。」朱《傳》:「駪駪，眾多疾行之貌。」王先謙《集疏》:「《魯》『駪』作『侁』,《韓》作『莘』。」〔註 150〕《國語》引《詩》亦作「莘莘」，韋《注》:「莘莘，眾多也。」又李注《文選・東都賦》和〈魏都賦〉皆引《傳》:「莘莘，眾多也。」所以，陳奐《傳疏》說：「今作『駪駪』者，疑係後人所改，云『眾多之貌也』。」〔註 151〕《楚辭・招魂》:「豺狼從目，往來侁侁」。王逸《注》云：「往來行聲也。《詩》曰『侁侁征夫』。」又《玉篇・人部》「侁」字下云：「往來侁侁行聲。《詩》曰『侁侁征夫』。」這或許是歐文訓爲聲詞的依據。而《說文》:「駪，馬眾多貌。」由馬眾多引申爲凡眾多之稱；又於「燊」字注：「讀若詩『莘莘征夫』。」「駪」、「莘」古聲轉通用，〈螽斯〉詩「詵詵」，毛《傳》訓「眾多也。」《說文》作「㚘㚘」;《說文》:「侁，行皃。」馬瑞辰《通釋》說：「以經義求之，當从《說文》訓爲行貌爲是。侁侁者，謂征夫往來行貌也。駪駪、莘莘，皆『侁侁』之同聲假借。」〔註 152〕且〈大雅・桑柔〉「甡甡其鹿」，毛《傳》:「甡甡，眾多也。」《說文》:「甡，眾生竝立之貌。」段《注》:「其字或作『詵詵』或作『駪駪』或作『侁侁』或作『莘莘』，皆假借也。……所臻切，十二部。」可見「甡」「莘」「駪」「侁」「詵」可互相假借其義多爲狀貌詞。〔註 153〕

（四十）王事「傍傍」（小雅・北山）

【健章案】:《毛傳》:「傍傍然不得已。」《釋文》:「傍傍，不得已也。」《廣雅疏證》:「彭彭、旁旁，盛也。」〈大有九四〉:「匪其彭」，王肅《注》:「彭，壯也。」而重言之則曰「彭彭」。《說文》:「騯，馬盛也。從馬旁聲。《詩》曰『四牡

〔註 149〕王力主編，《王力古漢語字典》（北京：中華書局，2003 年 12 月北京第四次印刷），頁 1683。

〔註 150〕王先謙，《詩三家義集疏》（台北：明文書局，民國 77（1977）年 10 月 10 日初版），頁 560。

〔註 151〕陳奐，《詩毛氏傳疏》（台北：台灣學生書局，民國 75（1986）年 10 月第七次印刷），頁 400。

〔註 152〕馬瑞辰，《毛詩傳箋通釋》（北京：中華書局，2005 年 7 月第 4 次印刷），頁 499。

〔註 153〕東漢・許慎著、清代・段玉裁注，《說文解字》（台北：書銘書局，民國 83（1994）年 10 月七版），頁 276。

騯騯』。」〔註154〕今〈小雅・北山〉，毛《傳》：「彭彭然不得息。」〈小雅・烝民〉，鄭《箋》說「彭彭，行貌。」又〈齊風・載驅〉：「行人彭彭」，毛《傳》說：「彭彭，多貌。」而〈魯頌・駉〉：「以車彭彭」，毛《傳》說：「彭彭，有力有容也」，朱《傳》：「盛貌」，均爲狀貌詞。所以，王念孫說：「騯、旁、彭並同義。」而馬瑞辰也說：「彭、旁雙聲，古通用。」他認爲《說文》引詩「四牡騯騯」，即《詩》「四牡彭彭」之異文；且說：「《說文》『傍』字訓『近』，此詩傍傍即旁旁之假借。」〔註155〕馬瑞辰也同意「傍傍」屬摹狀詞非擬聲詞，而歐文所引陳奐說：「彭彭、傍傍聲義相近。《傳》於『彭彭』云『不得息』，於『傍傍』云『不得已』，互文見義也。……所以，『彭彭』爲『四牡奔馳聲』，『傍傍』則爲軍隊行進之聲。」〔註156〕歐文之所以認爲「王事傍傍」的「傍傍」爲擬聲詞；而高本漢《詩經注釋》二一八條「王的軍隊嘭嘭的走」〔註157〕亦將此重言以擬聲詞視之。然依據毛《傳》、馬瑞辰和其他注家之說，能清楚明白此「傍傍」應該是狀「盛多」之貌。

（四十一）武夫「浮浮」（大雅・江漢）

【健章案】：江漢「浮浮」，武夫「滔滔」，毛《傳》云：「浮浮，眾彊貌。滔滔，廣大貌。」歐文根據《經義述聞》改爲「武夫浮浮」，且說：「『江漢滔滔，武夫浮浮』，兩句相對成文，則浮浮同滔滔爲擬聲辭。《楚辭・九章・抽思》有『悲秋風之動容兮，何回極之浮浮』，注云：『浮浮，行貌。』風行之貌多以聲狀，所以『浮浮』爲風行之聲。本詞例『浮浮』應擬武夫行進之聲，猶『虎虎生風』之『虎虎』，形容人精神抖擻走路生風之聲。」〔註158〕狀聲詞與擬態不同，其必有聲之可狀方可，歐文言「擬武夫行進之聲」乃臆測之詞。因爲，人行走出聲除佩玉所產生的撞擊聲之外，必須相當的疾速和氣流摩擦方可能產生出聲音。〈小雅・角弓〉「雨雪浮浮」，《傳》「浮浮猶瀌瀌也。」《經義述聞》：「浮與儦聲義相近，『浮浮』猶『儦儦』也，〈齊風・載驅〉『行人儦儦』，《傳》曰：『儦儦，眾貌』，猶『浮浮』之爲『眾貌』。〈鄭風・清人〉篇『駟介麃麃』，《傳》

〔註154〕同上註，頁469。

〔註155〕馬瑞辰，《毛詩傳箋通釋》（北京：中華書局，2005年7月第4次印刷），頁689。

〔註156〕歐秀慧，《詩經擬聲詞研究》（中正大學碩士論文，民國81年（1992）年），頁69。

〔註157〕詳參董同龢譯《高本漢詩經注釋》（國立編譯館中華叢書編審委員會編印，民國68（1979）年2月再版），頁221。

〔註158〕歐秀慧，《詩經擬聲詞研究》（中正大學碩士論文，民國81年（1992）年），頁69。

曰：『麃麃，武貌』，猶『浮浮』之爲『彊貌也』。人盛謂之『儦儦』又謂之『浮浮』，猶雪盛謂之『瀌瀌』，又謂之『浮浮』耳。」〔註159〕馬瑞辰也同意《經義述聞》；而陳奐《傳疏》則言：「此『浮浮』爲形容武夫之『眾彊』，與下章『洸洸』義同。」〔註160〕所以，「浮浮」爲狀貌詞無疑。又〈大雅．生民〉「烝之浮浮」象「烝氣上浮之聲」，與此不同。

（四十二）征夫「捷捷」（大雅．烝民）

【健章案】：《說文》：「捷，獵也。」〈小雅〉「一月三捷」，毛《傳》：「捷，勝也。」毛《傳》：「捷捷，言樂事也。」《釋文》同毛，又鄭《箋》：「眾行夫捷捷然至。」《正義》：「捷捷者，舉動敏捷疾之貌。行者或苦於役，則舉動遲緩，故言捷捷以見其勸樂於事也。」朱《傳》：「捷捷，疾也。」王先謙《集疏》：「《韓》『捷』作『倢』。」〔註161〕陳喬樅說：「《玉篇》又云：『倢，本義作捷。』又案〈巷伯篇〉『捷捷幡幡』，《眾經音義十六》引作『倢倢幡幡』。」此均可證。《玉篇．人部》：「倢，樂也。」竝引《詩》：「征夫倢倢。」《說文》：「倢，佽也。」又「佽，便利也。」《廣雅》：「倢，疾也。」均屬狀貌，而歐文引陳奐之語說：「『捷捷言樂事也者，征夫樂此述職之事捷捷然也。』所以，『捷捷』當是征夫因述職之樂，而步伐輕快的腳步聲。」〔註162〕歐文或有臆測，撰者以爲「捷捷」當是狀態貌形容詞，言征夫「疾行述職。」

（四十三）武夫「洸洸」（大雅．江漢）

【健章案】：《王力古漢語字典》說：「洸」古「洙水」名；又「洸洸，威武貌。」〔註163〕《說文》：「洸，水涌貌。《詩》曰『有洸有潰』。」段《注》：「〈邶風〉『有洸有潰』，毛曰『洸洸，武也』。……〈大雅〉『武夫洸洸』，毛曰『洸洸，

〔註159〕王引之，《經義述聞》（孔子大全編輯委員會，濟南：山東友誼出版社，1990年），頁13。

〔註160〕陳奐，《詩毛氏傳疏》（台北：台灣學生書局，民國75（1986）年10月第七次印刷），頁797。

〔註161〕王先謙，《詩三家義集疏》（台北：明文書局，民國77（1977）年10月10日初版），頁967。

〔註162〕歐秀慧，《詩經擬聲詞研究》（中正大學碩士論文，民國81年（1992）年），頁69。

〔註163〕王力主編，《王力古漢語字典》（北京：中華書局，2003年12月北京第四次印刷），頁583。

武貌。』此引申假借之義。」〔註164〕毛《傳》:「洸洸，武貌」,《釋文》同。《爾雅・釋訓》:「洸洸，武也。」《正義》:「洸洸然武壯者」，均明言屬狀貌形容。歐文說:「『江漢湯湯，武夫洸洸』，滔滔、湯湯為水流聲，則洸洸也當與浮浮一樣，為武夫行進之聲。」上例撰者已判定「浮浮」為狀貌形容詞，陳奐也說:「此『浮浮』為形容武夫之『眾彊』，與下章『洸洸』義同。」王先謙《集疏》:「《魯》『洸』作『僙』,《齊》作『潢』,《韓》作『趪』。」。〔註165〕《詩考・詩異字異義》、《三家詩拾遺》、《詩經四家詩異文考》亦引異文作「武夫潢潢」;陳喬樅《詩經四家詩異文考》又有作「僙僙」。〔註166〕故知「洸洸」可作「潢潢」、「僙僙」和「趪趪」。《說文》「潢，積水池也。」可知「洸」、「潢」均非本字;《說文》無「僙」。馬瑞辰《通釋》:「洸洸當為僙僙之同音假借。……《釋文》云:『洸，舍人本作僙。』《鹽鐵論・繇役篇》引詩作『武夫潢潢』。《玉篇》作『趪』，云:『趪趪，武貌。』《法言・孝至篇》:『武義璜璜。』竝當為『僙僙』之通借。僙借作洸，由兕觥之觥借作『觵』，郝懿行曰:『洸之言橫，橫有武義，故〈樂記〉曰:『橫以立武』。黃从芡，芡，古光字也，故从黃之字或變从光。』」〔註167〕可知「洸洸」為「僙僙」之借，且為狀態詞。

（四十四）王旅「嘽嘽」（大雅・常武）、戎車「嘽嘽」（小雅・采芑）

【健章案】:《說文》:「嘽，喘息也。一曰喜也。《詩》曰『嘽嘽駱馬』。」毛《傳》說:「嘽嘽然盛也。」鄭《箋》云:「閒暇有餘力之貌。」《正義》:「閒暇之貌。」《釋文》:「盛也。鄭云:『閒暇有餘力之貌。』」〔註168〕朱《傳》:「眾盛貌。」《廣雅疏證》:「嘽嘽，眾也。」〔註169〕而〈小雅・采芑〉「戎車嘽嘽」,

〔註164〕東漢・許慎、清・段玉裁注,《說文解字》（台北:書銘出版社，民國83（1994）年10月七版），頁553。

〔註165〕王先謙,《詩三家義集疏》（台北:明文書局，民國77（1977）年10月10日初版），頁982。

〔註166〕陳喬樅,《詩經四家詩異文考》（《詩經要籍集成》第40冊，中國詩經學會編，北京:學苑出版社，2002年），頁474。

〔註167〕馬瑞辰,《毛詩傳箋通釋》（北京:中華書局，2005年7月第四次印刷），頁1018。

〔註168〕陸德明,《經典釋文》（孔子大全編輯委員會，濟南:山東友誼出版社，1990年），頁398。

〔註169〕王念孫,《廣雅疏證》（北京:中華書局，2004年4月北京第二次印刷），頁187。

毛《傳》:「嘽嘽，眾也。」〈崧高〉「徒御嘽嘽」，毛《傳》:「眾盛之貌。」毛《傳》訓「嘽嘽」一詞前後一致均爲「眾盛」之意，屬狀貌詞。又王先謙《集疏》:「《齊》『嘽』作『驒』。」《說文》:「驒，驒騱，野馬屬。从馬單聲。一曰驒馬，青驪白鱗，文如鼉魚也。」〔註 170〕「驒」爲馬之類別。「驒驒」爲「嘽嘽」異文。《漢書・敘傳》:「王師驒驒。」鄭氏曰:「驒驒，盛也。」歐文說:「『嘽嘽』當擬王旅行進之聲。且原詩下句有『如飛如翰，如江如漢』，可見王師軍容之聲勢浩大。又前二詞例『江漢滔滔，武夫浮浮』、『江漢湯湯，武夫洸洸』，均以武夫的行進聲和江漢水流聲作類比，本詞例以『王旅嘽嘽』『如江如漢』，爲相似的類推手法。」〔註 171〕上已言「浮浮」、「洸洸」爲狀貌，此歐文或爲臆構之意，故「嘽嘽」仍是狀貌形容詞。

（四十五）征徒「增增」（魯頌・閟宮）

【健章案】:《王力古漢語字典》認爲是「眾多的樣子」，引此詩。《說文》:「增，益也。」〔註 172〕毛《傳》:「眾也。」「益」則「多」，「多」就是「眾」。鄭《箋》:「徒進行增增然。」《釋文》:「增增，如字。」《正義》同毛《傳》。《爾雅・釋訓》:「薨薨、增增，眾也。」郭《注》:「皆眾夥之貌。」〔註 173〕陳奐亦引《爾雅》文；又《爾雅》:「烝，眾也。」因此，「增增」乃是重複形容人數非常多的意思，而歐文說:「『增增』當以鄭《箋》所注最清楚，正是三萬公徒穿戴綴貝頭盔的行進之聲。所以，『增增』爲眾人行進聲。」〔註 174〕或是誤解《箋》意，「增增」乃是狀人數眾多。

（四十六）出車「彭彭」（小雅・出車）

【健章案】:「彭彭」，爲狀貌詞，訓爲眾盛。〈出車〉，毛《傳》訓「四馬貌。」朱《傳》:「眾盛貌」。〈韓奕〉無《傳》。〈駉〉，毛《傳》:「有力有容也。」《正義》:「彭彭然有壯力有儀容也。」朱《傳》:「彭彭，盛貌。」《廣雅疏證》:「彭

〔註 170〕東漢・許慎、清・段玉裁注，《說文解字》（台北：書銘出版社，民國 83（1994）年 10 月七版），頁 473。

〔註 171〕歐秀慧，《詩經擬聲詞研究》（中正大學碩士論文，民國 81 年（1992）年），頁 70。

〔註 172〕東漢・許慎、清・段玉裁注，《說文解字》（台北：書銘出版社，民國 83（1994）年 10 月七版），頁 696。

〔註 173〕周祖謨，《爾雅校箋》（昆明：雲南人民出版社 2004 年 11 月），頁 37。

〔註 174〕歐秀慧，《詩經擬聲詞研究》（中正大學碩士論文，民國 81 年（1992）年），頁 71。

彭，旁旁，盛也。」王念孫說：「王肅云：『彭，壯也。』重言之則曰『彭彭』。《說文》：『騯，馬盛也。』引《詩》曰『四牡騯騯』。〔註175〕今〈小雅・北山〉及〈大雅・烝民〉〈韓奕〉二篇並作『四牡彭彭』。〈鄭風・清人〉『駟介旁旁』。王肅《注》云：『旁旁，彊也。』〈齊風・載驅〉『行人彭彭』，《傳》云『彭彭，多貌。』〈魯頌・駉〉『以車彭彭』，《傳》云『有力有容也』。騯、旁、彭並同義。」〔註176〕又《玉篇》：「騯騯，馬行貌，今作『彭』。」馬瑞辰《通釋》則說：「彭彭，蓋騯騯之假借。……今〈北山〉、〈烝民〉、〈韓奕〉三詩竝作『四牡彭彭』，彭、旁古同聲。《廣雅》：『彭彭、旁旁，盛也。』《傳》云『四馬貌』者，亦謂馬盛。」〔註177〕亦同意為狀貌；他在〈駉〉則說：「彭彭、繹繹、伾伾、祛祛，同為盛耳。《傳》分四義，非也。」〔註178〕由上知「彭彭」屬擬態詞，而歐文說：「『彭彭』也可摹擬馬蹄聲……彭彭為狀盛之車聲，也可表示駕車之馬的強盛有力。古代以馬駕車，所謂『車行聲』自當是車輪著地滾動之聲與馬蹄聲混合了」〔註179〕此或太擴大狀貌詞之範圍而作臆測。

（四十七）檀車「幝幝」（小雅・杕杜）

【健章案】：《王力古漢語字典》：「幝幝，破舊的樣子。」〔註180〕為狀貌重言形容詞，形容車敝貌。《說文》：「幝，車敝也。《詩》曰『檀車幝幝』。」段《注》：「古本當是巾敝貌，故从巾，《詩》以為車敝字則其引申之義也。」〔註181〕又毛《傳》「幝幝，敝貌。」與《說文》同，朱《傳》亦同。屈萬里《詩經詮釋》：「幝幝疑與『嘽嘽』同義，車聲也。」〔註182〕此或是歐文判為狀聲詞的依據。

〔註175〕東漢・許慎、清・段玉裁注，《說文解字》（台北：書銘出版社，民國83（1994）年10月七版）段有詳注，頁469。

〔註176〕王念孫，《廣雅疏證》（北京：中華書局，2004年4月北京第二次印刷），頁185、186。

〔註177〕馬瑞辰，《毛詩傳箋通釋》（北京：中華書局，2005年7月第四次印刷），頁522。

〔註178〕同上註，頁1128。

〔註179〕歐秀慧，《詩經擬聲詞研究》（中正大學碩士論文，民國81年（1992）年），頁73。

〔註180〕王力主編，《王力古漢語字典》（北京：中華書局，2003年12月北京第四次印刷），頁268。

〔註181〕東漢・許慎、清・段玉裁注，《說文解字》（台北：書銘出版社，民國83（1994）年10月七版），頁364。

〔註182〕屈萬里，《詩經詮釋》（台北：聯經出版社，民國91（2002）年10月初版第14刷），

然而《釋文》:「《韓詩》作『綫』音同。」《說文》:「綫,偏緩也。」王先謙《集疏》:「《韓》『幝』作『綫』。」〔註 183〕《詩考》、《三家詩拾遺》、《詩經四家詩異文考》亦列有此異文,且《詩經四家詩異文考》又另列有「檀車嘽嘽」。《廣雅疏證》:「綫綫,緩也。」馬瑞辰《通釋》:「《說文》:『綫,偏緩也。』義本韓詩。」又《說文》撣字注:「提持也,讀若行遲驒驒」。段《注》:「驒驒未見所出,蓋即詩之『嘽嘽駱馬』。」〔註 184〕說明了「驒驒」即「嘽嘽」。又:「繟,帶緩也。」段注:「繟之言『綫』也。《韓詩》『檀車綫綫』,《毛詩》作『幝幝』。」〔註 185〕所以,「幝」「繟」「綫」古音義同。而《通釋》說:「物敝則緩,義正相通。」可知此「幝幝」爲狀貌重言形容詞。

(四十八)「蔌蔌」方有穀(小雅・正月)

【健章案】:「蔌蔌」,應爲狀貌。《王力古漢語字典》認爲「蔌蔌」有三義:〔註 186〕其一是「簡陋的樣子」,引此詩爲例;其二是「風聲勁急的樣子」;其三是「泉水流動的樣子」,均屬狀貌詞。《說文》:「蔌,以穀萎馬置莝中。」〔註 187〕可知非用本義。毛《傳》:「蔌蔌,陋也。」鄭《箋》:「穀,祿也,言小人富而窶陋將貴也。」〔註 188〕朱《傳》:「蔌蔌,窶陋也,指王所用之小人也。」〔註 189〕陳奐《傳疏》:「窶陋有穀是國道終窮矣。」〔註 190〕知「窶陋」是狀態詞,進而推之「蔌蔌」應也是狀態詞。屈萬里《詩經詮釋》:「蔌蔌,

頁 300。

〔註 183〕王先謙,《詩三家義集疏》(台北:明文書局,民國 77(1977)年 10 月 10 日初版),頁 589。

〔註 184〕東漢・許慎、清・段玉裁注,《說文解字》(台北:書銘出版社,民國 83(1994)年 10 月七版),頁 603。

〔註 185〕同上註,頁 660。

〔註 186〕王力主編,《王力古漢語字典》(北京:中華書局,2003 年 12 月北京第四次印刷),頁 1093。

〔註 187〕東漢・許慎、清・段玉裁注,《說文解字》(台北:書銘出版社,民國 83(1994)年 10 月七版),頁 44。

〔註 188〕東漢・鄭玄,《毛詩鄭箋》(台北:新興書局,民國 82(1993)12 月版),頁 78。

〔註 189〕朱熹,《詩集傳》(台北:藝文印書館,民國 63(1974)年 4 月三版),頁 527。

〔註 190〕陳奐,《詩毛氏傳疏》(台北:台灣學生書局,民國 75(1986)年 10 月第七次印刷),頁 505。

聲也。」〔註 191〕此爲諸說中惟一訓「聲」者，亦是歐文判爲摹聲詞之依據，她說：「屈萬里以『蔌蔌』爲『聲也』，即並車而行的磨轂之聲。」〔註 192〕馬瑞辰《通釋》則說：「《說文》無『蔌』有『遬』，〔註 193〕蔌蓋遬字之省。《說文》又曰：『遬，籀文速。』故『蔌蔌』亦作『速速』。《爾雅》：『速速、蹙蹙，惟逑鞫也。』〔註 194〕速速即『蔌蔌』也。……至蔡邕《釋誨》『速速方轂』，『轂』蓋『穀』字轉寫之譌。」〔註 195〕陳奐《傳疏》說：「蔌當作遬。《說文》速籀文作『遬』，故《毛詩》『遬遬』三家詩作『速速』，古文速又作『警』。《玉篇》『蔌，小言貌。』」〔註 196〕亦是狀貌之詞。《釋文》：「蔌蔌，音速，陋也。」又「方穀，本又作『方有穀』，非也。」〔註 197〕王先謙《集疏》：「《魯》作『速速方轂』。」〔註 198〕《詩考・韓詩》和范家相《三家詩拾遺・文字考異》引異文作「速速方穀」，范氏曰：「《後漢書》。」此蓋《後漢書》之引文；而《詩考・詩異字異義》又引異文作「速速方轂」，陳喬樅《詩經四家詩異文考》亦有引此異文。《說文》：「速，疾也。從辵束聲。（三部）。」〔註 199〕又「轂，輻所湊也。」〔註 200〕高本漢《詩經注釋》五四七條引《爾雅》且說「速速大蓋就是本篇的『蔌蔌』，『窮困的人』，也就是『卑鄙的人』。」他又引《魯詩》（蔡

〔註 191〕屈萬里，《詩經詮釋》（台北：聯經出版社，民國 91（2002）年 10 月初版第 14 刷），頁 356。

〔註 192〕歐秀慧，《詩經擬聲詞研究》（中正大學碩士論文，民國 81 年（1992）年），頁 74。

〔註 193〕健章案：《說文解字》「蔌」字在頁 44，馬瑞辰或未細查一時疏忽。

〔註 194〕周祖謨，《爾雅校箋・釋訓》：「速速、蹙蹙，惟逑鞫也。」郭注：「陋人專祿國侵削，賢人永哀念窮迫。」（昆明：雲南人民出版社，2004 年 11 月），頁 41。

〔註 195〕馬瑞辰，《毛詩傳箋通釋》（北京：中華書局，2005 年 7 月第四次印刷），頁 610。

〔註 196〕陳奐，《詩毛氏傳疏》（台北：台灣學生書局，民國 75（1986）年 10 月第七次印刷），頁 505。

〔註 197〕陸德明，《經典釋文》（孔子大全編輯委員會，濟南：山東友誼出版社，1990 年），頁 320。

〔註 198〕王先謙，《詩三家義集疏》（台北：明文書局，民國 77（1977）年 10 月 10 日初版），頁 672。

〔註 199〕《說文解字》「速」之重文列有籀文「遬」和古文「警」，頁 72。

〔註 200〕東漢・許慎、清・段玉裁注，《說文解字》（台北：書銘出版社，民國 83（1994）年 10 月七版），頁 731。

邕《釋誨》）「速速方轂」意思是說：「卑鄙的人並轂而行。」〔註 201〕故可知「蔌蔌方有穀」之「蔌蔌」爲「速速」或「遫遫」，而「穀」爲「轂」的假借字，爲狀小人車相竝，以喻其狼狽爲奸之義，歐文判爲狀聲詞實誤也。

（四十九）以車「繹繹」（魯頌・駉）、以車「伾伾」（魯頌・駉）、以車「祛祛」（魯頌・駉）

【健章案】：「繹繹」，爲狀貌詞。《說文》：「繹，抽絲也。从糸睪聲。」段注：「引申爲凡駱驛溫尋之偁。」〔註 202〕毛《傳》：「繹繹，善走也。」屈萬里同毛。朱《傳》：「繹繹，不絕也。」，可知「繹」非本字，《釋文》：「繹繹，音亦，善足也，一本作善走也。崔本作『驛』。」〔註 203〕陳喬樅《詩經四家詩異文考》引異文作「驛驛」。《說文》：「驛，置騎也。从馬睪聲。（五部）」段《注》：「置騎猶孟子言置郵俗用駱驛。」〔註 204〕馬瑞辰《通釋》：「以車彭彭」一條中說：「彭彭、繹繹、伾伾、祛祛，同爲盛耳。」〔註 205〕歐文又以「以車伾伾／祛祛」爲狀聲詞，〔註 206〕實有疏忽。陳奐《傳疏》：「古繹、驛通。」〔註 207〕《爾雅・釋訓》：「繹繹，生也。」郭《注》：「言種調。」〔註 208〕由此可知其注非詩義。又《廣雅疏證》：「彭彭、驛驛，盛也。」王念孫案：「〈周頌・載芟〉『驛驛其達』，《爾雅》作『繹繹』，舍人注云：『穀皆生之貌』，是『驛驛』爲盛也。」〔註 209〕由王注可知是狀車盛多之義。〈周頌・載芟〉：「驛驛其

〔註 201〕董同龢譯，《高本漢詩經注釋》（台北：國立編譯館中華叢書編審委員會編印，民國 68（1979）年 2 月再版），頁 538。

〔註 202〕東漢・許愼、清・段玉裁注，《説文解字》（台北：書銘出版社，民國 83（1994）年 10 月七版），頁 650。

〔註 203〕陸德明，《經典釋文》（孔子大全編輯委員會，濟南：山東友誼出版社，1990 年），頁 415。

〔註 204〕東漢・許愼、清・段玉裁注，《説文解字》（台北：書銘出版社，民國 83（1994）年 10 月七版），頁 473。

〔註 205〕馬瑞辰，《毛詩傳箋通釋》（北京：中華書局，2005 年 7 月第四次印刷），頁 1128。

〔註 206〕歐秀慧，《詩經擬聲詞研究》（中正大學碩士論文，民國 81 年（1992）年），頁 74。

〔註 207〕陳奐，《詩毛氏傳疏》（台北：台灣學生書局，民國 75（1986）年 10 月第七次印刷），頁 881。

〔註 208〕周祖謨，《爾雅校箋》（昆明：雲南人民出版社，2004 年 11 月），頁 39。

〔註 209〕王念孫，《廣雅疏證》（北京：中華書局，2004 年 4 月北京第二次印刷），頁 185。

達」，無《傳》，詮詩意蓋形容穀物生長「盛美」，與此或義同。可知「繹繹」爲狀態詞，而歐文說：「『繹』djak 與鄭風清人『駟介陶陶』的『陶』d'og 音相近，所以『繹繹』聲中有馬蹄聲。」〔註 210〕其會將「繹繹」誤判爲摹聲詞蓋因「以車彭彭」之故。

（五十）其耕「澤澤」（周頌・載芟）

【健章案】：鄭《箋》：「土氣烝達而和，耕之則澤澤然解散。」朱《傳》：「澤澤，解散也。」〔註 211〕鄭《箋》、朱《傳》所說爲狀貌之詞。《釋文》：「音釋釋，注同《爾雅》作『郝』，音同，云：『耕也』。」〔註 212〕《爾雅・釋訓》：「郝郝，耕也。」郭《注》：「言土解。」〔註 213〕

王先謙《集疏》：「《魯》『澤』作『郝』，云：『耕也』。」〔註 214〕《正義》引《爾雅》：「釋釋，耕也。」舍人云：「釋釋猶藿藿，解散之意。」〔註 215〕由此可知，郭本《爾雅》作「郝郝」而，舍人則爲「釋釋」。馬瑞辰認爲「澤、釋古通用。」《管子》中有：「正月令農始作服于公田，農耕及雪釋。」他認爲「雪釋即此詩澤澤也。」〔註 216〕高本漢說：「毛《詩》作『其耕澤澤』，而魯《詩》作『其耕郝郝』，無論是哪一個，意思卻是一樣的。」〔註 217〕上多家注釋均認爲「澤澤」爲狀貌詞，又《詩》云：「載芟載柞，其耕澤澤。」毛《傳》：「除草曰芟，除木曰柞。」由此可知「澤澤」判爲狀貌詞較歐文所掘土聲要適當。

〔註 210〕歐秀慧，《詩經擬聲詞研究》（中正大學碩士論文，民國 81 年（1992）年），頁 74。

〔註 211〕朱熹，《詩集傳》（台北：藝文印書館，民國 63（1974）年 4 月三版），頁 950。

〔註 212〕陸德明，《經典釋文》（孔子大全編輯委員會，濟南：山東友誼出版社，1990 年），頁 410。

〔註 213〕周祖謨，《爾雅校箋》（昆明：雲南人民出版社，2004 年 11 月），頁 39。

〔註 214〕王先謙，《詩三家義集疏》（台北：明文書局，民國 77（1988）年 10 月 10 日初版），頁 1046

〔註 215〕陳奐，《詩毛氏傳疏》「霍霍」引作「藿藿」（台北：台灣學生書局，民國 75（1986）年 10 月第七次印刷），頁 864。

〔註 216〕馬瑞辰，《毛詩傳箋通釋》（北京：中華書局，2005 年 7 月第四次印刷），頁 1102。

〔註 217〕董同龢譯，《高本漢詩經注釋》（台北：國立編譯館中華叢書編審委員會編印，民國 68（1979）年 2 月再版），頁 1060。

（五十一）「畟畟」良耜（周頌・良耜）

【健章案】：王先謙《集疏》引《魯詩》說：「畟畟，耜也。」〔註 218〕《釋文》：「耜，田器也。」毛《傳》：「畟畟，猶測測也。」鄭《箋》說：「農人測測以利善之耜。」《淮南子・原道篇注》：「度深曰測。」馬瑞辰說：「以耜入地之深亦得曰測。」〔註 219〕朱《傳》：「畟畟，嚴利也。」〔註 220〕《爾雅・釋訓》：「畟畟，耜也。」郭《注》：「言嚴利。」〔註 221〕也就是說「畟畟」爲銳利的農具。此釋爲農具銳利較歐文訓作「掘土聲」要適當的多。

（五十二）「鞙鞙」佩璲（大雅・大東）

【健章案】：「鞙鞙」實爲狀貌詞，狀玉之美好貌。她說：「朱駿聲《說文通訓定聲》引《漢書・禮樂志》：『展詩應律鋗玉鳴』，鋗爲玉鳴聲，朱駿聲以『鞙』爲『鋗』之假借。所以『鞙鞙』是所佩之玉彼此觸聲的鳴聲。」〔註 222〕《說文》：「鋗，小盆也。」未談到玉鳴聲。毛《傳》：「鞙鞙，玉貌。」鄭《箋》云：「以瑞玉爲佩，佩之鞙鞙然。」兩注均認爲是狀貌詞。陳奐《傳疏》：「鞙鞙，謂佩玉鞙鞙然，非謂玉也。」〔註 223〕陳所言實不易判定「鞙鞙」爲狀聲詞，亦或是狀貌。但「鞙鞙」究爲何義，尚不清楚。陳奐又說：「璲爲瑞佩，瑞即佩玉，佩玉之綬謂之襚，《詩》言『鞙鞙』謂綬也，佩璲謂瑞也。」〔註 224〕此又言「鞙鞙」爲綬帶。然朱《傳》：「長貌。」且說：「……或與之鞙然之佩，而西人曾不以爲長。」〔註 225〕屬狀貌形容詞。高本漢《詩經注釋》六三一條認爲朱熹注「長」無佐證，其解說爲「胡說」。〔註 226〕他認爲「鞙鞙」是個罕見的語詞，或許與「涓」有關係，〔註 227〕但「涓」

〔註 218〕王先謙，《詩三家義集疏》（台北：明文書局，民國 77（1988）年 10 月 10 日初版），頁 1049。

〔註 219〕馬瑞辰，《毛詩傳箋通釋》（北京：中華書局，2005 年 7 月第四次印刷），頁 1108。

〔註 220〕朱熹，《詩集傳》（台北：藝文印書館，民國 63（1974）年 4 月三版），頁 954。

〔註 221〕周祖謨，《爾雅校箋》（昆明：雲南人民出版社，2004 年 11 月），頁 39。

〔註 222〕歐秀慧，《詩經擬聲詞研究》（中正大學碩士論文，民國 81 年（1992）年），頁 86。

〔註 223〕陳奐，《詩毛氏傳疏》（台北：台灣學生書局，民國 75（1986）年 10 月第七次印刷），頁 551。

〔註 224〕同上註，頁 551。

〔註 225〕朱熹，《詩集傳》（台北：藝文印書館，民國 63（1974）年 4 月三版），頁 595。

〔註 226〕董同龢譯，《高本漢詩經注釋》（台北：國立編譯館中華叢書編審委員會編印，民國 68（1979）年 2 月再版），頁 617。

是「小流貌。」應無關係。《說文》:「鞙，大車縛軛靼。(十四部)。」〔註228〕所以「鞙」本義是縛牛的軛，非狀玉貌。可見此爲假借字。陳奐《傳疏》說:「鞙有縣繫義。」《釋文》:「鞙鞙，胡犬反，玉貌，字或作『琄』。」〔註229〕范家相《三家詩拾遺・文字考異》和陳喬樅《詩經四家詩異文考》引異文亦作「琄琄」〔註230〕王先謙《集疏》:「《魯》『鞙』作『琄』,《齊》《韓》作『絹』。」〔註231〕《說文》無「琄」字，或爲後起字或遺漏字。《說文》:「絹，繒如麥稍色。」〔註232〕知「絹」布料顏色。《說文通訓定聲》「鞙」字下說:「从革肙聲，【假借】重言形況字。《詩・大東》『鞙鞙佩璲』,《傳》『玉貌』……字亦作『琄』。」〔註233〕可知朱氏同意毛的解釋。《爾雅・釋訓》:「琄琄，刺素食也。」郭《注》:「譏無功德尸寵祿也」。〔註234〕知「琄琄」爲譏諷詞，非爲狀聲詞。馬瑞辰《通釋》:「琄琄猶言嬛嬛，『嬛』即今之『娟』好字。《說文》:『嬛，好也。』〔註235〕《廣雅》:『嬛嬛，容也。』容之好曰嬛嬛，佩之美曰『琄琄』,其義一也。」。〔註236〕因此，「鞙鞙」爲「琄琄」之假借字，爲狀玉美好的狀態形容詞，應非聲詞。王力《王力古漢語字典》亦言:「鞙鞙，佩玉貌。」〔註237〕

〔註227〕同上註，頁617。

〔註228〕東漢・許慎、清・段玉裁注，《說文解字》(台北：書銘出版社，民國83(1994)年10月七版),頁111。

〔註229〕陸德明，《經典釋文》(孔子大全編輯委員會，濟南：山東友誼出版社，1990年),頁332。

〔註230〕陳喬樅，《詩經四家詩異文考》(《詩經要籍集成》第40冊，中國詩經學會編，北京：學苑出版社，2002年),頁423。

〔註231〕王先謙，《詩三家義集疏》(台北：明文書局，民國77(1977)年10月10日初版),頁730。

〔註232〕《說文解字》「絹」段注:「漢人假爲䌟字」,頁656。

〔註233〕朱駿聲，《說文通訓定聲》(台北：藝文印書館，民國64年8月三版),頁749。

〔註234〕周祖謨，《爾雅校箋》(昆明：雲南人民出版社，2004年11月),頁41。

〔註235〕東漢・許慎、清・段玉裁注，《說文解字》(台北：書銘出版社，民國83(1994)年10月七版),頁624。

〔註236〕馬瑞辰，《毛詩傳箋通釋》(北京：中華書局，2005年7月第四次印刷),頁677。

〔註237〕王力主編，《王力古漢語字典》(北京：中華書局，2003年12月北京第四次印刷),頁1630。

（五十三）朱幩「鑣鑣」（衛風・碩人）

【健章案】：「鑣鑣」爲狀貌詞，爲繁盛之義。《王力古漢語字典》：「『鑣鑣』同『儦儦』，馬飾繁盛的樣子。」〔註238〕引此詩。《說文》：「鑣，馬銜也。」毛《傳》：「鑣鑣，盛貌」；朱《傳》：「盛也。」《釋文》：「鑣鑣，表驕反。馬銜外鐵也；一名汗扇，又曰排沫。《爾雅》云：『鑣，謂之钀』。」〔註239〕「钀」爲「轙」之重文，《說文》訓爲「車衡載轡者。」〔註240〕可知與詩義無關。王先謙《集疏》：「《韓》『鑣鑣』作『儦儦』。」〔註241〕陳喬樅《詩經四家詩異文考》亦列此異文。

于茀《金石簡帛詩經研究》引出土「漢詩銘神獸鏡鏡銘」作「洙□『猋猋』。」他說：「今本《毛詩》作『鑣鑣』，《韓詩》作『儦』……《說文》：『猋，犬走皃』。猋，此處於詩無義。《毛詩》作『鑣』，鏡銘作『猋』，實皆是『儦』之假借，《韓詩》字作『儦』爲正字。」〔註242〕且《說文》：「儦，行貌。《詩》曰『行人儦儦』。」〔註243〕《廣雅疏證》：「麤麤，走也。」王念孫說：「麤麤猶儦儦。」〔註244〕《疏證》又說：「儦儦，行也。」《玉篇》：「儦儦，盛貌。」均非擬聲詞，依《詩》文「四牡有驕，朱幩鑣鑣」亦非摹聲，且〈齊風・載驅〉：「行人儦儦」，毛《傳》說：「眾貌。」〈小雅・吉日〉：「儦儦俟俟」，毛《傳》言：「驅則儦儦，行則俟俟。」均視爲擬態詞。然，歐文說：「『鑣鑣』當爲擬聲詞，擬自朱幩陰風飄動的聲音」，〔註245〕或是欠當。

〔註238〕同上註，頁1554。

〔註239〕陸德明，《經典釋文》（孔子大全編輯委員會，濟南：山東友誼出版社，1990年），頁246。

〔註240〕東漢・許慎、清・段玉裁注，《說文解字》（台北：書銘出版社，民國83（1994）年10月七版），頁733。

〔註241〕王先謙，《詩三家義集疏》（台北：明文書局，民國77（1977）年10月10日初版），頁284。

〔註242〕于茀，《金石簡帛詩經研究》（北京：北京大學出版社，2004年10月第一次印刷），頁58。

〔註243〕東漢・許慎、清・段玉裁注，《說文解字》（台北：書銘出版社，民國83（1994）年10月七版），頁372。

〔註244〕王念孫，《廣雅疏證》（北京：中華書局，2004年4月北京第二次印刷），頁182。

〔註245〕歐秀慧，《詩經擬聲詞研究》（中正大學碩士論文，民國81年（1992）年），頁87。

（五十四）其旂「淠淠」（小雅・采菽）

【健章案】：「淠淠」為狀貌詞。《王力古漢語字典》認為此「淠淠」乃是狀「飄動貌」。〔註 246〕毛《傳》：「淠淠，動也。」《釋文》同，朱《傳》：「動貌。」均屬擬態。《說文》：「淠，滭水出汝南弋陽垂山，東入淮。」為水名，可知「淠淠」為假借字。陳奐《傳疏》：「『淠淠』〈泮水〉作『茷茷』，〈出車〉，《傳》『旆旆，旒垂貌。』動者旒垂之意也。古『淠』『茷』『旆』竝聲同而義通。」〔註 247〕陳奐明說「淠」、「茷」、「旆」是同聲同義字，毛《傳》：「茷茷，言有法度也。」為狀態譬喻詞。所以，「淠淠」亦應為狀貌詞。又〈小雅・小弁〉：「萑葦淠淠」，毛《傳》：「淠淠，眾也」。《王力古漢語字典》認為是「茂盛貌」。〔註 248〕也是狀貌詞。歐文說：「从古音看，『淠』與『鑣』聲母相近，疑『淠淠』為旗巾飄動之聲。」〔註 249〕歐文對「鑣鑣」判斷失當，故此「淠淠」所判斷亦失。

二、歐文為狀聲詞撰者認為不易研判者

歐文所列 133 個擬聲中，不易判定為擬聲詞或狀貌詞、抑或兩者於詩義中均可解釋通順者共有 15 個，撰者根據上表順序逐一討論。

（一）飄風「發發」（小雅・蓼莪）、飄風「弗弗」（小雅・蓼莪）

【健章案】：〈小雅・蓼莪〉飄風「發發」，毛《傳》：「發發，疾貌。」鄭《箋》說：「飄風發發然寒且疾也。」朱熹、屈萬里同毛，且朱熹說：「南山烈烈則飄風發發矣。」而〈小雅・四月〉亦有此重言，但無《傳》，鄭《箋》云：「疾貌。」可見「發發」，毛、鄭、朱、屈同義。《王力古漢語字典》：「發發，風力迅疾的樣子。」〔註 250〕依據王力所言「發發」他認為是狀貌之詞。

〔註 246〕王力主編，《王力古漢語字典》（北京：中華書局，2003 年 12 月北京第四次印刷），頁 600。

〔註 247〕陳奐，《詩毛氏傳疏》，頁 612。

〔註 248〕王力主編，《王力古漢語字典》（北京：中華書局，2003 年 12 月北京第四次印刷），頁 600。

〔註 249〕歐秀慧，《詩經擬聲詞研究》（中正大學碩士論文，民國 81 年（1992）年），頁 87。

〔註 250〕王力主編，《王力古漢語字典》（北京：中華書局，2003 年 12 月北京第四次印刷），頁 768。

馬瑞辰《通釋》:「《說文》:『滭,滭冹,風寒也。』〔註251〕引詩『一之日滭冹』。《毛詩》作『觱發』,發即『冹』字之假借。《玉篇》、《廣韻》竝曰:『颰,疾風也。』『颰』即冹之異文。」〔註252〕歐文則說:「毛傳訓為疾貌,然風乃氣之流動,無形無象,且『來無影去無蹤』,何以描摹疾風之貌?恐怕只有風疾行時所風具體之聲,在情理上更能作為描摹的對象。」〔註253〕「飄風」為「暴起之風」,「暴風」疾速,而《詩》則「飄風弗弗」,毛《傳》云:「弗弗猶發發也。」程俊英、蔣見元《詩經注析》:「弗弗,大風急速揚塵貌。猶今云『呼呼』。」〔註254〕「呼呼」又似狀聲詞,因此「發發」「弗弗」狀聲或狀態貌不易判斷。

(二)風雨「瀟瀟」(鄭風・風雨)

【健章案】:「瀟瀟」,毛《傳》:「暴疾也。」朱《傳》:「風雨之聲。」歐文說:「『瀟瀟』為擬聲之詞,形容寒涼暴雨之聲,雨因風勢而暴,風因夾雨而更寒。」〔註255〕陳喬樅《詩經四家詩異文考》舉有異文作「風雨蕭蕭」,並說:「《太平御覽》九百十八詩曰:『風雨蕭蕭』。」馬瑞辰《通釋》:「《說文》有『潚』無『瀟』,潚字注云:『清深也。』水之清者多疾,《方言》:『清,急也。』故引申之義為疾。……胡承珙曰:『明刻舊本《毛詩》作潚,今本誤作瀟。』……,《楚辭・九歎》:『秋風瀏以蕭蕭』,又〈九懷〉『秋風兮蕭蕭』,蕭蕭即『潚潚』之假借。」〔註256〕王力說:「瀟亦作『潚』,讀如『肅』或『蕭』。」引《集韻》:「瀟瀟,風雨暴疾貌。」〔註257〕他認為「瀟瀟」是狀貌詞,而依毛《傳》、朱《傳》則「瀟瀟」為狀聲詞,由馬瑞辰所引可知「蕭蕭」為「潚潚」之假借,又「蕭蕭」同「瀟瀟」,則「瀟瀟」或又可為狀貌詞實不易判斷。

〔註251〕東漢・許慎、清・段玉裁注,《說文解字》(台北:書銘出版社,民國83(1994)年10月七版),頁577。

〔註252〕馬瑞辰,《毛詩傳箋通釋》(北京:中華書局,2005年7月第四次印刷),頁671。

〔註253〕歐秀慧,《詩經擬聲詞研究》(中正大學碩士論文,民國81年(1992)年),頁36。

〔註254〕程俊英、蔣見元,《詩經注析》(北京:中華書局,2005年1月第四次印刷),頁629。

〔註255〕歐秀慧,《詩經擬聲詞研究》(中正大學碩士論文,民國81年(1992)年),頁38。

〔註256〕馬瑞辰,《毛詩傳箋通釋》(北京:中華書局,2005年7月第四次印刷),頁278。

〔註257〕王力主編,《王力古漢語字典》「潚」字(北京:中華書局,2003年12月北京第四次印刷),頁635。

（三）北流「活活」（衛風・碩人）

【健章案】：歐文說：「活活爲水流動的聲音，猶今語『嘩啦嘩啦』。」〔註258〕毛《傳》：「活活，流也。」《釋文》同，段玉裁《說文注》「活」字下說《傳》當作「流貌」，〔註259〕馬瑞辰認爲「流也」、「流貌」爲形近之譌。〔註260〕朱熹《詩集傳》曰：「流貌。」屬狀貌詞。范家相《三家詩拾遺・文字考異》和陳喬樅《詩經四家詩異文考》舉異文作「湉湉」，陳奐說「隸變爲活」。〔註261〕又《說文》：「湉，流聲也。」段注：「毛《傳》曰『活活，流也。』按《傳》當作『流貌』。……引申爲凡不死之稱。」〔註262〕由《說文》「湉」爲水聲，則《詩》若原爲「活活」爲狀貌、「湉湉」則是狀聲，然《詩》原文不可知也。

（四）鱣鮪「發發」（衛風・碩人）

【健章案】：「鱣鮪發發」（衛風・碩人）之「發發」，《王力古漢語字典》作「魚躍聲」。〔註263〕歐文言：「《毛傳》所謂『盛貌』，乃指所捕之鱣鮪豐盛肥美，但『發發』卻是眾魚被捕入網後，掙扎擺尾躍擊水面的聲音。」〔註264〕而王筠《毛詩重言・上卷》「發發」一條言：「《韓詩》作『鱍鱍』，《說文》作『鮁鮁』，《淮南說山》訓注作『潑潑』。案此即所謂潑刺魚掉尾聲也。」〔註265〕王筠明白的說出「發發」是聲音；然《釋文》引馬融云：「魚著罔，尾發發然。」不易看出是狀貌，或狀聲；王先謙《集疏》：「《魯》『發發』一作『潑潑』，《韓》作

〔註258〕歐秀慧，《詩經擬聲詞研究》（中正大學碩士論文，民國81年（1992）年），頁42。

〔註259〕東漢・許愼撰、清・段玉裁注，《說文解字》（台北：書銘出版社，民國83（1994）年10月七版），頁552。

〔註260〕馬瑞辰，《毛詩傳箋通釋》（北京：中華書局，2005年7月第四次印刷），頁208。

〔註261〕陳奐，《詩毛氏傳疏》（台北：台灣學生書局，民國75（1986）年10月第七次印刷），頁163。

〔註262〕東漢・許愼撰、清・段玉裁注，《說文解字》（台北：書名出版社，民國83（1994）年10月七版），頁552。

〔註263〕王力主編，《王力古漢語字典》（北京：中華書局，2003年12月北京第四次印刷），頁769。

〔註264〕歐秀慧，《詩經擬聲詞研究》（中正大學碩士論文，民國81年（1992）年），頁49。

〔註265〕王筠，《毛詩重言・上卷》百部叢書集成，式訓堂叢書，嚴一萍輯選（藝文印書館，民國57（1968）年）。

『鱍鱍』，《齊》作『鮁鮁』。」〔註266〕馬瑞辰《通釋》說：「發發蓋『鱍鱍』之省，《釋文》引《韓》作『鱍』。……《說文》『鮁』字下注『鱣鮪鮁鮁』……是鮁鮁即《韓詩》『鱍鱍』之異文。」〔註267〕沒說是狀聲詞。《說文》無「鱍」字。若依《詩》：「河水洋洋，北流活活，施罛濊濊，鱣鮪發發，葭菼揭揭，庶姜孽孽。」確難以得知，「發發」是狀聲或是狀貌詞。而〈蓼莪〉：「飄風發發」的「發發」也是狀聲或狀貌不易判斷，兩者於詩意均可解通。

（五）「交交」黃鳥（秦風・黃鳥）

【健章案】：歐文將〈秦風・黃鳥〉「交交黃鳥」中的「交交」列入擬聲詞，然該詞與「關關雎鳩」是同樣的的句形，但毛《傳》：「關關，和聲也。」朱《傳》云：「關關，雌雄相應之和聲也。」〔註268〕毛《傳》、朱《傳》均同意「關關」乃是擬聲詞。至於，「交交黃鳥」，毛《傳》說：「小皃。」朱《傳》則認爲「飛而往來之貌。」雖有所差異，但也一致認爲「交交」非擬聲詞。馬瑞辰《通釋》：「交交通作咬咬，謂鳥聲也。《文選》嵇叔夜〈贈秀才入軍詩〉『咬咬黃鳥，顧疇弄音』，李善引《詩》『交交黃鳥』，有引古詩歌『黃鳥鳴相追，咬咬弄好音』。《玉篇》、《廣韻》竝曰：『咬，鳥聲。』《毛詩》作『交交』者，省借字耳。」〔註269〕因此，馬氏認爲「交交」屬擬聲詞。王先謙《詩三家義集疏》未列異文，〔註270〕而引蔡邕〈陳太邱碑〉文：「交交黃鳥，爰止於棘。」邕習《魯詩》，明《魯》、《毛》文同。《正義》亦說：「黃鳥，小鳥也。故交交爲小貌。」毛《傳》在〈小雅・小宛〉「交交桑扈」，注「交交，小貌。」兩注相同；又〈桑扈〉「交交桑扈」，鄭《箋》說：「交交猶佼佼，往來飛貌」。《說文》：「交，交脛也。」《王力古漢語字典》認爲「交」有「交叉」、「交往」、「結交」之義。撰者以爲此條解爲擬聲、狀貌均說得通，實不易判別。

〔註266〕王先謙，《詩三家義集疏》（台北：明文書局，民國77（1977）年10月10日初版），頁278。

〔註267〕馬瑞辰，《毛詩傳箋通釋》（北京：中華書局，2005年7月第4次印刷），頁209。

〔註268〕朱熹，《詩集傳》（台北：藝文印書館，民國63（1974）年4月三版），頁4。

〔註269〕馬瑞辰，《毛詩傳箋通釋》（北京：中華書局，2005年7月第4次印刷），頁389。

〔註270〕王應麟《詩攷》、范家相《三家詩拾遺》、陳喬樅《詩經四家詩異文考》、江瀚《詩經四家詩異文考補》、于茀《金石簡帛詩經研究》、陸錫興《詩經異文研究》均未列「交交黃鳥」一條。

（六）「泄泄」其羽（邶風・雄雉）

【健章案】：「泄泄」，《王力古漢語字典》認爲此爲「緩飛貌」。〔註271〕《說文》：「泄，泄水受九江博安洵波北入氐。」「泄」爲水名，此非本義。毛《傳》：「飛而鼓其翼泄泄然。」朱《傳》：「飛之緩也。」屈萬里《詩經詮釋》：「鼓翼貌。」毛氏、朱熹、屈先生之注均爲狀貌。馬瑞辰《通釋》：「雄雉之鳴必雊其頸而鼓其翼，故《傳》以『泄泄其羽』爲鼓翼貌。」〔註272〕高本漢《詩經注釋》讚同朱《傳》的解釋。陳喬樅《詩經四家詩異文考》引異文作「洩洩」且說：「《唐石經》『泄泄』作『洩洩』。」王先謙說：「避太宗諱。」歐文言：「『雄雉于飛，泄泄其羽』，與〈鴻鴈〉篇『鴻鴈于飛，肅肅其羽』相同，毛《傳》訓『肅肅』爲羽聲，雄雉與鴻鴈又同爲鳥禽類，所以『泄泄』也當爲雄雉鼓翼的羽聲。」。〔註273〕又〈魏風・十畝之間〉：「十畝之外兮，桑者泄泄兮。」毛《傳》：「泄泄，人多之貌。」〈大雅・板〉：「天之方蹶，無然泄泄。」毛《傳》：「泄泄猶沓沓也。」《王力古漢語字典》認爲〈板〉之「泄泄」爲「多言貌」。〔註274〕「泄泄」一詞大多認爲爲狀貌詞。〈邶風・雄雉〉：「雄雉于飛，泄泄其羽」和〈小雅・鴻鴈〉：「鴻鴈于飛，肅肅其羽」，〈大雅・卷阿〉：「鳳皇于飛，翽翽其羽」是完全相同的句子，而毛《傳》於〈雄雉〉注「泄泄」爲狀貌詞，於〈鴻鴈〉注「肅肅」爲「羽聲」；鄭《箋》：「翽翽，羽聲也。」此「泄泄」爲「鼓翼貌」或是「羽聲」於詩義均可通解，實不容易判斷爲擬聲或摹態。

（七）之子于苗，選徒「囂囂」（小雅・車攻）

【健章案】：選徒「囂囂」，《王力古漢語字典》認爲是「眾聲盛的樣子」，後引申爲「眾多的樣子」。〔註275〕毛《傳》：「囂囂，聲也。維數車徒者爲有聲。」朱《傳》：「囂囂，聲眾盛也」。〔註276〕屈萬里《詩經詮釋》：「聲眾盛貌」；而

〔註271〕王力主編，《王力古漢語字典》（北京：中華書局，2003 年 12 月北京第四次印刷），頁 575。

〔註272〕馬瑞辰，《毛詩傳箋通釋》（北京：中華書局，2005 年 7 月第 4 次印刷），頁 125。

〔註273〕歐秀慧，《詩經擬聲詞研究》（中正大學碩士論文，民國 81 年（1992）年），頁 50。

〔註274〕王力主編，《王力古漢語字典》（北京：中華書局，2003 年 12 月北京第四次印刷），頁 575。

〔註275〕同上註，頁 143。

〔註276〕朱熹，《詩集傳》（台北：藝文印書館，民國 63（1974）年 4 月三版），頁 466。

《正義》也說：「下云『有聞無聲』，則在軍不得讙譁，而云囂囂，故知爲數者爲有聲。」《廣雅疏證》：「囂囂，虛也。」王念孫引吳祕注：「囂囂然方士之虛語耳。」〔註 277〕均認爲「囂囂」是擬聲詞，但王引之《經義述聞》：「此言選徒，亦謂具卒徒。……高誘注《淮南・脩務篇》曰：『囂，眾也。』〈小雅・十月之交〉鄭《箋》云：『囂囂，眾多貌』。此言囂囂，亦是眾多之貌。言所具之卒徒囂囂然眾多，非謂數車徒者之聲囂囂然。」〔註 278〕明確說出「囂囂」非聲詞，而是「眾多之義」；馬瑞辰《通釋》則說：「以『囂囂』爲聲與下文『有聞無聲』終屬相背……此言選徒亦謂具卒徒，囂囂爲卒徒眾多之皃。……今案《爾雅・釋言》『謳，閑也。』郭注：『謳然，閑暇貌。』若從《雅》訓，以『囂囂』爲閒暇之貌與下章『有聞無聲』義更相貫。」〔註 279〕馬瑞辰認爲此「囂囂」訓爲「眾多」的主要理由是「有聞無聲」。王氏和馬氏所持亦有道理，然此從毛《傳》於情理上和文句上亦可說通。選徒「囂囂」此不容易判別爲狀貌詞或是狀聲詞。

（八）讒口「囂囂」（小雅・十月之交）

【健章案】：讒口「囂囂」，《王力古漢語字典》認爲是「眾多的樣子」。〔註 280〕此無《傳》。《說文》：「囂，聲也。」鄭《箋》說：「囂囂，眾多貌。時人非有罪辜，其被讒口見椓譖謳謳然。」《箋》所說「囂囂」像是狀貌詞。王先謙《集疏》：「《魯》《韓》『囂』作『嗸』，《魯》又作『謷』。《魯》說曰：『謷謷，毀也。』」〔註 281〕《詩考・韓詩》和該書《詩異字異義》、《三家詩拾遺》、《詩經四家詩異文考》引異文作「嗸嗸」；《詩經四家詩異文考》又另引有異文作「謷謷」和「敖敖」。陳喬樅且說：「《爾雅・釋訓》『謷謷，毀也。』舍人注『謷謷，眾口毀人之貌』。」舍人認爲是狀貌詞，而《說文》：「謷，

〔註 277〕王念孫，《廣雅疏證》（北京：中華書局，2004 年 4 月北京第二次印刷），頁 189。

〔註 278〕王引之，《經典釋文》（孔子大全編輯委員會，濟南：山東友誼出版社，1990 年），頁 580。

〔註 279〕馬瑞辰，《毛詩傳箋通釋》（北京：中華書局，2005 年 7 月第 4 次印刷），頁 553。

〔註 280〕王力主編，《王力古漢語字典》（北京：中華書局，2003 年 12 月北京第四次印刷），頁 143。

〔註 281〕王先謙，《詩三家義集疏》（台北：明文書局，民國 77（1977）年 10 月 10 日初版），頁 680。

不省人言也。一曰哭不止，悲聲警警。」〔註 282〕《說文》認爲「警警」可爲狀聲、狀貌詞。高本漢說：「《毛詩》的『囂』和《魯詩》的『嗸』音同，只是一個字的兩種寫法而已。」〔註 283〕他同意《毛傳》在〈車攻〉的解釋，也就是「囂囂」爲聲詞。而毛《傳》在〈大雅・板〉說：「囂囂，猶警警也。」鄭《箋》云：「欲忠告以善道，女反聽我言警警然不肯受。」鄭《箋》所言又似狀貌詞，故「讒口囂囂」之「囂囂」爲狀貌或狀聲實不易區分。

（九）「哀哀」父母（小雅・蓼莪）

【健章案】：「哀哀」父母，《王力古漢語字典》認爲是「悲傷」〔註 284〕引〈蓼莪〉，依王力《字典》「哀哀」似爲狀貌詞。歐文說：「哀字本身就是因傷痛而感歎所發的嘆息聲，尤其是聲母爲喉音的『ʔ-』氣由舌根發出，更能表現哀閔感歎之深切，即常言所謂的『哀聲嘆氣』。所以，『哀哀』是擬聲詞。」〔註 285〕鄭《箋》：「哀哀者恨不得終養父母報其生長己之苦。」《正義》：「言可哀之又可哀我父母也。」《說文》：「哀，閔也。」段注：「閔弔者在門也。」〔註 286〕《爾雅・釋訓》：「哀哀，懷報德也。」郭《注》：「悲苦征役思所生也。」〔註 287〕陳奐《傳疏》有引《爾雅》且說：「〈豈風〉母氏劬勞，《傳》云『劬勞，病苦也』，與此劬勞同。」〔註 288〕而王念孫《廣雅疏證・釋訓》：「哀哀，悲也。」〔註 289〕這些注本均無言「聲」，「哀哀」應是狀貌之詞。但「哀哀」作爲「嘆息聲」在詩句「哀哀父母」，也說得通，不易判別狀聲或狀貌。

〔註 282〕東漢・許慎著、清代・段玉裁注，《說文解字》（台北：書銘書局，民國 83（1994）年 10 月七版），頁 96。

〔註 283〕董同龢譯，《高本漢詩經集注》（台北：國立編譯館中華叢書編審委員會編印，民國 68（1979）年 2 月再版），頁 550。

〔註 284〕王力主編，《王力古漢語字典》（北京：中華書局，2003 年 12 月北京第四次印刷），頁 113。

〔註 285〕歐秀慧，《詩經擬聲詞研究》（中正大學碩士論文，民國 81 年（1992）年），頁 61。

〔註 286〕東漢・許慎著清代・段玉裁注，《說文解字》（台北：書銘出版社，民國 83（1994）年 10 月七版），頁 61。

〔註 287〕周祖謨，《爾雅校箋》（昆明：雲南人民出版社 2004 年 11 月），頁 40。

〔註 288〕陳奐，《詩毛釋傳疏》（台北：台灣學生書局，民國 75（1986）年 10 月第七次印刷），頁 544。

〔註 289〕王念孫，《廣雅疏證》（北京：中華書局，2004 年 4 月北京第二次印刷），頁 180。

（十）桑者「泄泄」兮（魏風・十畝之間）

【健章案】:「桑者泄泄兮」之「泄泄」爲「眾多言」，歐文爲「口舌聲」。《爾雅・釋訓》「憲憲、泄泄，制法則也。」毛《傳》訓「泄泄，多人之貌。」《釋文》同毛《傳》。朱《傳》:「泄泄，猶閑閑也。」〔註 290〕毛《傳》於「閑閑」下釋說:「閑閑然，男女無別往來之貌。」鄭《箋》:「往來閑閑然。」可知一爲人多，一則是自得之貌，全是狀貌。又《說文》「泄，泄水受九江博安洵波北入氐。」可知「泄」爲水名，故知《毛詩》的「泄」爲假借字。王先謙《集疏》:「三家『泄』作『詍』，一作『呭』。」陳喬樅《詩經四家詩異文考》說:「唐石經『泄泄』作『洩洩』。」其或爲避唐太宗「李世民」諱。《荀子・解蔽》:「辯利非以言，是則謂之詍。」注曰:「多言也。」又《說文》:「呭，多言也。《詩》曰『無然呭呭。』」段《注》:「《孟子》《毛傳》皆曰『泄泄猶沓沓也。』曰部云『沓，語多沓沓也。』言部又云『詍，多言也。』引詩『無然詍詍』。」〔註 291〕可知《說文》所引爲「三家詩」。陳奐《傳疏》亦說:「泄猶呭、詍，皆爲多言。」其又引《論語・子路》:「今魏國有泄泄之多人而無德，教以加之。是爲刺也。」〔註 292〕「泄泄」形容人多，此乃因言多引申爲人多。歐秀慧說:「盧紹昌竝以爲『泄泄』、『呭呭』與後世的『諜諜』或『喋喋』同源，其本皆爲擬多言之聲，恐是。」〔註 293〕所以，「泄泄」或爲人多或是「多言」，當然有「言」則有「聲」，且三家詩作「呭」「詍」，因此，此「泄泄」應是多言之意或借「多言」狀多人，此重言或狀聲、貌兩者均可說通，實不易判別。

（十一）大車「啍啍」（王風・大車）

【健章案】:《說文》:「啍，口气也。《詩》曰:『大車啍啍』」段《注》:「啍言有气之緩，故引申以爲遲重之貌。」〔註 294〕毛《傳》:「啍啍，遲重之貌。」

〔註 290〕朱熹《詩集傳》:「閑閑，往來者自得之貌。」（台北：藝文印書館，民國 63（1974）年 4 月三版）。

〔註 291〕東漢・許慎著、清代・段玉裁注，《說文解字》（台北：書銘出版社，民國 83（1994）年 10 月七版），頁 58。

〔註 292〕陳奐，《詩毛釋傳疏》（台北：台灣學生書局，民國 75（1986）年 10 月第七次印刷），頁 272。

〔註 293〕歐秀慧，《詩經擬聲詞研究》（中正大學碩士論文，民國 81 年（1992）年），頁 65。

〔註 294〕東漢・許慎、清・段玉裁注，《說文解字》（台北：書銘出版社，民國 83（1994）

《釋文》、朱《傳》同毛《傳》，均認爲是狀貌詞。

《說文》有「諄」訓爲「告曉之孰也。讀若庉。」段玉裁認爲「諄」和「敦」可互假，如《詩》:「王事敦我。」「敦」與「哼」有聲音上的關係。陳奐《傳疏》:「許書（《說文》）『諄』、『譯』連篆，是『諄』有重遲意，哼與諄同。」〔註 295〕

馬瑞辰《通釋》說：「哼哼，亦當爲車行之聲，猶檻檻也。」〔註 296〕王先謙《集疏》:「《韓》作『大車輴輴』，云：『輴輴，盛貌』。」〔註 297〕但，高本漢認爲《韓詩》訓「車盛貌」，沒有佐證。〔註 298〕他認爲此句和「大車檻檻」相對，而「檻檻」爲車聲，所他也認爲此應該爲「車聲」，譯爲「大車哼哼著。」〔註 299〕而王應麟《詩考》、陳喬樅《詩經四家詩異文考》引異文又作「噋噋」。「哼哼」作「噋噋」或是擬聲詞異文無定字。

由上文「哼哼」一詞持狀聲、狀貌者各有多人，且狀聲、貌者均有異文，實不易判別。

（十二）嘽嘽「焞焞」（小雅・采芑）

【健章案】:「戎車嘽嘽、嘽嘽焞焞，如霆如雷」，「焞焞」不易判別爲狀聲或狀貌。《王力古漢語字典》:「焞焞，光微弱貌」或「盛貌」。〔註 300〕《說文》:「嘽，喘息也。一曰『喜也』。《詩》曰『嘽嘽駱馬』。」段《注》:「〈小雅〉《傳》曰『嘽嘽，喘息也。』馬勞則喘息」，〔註 301〕毛《傳》「嘽嘽，眾也。」又「焞焞，盛也。」兩義相同；鄭《箋》:「戎車既眾盛，其盛又如雷霆。」毛所言屬狀貌，鄭言「如

年 10 月七版），頁 56。

〔註 295〕陳奐，《詩毛氏傳疏》（台北：台灣學生書局，民國 75（1986）年 10 月第七次印刷），頁 197。

〔註 296〕馬瑞辰，《毛詩傳箋通釋》（北京：中華書局，2005 年 7 月第四次印刷），頁 244。

〔註 297〕王先謙，《詩三家義集疏》（台北：明文書局，民國 77（1977）年 10 月 10 日初版），頁 331。

〔註 298〕董同龢譯，《高本漢詩經注釋》（台北：國立編譯館中華叢書編審委員會編印，民國 68（1979）年 2 月再版），頁 205。

〔註 299〕同上註，頁 205。

〔註 300〕王力主編，《王力古漢語字典》（北京：中華書局，2003 年 12 月北京第四次印刷），頁 658。

〔註 301〕東漢・許愼、清・段玉裁注，《說文解字》（台北：書銘出版社，民國 83（1994）年 10 月七版），頁 56。

雷霆」似狀聲。朱《傳》同毛。屈萬里《詩經詮釋》:「嘽嘽，焞焞，疑皆形容車聲。」〔註302〕屈萬里將「嘽嘽」「焞焞」列為狀聲詞，此或是歐文判定之依據。《說文》:「焞，明也。」段《注》:「焞蓋亦取明火之意，引申之又訓盛。〈采芑〉，毛《傳》曰:『焞焞，盛也。』」〔註303〕屬狀貌詞。王先謙《集疏》:「《魯》『焞』作『推』。」〔註304〕又王應麟《詩考・詩異字異義》、范家相《三家詩拾遺・文字考異》、陳喬樅《詩經四家詩異文考》引異文作「推推」，王氏和范氏均說出自《漢書》。陳喬樅則說:「段玉裁以《漢書》『推』字為『輴』字之誤。《玉篇》:『輴，車盛也。』《廣韻》:『輴輴，車盛貌。』『推推』即『輴輴』也。《魯》字與《毛》異，向必作『推推』，其作『輴輴』，亦俗人順《毛》則改。」〔註305〕馬瑞辰《通釋》:「焞、推一聲之轉，故通用。作推推者，蓋三家詩。」〔註306〕然「焞焞」《詩經四家詩異文考》又有異文作「啍啍」。《釋文》「焞焞，本又作『啍』同，盛也。」〔註307〕〈王風・大車〉「大車啍啍」，毛《傳》:「啍啍，遲重之貌。」毛認為「啍啍」是狀貌，而馬瑞辰《通釋》認為「啍啍」是狀聲詞。〔註308〕高本漢《詩經注釋》三九〇條「有敦瓜苦」認為「敦」和「焞」有關係，「敦」用作「團」或「漙」的假借字而指「盛多」。〔註309〕以上諸前輩均以「焞焞」或「啍啍」為狀貌詞。陳奐亦說:「此『焞焞』為盛，則『嘽嘽』為眾矣。……嘽嘽焞焞，謂聲氣眾盛也。」陳奐的意思似說「嘽嘽焞焞」「聲」「勢」非常「盛大」之意。其又云:「億

〔註302〕屈萬里，《詩經詮釋・采芑》注釋27:「案嘽嘽、焞焞，疑皆形容車聲焞焞，當與王風大車之『啍啍』同義」(台北:聯經出版社，民國91(2002)年10月初版第14刷)，頁321。

〔註303〕東漢・許慎、清・段玉裁注，《說文解字》(台北:書銘出版社，民國83(1994)年10月七版)，頁489。

〔註304〕王先謙，《詩三家義集疏》(台北:明文書局，民國77(1977)年10月10日初版)，頁621。

〔註305〕同上註，頁621。

〔註306〕馬瑞辰，《毛詩傳箋通釋》(北京:中華書局，2005年7月第四次印刷)，頁551。

〔註307〕陸德明，《經典釋文》(孔子大全編輯委員會，濟南:山東友誼出版社，1990年)，頁309。

〔註308〕馬瑞辰，《毛詩傳箋通釋》(北京:中華書局，2005年7月第四次印刷)，頁244。

〔註309〕董同龢譯，《高本漢詩經注釋》(台北:國立編譯館中華叢書編審委員會編印，民國68(1979)年2月再版)，頁392。

五年《左傳》『天策焞焞，火中成軍』，亦謂光明之盛也。」〔註310〕又判爲狀貌詞，而此句甚是難斷，若依《詩》文「戎車嘽嘽、嘽嘽焞焞，如霆如雷」。本詩句實不容易判別，歐文判爲狀聲詞亦可。

（十三）鑿冰「沖沖」（豳風・七月）

【健章案】：歐文認爲是鑿冰之聲。《說文》：「『沖』涌繇。从水中聲，讀若動。」段《注》：「繇、搖古今字；涌，上涌也。『搖』，旁搖也……〈小雅〉曰：『攸革沖沖』毛云：『沖沖，垂飾貌』，此涌搖之義；〈豳風〉，《傳》曰：『沖沖，鑿冰之意』，義亦相近；〈召南〉，《傳》曰：『忡忡』猶『衝衝』也。『忡』與『沖』聲義皆略同也。」〔註311〕段氏說出「沖沖」的許多訓釋。毛《傳》：「沖沖，鑿冰之意。」《正義》：「沖沖，非貌非聲，故云鑿冰之意。」此乃申毛，然非聲非貌時不易判別究爲何義；朱子亦同毛《傳》。《釋文》：「沖沖，直弓反，聲也。」〔註312〕屈萬里《詩經詮釋》：「沖沖，鑿冰之聲。月令冬季取。」《釋文》和屈先生同言是狀聲詞。陳奐說：「《傳》云：『鑿冰之意』，《韓詩》云『沖沖，聲也』，訓異而義同。」〔註313〕《韓詩》也認爲是「鑿冰聲」。又〈小雅・蓼蕭〉：「鞗革沖沖」之「沖沖」也爲「狀聲詞」，可佐證「沖沖」能作擬聲詞形容；而毛《傳》的「鑿冰之意」，《正義》解爲「非貌非聲」使「沖沖」不易判定爲狀聲詞或是狀貌詞。

（十四）椓之「橐橐」（小雅・斯干）

【健章案】：毛《傳》：「用力也。」《釋文》：「音託，用力也。本或作『柝』。」〔註314〕朱《傳》：「椓，築也。橐橐，杵聲也。」〔註315〕王先謙《集疏》：「《魯》

〔註310〕陳奐，《詩毛氏傳疏》（台北：台灣學生書局，民國75（1986）年10月第七次印刷），頁456。

〔註311〕東漢・許愼、清・段玉裁注，《說文解字》（台北：書銘出版社，民國83（1994）年10月七版），頁552。

〔註312〕陸德明，《經典釋文》（孔子大全編輯委員會，濟南：山東友誼出版社，1990年），頁292。

〔註313〕陳奐，《詩毛氏傳疏》（台北：台灣學生書局，民國75（1986）年10月第七次印刷），頁372。

〔註314〕陸德明，《經典釋文》（孔子大全編輯委員會，濟南：山東友誼出版社，1990年），頁315。

『槖』作『橐』。」他說：「『椓之槖槖』猶言『椓之丁丁』，皆謂其聲耳。」〔註 316〕《廣雅疏證》：「槖槖，聲也。」〔註 317〕王念孫案：「『椓之槖槖』猶言『椓之丁丁』耳。〈斯干〉，《釋文》云：『槖槖，本或作柝柝』。槖、柝並與橐通。」馬瑞辰也同意王氏說法，他又說：「槖槖即『橐橐』之省借。」〔註 318〕王筠《毛詩重言》：「竝當用力聲，謂築牆之聲槖槖然。」〔註 319〕《王力古漢語字典》：「槖槖，象聲詞。」《詩》曰：「約之閣閣，椓之槖槖。」由此「槖槖」我們無由不信毛《傳》：「用力也」。撰者以爲實不易判斷。

（十五）犧尊「將將」（魯頌・閟宮）

【健章案】：「犧尊將將」之「將將」，狀聲或狀貌均可。《王力古漢語字典》認爲「將將」有二義：〔註 320〕其一「嚴正貌」，屬狀貌詞，如〈大雅・緜〉：「應門將將」；其二「象聲詞」同「鏘鏘」，如〈鄭風・有女同車〉：「佩玉將將」。歐文說：「酒器中空正如音箱，碰撞有聲，『將將』當是酒器之聲。」〔註 321〕毛《傳》於此只注「犧尊」訓爲「有沙飾也。」《釋文》說：「犧尊，尊名也。」〔註 322〕又「將將，七羊反。」《正義》：「有犧羽所飾之尊，將將然而盛美也。」《正義》所言似爲狀貌詞。屈萬里《詩經詮釋》：「嚴整貌。」亦爲狀貌詞，又《爾雅》「將，大也。」王肅訓「將將，美盛也。」陳奐說其所注：「失之。」陳喬樅《詩經四家詩異文考》引異文作「鏘鏘」。〔註 323〕而

〔註 315〕朱熹，《詩集傳》（台北：藝文印書館，民國 63（1974）年 4 月三版），頁 497。

〔註 316〕王先謙，《詩三家義集疏》（台北：明文書局，民國 77（1988）年 10 月 10 日初版），頁 650。

〔註 317〕王念孫，《廣雅疏證》（北京：中華書局，2004 年 4 月北京第二次印刷），187。

〔註 318〕馬瑞辰，《毛詩傳箋通釋》（北京：中華書局，2005 年 7 月第四次印刷），582。

〔註 319〕王筠，《毛詩重言・上篇》（式訓堂叢書，嚴一萍選輯，板橋：藝文印書館，民國 57（1968）年），頁 4。

〔註 320〕王力主編，《王力古漢語字典》（北京：中華書局，2003 年 12 月北京第四次印刷），頁 231。

〔註 321〕歐秀慧，《詩經擬聲詞研究》（中正大學碩士論文，民國 81 年（1992）年），頁 88。

〔註 322〕陸德明，《經典釋文》（孔子大全編輯委員會，濟南：山東友誼出版社，1990 年），頁 419。

〔註 323〕陳喬樅，《詩經四家詩異文考》（《詩經要籍集成》第 40 冊，中國詩經學會編，北京：學苑出版社，2002 年），頁 492。

「鏘鏘」通常作摹聲詞。然陳奐《傳疏》說：「《淮南子・俶眞篇》：『百圍之木斬而爲犧尊。』則犧尊木質畫以沙羽爲飾。」〔註 324〕若「犧尊」爲木質則「將將」當不爲狀聲詞，然陳喬樅又列有異文，「將將」爲一詞多義的重言詞，蓋此「將將」或狀貌、摹聲於詩均可說通，實不易判別。

三、歐文與撰者歸類不同的狀聲詞

歐文所列 133 個擬聲中，撰者與歐文均認同是擬聲詞，但歸爲不同擬聲類別者，共有 3 個，撰者根據上表順序逐一討論。

（一）哀鳴「嗸嗸」（小雅・鴻雁）

【健章案】：撰者將此歸爲「鳥鳴聲」。歐文將「哀鳴嗸嗸」列在「擬自人類言行所作之聲」的「呼號聲」，並且說：「鴻鴈于飛，因不得安集之所而愁苦哀鳴。……在此以人聲比喻鴻鴈的哀鳴，所擬的聲源來自人聲，猶如〈卷阿〉篇的『雝雝喈喈』以鳳皇和鳴之聲比喻民臣和諧。」〔註 325〕《說文》：「嗸，眾口愁也。詩曰：哀鳴嗸嗸。」〔註 326〕已說眾口因愁而哀，毛《傳》言：「未得所安集則嗸嗸然。」《漢書・劉向傳》：「無罪無辜，讒口嗷嗷。」顏師古《注》：「嗷嗷，眾聲也。」《王力古漢語字典》：「嗷嗷，眾怨愁聲。」又「嗷嗷，引申爲眾聲」。〔註 327〕毛注不易辨認是狀聲或狀貌，朱子《詩集傳》無注，而屈萬里先生明確地說：「愁苦聲。」《釋文》：「本又作『嗷』，五刀反，聲也。」〔註 328〕《釋文》也認爲「嗸嗸」是聲詞，陳喬樅《詩經四家詩異文考》亦列有此異文，且引《釋文》。《詩》云：「鴻鴈于飛，哀鳴嗸嗸。」「嗸嗸」於「鳴」下蓋是狀鴻鴈叫聲無疑，而歐文歸於「人類的呼號聲」或許是依詩意以鳥喻人，但還原「詩句」則屬於鳥鳴聲。

〔註 324〕陳奐，《詩毛氏傳疏》（台北：台灣學生書局，民國 75（1986）年 10 月第七次印刷），頁 897。

〔註 325〕歐秀慧，《詩經擬聲詞研究》（中正大學碩士論文，民國 81 年（1992）年），頁 60。

〔註 326〕東漢・許愼著、清代・段玉裁注，《說文解字》（台北：書銘出版社，民國 83（1994）年 10 月七版），頁 60。

〔註 327〕王力主編，《王力古漢語字典》（北京：中華書局，2003 年 12 月北京第四次印刷），130。

〔註 328〕陸德明，《經典釋文》（孔子大全編輯委員會，濟南：山東友誼出版社，1990 年），頁 312。

（二）振旅「闐闐」（小雅・采芑）

【健章案】：撰者將其歸爲鼓聲，歐文列於擬自人類言行所作之聲的行走聲，她說：「『伐鼓淵淵』既已形容鼓聲，此句『振旅闐闐』就不需再提鼓聲了。而且『闐闐』和『振旅』連文，就當與『振旅』有關。因此，『闐闐』時爲整飾師旅以備戰的群行之聲。」〔註329〕《王力古漢語字典》認爲「闐闐」象聲詞有二義：〔註330〕其一是「形容聲音轟鳴」，其二是「形容隊伍眾盛」引詩「振旅闐闐」。此《傳》無注。鄭《箋》云：「至戰止將歸，又振旅伐鼓闐闐然。」已明言「闐闐」爲鼓聲。《正義》：「以淵淵、闐闐俱是鼓聲，淵淵謂戰時眾進，闐闐爲戰事將歸。」朱《傳》：「亦鼓聲也，或盛貌。」〔註331〕朱子說聲、說貌均可；屈萬里《詩經詮釋》：「亦鼓聲也」。《說文》：「闐，盛貌。」段《注》：「謂盛滿於門中之皃，詩曰『振旅闐闐』。」〔註332〕此或爲朱子「盛義」之來由。《說文》、段《注》均以「闐闐」爲狀貌。王先謙《集疏》：「《韓》『闐』作『嗔』，《齊》作『輷』。」《文選・左思・魏都賦》引《詩》「振旅輷輷」，李善《注》：「蒼頡篇曰：輷輷，眾車聲也。」《說文》無「輷」蓋是後起形聲字或漏收，或者竄改。《爾雅》郭《注》：「闐闐，群行聲」。《廣雅疏證》：「闐闐，聲也。」王念孫：「凡群行聲謂之『闐闐』。」《玉篇・口部》「嗔。盛聲也。」引《詩》「振旅嗔嗔」。此均將「闐闐」列爲狀聲詞。又《說文》：「嗔，盛气也。《詩》曰『振旅嗔嗔』。」〔註333〕《說文》以「嗔嗔」爲狀貌詞。然而，要了解「闐闐」爲鼓聲亦或是「行進聲」，則先要知道「振旅」爲何義？「振旅」有「治兵習戰」之義，《晉語》云：「治兵振旅鳴鍾鼓」與《詩》「振旅」同意。而《孟子》有「塡然鼓之。」即是說鼓聲。如此可知「闐闐」爲鼓聲。

（三）盧「令令」（齊風・盧令）

【健章案】：盧「令令」爲狀聲詞，且乃是狀環鈴聲，而歐文認爲是「玉聲」。

〔註329〕歐秀慧，《詩經擬聲詞研究》（中正大學碩士論文，民國81年（1992）年），頁68。

〔註330〕王力主編，《王力古漢語字典》（北京：中華書局，2003年12月北京第四次印刷），頁1574。

〔註331〕朱熹，《詩集傳》（台北：藝文印書館，民國63（1974）年4月三版），頁464。

〔註332〕東漢・許愼、清・段玉裁注，《說文解字》（台北：書銘出版社，民國83（1994）年10月七版），頁596。

〔註333〕同上註，頁58。

她說：「『令令』與盧連文，但不是擬犬吠聲，乃是犬所佩戴的項環聲。……『令令』都當指犬走動時，環與環的碰撞聲。……從『環』字看來，恐爲玉器製品亦不爲過；且齊俗有浮誇奢華的趨勢，給獵犬佩戴玉環爲飾，亦非不可能。」〔註 334〕毛《傳》：「令令，纓環聲。」《正義》：「此言鈴鈴，下言環鋂，鈴鈴即環鋂聲之狀，環在犬之頷下，如人之冠纓然，故云纓環聲。」朱《傳》：「令令，犬頷下環聲。」毛《傳》、《正義》、朱《傳》均認爲「令令」爲狀聲詞。王先謙《集疏》：「三家『令』作『獜』，一作『獜』，又作『泠』。」〔註 335〕「泠泠」、「獜獜」，《詩考・韓詩》、范家相《三家詩拾遺》和陳喬樅《詩經四家詩異文考》之異文均有列出，而《詩經四家詩異文考》又有「鈴鈴」、「獜獜」。《廣雅疏證》：「鈴鈴，聲也。」陳奐《傳疏》「令令者，鈴鈴之古文假借字。」〔註 336〕《說文》：「獜，健也。《詩》曰『盧獜獜』。」《玉篇》：「獜獜，聲也。亦作『獜』。」馬瑞辰《通釋》：「令即鈴省借，故《正義》即以鈴鈴釋之。……則『獜』與『鈴』聲義竝同。鈴借作『獜』，猶〈秦風〉『有車鄰鄰』，鄰亦鈴之借字也。」〔註 337〕由上可知「令令」可寫成「鈴鈴」、「獜獜」、「獜獜」或「泠泠」，而「鈴鈴」應是本字。《王力古漢語字典》認爲「鈴鈴」爲「象聲詞」。〔註 338〕「令令」爲狀聲詞有多種寫法，應是環鈴所發之聲。

四、歐文無列的狀聲詞

歐文所列擬聲詞共 133 個其中有許多是誤判，而〈商頌・那〉：「穆穆厥聲」歐文未將其歸爲擬聲詞，此經撰者研判應該歸入擬聲詞。

【健章案】：「穆穆」厥聲，鄭《箋》：「美也」；朱《傳》、《詩經詮釋》同。《說文》：「穆，禾也。」故非本義。毛《傳》於此無注，在〈大雅・文王〉注曰：「穆穆，美也。」又〈周頌・維天之命〉：「維天之命，於穆不已。」此「穆」

〔註 334〕歐秀慧，《詩經擬聲詞研究》（中正大學碩士論文，民國 81 年（1992）年），頁 85。

〔註 335〕王先謙，《詩三家義集疏》（台北：明文書局，民國 77（1988）年 10 月 10 日初版），頁 388。

〔註 336〕陳奐，《詩毛氏傳疏》（台北：台灣學生書局，民國 75（1986）年 10 月第七次印刷），頁 254。

〔註 337〕馬瑞辰，《毛詩傳箋通釋》（北京：中華書局，2005 年 7 月第四次印刷），頁 308。

〔註 338〕王力主編，《王力古漢語字典》（北京：中華書局，2003 年 12 月北京第四次印刷），頁 1519。

亦有「美好」之義。《爾雅・釋訓》:「穆穆、肅肅，敬也。」郭《注》:「皆容儀謹敬。」《爾雅》所言是狀態貌詞；而陳奐《傳疏》:「穆穆爲美，正是贊嘆成湯之樂，所以終殷人尙聲之義。」〔註 339〕故此條是讚美成湯音樂之美。

由上表可知摹聲重言有一特色，就是物體碰撞所發出的狀聲詞（如：施罛「濊濊」爲「撒網聲」）或是自然界萬物所發出的聲音，但眞正自然界萬物所發出的擬聲詞並不多。

若將《毛詩》出現的狀聲詞去其相同組類者，如鳥鳴聲的三個「喈喈」、狀羽聲兩個「肅肅」、狀嘆息聲兩個「嗟嗟」、狀鼓聲兩個「淵淵」、鐘鼓聲兩個「喤喤」、和鈴聲兩個「鏘鏘」、兩個「噦噦」等合計有 68 個狀聲重言詞。其中以鸞鈴聲 10 個和鐘聲（含鐘鼓合樂）10 個爲最多，而且多出現在雅、頌，此或可顯出《詩經》時代禮樂制度的發達，以及戰爭車馬的使用爲主有關。另有狀鳥聲四個（原是八個去其重複），可了解《詩經》時代喜用鳥鳴聲來抒發作者的內心情感。而這些形容詞中有以同字形重複出現，卻是形容不同事物的聲詞如下表：

重言	篇　　章	所狀之聲
喈喈	邶風・匏有苦葉、小雅・出車、大雅・卷阿	鳥鳴
	鄭風・風雨	雞鳴
	小雅・鼓鐘	鐘鼓聲
	大雅・烝民	鈴聲
嘒嘒	小雅・小弁	昆蟲鳴叫聲
	小雅・采菽	鈴聲
	商頌・那	管樂聲
丁丁	周南・兔罝	敲擊木樁聲
	小雅・伐木	伐木聲
坎坎	魏風・伐檀	伐木聲
	小雅・伐木	鼓聲
喤喤	小雅・斯干	哭聲
	周頌・有瞽	鐘鼓聲
雝雝	大雅・卷阿	鳥鳴
	小雅・蓼蕭	鈴聲

〔註 339〕陳奐，《詩毛氏傳疏》（台北：台灣學生書局，民國 75（1986）年 10 月第七次印刷），頁 907。

將將	鄭風・有女同車	玉佩撞擊聲
	小雅・鼓鐘	鐘鼓聲
	小雅・庭燎	鈴聲
	周頌・執競	管磬聲
央央	小雅・出車	鮮明貌
	周頌・載見	鑾鈴聲

而〈魯頌・閟宮〉「犧尊將將」之「將將」或可狀酒器碰撞聲或可狀酒器之美；又〈十畝之間「桑者泄泄兮」之「泄泄」和〈板〉「無然泄泄」之「泄泄」亦可狀聲或摹態。另外有字形雖不同，而所狀之物卻是相同的如「將將」、「鏘鏘」、「瑲瑲」、「鶬鶬」多狀鸞鈴聲。又有字形不同，但聲旁相同的擬聲詞，如〈衛風・碩人〉「施罛濊濊」之「濊濊」爲網入水聲，〈大雅・卷阿〉「翽翽其羽」的「翽翽」所狀爲羽聲，〈魯頌・泮水〉「鸞聲噦噦」之「噦噦」是狀鸞鈴聲，此三重言均是以「歲」得聲。

擬聲詞又稱爲「象聲詞」、「狀聲詞」、「摹聲詞」。竺家寧說：「擬聲詞是摹擬自然界聲響而造的。」〔註340〕這只是在說明擬聲詞的起源，其後人類生活環境的複雜化，進而更創造出許多的擬聲詞彙以因應。文字符號是一種表達工具，而表達是什麼呢？雅克・德里達《聲音與現象》說：「它是承擔意義的一種符號。」〔註341〕他又說：「如果沒有對於使符號活躍起來的主體意向，就沒有能賦予主體一種精神的表達。」〔註342〕《詩經》時代的作者完全作到了主體意向的「絕對明確」，而將最生動的狀聲詞語言藉由「意向的內在化」表達出來，而使「一種聲音富有活力」，這種聲詞全然是內化的，而其被表達的是「一種意義」。

語言隨社會生活的發展而發展，對重言更要用動態的眼光去關注與分析。我們若站在一個較宏觀的眼光看，從語音、語義、語用和異文四方面去研究去理解《詩經》時代的聲詞，則會發現重言還有另一些附加義，尤其是心理、情感方面的附加義。誠如，周成蘭〈漢語疊音詞的修辭功能及語用規律〉說：

〔註340〕竺家寧，《漢語詞彙學》（台北：五南圖書出版，民國88（1999）年10月初版一刷），頁43。

〔註341〕法國・雅克・德里達，《聲音與現象》（北京：商務印書館，2005年6月第四次印刷），頁34。

〔註342〕同上註，頁41。

> 重言一般有比較明顯的感情色彩，在具體的語境中使用重言詞，話語的表達能更加詳盡形象，特別是容易使人產生形象或文化背景的聯想，詞語本身的意義和內涵因此得到了擴展和生發，與其關聯的話語意義也變得更加豐富、更有魅力、這種語用意甚至還會因為讀者或聽者在文化、語言理解力、想像力和人生體驗等方面的不同而產生個別差異。〔註343〕

因而給讀者留下了廣闊的想像空間。

總的來說毛《詩》重言中繪景寫貌的比擬聲的多得多，兩者大約是 5：1 的比例（去其重複的比例）。重言運用的靈活性在一篇或一章中可以運用多次，可以用一次或者不用，全憑作者的自由靈活發揮。《毛詩》中許多具有生命力的重言，至今仍活在現代的漢語中，發揮增強語言音樂性、寫貌狀物和擬聲的作用；也有一部分的重言，由於語音、語義有較大的變化，現代的漢語已不再使用，但是繼承《詩經》語言藝術的經驗，後人創造了更多新的疊字詞彙，包括許多單音形容詞的重疊如「彎彎曲曲」、「大大小小」、「苗苗條條」、「紅紅綠綠」；單音動詞的重疊，如「拍拍打打」、「蹓蹓韃韃」等等。在《毛詩》中「沒有名詞疊用」，〔註344〕而現代漢語中則較為普遍，如人人、家家戶戶、年年月月。

〔註343〕周成蘭，〈漢語疊音詞的修辭功能及語用規律〉，《湖北師範學院學報》（哲學社會科學版）第25卷第2期（2005年2月）。

〔註344〕楊合鳴，〈詩經疊根詞皆為形容詞〉已說明白。此篇收錄於楊合鳴《詩經疑難詞語辨析》（武漢：崇文書局，2003年5月）。

第五章　《毛詩》重言詞構詞形式

《毛詩》重言形式應是很自由靈活的，大體而言有四種句式：一、重言在四字詩句中位居前兩字，如「關關雎鳩」、「秩秩德音」、「交交黃鳥」；二、重言在四字詩句中位居後兩字，如「風雨淒淒」、「蒹葭蒼蒼」、「有客信信」，這兩種形式比較常見；三、有少數四言句是由兩個重言所組成，如「戰戰兢兢」、「潝潝訿訿」。因爲，是四言詩其節奏多爲「二──二」形式，故重言一般不會在第二三字出現。而〈小雅・魚藻〉的「魚在在藻」和「王在在鎬」兩句，雖說「在在」爲重疊，但其非重言。因其可分爲「魚在──在藻」，「王在──在鎬」，也是前二後二的句式。其實「魚在在藻」可爲「魚在藻」，只是爲合四言詩，所以加入一個「在」字；亦有人說，此爲問句與答句結合，如「魚在？在藻！」「王在？在鎬！」四、重言特例。《詩經》節奏爲「二──二」形式，而重言在二三字之中只有一個特例，就是〈鄭風・溱洧〉中的「溱與洧，方渙渙兮」。「兮」字是爲了補足句式，爲了使節奏舒緩才用的。《詩經》的重言具有鮮明的特色，不僅爲作品傳情達意起到很大的作用，也反映出我國上古時期漢語詞匯運用的靈活、意蘊豐富的特點。

第一節　重言正例

王筠在《毛詩重言・序》中說：

> 《詩經》以長言詠嘆爲體，故重言視他經爲多，而重言之不取義者爲

尤多，或同字而其意迴別，或字異音同而義則比附，此正例也。〔註1〕

王筠於序所說乃是「重言」用字的方法。而本文所謂「重言」正例，乃是說：「兩相同字重疊而成，以描摹一事或一物」而言。

撰者將《毛詩》重言有兩種格式：（一）AA 式；（二）AABB 式。〔註2〕重言 AA 式中夏傳才《詩經語言藝術》又將其分爲前疊式（AA××）及後疊式（××AA）兩種。《詩經》三百零五篇中，共使用有 631 次形式不同的重言詞。撰者統計其中 AA 式占絕大多數，前疊式 248 次，後疊式有 371 次，計 619 次；AABB 式占 22 次。因此，重言詞於《毛詩》出現 631 次。〔註3〕

一、前疊式（AA××）

也就是說在四言詩句中，重言在句首二字。如，「關關」雎鳩、「采采」卷耳。此種重言在前的類型出現 242 次；又有六個特例（《周南・螽斯》中的「詵詵兮、振振兮、薨薨兮、揖揖兮」和或「燕燕」居息、或「慘慘」劬勞。因「或」只是助詞，去除並無影響詞句，故列於前疊，因此共 248 個。

二、後疊式（××AA）

就是在四言詩中，重言在後二字。如，行道「遲遲」、風雨「淒淒」，共出現 371 次。另外有一種特殊形式如：舒而「脫脫」兮、方「渙渙」兮、桑者「閑閑」兮、桑者「泄泄」兮、棘人「欒欒」兮、棘人「慱慱」兮。因「兮」只是助詞，去除並無影響詞句，故列於後疊，共有 6 個；另有一個特例是《詩・豳風・七月》的「二之日鑿冰『沖沖』」。因但「二之日鑿冰沖沖」可看成「鑿冰沖沖」，如此亦符合《詩經》爲四言詩的原則，故也列爲後疊式。

三、雙疊式（AABB）

《說文》「雙，二枚也。」所以，雙疊就是說一句四言詩中有兩個「重言」。

〔註1〕王筠，《毛詩重言》（式訓堂叢書，嚴一萍選輯，台北：藝文印書館印行，民國 57（1968）年），頁 1。

〔註2〕夏傳才，《詩經語言藝術新編》（北京：語文出版社，1998 年 1 月第一次印刷），頁 62。他將重言分爲四種形式：「前疊式」、「後疊式」、「雜言式」、「重疊式」。除「雜言式」外，傳者所列與其它三者相似。其所謂「雜言式」，如「方奐奐兮」、「二之日鑿冰沖沖」，撰者將其歸入「後疊式」中。

〔註3〕夏傳才，《詩經語言藝術新編》統計 647 對，頁 62。

如，委委佗佗、嘽嘽焞焞、儦儦俟俟、矜矜兢兢、潝潝訿訿、戰戰兢兢（出現2次）、緝緝翩翩、捷捷幡幡、濟濟蹌蹌、子子孫孫、顒顒卬卬、菶菶萋萋、雝雝喈喈、兢兢業業（出現2次）、赫赫炎炎、赫赫明明、赫赫業業、緜緜翼翼、皐皐訿訿、烝烝皇皇、實實枚枚。共有22個。而有些學者，如張其昀在〈《詩經》疊字三題〉中將「委蛇委蛇」視爲重言，他認爲這形式與《鄘風・君子偕老》的「委委佗佗」是同詞異形。但本文不認爲此爲「重言」正例，因有悖筆者重言之定義。

重言以這三種形式出現有時是爲諧韻、有時是爲句式的變化、有時是爲補足四言句子字數之不足。張其昀〈《詩經》疊字三題〉說：「從詞的意義上說重言包括三種情況：（一）一個重言表示一個詞，（二）兩個或兩個重言表示一個詞，（三）一個重言表示兩個或幾個詞」〔註4〕其中一個重言表示一個詞甚多，如「彼黍離離」之「離離」、「杲杲出日」之「杲杲」、「白石皓皓」之「皓皓」、「涕泣漣漣」之「漣漣」等；兩個表示一個詞的「四介旁旁」、「駟介騯騯」，其「旁旁」、「騯騯」，均指馬雄壯；一個重言表示兩個或幾個詞，如「雞鳴喈喈」之「喈喈」狀雞鳴聲，「鐘鼓喈喈」則是鼓聲；又「其泣喤喤」爲哭聲，「鐘鼓喤喤」則爲鼓聲，「鸞聲將將」之「將將」爲「鸞鈴聲」，「佩玉將將」之「將將」爲玉佩撞擊聲，「鐘鼓將將」之「將將」爲鐘鼓聲，另外「憂心欽欽」之「欽欽」乃是形容憂心之貌，而「鐘鼓欽欽」之「欽欽」卻是形容鼓聲，而這些重言的意義，端看其所在的語境來決定。在AA式重言中有些是跟單字A意義相同、相近、或相通，例如：

〈邶風・柏舟〉：「憂心悄悄」，《毛傳》：「悄悄，憂貌。」

〈陳風・月出〉：「勞心悄兮」，《毛傳》：「悄，憂也。」

《說文》「悄，憂也。」引《詩》曰：「憂心悄悄。」可知此乃適用「悄」的本義。「悄悄」與「悄」意義相通，「悄悄」可看成「悄」的衍生詞。在王筠《毛詩重言》中將「勞心悄兮」，列在下篇，這屬於重言的「變例」。他說：「其或單詞即同重言者，……故輯爲下篇。」可知，王氏《重言》一書的「下篇」實屬《詩》中重言的變例。

又疊字與單字之間無相關性，例如：

〔註4〕張其昀〈《詩經》疊字三題〉，《鹽城師專學報》，第一期（1995年）。

〈王風・君子陽陽〉:「君子陽陽」,《毛傳》:「陽陽,無所用其心也。」

〈小雅・湛露〉:「匪陽不晞」,《毛傳》:「陽,日也。」

「陽陽」與「陽」意義不相干也。陳奐《詩毛氏傳疏》在〈君子陽陽〉中說:「《正義》引《史記》稱『晏子御擁大蓋,策四馬,意氣陽陽甚自得。』今《史記列傳》作『揚揚』;《晏子襍上篇》亦作『揚揚』;《荀子・儒效篇》則『揚揚如也』,楊注云:『得意之貌』,竝與《傳》『無所用其心』義合,『陽』即『揚』之假借。」〔註5〕且《說文》「揚,飛舉也。」此「陽陽」用「揚揚」之假借義。

然而,在《毛詩》中更有許多重言是單字A的衍生詞AA與借音詞AA并存。這可顯示出重言詞的一形多義特性。例如:

〈唐風・鴇羽〉:「肅肅鴇羽」,《毛傳》:「肅肅,鴇羽聲也。」

〈大雅・思齊〉:「肅肅在廟」,《毛傳》:「肅肅,敬也。」

《說文》「肅,持事振敬也。」〈大雅・思齊〉「肅肅在廟」的「肅肅」是「肅」是用了「肅」之本義,而重疊後其意義,有加深詞意的意味;而〈唐風・鴇羽〉「肅肅鴇羽」的『肅肅』是描寫聲音之詞,只是「鴇」這種禽類舉翼拍翅的聲音,所以爲「肅」字之借音字。

張其昀認爲「AABB」重言形式絕大多數結構較爲鬆散,可看成是 AA+BB,且訓詁學上分而釋之,例如:

〈大雅・常武〉:「赫赫明明,王命卿士。」

《毛傳》:「赫赫然盛也;明明然察也。」

〈魯頌・泮水〉:「明明魯侯,克明其德。」

《正義》:「明明然有明德之魯侯。」

這種樣式疊字應認爲是所謂「離合詞」。〔註6〕

「AABB」式疊字在國風中只有一見,就是「委委佗佗」,其餘二十一個出現在〈雅〉〈頌〉裡,與「AA」式在〈風〉〈雅〉〈頌〉中出現幾乎均等的狀況有比較大的差異。因此,張其昀認爲「AABB」式比「AA」式更較具有典雅莊重的氣習。

〔註5〕陳奐,《詩毛氏傳疏》(台北:台灣學生書局,民國75(1986)年10月第七次印刷),頁185。

〔註6〕張其昀〈《詩經》疊字三題〉,《鹽城師專學報》,第一期(1995年)。

這是因爲〈雅〉和〈頌〉多爲朝廟樂章，而〈國風〉多爲質樸的生活描寫之故。

第二節　重言型變

當重言和聯綿字不夠用，或是爲了句子的變化，詩人會將重言的形式加以改變，這就我們所謂的「重言變例」。《毛詩》中重言詞除上述的正例外，尚有多許的變例，需要特別加以注意的。朱廣祁在《詩經雙音詞論稿》中說：

> 當重言詞和聯綿字不夠用時，詩人要用各種方式組成輕重相間的雙音結構，方便的辦法就是在單音節前後補上一個虛字。爲克服單音詞組成四個字的困難，有時不造成雙音結構也要加進補字來足句。這些現象，都形成了《詩經》與先秦散文作品詞匯方面的不同特點。〔註7〕

他又說：

> 《詩經》中多用重言和聯綿字，又多用補字足句或組成雙音結構，這兩種現象從語言發展的角度來看，其性質是完全不相同的。重言和聯綿字，是當時漢語中早已存在的，《詩經》作者們是應用了語言發展的自然。補字的運用，並不是語言中普遍存在的現象，只不過當時漢語發展允許它存在，《詩經》作者再利用了這種『可能』，這種用法並不是語言的自然發展趨勢。所以，在《詩經》之後，重言、聯綿字的運用在文學作品中有著比較廣泛的表現，而補字的運用卻一直受到很大的限制，不能在漢語中得到普遍的發展。〔註8〕

王筠在《毛詩重言・序》也談到「單字」等同重言的問題：

> 其或單字即重言者……輯爲下篇。……下篇出自創獲。」

他且在《重言・下篇》之前的〈小序〉中說：

> 法當用重言而縮爲一字，他經罕有，前人未言。然〈關雎〉、〈桃夭〉、〈黍離〉、〈兔爰〉、〈車鄰〉、〈蓼莪〉、〈楚茨〉、〈湛露〉，詩皆重言而篇目則摘一字。是陳風之時作爲標題，皆緣詩有成規。太師豈漫加割裂乎？又況〈緜〉、〈抑〉、〈板〉、〈蕩〉、〈桓〉、〈駉〉但以形容之

〔註7〕朱廣祁，《詩經雙音詞論稿》（河南人民出版社，1985年），頁4。

〔註8〕朱廣祁，《詩經雙音詞論稿》（河南人民出版社，1985年），頁6。

一言名篇，與鄭之丰、齊之還不殊。〔註9〕

所謂「法當用重言而縮爲一字」就是「重言型變」，也就是「補字式」。在朱廣祁《詩經雙音詞論稿》中則認爲這是一種「補字雙音詞」。〔註10〕

《詩經》主要是四言詩，爲了配合音律並使句式整齊，因此常在一個單音詞前面或是後面補上一個沒有實在詞義的字，構成相當於雙音詞的結構，抑或是爲了使句式有所改變，因此將原來可使用正例重言的形式改爲「變例形式」。其常用的輔助字如「有」、「其」、「彼」、「思」和「斯」。而王筠《毛詩重言・下篇》則認爲還有「伊」、「矣」、「如」、「而」、「然」、「焉」、「止」、「兮」。周法高在《中國古代語法・造句篇》中談到：

狀詞，包括一些疊字，或後面加『然』、『焉』、『如』、『爾』之類語尾的詞。……牠們通常可以作述語、形容詞。〔註11〕

今若去其重複者，「有」字式最多共有99個，而「有」字一般是在所用單音字之前；而「其」和「彼」，分別是34和30個，可用於單音字之後或之前；「斯」有5個、「思」共3個、「伊」有2個，通常只用於單音字之前；而「兮」字共31個，用于單音詞之後；另有「矣」字3個、「然」字3個、「若」字3個、「而」字2個、「焉」字2個以及「止」字1個，均只出現在單音詞之後。王筠又言「不當重而重者」共24個。其分類如下：

一、「有」字式：【共99個】

是補字雙音結構之中最多的，其結構都是「有＋△」，可放于《毛詩》四字句的前二字或是後二字。「有」只是補字，其是否合於重言，則端看之後所加的本字（△）是否爲形容詞（若其後所加爲名詞或動詞則不合重言特性），且此形容詞符合重言的特點，若符合此條件，此「有」字式就相同于正例的「重言」。撰者將「有字式」分成三類如下：

1、有＋△＋AB：王筠《毛詩重言》：「於本字之上加『有』字者。」「△」

〔註9〕王筠，《毛詩重言下篇》（式訓堂叢書，嚴一萍選輯，台北：藝文印書館印行，民國57（1968）年），頁1。

〔註10〕朱廣祁將「重言」視爲雙音詞。

〔註11〕周法高，《中國古代語法・造句篇》（台北：商務印書館，民國82（1993）年4月景印一版），頁52。

爲本字。【共 38 個】

有蕡其實（周南・桃夭）	有瀰濟盈、有鷕雉鳴（邶風・匏有苦葉）	有洸有潰（邶風・谷風）
有匪君子（衛風・淇奧）	有杕之杜（唐風・杕杜／小雅・杕杜）	有敦苦瓜（豳風・東山）
有睆其實（小雅・杕杜）	有瑲蔥珩（小雅・采芑）	有覺其楹（小雅・斯干）
有漼者淵（小雅・小弁）	有靦面目（小雅・何人斯）	有饛簋飧（小雅・大東）
有捄棘匕（小雅・大東）	有冽氿泉（小雅・大東）	有捄天畢（小雅・大東）
有渰萋萋（小雅・大田）	有鶯其羽（小雅・桑扈）	有頍者弁（小雅・頍弁）
有頒其首（小雅・魚藻）	有莘其尾（小雅・魚藻）	有那其居（小雅・魚藻）
有菀者柳（小雅・菀柳／小雅・正月）	有芃者狐（小雅・何草不黃）	有棧之車（小雅・何草不黃）
有扁斯石（小雅・白華）	有嚴有翼（小雅・六月）	有嘒其星（大雅・雲漢）
有倬其道（大雅・韓奕）	有卷者阿（大雅・卷阿）	有萋有且（周頌・有客）
有噴其饁（周頌・載芟）	有厭其傑（周頌・載芟）	有飶其香（周頌・載芟）
有椒其馨（周頌・載芟）	有捄其角（周頌・良耜）	有駜有駜（魯頌・有駜）
有截其所（商頌・殷武）		

另外朱廣祁《詩經雙音詞論稿》又列有 14 個：

有齊季女（召南・采蘋）	有踐家室（鄭風・東門之墠）	有實其猗（小雅・節南山）
有皇上帝（小雅・正月）	有壬有林（小雅・賓之初筵）	有覺德行（大雅・抑）
有空大谷（大雅・桑柔）	有俶其城（大雅・崧高）	有嚴天子（大雅・常武）
有依其士（周頌・載芟）	有略其耜（周頌・載芟）	有實其積」（周頌・載芟）
有秩斯祜（商頌・烈祖）	有虔秉鉞（商頌・長發）	

【健章案】：〈周頌・載芟〉「有飶其香」、「有椒其馨」，其句式與「有噴其饁」、「有依其士」、「有略其耜」、「有實其積」、「有厭其傑」完全相同，何以王筠認爲是相於當重言，而朱廣祁《詩經雙音詞論稿》則認爲屬於補字「有」字式「有飶其香」之「飶」，毛《傳》：「飶，芳香也。」《箋》說：「芳香之酒醴。」而《說文》：「飶，食之香也。」〔註 12〕段注：「周頌，《傳》曰：『飶，芳香皃。』」段引作「芳香皃」而毛《傳》作「芳香也」，〈楚茨〉、〈信南山〉作「苾」，《傳》于〈楚茨〉「苾芬孝祀」說：「苾苾芬芬，有馨香矣」，而〈信南山〉「苾苾芬芬」，《箋》云：「苾苾芬芬然香」。「苾」與「飶」同。故此「飶」，應爲形容詞無誤。又「有椒其馨」，《傳》曰：「椒猶飶也。」因此，「有飶其香」、「有椒其馨」應爲「有」字式補字雙音詞，其作用同重言。

〔註 12〕東漢・許慎著、清・段玉裁注，《說文解字・食部》（台北：書銘出版社，民國 83（1994）年 10 月七版），頁 223。

2、AB＋有＋△：王筠《毛詩重言》：「其例同上而句法變者。」【共31個】

寤辟有摽（邶風・柏舟）	憂心有忡（邶風・擊鼓）	彤管有煒（邶風・靜女）
新臺有泚（邶風・新臺）	新臺有洒（邶風・新臺）	四牡有驕（衛風・碩人）
庶士有朅（衛風・碩人）	明星有爛（鄭風・女曰雞鳴）	蒙伐有苑（秦風・小戎）
籩豆有踐（豳風・伐柯）	釃酒有藇（小雅・伐木）	釃酒有衍（小雅・伐木）
路車有奭〔註13〕（小雅・采芑）	韎韐有奭（小雅・瞻彼洛矣）	會同有繹（小雅・車攻）
籩豆有楚（小雅・賓之初筵）	隰桑有阿、其葉有難（小雅・隰桑）	其葉有沃（小雅・隰桑）
其葉有幽（小雅・隰桑）	皋門有伉（大雅・緜）	臨下有赫（大雅・皇矣）
旟旐有翩（大雅・桑柔）	籩豆有且（大雅・韓奕）	鞗革有鶬（周頌・載見）
閟宮有侐（魯頌・閟宮）	庸鼓有斁（商頌・那）	萬舞有奕（商頌・那）
海外有截（商頌・長發）	松桷有梴（商頌・殷武）	旅楹有閑（商頌・殷武）

另外朱廣祁《詩經雙音詞論稿》又列有15個：

不日有曀（邶風・終風）	魯道有蕩(齊風・南山／載驅)	日出有曜（檜風・羔裘）
其大有顒（小雅・六月）	庭燎有煇（小雅・庭燎）	鞞琫有珌（小雅・瞻彼洛矣）
昭明有融（大雅・既醉）	令終有俶（大雅・既醉）	景命有僕（大雅・既醉）
大風有隧（大雅・桑柔）	松桷有舄（魯頌、閟宮）	庸鼓有斁（商頌・那）
萬舞有奕（商頌・那）	九有有截（商頌・長發）	下民有嚴（商頌・殷武）

3、其他：△＋有＋AB【共1個】

休有烈光〔註14〕（周頌・載見）

二、「其」字式：【共34個】

「其」字式的雙音節補字，可放於本字單音節詞之前或之後。若是「其」字和一單音形容詞結合，且是以「△＋其」的形式出現時，多用作狀語（王引之說），也就是形容詞，其修辭功能相當於正例的重言詞（楊合鳴說：「疊根詞皆爲形容詞」）。

1、△＋其：王筠《毛詩重言》：「於本字之下加『其』字者。」「△」爲本字。【共15個】

殷其靁〔註15〕（召南・殷其靁）	淒其以風〔註16〕（邶風・綠衣）	咥其笑矣〔註17〕（衛風・氓）

〔註13〕王筠說：〈小雅・瞻彼洛矣〉「『韎韐有奭』，《傳》不解奭字，蓋亦同此。」

〔註14〕鄭《箋》：「休者，休然盛狀。」故此結構形式亦相當於正例重言詞。

〔註15〕《傳》：「殷，靁聲也」；《箋》「猶靁殷殷然發聲」。可知「殷」爲摹聲詞。

〔註16〕《傳》：「淒，寒風也。」〈小雅・四月〉「秋日淒淒」，《傳》「淒悽，涼風也」。故「淒其」同「淒淒」。

〔註17〕《傳》：「咥咥然笑」；《箋》說：「咥咥然笑我」。此以重言釋單字，故「咥其」同

嘅其嘆矣〔註 18〕（王風・中谷有蓷）	條其歗矣〔註 19〕（王風・中谷有蓷）	啜其泣矣〔註 20〕（王風・中谷有蓷）
瀏其清矣〔註21〕（鄭風・溱洧）	宛其死矣〔註22〕（唐風・山有樞）	溫其如玉〔註23〕（秦風・小戎）
坎其擊鼓〔註24〕（陳風・宛丘）	嚶其鳴矣〔註25〕（小雅・伐木）	芸其黃矣〔註 26〕（小雅・裳裳者華）
翩其反矣〔註27〕（小雅・角弓）	貊其德音〔註28〕（大雅・皇矣）	爛其盈門〔註29〕（大雅・韓奕）

「咥咥」。

〔註 18〕《箋》「嘅然而嘆」。嘅，嘆貌。

〔註 19〕《傳》「條條然歗也。」以重言釋之，故形同重言。

〔註 20〕《傳》「啜，泣貌。」《韓詩外傳》兩引作「掇其泣矣。」但「掇」爲「揮淚也」與上兩章不合。啜，爲哽咽哭泣的樣子。「啜其」形式符合重言標準。

〔註 21〕毛《傳》:「瀏，深貌。」《說文》「瀏，流清貌。段注：「〈鄭風〉曰：『溱與洧，瀏其清矣。』毛曰：『瀏，深貌。』謂深而清也。又《韓詩》作「漻」，《說文》「漻，清深也。」段注：「謂清而深也。」「瀏」、「漻」二字許慎認爲二字義有別，然其義雖小別實近，爲「瀏然清也。」故「瀏其」合於重言形式。

〔註 22〕《傳》「宛，死貌。」《說文》:「宛，屈艸自覆也。」段注「凡狀皃可見者，皆曰宛然。如〈魏風〉，《傳》曰：『宛，辟皃。』〈唐風〉，《傳》曰：『宛，死皃。』」王筠說：「此及『宛然左辟』、『宛彼鳴鳩』，字同而訓不同，然皆形容之詞也。」「宛」爲一動作之皃，「宛然」爲「狀皃可見者」，其同「宛其」，爲形容之詞同重言。

〔註 23〕《詩經雙音詞論稿》有「溫其在邑」。「溫其如玉」，《箋》云「溫然如玉。」《說文》之「溫」爲水名，段注：「今以爲溫煥字。」然此「溫」爲「溫溫恭人」之「溫」，屬形容詞「溫其」，同「溫然」，同「溫溫。」

〔註 24〕又有「坎其擊缶」，《傳》「坎坎，擊鼓聲。」《傳》以重言釋之；又〈小雅・伐木〉「坎坎鼓我」，《箋》說「謂我擊鼓坎坎然。」故「坎坎」爲擊鼓之聲，型變同「坎其」，屬狀聲詞。

〔註 25〕《箋》云：「其相得則復鳴嚶嚶然。」以重言釋之，而此章上有「鳥鳴嚶嚶」，爲避免重複故改爲單詞。此與〈載芟〉「有厭其傑」其下改用重言「厭厭其苗」相同。因此，「嚶其」，「嚶然其爲鳴」，亦同重言「嚶嚶」。

〔註 26〕《傳》「芸，黃盛也。」所謂「黃盛」即謂「全爲枯黃」，故《箋》說：「華芸然而黃。」《說文》:「芸，艸也。似目宿。」蓋依《說文》「芸」爲草名，而《老子》有云：「芸芸各復歸其根」，蓋說「華」，枯黃而萎而落歸根也。以「芸芸」狀貌，即「芸然」、「芸其」也。

〔註 27〕《傳》「翩然而反」。「翩然」爲狀態形容詞同重言。

〔註 28〕《傳》「貊，靜也。」《箋》:「德正應和曰貊。」《韓詩》《禮記・樂記》作「莫其得音。」《韓詩》云：「莫，定也。」今本《爾雅》「貉、嘆，定也。」《釋文》:「貉，本又作貊。嘆，本亦作莫。」《玉篇》「嘆，靜也。」「莫」蓋「嘆」之省借。《說文》「莫，日且冥也。从日在茻中，茻亦聲。(莫故切又慕各切，五部)。」段注：「引申之義爲有無之無。」故此「莫」必爲假借字。《說文》又「貉，北方貉。从豸，各聲。（莫白切五部)」「貊」「貉」同字，而「貉」與「莫」古音同在五部，可互假，而「莫」又爲「嘆」之省假，「嘆」爲本字。《傳》「貊，靜也。」之說與「君婦莫莫」義相近。

〔註 29〕無傳。《箋》說「爛，粲然，鮮明且眾多之貌。」故之「爛其」爲「爛然」屬於狀

另外朱廣祁《詩經雙音詞論稿》又列有3個

暵其乾矣〔註30〕（王風・中谷有蓷）	殷其盈矣〔註31〕（鄭風・溱洧）	依其在京〔註32〕（大雅・皇矣）

2、其＋△：其字之後，若所加之詞亦爲形容詞，多可視爲重言。王筠《毛詩重言》：「於本字之上加『其』字者。」「△」爲本字。【共12個】

擊鼓其鏜〔註33〕（邶風・擊鼓）	雨雪其雱〔註34〕（邶風・北風）	北風其喈、雨雪其霏〔註35〕
靜女其孌（邶風・靜女）	碩人其頎〔註36〕（衛風・碩人）	日月其慆〔註37〕（唐風・蟋蟀）

態性形容詞，同重言詞。

〔註30〕另有「暵其脩矣」、「暵其濕矣」。暵，呼但反，徐音漢。《毛傳》『暵，菸皃。陸草生於谷中傷於水。』《說文》『暵，乾也。』」陳奐《傳疏》認爲『暵即灘之假借。』《說文》『灘，水濡而乾也。』引《詩》『灘其乾矣。』段注：『王風文今毛詩作暵，蓋非也。』無論是作『暵』或『灘』均是形容『乾』，故可同重言。

〔註31〕《傳》：「殷，眾也。」《說文》「作樂之盛偁殷。」段注：「引申爲凡盛之偁，又引申之爲大也，又引申之爲眾也。」故毛用「殷」之引申義，有眾多貌之意。「殷其」爲「殷然」同重言之形式。

〔註32〕《箋》說：「依居京地之眾」。故《箋》認爲「依其」爲「依居」，但王引之《經義述聞》：「鄭以『依其在京』爲『依居京地』，非也。『依其居京』，則爲不辭。今案，依，兵盛貌。依其者，形容之辭。言文王之眾，依然其在京地也。依之言殷也。馬融注〈豫卦〉曰『殷，盛也。』」王氏所說爲是，故「依其」爲「依然」形同重言。

〔註33〕《說文》「鏜，鐘鼓聲也。詩曰：『擊鼓其鏜。』」；又「鼞，鼓聲也。詩曰：擊鼓其鼞。」，可知「鼞」、「鏜」均形容鼓聲。《傳》曰「鏜然擊鼓聲也。」可知「鏜其」爲「鏜然」屬形容之詞，且與〈那〉之「淵淵」（《說文》作「鼘鼘」）和〈靈臺〉之「逢逢」皆屬形容重言之詞，以狀鼓聲。

〔註34〕《傳》：「雱，雪盛貌。」《御覽》引作「滂」即是「滂滂」。

〔註35〕《傳》「喈，疾貌；霏，甚貌。」《廣雅》「雱雱、霏霏、雰雰，雪也。」即釋〈北風〉，又曰「旁旁，盛也。」故知此「其喈」、「其霏」蓋形容雪下的疾且盛的樣子。

〔註36〕《傳》「頎，長皃。」《說文》「頎，頭佳貌。」段注：「引申爲長貌。」第三章「碩人敖敖」，《傳》曰「敖敖，長貌。」與「頎」訓相同，且鄭《箋》說：「敖敖猶頎頎也。」《玉篇》「其頎」引作「頎頎」。王筠《毛詩重言》說：「可證《玉篇》所以爲古本。」

〔註37〕《傳》「慆，過也。」〈豳風・東山〉「慆慆不歸」，《傳》曰「慆慆，言久也。」《說文》「慆，說也。」段注「說今之悅字。……《傳》：慆，過也。……《傳》：慆慆，言久也。皆引申之義也。」班固〈幽通賦〉「滔滔而不萉」，曹大家注曰：「慆慆，亂貌。」「其慆」同「慆慆。」

霝（零）雨其濛〔註38〕（豳風・東山）	兕觥其觩〔註39〕（小雅・桑扈）	絲衣其紑〔註40〕（周頌・絲衣）
角弓其觩〔註41〕（魯頌・泮水）	束矢其搜（魯頌・泮水）	

另外朱廣祁《詩經雙音詞論稿》又列有4個

其祁孔有〔註42〕（小雅・吉日）	北風其涼〔註43〕（邶風・北風）	靜女其姝〔註44〕（邶風・靜女）
汎汎其景〔註45〕（邶風・二子乘舟）		

三、「斯」字式：【共5個】

斯＋△：王筠《毛詩重言》：「於本字之上加『斯』字者。」「△」爲本字。【共3個】

朱芾斯皇（小雅・采芑）	如跂斯翼（小雅・斯干）	國步斯頻（大雅・桑柔）

另外朱廣祁《詩經雙音詞論稿》又列有2個

柞棫斯拔（大雅・皇矣）	松柏斯兌（大雅・皇矣）	

〔註38〕《傳》「濛，雨貌。」《箋》「歸又道遇雨濛濛然。」且《初學記》引《說文》「微雨曰濛濛。」故「其濛」同「濛濛」。

〔註39〕〈周頌・絲衣〉也有此句。無《傳》，《說文》無「觩」字。《說文》「觓，角貌。从角丩聲。《詩》曰『有觓其角。』段注：「捄者，觓之假借字也。〈小雅・桑扈〉『兕觥其觓』，俗作『觩』。」所謂「角貌」乃是像角屈之貌，爲狀態形容詞，形同重言詞。

〔註40〕《傳》「紑，絜鮮貌。」《說文》引作『素衣其紑』，王筠說「傳寫之誤也」。

〔註41〕《傳》「觩，弛貌。搜，眾意也。」《箋》解此二句「角弓觩然，言持弦急也；束矢搜然，言勁疾也。」故知「其觩」爲「觩然」，「其搜」爲「搜然」且《說文繫傳》解「鱐」字說解曰：「搜搜猶歷歷也。」此「搜搜」重言之證。「搜搜」摹聲詞。

〔註42〕《傳》：「祁，大也。」《箋》云：「祁當作麎。麎，麋牝也。」依毛《傳》爲形容詞，而鄭《箋》則認爲是「麋牝」屬名詞。〈豳風・七月〉有「采蘩祁祁」，《傳》訓爲「眾多也。」若依本詩意「瞻彼中原，其祁孔有」，則「祁」因爲形容較好，故「其祁」同「祁祁」，爲眾多之意。

〔註43〕朱廣祁認爲毛《傳》云：「寒涼之風」誤，此應該是形容風勢之盛。

〔註44〕《傳》：「姝，美色也。」乃是形容靜女「容色美好。」且《說文》亦云：「姝，好也。」其形同重言。

〔註45〕《釋文》：「景，如字，或音影。」《正義》曰：「觀之汎汎然，見其影之去往而無礙。」王引之《經義述聞》云：「景，讀如『憬』。〈魯頌・泮水〉『憬彼淮夷』，毛《傳》曰：『景，遠行貌。』……」景作『憬』，是『憬』、『景』古字通。（王引之《經義述聞》認爲：「汎汎其逝」同「汎汎其景」。）（王引之，《經義述聞》孔子大全編輯委員會，濟南：山東友誼出版社，1990年，頁516）。

四、「思」字式：【共3個】

思＋△：王筠《毛詩重言》：「於本字之上加『思』字者。」「△」爲本字。【共2個】

思孌季女逝兮（小雅・車舝）	思皇多士〔註46〕（大雅・文王）	

另外朱廣祁《詩經雙音詞論稿》又列有1個

思齊大任（大雅・思齊）		

五、「彼」字式：〔註47〕【共30個】

可在單字之前或之後，不論其形爲「△＋彼」，亦或是「彼＋△」，其絕大多數爲四言詩之前兩字。唯一例外者，乃是〈周頌・思文〉「克配彼天」，但此不爲重言。「彼」所加單字是否形同重言，是由其所加單字詞性來決定的。若所加之單字爲形容詞則是，反之則否。

1、△＋彼：王筠《毛詩重言》：「於本字之下加『彼』字者。」「△」爲本字。【共28個】

嘒彼小星〔註48〕（召南・小星）	汎彼柏舟〔註49〕（邶風・柏舟）	毖彼泉水〔註50〕（邶風・泉水）
孌彼諸姬〔註51〕（邶風・泉水）	髧彼兩髦〔註52〕（鄘風・柏舟）	鴥彼晨風、鬱彼北林〔註53〕（秦風・晨風）

〔註46〕「思」字式近代有些學者討論可能是動詞。

〔註47〕「彼」字式有些學者認爲有指示代詞的意味。

〔註48〕《傳》「嘒，微貌。」王筠《毛詩重言》說：「《詩》涉及聲者言『嘒嘒』或借『噦噦』，唯『噦噦其冥』于聲無涉。本詩及〈雲漢〉皆言星，可例推之爲『嘒嘒』。」

〔註49〕《傳》說「汎汎，流貌。」又說「亦汎汎其流，不以濟渡也。」《箋》云：「汎汎然俱流水中。」均以重言釋之。

〔註50〕《傳》曰「泉水始出，毖然流也。」《說文》「䀣，直視也。从目必聲。《詩》云『泌彼泉水』。」段注：「今《詩》作『毖』，泌之假借也。《釋文》云《韓詩》作『祕』，《說文》作『䀣』，陸氏此語蓋誤，鉉本作『泌』乃古本也。」王筠亦說同「毖」與「祕」，皆屬假借字。

〔註51〕《傳》「孌，好貌」。〈候人〉，《傳》同。爲形容之詞，且有「棘人欒欒」爲旁證。（王筠）

〔註52〕《說文》無「髧」字。《傳》「髧，兩髦之貌。」《說文》「髡，髮至眉也。从髟敄聲。《詩》曰『紞彼兩髡』」。段注：「今詩作紞作『髧』。」髧，髮下垂貌。

〔註53〕《傳》「鴥，疾飛貌。鬱，積也。」《後漢光武紀》「鬱鬱，葱葱然。」《韓詩外傳》「鴥作鷸，借字也。」「鬱」亦是借字，正字爲「菀」。「鴥彼」形容鳥疾飛之貌；「鬱彼」則是形容草木茂盛之態，皆同重言。

冽彼下泉〔註54〕（曹風・下泉）	敦彼獨宿〔註55〕（豳風・東山）	鴥彼飛隼〔註56〕（小雅・采芑）
蓼彼蕭斯〔註57〕（小雅・蓼蕭）	沔彼流水〔註58〕（小雅・沔水）	節彼南山〔註59〕（小雅・節南山）
宛彼鳴鳩〔註60〕（小雅・小宛）	跂彼織女〔註61〕（小雅・大東）	睆彼牽牛〔註62〕（小雅・大東）
倬彼甫田〔註63〕（小雅・甫田）	依彼平林〔註64〕（小雅・車舝）	倬彼雲漢〔註65〕（大雅・雲漢）
倬彼昊天〔註66〕（大雅・桑柔）	菀彼桑柔（大雅・桑柔）	淠彼涇舟（大雅・棫樸）
敦彼行葦（大雅・行葦）	瑟彼玉瓚（大雅・旱麓）	瑟彼柞棫（大雅・旱麓）

〔註54〕《傳》「冽，寒也。」王筠認爲同〈蓼莪〉的「冬日烈烈」。《說文》「冽，凓冽也。从仌列聲。」又《說文》「洌，水清也。」朱廣祁《詩經雙音詞論稿》認爲是「水清澈貌。」然《詩》「冽」从「仌」部，故當是寒意。

〔註55〕《傳》無訓，而《箋》云：「敦敦然獨宿。」以重言釋之，此「敦」形容勞苦疲憊之貌。

〔註56〕〈小雅・沔水〉亦有此句。

〔註57〕《傳》「蓼，長大貌。」而〈蓼莪〉「蓼蓼者莪」，《傳》「蓼蓼，長大貌。」故知「蓼彼」同「蓼蓼。」

〔註58〕《傳》「水流滿也。」《說文》「潤，水流浼浼皃。」段注：「……一說『潤』『浼』古今字，故以浼浼釋潤潤。……邶風之『浼浼』即『潤潤』之假借。『免』聲，古讀如『門』與『潤』近。」《說文》的「沔」是水之名。「沔彼」應爲「潤彼」同於重言。

〔註59〕《傳》「節，高峻貌。」「節彼」即「節然」。

〔註60〕《傳》「宛，小貌。」《說文》「宛，屈艸自覆也。」段注：「凡狀貌可見者皆曰宛然。」朱廣祁則認爲是「美好貌」，此爲「宛」之引申義。

〔註61〕《傳》「跂，隅貌。」《說文》「跂，足多指也。」此爲借字。《說文》「𠇍，頃也。从七支聲。《詩》曰『𠇍彼織女。』」段注：「〈小雅・大東〉『跂彼織女』，《傳》曰：跂，隅貌。按『隅』者陬隅不正而角。織女三星成三角言不正也。」朱廣祁則認爲是「分散貌。」無論是「隅貌」亦或是「分散貌。」均屬形容詞「跂然」，同「跂跂」。

〔註62〕《傳》「睆，明貌。」爲形容詞。〈凱風〉之「睍睆黃鳥」，《韓詩》作「簡簡黃鳥」，故此爲「睆睆」可知矣。

〔註63〕《傳》「倬，明貌。」王筠說「蓋倬、焯同，从卓聲，故得明義。」《韓詩》作「菿彼」。

〔註64〕《傳》「依，茂木貌。」《箋》說：「平林之木茂。」均說「依」乃是形容木茂盛貌。〈小雅・采薇〉「楊柳依依」，《韓詩章句》「依依，盛貌。」「依彼」同「依依」。

〔註65〕《傳》「倬，大也。」《說文》「倬，箸大也。从人卓聲。」《釋詁》「菿，大也。」王筠認爲此「倬」爲「菿」之假借字。《說文》「菿，艸大也。从艸到聲。」「卓」「到」古聲同在宵部，故可假借。

〔註66〕《傳》無訓。倬，訓「明」或「大」均可。

翩彼飛鴞（魯頌・泮水）	憬彼淮夷（魯頌・泮水）	撻彼殷武（商頌・殷武）

另外朱廣祁《詩經雙音詞論稿》列有2個

猗彼女桑〔註67〕（豳風・七月）	信彼南山〔註68〕（小雅・信南山）	

六、「若」字式【共3個】

△＋若：王筠《毛詩重言》：「於本字之下加『若』字者。」「△」為本字。

其葉沃若（衛風・氓）	抑若揚兮（齊風・猗嗟）	六轡沃若（小雅・皇皇者華）

七、「而」字式【王筠放在「若」字式】

△＋而：「△」為本字。【共2個】

薆而〔註69〕不見（邶風・靜女）	頎而〔註70〕長兮（齊風・猗嗟）	

八、「矣」字式〔註71〕【共3個】

△＋矣：王筠《毛詩重言》：「於本字之下加『矣』字者。」「△」為本字。

何彼襛矣（召南・何彼襛矣）	后稷呱矣（大雅・生民）	皇矣上帝（大雅・皇矣）

九、「兮」字式〔註72〕【共31個】

△＋兮：王筠《毛詩重言》：「於本字之下加『兮』字者。」「△」為本字

葛之覃兮（周南・葛覃）	瑟兮僩兮（衛風・淇奧）	赫兮咺兮（衛風・淇奧）
容兮遂兮（衛風・芄蘭）	垂帶悸兮（衛風・芄蘭）	伯兮朅兮（衛風・伯兮）
羔裘晏兮（鄭風・羔裘）	三英粲兮（鄭風・羔裘）	子之丰兮（鄭風・丰）
子之昌兮（鄭風・丰）	零露漙兮（鄭風・野有蔓草）	子之還兮（齊風・還）
婉兮孌兮（齊風・甫田）	巧趨蹌兮（齊風・猗嗟）	角枕粲兮（唐風・葛生）
錦衾爛兮（唐風・葛生）	月出皎兮（陳風・月出）	佼人僚兮（陳風・月出）
勞心悄兮（陳風・月出）	月出皓兮（陳風・月出）	佼人懰兮（陳風・月出）

〔註67〕《傳》「角而束之曰猗」。朱廣祁認為此訓為誤，其說「猗，長而茂盛貌。」「猗」可為嘆辭，又〈衛風〉，《傳》「猗猗，美盛貌。」〈節南山〉，《傳》「猗，長也。」以此詩「以伐遠揚，猗彼女桑」，此「猗」當形容枝繁葉茂為是。

〔註68〕《傳》無訓，《箋》說：「信乎彼南山之野。」「信乎」似是形容之詞。又馬瑞辰《通釋》以為「信亦南山貌」，借為「伸」，為「南山之野長遠貌。」

〔註69〕論文口試時，季旭昇先生以為此「而」為後綴詞。

〔註70〕論文口試時，季旭昇先生以為此「而」為連詞。

〔註71〕「矣」字式有學者認為是句末語氣詞。

〔註72〕「兮」字式有學者認為是句末語氣詞。

勞心慅兮（陳風・月出）	佼人燎兮（陳風・月出）	佼人懆兮（陳風・月出）
匪風發兮（檜風・匪風）	匪車偈兮（檜風・匪風）	匪車嘌兮（檜風・匪風）
零露湑兮（小雅・蓼蕭）	彤弓弨兮（小雅・彤弓）	其葉湑兮（小雅・裳裳者華）
哆兮侈兮（小雅・巷伯）		

十、「止」字式〔註73〕【共1個】

△＋止：王筠《毛詩重言》：「於本字之下加『止』字者。」「△」爲本字。

卉木萋止（小雅・杕杜）		

十一、「伊」字式【共2個】

伊＋△：王筠《毛詩重言》：「於本字之上加『伊』字者。」「△」爲本字。

王公伊濯（大雅・文王有聲）	其笠伊糾（周頌・良耜）	

十二、「然」字式【共3個】

△＋然：王筠《毛詩重言》：「於本字之下加『然』字者。」「△」爲本字。

宛然左辟（魏風・葛屨）	烝然來思（小雅・南有嘉魚）	賁然來思（小雅・白駒）

十三、「焉」字式〔註74〕

△＋焉：王筠《毛詩重言》：「於本字之下加『焉』字者。」「△」爲本字。

【共2個】

惄焉如擣（小雅・小弁）	潸焉出涕（小雅・大東）	

十四、其他：王筠《毛詩重言》於此則說：「皆當重而不重者」

王筠《毛詩重言》：「然亦有不加字者」。【共24個】

其人美且鬈（齊風・盧令）	碩大且卷（陳風・澤陂）	碩大且儼（陳風・澤陂）
夭之沃沃（檜風・隰有萇楚）	愾我寤嘆（曹風・下泉）	熠燿宵行（豳風・東山）
鄂不韡韡（小雅・常棣）	於粲洒埽（小雅・伐木）	我心則休（小雅・菁菁者莪）
四牡既佶（小雅・六月）	亦孔之炤（小雅・正月）	噂沓背憎（小雅・十月之交）
滮池北流（小雅・白華）	乃眷西顧（大雅・皇矣）	王赫斯怒（大雅・皇矣）
虡業維樅（大雅・靈臺）	實種實褎（大雅・生民）	實穎實栗（大雅・生民）
顛沛之揭（大雅・蕩）	反予來赫（大雅・桑柔）	蘊隆蟲蟲（大雅・雲漢）
振鷺于飛（周頌・振鷺）	肅雝顯相（周頌・清廟）	墮山喬嶽（周頌・般）

〔註73〕「止」字式有學者認爲是語末助詞。

〔註74〕「焉」字式有學者認爲是句末語氣詞。

在王筠有《毛詩重言》三卷，他在下卷最後下了一個結論「凡當重而不重者二百八事；不必重而重者一十五事。」王筠《毛詩重言》的發凡之功，對於《詩經》重言的變式研究具有功不可沒的開創先鋒，這就是他所說的「前人未言」、「出自創獲」。但是王筠仍有些闕漏，撰者依《毛詩》和朱廣祁《詩經雙音詞論稿》加以補足，使之更爲完備。

然而，補字雙音詞，幾乎是《詩經》中一種特有的語言現象，其主要目的就是要湊足音節使合音律或變化句法，使文句多樣化。如：〈衛風．碩人〉的第四章「河水洋洋，北流活活，施罛濊濊，鱣鮪發發，葭菼揭揭，庶姜孼孼，庶士有朅」，連用了六個重言，詩人於是在最後一句「有朅」作爲結尾，目的就求句法靈活變化以收「點睛」之效，讓人印像更加深刻。在先秦典籍之中，除「有」字式偶有出現外，其餘十分罕見。朱廣祁認爲：

> 補字雙音結構，不能和重言用爲單字相混。毛《詩》中構成摹態重言的字大多可以單獨使用，如果他前面或後面的虛字還有著明顯的語法意義，就不能算作補字。單音詞前後的嘆詞或語氣詞，如『皇矣上帝』……中的『矣』不能算是補字。〔註 75〕

可是王筠認爲可以是變式，其原因乃是因爲「皇」爲形容詞。而朱氏又說用在形容詞後面的「如」、「若」、「爾」、「然」等字，有明顯的確定詞性的作用，這種用法在先秦典籍中很普遍，並且可以用在雙音節詞之後。因此，它們跟單音形容詞結合，也不能看作補字。可見「重言變式」和「重言正式」一樣存在著個人主觀看法的問題。

夏傳才《詩經語言藝術新編．疊字的變式》一節中只列出「有」、「其」、「斯」、「思」等重言變式，他並以表格方式統計出如下：〔註 76〕

	國風		小雅		大雅		三頌		合計	
	篇	次	篇	次	篇	次	篇	次	篇	次
有字式	5	9	8	12	2	3	3	5	18	29
其字式	8	16	6	8	0	0	0	0	14	24

〔註 75〕朱廣祁，《詩經雙音詞論稿》（河南人民出版社，1986 年），頁 64。

〔註 76〕夏傳才，《詩經語言藝術新編》（北京：語文出版社，1998 年 1 月第一次印刷頁），頁 63。

斯字式	1	2	2	6	0	0	0	0	3	8
思字式	0	0	0	0	1	1	0	0	1	1
合　計	14	27	16	26	3	4	3	5	36	62

但是上表夏氏所作統計不太精細，筆者依據《毛詩》、王筠《毛詩重言》和朱廣祁《詩經雙音詞論稿》（即前文的分類表格）的「重言」型變分類重新將予以統計，其結果如下：

	國風		小雅		大雅		三頌		合計	
	篇	次	篇	次	篇	次	篇	次	篇	次
有字式	20	22	27	38	13	15	11	24	71	99
其字式	16	23	5	5	3	3	3	3	27	34
斯字式	0	0	2	2	3	3	0	0	5	5
思字式	0	0	1	1	2	2	0	0	3	3
彼字式	9	12	10	11	5	7	2	3	24	30
如字式	2	2	1	1	0	0	0	0	3	3
而字式	2	2	0	0	0	0	0	0	2	2
矣字式	1	1	0	0	2	2	0	0	3	3
兮字式	13	27	4	4	0	0	0	0	17	31
止字式	0	0	1	1	0	0	0	0	1	1
伊字式	0	0	0	0	1	1	1	1	2	2
然字式	1	1	2	2	0	0	0	0	3	3
焉字式	0	0	2	2	0	0	0	0	2	2
其　他	5	6	7	7	6	8	3	3	21	24
合　計	69	95	62	73	35	41	20	34	184	242

由以上兩表得知不論是夏傳才，抑或是筆者的表格均顯示出重言型變的樣式以「有」字式居冠 99 次，其次則是「其」字式 34 次、其次是「兮」字式 31 次，再其次是「彼」30 次，其餘均屬少量。但總篇數比「正重言」192 篇少 8 篇，而總次數 242 比「正重言」未去其重複 685 次少 443 次，且也比去其重複的 356 個少 114 個，可見《毛詩》還是以正例重言爲宗，這或許是因爲「正例重言」更深具音樂性。這些「重言型變」的類型大多是集中在「國風」和「小雅」，而「大雅」與「三頌」則少。在重言運用的過程之中，何以不全用「重言」正例形式，而雜入「型變」呢？主要就是在求取音節和諧與句子的靈活變化。

要區別「重言型變」的重要前提，就是所易之字（如：有、其、彼、斯、思、兮、然、伊、焉、矣等）之前或之後所加之字必須是形容詞，且要符合重言的定義，否則就不是「重言」的「型變」。

第六章　《毛詩》重言異文

異文之說由來久矣，它是相對於「正字」，劉向校書已舉《書》異文百餘有條，而《詩經》異文則起於漢代四家詩分立，為家法詩法之要。若從根本上說異文是文字使用的問題，這是唐以前特定的社會歷史條件和文化背景所產生的。異文是《詩經》長期以來被傳鈔、刻寫和引用過程中產生和繁衍而來的。對於《詩經》異文的研究是對其用字規律和本字本義的研究。《熹平石經》所列以《魯詩》為主，而校記附《韓詩》、《齊詩》之異文。後陸德明治《毛詩》皆以精研異文為能事。〔註1〕然唐以來研究之風，肇自三家《詩》輯佚，南宋王應麟《詩考・自序》曰：

> 漢言《詩》者四家，師異指殊。賈逵撰《齊魯韓與毛氏異同》；梁崔靈恩采三家本為集注。今唯《毛傳》、《鄭箋》孤行，《韓》僅存《外傳》，而魯、齊《詩》亡久矣。諸儒說《詩》，壹以毛、鄭為宗，未有參考三家者，獨朱文公《集傳》閎意眇指，卓然千載之上。……一洗末師專己守殘之陋。學者諷詠涵濡而自得之躍如也。文公語門人：「《文選注》多《韓詩》章句，嘗欲寫出。」應麟竊觀傳記所述，三家緒言尚多有之，網羅遺軼，傅以《說文》、《爾雅》諸書，粹為一編，以扶微學，廣異義，亦文公之意云爾。讀《集傳》者，或有考於斯。〔註2〕

〔註1〕沈淑，《陸氏經典異文》（商務印書館，民國26（1937）年6月初版）。

〔註2〕王應麟，《詩攷・序》（《詩經要籍集成》第10冊，中國詩經學會編，北京：學苑

可知《詩考》一書乃爲廣《詩集傳》，其中以《韓詩》爲多，齊、魯《詩》極少，僅寥寥幾條。後清人范家相繼《詩考》而輯《三家詩拾遺》十卷；後阮元《三家詩補遺》三卷，補王應麟《詩考》之遺，或補錄異文，或勾考疑說。然阮書無傳本，後葉德輝得其稿本，在光緒間刊行。李富孫著《詩經異文釋》；馮登府繼撰《三家詩異文疏證》二卷；陳喬樅《詩經四家異文考》五卷；陳玉樹《毛詩異文箋》；王先謙《詩三家義集疏》；江翰《詩經四家異文考補》等，均對《詩經》異文的收集與研究有相當大的貢獻。近年來地下文物出土可輔前賢之功，如于茀《金石簡帛詩經研究》和陸錫興的《詩經異文研究》。

就異文本身來說，它是屬於校勘學上的一個術語，也是文字學上的一個術語；而《詩》三百五篇原文，在不同的傳本或被各類著作引用以致出現文字上的互異，此即是異文。因此，異文對《詩經》來說其既有校勘且兼有文字學上的意義。在現傳本的《毛詩》三百五篇中幾乎篇篇都有異文，甚至同一章中出現兩對乃至數對的異文亦所在多有。這說明了《毛詩》異文研究作爲研究《毛詩》的一個重要的組成部分，對「重言」的訓詁更有莫大的幫助，其研究會帶有很大普遍性的問題。

前人特別是清代的學者在《毛詩》異文研究上已作了大量的工作，也撰寫了一批研究的「專著」，成績相當的亮麗。本文立基於前人的基礎上，就《詩經》異文繁衍的歷史條件、異文的類型及其存在的型態、歷史作用和現實意義等問題提出看法。

第一節　異文產生之因

一、何謂「異文」

什麼叫作「異文」？古籍異文是漢語古代文獻中存在的一種普遍現象。它指由同一書的不同版本、同一事的不同記載和引用異詞所形成的古籍間的文字差異，即所謂的「異文」。異文是具體不同的文字現象。一般認爲「異文」一辭具有廣狹二義：狹義的「異文」乃是文字學上之名詞，它對正字而言，是通假

出版社，2002年），頁181。

和異體字的統稱。廣義的異文是校勘學上的名詞，王彥坤《古籍異文研究》說：

凡同一書的不同版本，或不同的書記載同一事物，字句互異，包括通假字和異體字，都叫作異文。〔註3〕

在《說文》中將「異體文字」稱為「重文」，也就是「重出之文」，就是一字之另一寫法，其中包括「古文」「或體」、「奇字」、「今字」、「籀文」等。

東漢・許慎《說文解字・廾部》：「異，分也。从廾畀。畀，予也。」段注：「分之則有彼此之異。竦手而予人則離異矣。」〔註4〕由此可知，「異文」就是有分別的文字。具體的說，就是同一書籍的某版本與我們所選定的文本，其所紀錄的文字有所不同。在《詩經》三百零五篇中原文於不同的傳本中，或其被各類的書籍引用中，自然出現的文字上的互異。以〈衛風・淇澳〉：「赫兮咺兮」中的「咺」為例，《毛詩》如字；《魯詩》作「烜」；《齊詩》則是「喧」；而《韓詩》作「宣」，亦作「愃」。對《毛詩》來說則三家詩均為「異文」；對《韓詩》來說則《毛詩》《魯詩》《齊詩》亦屬「異文」；又如「長沙馬王堆漢墓」〔註5〕出土的《帛書・五行》中所引的《詩經》異文，如〈召南・草蟲〉：「憂心惙惙」的「惙惙」，《帛書・老子・五行》作「祓祓」；〈邶風・燕燕〉：「燕燕于飛」的「燕燕」，《帛書・五行》作「嬰嬰」，三家《詩》作「鷰鷰」；又〈大雅・大明〉：「赫赫在上」，《帛書・五行》作「壑壑赤赤嘗」。若站在《魯詩》或《齊詩》立場言之則其它詩也是同屬「異文」，而若站在《帛書・老子・五行》的立場言之魯、齊、韓、毛則均為「異文」。本文乃是站在《毛詩》立場來說，故三家均屬

〔註3〕王彥坤，《古籍異文研究》（台北：萬卷樓圖書公司，民國85（1996）年12月初版），頁1。

〔註4〕東漢・許慎著、清代・段玉裁注，《說文解字》（台北：書銘出版社，民國83（1994）年10月七版），頁105。

〔註5〕梁振杰，〈從《長沙馬王堆漢墓帛書・五行》所引《詩經》異文看先秦至漢《詩經》傳播〉：「1973年長沙馬王堆三號漢墓出土帛書《老子》（甲、乙本）、《周易》、《春秋事語》、《戰國縱橫家書》等著作。其中帛書《老子》甲本卷後抄有古佚書自170至351行為佚書第一篇，據內容定為《五行》。《五行》全文引《詩》有16處。」，《焦作師範高等專科學校學報》，第19卷第3期（2003年9月）。據帛書所引之《詩》不屬《毛詩》及三家詩系統，此說明在當時《詩》派不只魯、齊、韓、毛，可見《詩》在民間流行之廣泛。

《毛詩》之異文。在目前傳本的《毛詩》三百零五篇中，幾乎篇篇有異文，許多篇則章章有異文，這說明了《毛詩》異文研究作爲研究《毛詩》訓詁及詩義通讀的重要性。

二、歷代異文的校勘

用異文來校對書籍歷代均有，著名者如西漢劉向父子。《漢書・藝文志》記載說：

> 劉向以中《古文易經》校施孟梁丘經或脱去「無咎」、「悔亡」，惟費氏經與古文同。〔註6〕

可見對異文的認識與研究有助於對古書的文句和字詞的掌握與了解。撰者將歷代著名的學者〔註7〕以異文校書羅列于下：

1、最先校考異文

對異文有所認識並予以運用解決實際問題，至遲考追溯到周末。《國語・魯語下》：「昔正考父校商之名《頌》十二篇於周太師。」唐孔穎達《毛詩正義》於《那》篇下曰：「《國語》云『校商之名《頌》十二篇』，此云得商《頌》十二篇。謂於周之太師校定眞僞，是從太師而得之。」由此可知正考父即以異文校勘古籍的正誤、辨別古籍的眞僞。

2、西漢劉氏父子

西漢劉向、劉歆父子校書天祿，廣羅眾本，以異文校正古籍的訛脱衍倒，刪繁缺補，釐定篇章，寫成定本，傳之千古。此乃是官家第一次大規模校理古籍取得了很大的成就。

3、東漢鄭玄注述

鄭玄注《周易》《尙書》《毛詩》《儀禮》《禮記》《論語》《孝經》《尙書大傳》《中候》《乾象歷》眾典籍，成「千古之大業」，其根本辦法，誠如清朝段玉裁作了概括說明：「鄭君之學，不主於墨守，而主於兼綜；不主於兼綜，而主於獨

〔註6〕王彥坤，《古籍異文研究》（台北：萬卷樓圖書公司，民國85（1996）年12月初版），頁1。

〔註7〕管錫華，〈潛心研究塡補空白——《古籍異文研究》評介〉，《暨南學報》，第16卷第4期（1994年10月）。

斷。其於經字之當定者，必相其文義之離合，審其音韻之遠近，以定眾說之是非，而己爲之補正。凡擬其音者，例曰讀如、讀若，音同而義略可知也。凡易其字者，例曰讀爲、讀曰，謂易之以音相近之字而義乃瞭然也。凡審知爲聲相近、形相似二者之誤，則曰當爲，謂非六書假借而轉爲紕謬者也。漢人作注，皆不離此三者，爲鄭君獨探其原。」此說鄭玄在注釋上的成就主要是來自於對異文的運用。

4、唐代校刊的成就

自漢後，第二波整理古籍的高潮便是唐朝。如孔穎達的《五經正義》、李善注《文選》、陸德明的《經典釋文》、司馬貞、張守節注《史記》、顏師古注《漢書》，皆有助經濟，有功學林。翻開這些著作、注音、釋義、辨字乃至於校定篇章節段，無不廣用異文。陸德明《經典釋文・序錄》上說：「研經六籍，采摭九流，搜訪異同，校之蒼雅。輒撰集《五典》、《孝經》、《論語》及《老》《莊》、《爾雅》等。音合爲三袟、三十卷，號曰《經典釋文》。」〔註 8〕

5、宋代異文收集

宋代對《詩經》異文的收集，以王應麟的《詩攷》首開其端。

6、有清一代考據

清代的考據之學爲歷代之冠。就異文來說，清代學者將異文運用的範圍進一步的擴大，對歷代存留下來的古籍，其重要者幾乎都梳理過一遍，有的甚至多人梳理過多次。或成專著或爲筆記不勝枚舉，如《皇清經解》《續經解》以及何焯《義門讀書記》、高郵王氏父子《讀書雜志》《經義述聞》、德清俞樾《羣經評議》《諸子評議》等；以《詩經》來說：重要著作如范家相《三家詩拾遺》、馮登府《三家詩異文疏證》、李富孫《詩經異文釋》、陳壽祺陳喬樅的《三家詩遺說考》、陳喬樅《詩經四家異文考》、江瀚《詩經四家異文考補》、王先謙《詩三家義集疏》等；另有徐養原《儀禮古今文考同》、柳榮宗《說文引經考異》，這些著作大多是清代之前所無。他們還將異文運用在專門的學術研究上，異文猶如通古之鑰，是研究校勘、辨僞、文字、音韻、訓詁、歷史等諸多方面學問的一把重要的鑰匙，是研究中國文化的一重非常重要的橋樑。

〔註 8〕陸德明，《經典釋文》（孔子大全編輯委員會，濟南：山東友誼出版社，1990 年），頁 11。

三、《毛詩》異文產生的原因

《詩經》是中國第一部詩歌總集，其創作年代爲西元前11世紀到6世紀之間，時代從西周初迄東周春秋中葉約有五百年之久，流傳中有「采詩」、「獻詩」的過程。如《漢書・食貨志》說：

> 男女有不得其所者，因相與歌詠，各言其傷……，春秋之月，群居者將散，行人振木鐸于路以采詩，獻之太師，比其音律，以聞於天子。故曰：「王者不窺牖戶而知天下」。〔註9〕

又《漢書・藝文志》說：

> 古有采詩之官，王者所以觀風俗，知得失，自考正也。〔註10〕

《公羊傳・宣公十五年》則說：

> 男女有所怨恨，相從而歌，飢者歌其食，勞者歌其事。男年六十，女年五十無子者。官衣食之，使之民間求詩。鄉移於邑，邑移於國，國以聞於天子。故王者不出牖戶，盡知天下所苦，不下堂而知四方。〔註11〕

此爲采詩之說，即金公亮所謂「官民合作」的成果。〔註12〕獻詩之說：

> 天子五年一巡守，歲二月，東巡守，至於岱宗……覲諸侯，問百年者就見之。命大師陳詩。以觀民風。〔註13〕（《禮記・王制》）
>
> 古之王者，德政既成，又聽於民，於是乎使工誦諫於朝，在列者獻詩。〔註14〕（《國語・晉語》）

之後又有「刪詩」、「重編」其編輯成書最早提及的是在司馬遷《史記・孔子世家》：

〔註9〕班固，《漢書・食貨志》（台北：藝文印書館影，民國54（1965）年）。

〔註10〕班固，《漢書・藝文志》（《續修四庫全書》914，續修四庫全書編纂委員會編，上海：古籍出版社1995年）。

〔註11〕阮元校，《十三經注疏附校勘記・公羊傳》（台北：藝文印書館，民國45（1956）年）。

〔註12〕金公亮，《詩經學導讀》（台北：河洛圖書出版，民國67（1978）年12月），頁5。

〔註13〕孫希旦，《禮記集解》（台北：文史哲出版社，民國79（1990）年8月文一版），頁326～328。

〔註14〕左丘明，《國語》（台北：中華書局，民國70（1981）年）。

古者《詩》三千餘篇，及至孔子，去其重，取可施於禮義，上采契、后稷，中述殷、周之盛，至幽、厲之缺，始於衽席……三百五篇，孔子皆弦歌之，以求合韶、武、雅、頌之音。〔註15〕

《論語・子罕》孔子說：

吾自衛反魯，然後樂正，〈雅〉、〈頌〉各得其所。〔註16〕

孔子所編成的《詩》，後來成爲孔門教科書。而這些「采詩」、「獻詩」然後「雅言化」再到孔子整理而成的定本，其中歷經五百年，異文產生或當難免。但是孔子所編的《詩三百》原本經過秦焚書之後，甚或後來承傳的《毛詩》也非原來樣貌。因此，近人王國維說：「《毛詩》當小毛公、貫長卿之時，已不復有古本矣。」。〔註17〕

呂珍玉《高本漢詩經注釋研究》中說：

《詩經》可說是異文最複雜的一部經書，從先秦典籍《左傳》、《戰國策》、《荀子》等書引詩就開始不斷出現異文；到了漢代說詩，更有使用古文的毛詩和使用今文的三家詩（齊、魯、韓），不僅在詩的文字上常有不同，更因說詩的目的不同，而在解說上有極大得差異。〔註18〕

而陸德明《經典釋文・條例》云：

古人音書止於譬況之說，孫炎始爲反語。魏朝以降漸繁，事變人移，音訛字替。……前儒或用假借字爲音，更令今之學者愚昧。……雖夫子刪定，子思讀《詩》，師資已別，而況其餘乎。鄭康成云：『其始書之也，倉卒無其字或以音類比方假借爲之，趣於近之而已。受之者非一邦之人，人用其鄉，同言異字，同字異言，於茲遂生矣。』戰國交爭，儒術用息，秦皇滅學，加以坑焚，先聖之風埽地盡矣；

〔註15〕瀧川龜太郎，《史記會注考證》（台北：文史哲出版社，民國82（1993）年10月初版），頁742。

〔註16〕朱熹，《四書章句集註》（台北：鵝湖出版社，民國73（1984）年9月初版），頁113。

〔註17〕王國維《觀堂集林》卷第七〈漢時古文本諸經傳考〉（河北：教育出版社，2001年11月），頁197。

〔註18〕呂珍玉，《高本漢詩經注釋研究・疏通異文》（台北：花木蘭文化工作坊，2005年12月），頁59。

漢興改秦之弊，廣收篇籍；孝武之後，經術大隆。然承秦焚書，口相傳授，一經之學，數家競爽，章句既異，踳駮非一，後漢黨人既誅，儒者多作流廢。後遂私行金貨定蘭臺漆書經字以合其私文，靈帝乃詔諸儒正定五經於石碑之上，爲古文、隸、篆三體書法以相參檢，樹之學門，始天下取則，未盈一紀尋復廢焉。班固云：『後世經傳既已乖離，傳學者又不思多聞闕疑之義，而務碎義，難逃便詞巧說，安其所習，毀所不見，終以自弊，此學者之大患也。』……穿鑿之徒，務欲立異，依傍字部，改變經文，疑惑後生……。〔註19〕

在此陸德明所言「秦焚書，口相傳授，一經之學，數家競爽，章句既異，踳駮非一，後漢黨人既誅，儒者多作流廢。後遂私行金貨定蘭臺漆書經字以合其私文。」和其引鄭康成說：「其始書之也，倉卒無其字或以音類比方假借爲之」以及班固之語，清楚的說明了異文產生的原因有：「始皇焚書」、「音訛」、「假借」、「方音」、「數家競爽」、漢以來「以金私賄蘭臺」和「穿鑿附會」等等。

可見各方經典在秦火後付之一炬，《詩經》亦不例外。漢興之後，《詩經》因口耳相被保留下來，並且被以當時官方文字紀錄，而傳授《詩經》的主要有四家（魯、齊、韓、毛），西漢魯、齊、韓三家並立於學官，爲今文經，經文則以當時通行文字（即隸書）寫成。三家因師承不同，且堅持師門所授，不能更改一字，於是異文逐漸分繁。此正如陳喬樅在《齊詩遺說考・自序》中說：

漢儒治經，是重家法，學官所立，經生遞傳，專門命氏，咸自名家，三百餘年，顯於儒林，雖《詩》分爲四，《春秋》分爲五，文字或異，訓義固殊，要皆各守師法，持之弗失，寧固而不肯少變。〔註20〕

而紀昀（曉嵐）在《四庫全書總目提要》卷一談到漢代《詩經》特點時也說：

其初專門授受，遞稟師承，非惟詁訓相傳，莫敢同異，即篇章字句，亦恪守所聞。其學篤實嚴謹，及其弊也拘。〔註21〕

〔註19〕陸德明，《經典釋文》（孔子大全編輯委員會，濟南：山東友誼出版社，1990年），頁13～14。

〔註20〕陳喬樅，《齊詩遺說考》（《詩經要籍集成》第39冊，中國詩經學會編，北京：學苑出版社，2002年）。

〔註21〕清・紀昀，《四庫全書總目提要》（長沙：商務印書館印行，民國28（1939）年）。

陳喬樅與紀曉嵐之言已把死守家法師法的弊病說得很清楚。在當時各家傳本主要依靠口耳授受，人工抄寫或「各聞所記」，在用字極易走形變樣的情形下，這種「持之弗失，寧固而不肯少變」的態度，也杜絕了彼此交流的機會，漸而產生出彼此的差異，再加上「方言差異」、「避諱省改」也助長了異文的發展。故最後才有東漢靈帝詔令建《熹平石經》以爲三家《詩》的文字準則。

《毛詩》屬於古文經學而多古字，〔註 22〕但因有支派而有異文。近考察新發現〈碩人〉鏡銘，可證《毛詩》多古字，異字異義。

魏晉以降，魯、齊《詩》漸次衰亡，韓《詩》雖存而無傳人，後《毛詩》獨傳，以鄭《箋》本行世。南北朝國土分裂，河洛間和江左獨尊《毛詩》，因爲治《詩》有改經文的陋習，又俗字訛字滿紙，所以江南本與江北本又生異文，如《顏氏家訓・書證》:「《詩》云:『駉駉牡馬』，江南本皆作牝牡之牡，江北本悉爲放牧之牧。」又「《詩》云:『將其來施施』，……河北本《毛詩》皆云:『施施』，江南舊本悉單爲『施』。」陸德明居六朝之末，撰《經典釋文》，辨古今除俗字，由音義而及文字。

《詩經》異文因爲涉及到詩義及學派，故自漢以來備受重視，它的異文產生和文字發展密切相關。所以，了解《詩經》異文則對詩義及其文字演變有十分重要的意義。本節將就《詩經》異文產生的原因分列如下：

第二節　《毛詩》重言異文類型

前人研究《毛詩》異文的成果，如宋代王應麟的《詩考》是第一部開啓異文研究的專書，但異文研究的高成就不能不首推清代的學者。清代學者在顧炎武張開大旗後樸學漸漸茲盛，因此才能綻放出燦爛的訓詁花朵，其中《詩經》相關異文研究成果燦爛，前已論及。近代則有陳子展《詩經直解》和瑞典人高本漢《詩經注釋》書中均多有論及《詩經》異文。

古籍異文類型甚多，陸志韋和林燾在〈《經典釋文》異文之分析〉將異文分爲七類：〔註 23〕「正文與異文得聲聲首相同者」、「正文與異文在古音同屬一韻部者」、「正文與異文音相似，然于音韻沿革上明知其爲後起者」、「正文與異文

〔註 22〕王國維認爲《毛詩》是用隸書所寫。

〔註 23〕吳新楚，《周易異文校證》(廣東人民出版社，2001 年 8 月第一次印刷)，頁 4。

同字而其一爲變體者」、「正文與異文偶然形誤者」、「正文與異文意義相關因而涉誤者」、「正文與異文之關係無從解釋者」；向熹《詩經語言研究》則分爲四類：〔註24〕「異體字並存」、「依注改字」、「避諱改字」、「傳寫有誤」；而王彥坤《古籍異文研究》說：「從字詞的角度考察異文，可以歸納爲三種表現形式：（一）字詞有無之不同、（二）字詞順序之不同、（三）字詞使用之不同」。〔註25〕

《毛詩》異文之類型亦不外這些，在此筆者根據晉・郭璞《毛詩拾遺》、宋・王應麟《詩考》、清・范家相《三家詩拾遺》、清・陳喬樅《詩經四家詩異文考》、清末民初・江瀚《詩經四家詩異文考》、近代于茀《金石簡帛詩經研究》、陸錫興《詩經異文研究》〔註26〕將《毛詩》重言之「異文」以形體、聲符、部件變換等爲主體歸納爲以下十七類：

一、加形符

項次	《毛詩》重言	重言異文	項次	《毛詩》重言	重言異文
1	桃之「夭夭」 〈周南・桃夭〉	桃之「枖枖」	2	憂心「殷殷」 〈邶風・北門〉	憂心「慇慇」
3	綠竹「青青」 〈衛風・淇澳〉	綠竹「菁菁」	4	碩人「敖敖」 〈衛風・碩人〉	石人「嗷嗷」
5	施罟「濊濊」 〈衛風・碩人〉	施罟「薉薉」	6	鱣鮪「發發」 〈衛風・碩人〉	鱣鮪「鱍鱍」 鱣鮪「潑潑」
7	氓之「蚩蚩」 〈衛風・氓〉	氓之「嗤嗤」	8	信誓「旦旦」 〈衛風・氓〉	信誓「悬悬」
9	行邁「靡靡」 〈王風・黍離〉	行邁「𢕟𢕟」	10	佩玉「將將」 〈鄭風・有女同車〉	佩玉「鏘鏘」
11	盧「令令」 〈齊風・盧令〉	盧「泠泠」 盧「鈴鈴」	12	伐木「許許」 〈小雅・伐木〉	伐木「滸滸」
13	旂旐「央央」 〈小雅・出車〉	旂旐「英英」	14	「厭厭」夜飲 〈小雅・湛露〉	「懕懕」夜飲
15	白旆「央央」 〈小雅・六月〉	白旆「英英」	16	「肅肅」其羽 〈小雅・鴻鴈〉	「𤢖𤢖」其羽 （《說文》無）
17	鸞聲「將將」 〈小雅・庭燎〉	鸞聲「鏘鏘」	18	鳴蜩「嘒嘒」 〈小雅・小弁〉	鳴蜩「嚖嚖」

〔註24〕向熹，《詩經語言研究》（四川人民出版社，1987年4月），頁61～62。

〔註25〕王彥坤，《古籍異文研究》（台北：萬卷樓出版社，民國85（1996）年12月初版），頁54。

〔註26〕陸錫興，《詩經異文研究》中國社會科學出版社，2002年10月第二次印刷）。

19	鼓鐘「將將」〈小雅・小明〉	鼓鐘「鏘鏘」	20	威儀「反反」〈小雅・賓之初筵〉	威儀「昄昄」
21	狐裘「黃黃」〈小雅・都人士〉	狐裘「橫橫」	22	應門「將將」〈大雅・緜〉	應門「鏘鏘」 應門「嶈嶈」 （《說文》無）
23	鼉鼓「逢逢」〈大雅・靈臺〉	鼉鼓「蓬蓬」	24	「釋」之「叟叟」〈大雅・生民〉	「淅」之「溲溲」 （《說文》無）
25	「戚戚」兄弟〈大雅・行葦〉	「慼慼」兄弟	26	公尸來止「熏熏」〈大雅・鳧鷖〉	公尸來燕「醺醺」
27	穆穆「皇皇」〈大雅・假樂〉	穆穆「煌煌」	28	蘊隆「蟲蟲」〈大雅・雲漢〉	蘊隆「爞爞」
29	赫赫「炎炎」〈大雅・雲漢〉	赫赫「惔惔」	30	「赫赫」明明〈大雅・常武〉	「爀爀」明明
31	磬筦「將將」〈周頌・執競〉	磬筦「鏘鏘」 管磬「[illegible]」	32	威儀「反反」〈周頌・執競〉	威儀「板板」
33	和鈴「央央」〈周頌・載見〉	和鈴「鉠鉠」	34	「畟畟」良耜〈周頌・良耜〉	「稄稄」良耜
35	犧尊「將將」〈魯頌・閟宮〉	犧樽「鏘鏘」	36	宅殷土「芒芒」〈商頌・玄鳥〉	陳喬樅：宅殷土「茫茫」

二、形符不同，聲符相同

項次	《毛詩》重言	重言異文	項次	《毛詩》重言	重言異文
1	子孫「繩繩」〈周南・螽斯〉〈大雅・抑〉	子孫「憴憴」	2	其葉「蓁蓁」〈周南・桃夭〉	其葉「溱溱」
3	「赳赳」武夫〈周南・兔罝〉	「糾糾」武夫	4	憂心「忡忡」〈召南・草蟲〉	憂心「冲冲」
5	威儀「棣棣」〈邶風・柏舟〉	威儀「逮逮」	6	「曀曀」其陰〈邶風・終風〉	「[illegible]」其陰
7	「雝雝」鳴鴈〈邶風・匏有苦葉〉	「噰噰」鳴雁	8	中心「養養」〈邶風・二子乘舟〉	中心「洋洋」
9	朱幩「鑣鑣」〈衛風・碩人〉	朱幩「儦儦」	10	彼黍「離離」〈王風・黍離〉	彼黍「穲穲」
11	中心「搖搖」〈王風・黍離〉	中心「愮愮」	12	大車「檻檻」〈王風・大車〉	大車「轞轞」
13	風雨「喈喈」〈鄭風・風雨〉	風雨「湝湝」	14	雞鳴「膠膠」〈鄭風・風雨〉	雞鳴「嘐嘐」
15	好人「提提」〈魏風・葛屨〉	好人「媞媞」 好人「禔禔」	16	白石「皓皓」〈唐風・揚之水〉	白石「晧晧」
17	白石「鑿鑿」〈唐風・揚之水〉	白石「糳糳」	18	白石「粼粼」〈唐風・揚之水〉	白石「磷磷」

19	有車「鄰鄰」 〈秦風・車鄰〉	有車「轔轔」	20	棘人「欒欒」兮 〈檜風・素冠〉	棘人「臠臠」兮
21	棘人「慱慱」兮 〈檜風・素冠〉	棘人「團團」兮	22	予羽「譙譙」 〈豳風・鴟鴞〉	予羽「燋燋」 予羽「蕉蕉」
23	予維音「嘵嘵」 〈豳風・鴟鴞〉	予「惟」音「憢憢」	24	「慆慆」不歸 〈豳風・東山〉	「滔滔」不歸
25	「嘽嘽」駱馬 〈小雅・四牡〉	「驒驒」駱馬	26	「駪駪」征夫 〈小雅・皇皇者華〉	「侁侁」征夫
27	「鄂」不「韡韡」 〈小雅・常棣〉	「萼」不「煒煒」	28	「蹲蹲」舞我 〈小雅・伐木〉	「壿壿」舞我
29	檀車「幝幝」 〈小雅・杕杜〉	檀車「嘽嘽」	30	烝然「罩罩」 〈小雅・南有嘉魚〉	烝然「⿰魚卓⿰魚卓」
31	鞗革「忡忡」 〈小雅・蓼蕭〉	鞗革「沖沖」	32	「菁菁」者莪 〈小雅・菁菁者莪〉	「鯖＝」者莪
33	振旅「闐闐」 〈小雅・采芑〉	振旅「嗔嗔」	34	嘽嘽「焞焞」 〈小雅・采芑〉	嘽嘽「啍啍」
35	八鸞「瑲瑲」 〈小雅・采芑〉	八鸞「鎗鎗」	36	伐鼓「淵淵」 〈小雅・采芑〉	伐鼓「鼘鼘」
37	約之「閣閣」 〈小雅・斯干〉	約之「格格」	38	其角「濈濈」 〈小雅・無羊〉	其角「⿰角咠⿰角咠」
39	室家「溱溱」 〈小雅・無羊〉	室家「蓁蓁」	40	憂心「愈愈」 〈小雅・正月〉	憂心「瘉瘉」
41	「潝潝」訿訿 〈小雅・小旻〉	「歙歙」訿訿	42	維足「伎伎」 〈小雅・小弁〉	維足「跂跂」
43	「躍躍」毚兔 〈小雅・巧言〉	「趯趯」毚兔	44	「捷捷」幡幡 〈小雅・巷伯〉	「倢倢」幡幡
45	「契契」寤歎 〈小雅・大東〉	「挈挈」寤歎	46	「鞙鞙」佩璲 〈小雅・大東〉	「琄琄」佩璲 （《說文》無）
47	秋日「凄凄」 〈小雅・四月〉	秋日「棲棲」	48	執爨「踖踖」 〈小雅・楚茨〉	執爨「碏碏」
49	雨雪「雰雰」 〈小雅・信南山〉	雨雪「紛紛」	50	黍稷「薿薿」 〈小雅・甫田〉	黍稷「儗儗」 黍稷「嶷嶷」
51	有渰「萋萋」 〈小雅・大田〉	有渰「淒淒」	52	「裳裳」者華 〈小雅・裳裳者華〉	「⿱尚示＝」者芓
53	「營營」青蠅 〈小雅・青蠅〉	「謍謍」青蠅	54	屢舞「僊僊」 〈小雅・賓之初筵〉	屢舞「遷遷」
55	威儀「怭怭」 〈小雅・賓之初筵〉	威儀「佖佖」	56	「英英」白雲 〈小雅・白華〉	「泱泱」白雲
57	「漸漸」之石 〈小雅・漸漸之石〉	「嶄嶄」之石 （《說文》無） 「暫暫」之石	58	奉璋「峨峨」 〈大雅・棫樸〉	奉璋「俄俄」； 奉璋「娥娥」

59	崇墉「仡仡」〈大雅・皇矣〉	崇墉「圪圪」（《說文》無）崇墉「屹屹」	60	白鳥「翯翯」〈大雅・靈臺〉	白鳥「皜皜」
61	鼉鼓「逢逢」〈大雅・靈臺〉	鼉鼓「韸韸」（《說文》無）	62	瓜瓞「唪唪」〈大雅・生民〉	瓜瓞「菶菶」
63	烝之「浮浮」〈大雅・生民〉	烝之「烰烰」	64	維葉「泥泥」	維葉「柅柅」維葉「苨苨」
65	「翽翽」其羽〈大雅・卷阿〉	「噦噦」其羽	66	上帝「板板」〈大雅・板〉	上帝「版版」
67	靡聖「管管」〈大雅・板〉	靡聖「悹悹」	68	無然「泄泄」〈大雅・板〉	無然「呭呭」／「詍詍」
69	老夫「灌灌」〈大雅・板〉	老夫「懽懽」（《說文》無）	70	小子「蹻蹻」〈大雅・板〉	小子「嬌嬌」
71	多將「熇熇」〈大雅・板〉	多將「謞謞」（《說文》無）多將「嗃嗃」	72	「蕩蕩」上帝〈大雅・蕩〉	「盪盪」上帝
73	聽我「藐藐」〈大雅・抑〉	聽我「邈邈」	74	征夫「捷捷」〈大雅・烝民〉	征夫「倢倢」
75	王旅「嘽嘽」〈大雅・常武〉	王師「驒驒」	76	鍾鼓「喤喤」〈周頌・執競〉	鍾鼓「鍠鍠」鍾鼓「煌煌」鍾鼓「韹韹」
77	降福「穰穰」〈周頌・執競〉	降福「禳禳」降福「瀼瀼」	78	「驛驛」其達〈周頌・載芟〉	「繹繹」
79	載弁「俅俅」〈周頌・絲衣〉	載弁「絿絿」	80	以車「繹繹」〈魯頌・駉〉	以車「驛驛」
81	「矯矯」虎臣〈魯頌・泮水〉	「蟜蟜」虎臣	82	烝徒「增增」〈魯頌・閟宮〉	烝徒「憎憎」
83	鞉鼓「淵淵」〈商頌・那〉	「鼗」鼓「鼘鼘」	84	相土「烈烈」〈商頌・長發〉	相土「裂裂」
85	「濯濯」厥靈〈商頌・殷武〉	「躍躍」厥聲			

三、形符相同，聲符不同

項次	《毛詩》重言	重言異文	項次	《毛詩》重言	重言異文
1	憂心「忡忡」〈召南・草蟲〉	憂心「�慵」	2	「泄泄」其羽〈邶風・雄雉〉	「洩洩」其羽
3	河水「浼浼」〈邶風・新臺〉	河水「浘浘」河水「洋洋」	4	北流「活活」〈衛風・碩人〉	北流「湣湣」
5	淇水「悠悠」〈衛風・竹竿〉	淇水「油油」	6	大車「哼哼」〈王風・大車〉	大車「噋噋」

7	溱與洧方「渙渙」兮 〈鄭風・溱洧〉	方「洹洹」兮 方「灌灌」兮 方「汍汍」兮	8	施罛「濊濊」 〈衛風・碩人〉	施罛「泧泧」
9	「糾糾」葛屨 〈魏風・葛屨〉	「糺糺」葛屨	10	「摻摻」女手 〈魏風・葛屨〉	「攕攕」女手
11	桑者「泄泄」兮 〈魏風・十畝之閒〉	桑者「洩洩」兮	12	「菁菁」者莪 〈小雅・菁菁者莪〉	「蓁蓁」者莪 「津津」者莪
13	「瑣瑣」姻亞 〈小雅・節南山〉	「璅璅」姻亞	14	憂心「惸惸」 〈小雅・正月〉	心「恂恂」
15	「佌佌」彼有屋 〈小雅・正月〉	「[illegible]」彼有屋	16	「憯憯」日瘁 〈小雅・雨無正〉	「慘慘」日瘁
17	「蛇蛇」碩言 〈小雅・巧言〉	「虵虵」碩言	18	或「慘慘」劬勞 〈小雅・北山〉	或「懆懆」劬勞
19	「畇畇」原隰 〈小雅・信南山〉	「眴眴」原隰 「[illegible]」原隰 （《說文》無）	20	「汎汎」楊舟 〈小雅・采菽〉	「泛泛」楊舟
21	周原「膴膴」 〈大雅・緜〉	周原「腜腜」	22	我心「慘慘」 〈大雅・抑〉	我心「懆懆」
23	誨爾「諄諄」 〈大雅・抑〉	誨爾「訰訰」	24	武夫「洸洸」 〈大雅・江漢〉	武夫「潢潢」
25	「駉駉」牡馬 〈魯頌・駉〉	「駫駫」牡馬	26	「嘒嘒」管聲 〈商頌・那〉	「喟喟」管聲

四、形符、聲符均不同〔註 27〕

項次	《毛詩》重言	重言異文	項次	《毛詩》重言	重言異文
1	螽斯羽「詵詵」兮 〈周南・螽斯〉	「[illegible]」兮 （《說文》無）	2	憂心「惙惙」 〈召南・草蟲〉	憂心「[illegible]」
3	「耿耿」不寐 〈邶風・柏舟〉	「炯炯」不寐	4	「汎彼」柏舟 〈邶風・柏舟〉	《經典釋文》: 「本或作汎汎」
5	「燕燕」于飛 〈邶風・燕燕〉	「匽匽」于飛； 「□嬰」于蜚； 「[illegible]」之情 （《說文》無）	6	「悠悠」我思 〈邶風・雄雉〉	「遙遙」我思
7	「雝雝」鳴鴈 〈邶風・匏有苦葉〉	「雍雍」鳴「鳱」 「噰噰」鳴雁	8	「習習」谷風 〈邶風・谷風〉	「湜湜」谷風
9	碩人「俁俁」 〈邶風・簡兮〉	碩人「扈扈」	10	憂心「殷殷」 〈邶風・北門〉	憂心「隱隱」

〔註 27〕此類多屬通假字，因以形、聲爲分類標準，爲顧全分類的一致性，特列出形符、聲符不同一類，並將以下詩例歸入。

11	二子乘舟「汎汎」其景〈邶風・二子乘舟〉	「苟＝」亓光 「苞＝」亓光／譥	12	鶉之「奔奔」，鵲之「彊彊」 〈鄘風・鶉之奔奔〉	鶉之「賁賁」，鵲之「姜姜」
13	朱幩「鑣鑣」 〈衛風・碩人〉	「洙」□「猋猋」	14	鱣鮪「發發」 〈衛風・碩人〉	鱣鮪「鮁鮁」
15	庶姜「孽孽」 〈衛風・碩人〉	庶姜「[illegible]」	16	駟介「麃麃」 〈鄭風・清人〉	駟介「驃驃」
17	盧「令令」 〈齊風・盧令〉	盧「獜獜」 盧「鏻鏻」	18	其魚「唯唯」 〈齊風・敝笱〉	其魚「遺遺」
19	「摻摻」女手 〈魏風・葛屨〉	「纖纖」女手	20	好人「提提」 〈魏風・葛屨〉	好人「媞媞」
21	「坎坎」伐檀兮 〈魏風・伐檀〉	「竷竷」伐檀兮 「欿欿」伐輪兮	22	獨行「踽踽」 〈唐風・杕杜〉	「蜀」行「禹」
23	獨行「睘睘」 〈唐風・杕杜〉	獨行「煢煢」 獨行「焭焭」 獨行「赹赹」	24	「厭厭」良人 〈秦風・小戎〉	「愔愔」良人
25	夏屋「渠渠」 〈秦風・權輿〉	夏屋「蘧蘧」	26	其葉「牂牂」 〈陳風・東門之楊〉	其葉「將將」
27	明星「晢晢」 〈陳風・東門之楊〉	明星「譥＝」	28	衣裳「楚楚」 〈曹風・蜉蝣〉	衣裳「[illegible]」
29	予尾「翛翛」 〈豳風・鴟鴞〉	予尾「消消」	30	赤舄「几几」 〈豳風・狼跋〉	赤舄「掔掔」；赤舄「己己」
31	「呦呦」鹿鳴 〈小雅・鹿鳴〉	「欨欨」鹿鳴 （《說文》無）	32	「嘽嘽」駱馬 〈小雅・四牡〉	「痑痑」駱馬
33	「駪駪」征夫 〈小雅・皇皇者華〉	「莘莘」征夫	34	伐木「許許」 〈小雅・伐木〉	伐木「所所」
35	「坎坎」鼓我 〈小雅・伐木〉	「竷竷」舞我	36	檀車「幝幝」 〈小雅・杕杜〉	檀車「[illegible]」
37	和鸞「雝雝」 〈小雅・蓼蕭〉	和鸞「噰噰」 和鸞「雍雍」	38	「厭厭」夜飲 〈小雅・湛露〉	「愔愔」夜飲
39	振旅「闐闐」 〈小雅・采芑〉	振旅「輷輷」 （《說文》無）	40	嘽嘽「焞焞」 〈小雅・采芑〉	嘽嘽「推推」
41	四牡「奕奕」 〈小雅・車攻〉	「駟」牡「騏騏」 四牡「驛」	42	麀鹿「麌麌」 〈小雅・吉日〉	麀鹿「噳噳」
43	「鸞」聲「噦噦」 〈小雅・庭燎〉	「鑾」聲「鉞鉞」 鸞聲「鉞鉞」	44	椓之「橐橐」 〈小雅・斯干〉	椓之「柝柝」
45	「赫赫」師尹 〈小雅・節南山〉	「虩虩」「帀」尹	46	憂心「愈愈」 〈小雅・正月〉	憂心「庾庾」 憂心「瘐瘐」
47	憂心「惸惸」 〈小雅・正月〉	憂心「煢煢」	48	執我「仇仇」亦不我力〈小雅・正月〉	執我「[illegible]」，亦不我力 （或作[illegible]）

49	「蔌蔌」方有穀 〈小雅・正月〉	「速速」方穀	50	讒口「囂囂」 〈小雅・十月之交〉	讒口「嗸嗸」 讒口「警警」 讒口「敖敖」
51	戰戰「兢兢」 〈小雅・小旻〉	戰戰「矜矜」	52	「踧踧」周道 〈小雅・小弁〉	「儵儵」周道
53	秩秩大猷 〈小雅・巧言〉	「[illegible]」大猷	54	勞人「草草」 〈小雅・巷伯〉	勞人「慅慅」
55	「佻佻」公子 〈小雅・大東〉	「嬥嬥」公子 「苕苕」公子 「窕窕」公子	56	「粲粲」衣服 〈小雅・大東〉	「采采」衣服
57	或「燕燕」居息 〈小雅・北山〉	或「宴宴」居息	58	「睠睠」懷顧 〈小雅・小明〉	「眷眷」懷顧
59	濟濟「蹌蹌」 〈小雅・楚茨〉	濟濟「鏘鏘」	60	「苾苾」芬芬 〈小雅・信南山〉	「馥馥」芬芬
61	屢舞「傞傞」 〈小雅・賓之初筵〉	屢舞「娑娑」	62	「平平」左右 〈小雅・采菽〉	「便便」左右
63	「騂騂」角弓 〈小雅・角弓〉	「觲觲」角弓	64	視我「邁邁」 〈小雅・白華〉	視我「忡忡」
65	「亹亹」文王 〈大雅・文王〉	「娓娓」文王 「穆穆」文王	66	「赫赫」在上 〈大雅・大明〉	「壑壑」在上； 「虩虩」在上
67	捄之「陾陾」 〈大雅・緜〉	捄之「仍仍」； 捄之「濡濡」	68	「勉勉」我王， 綱紀四方 〈大雅・棫樸〉	「亹亹文」王， 綱紀四方
69	「雝雝」在宮 〈大雅・思齊〉	「雍雍」在宮	70	白鳥「翯翯」 〈大雅・靈臺〉	白鳥「鶴鶴」 白鳥「皠皠」
71	鼉鼓「逢逢」 〈大雅・靈臺〉	鼉鼓「洋洋」	72	瓜瓞「唪唪」 〈大雅・生民〉	瓜瓞「[illegible]」
73	「釋」之「叟叟」 〈大雅・生民〉	「淅」之「溞溞」	74	「顯顯」令德 〈大雅・假樂〉	「憲憲」令德
75	顒顒「卬卬」	顒顒「盎盎」	76	「雝雝」喈喈 〈大雅・卷阿〉	「噰噰」喈喈； 「雍雍」喈喈
77	無然「泄泄」 〈大雅・板〉	無然「洩洩」	78	聽我「囂囂」 〈大雅・板〉	聽我「敖敖」
79	子孫「繩繩」 〈大雅・抑〉	子孫「承承」	80	誨爾「諄諄」 〈大雅・抑〉	誨爾「忳忳」 誨爾「純純」
81	聽我「藐藐」 〈大雅・抑〉	聽我「眊眊」	82	憂心「慇慇」 〈大雅・桑柔〉	憂心「隱隱」
83	「甡甡」其鹿 〈大雅・桑柔〉	「碩碩」其鹿	84	蘊隆「蟲蟲」 〈大雅・雲漢〉	「鬱」隆「烔烔」
85	「兢兢」業業 〈大雅・雲漢〉	「矜矜」業業	86	「滌滌」山川 〈大雅・雲漢〉	「蔋蔋」山川； 「蔋蔋」山川 （《說文》無）

87	「肅肅」王命 〈大雅・烝民〉	「赫赫」王命	88	四牡「彭彭」 〈大雅・烝民〉	四牡「騯騯」 四牡「騯騯」 四駐「汸汸」
89	川澤「訏訏」 〈大雅・韓奕〉	川澤「滸滸」 川澤「詡詡」	90	魴鱮「甫甫」 〈大雅・韓奕〉	魴鱮「詡詡」
91	麀鹿「噳噳」 〈大雅・韓奕〉	麀鹿「麌麌」	92	江漢「浮浮」， 武夫「滔滔」 〈大雅・江漢〉	江漢「陶陶」
93	武夫「洸洸」 〈大雅・江漢〉	武夫「僙僙」	94	「緜緜」翼翼 〈大雅・常武〉	「民民」翼翼
95	「皐皐」訿訿 〈大雅・召旻〉	「浩浩」訿訿	96	磬筦「將將」 〈周頌・執競〉	磬管「鎗鎗」
97	有來「雝雝」 〈周頌・雝〉	有來「雍雍」	98	「嬛嬛」在疚 〈周頌・閔予小子〉	「惸惸」在疚 「煢煢」在「㝌」
99	其耕「澤澤」 〈周頌・載芟〉	其耕「郝郝」	100	「緜緜」其麃 〈周頌・載芟〉	「民民」其麃
101	積之「栗栗」 〈周頌・良耜〉	「穦」之「秩秩」 （從禾從資）	102	以車「伾伾」 〈魯頌・駉〉	以車「駓駓」 （《說文》無）
103	鼓「咽咽」 〈魯頌・有駜〉	鼓「淵淵」 鼓「鼘鼘」	104	烝烝「皇皇」 〈魯頌・泮水〉	烝烝「暀暀」
105	新廟「奕奕」 〈魯頌・閟宮〉	「寑」廟「繹繹」	106	八鸞「鏘鏘」 〈商頌・烈祖〉	八鸞「鶬鶬」
107	「赫赫」厥聲 〈商頌・殷武〉	「奭奭」厥靈	108	松柏「丸丸」 〈商頌・殷武〉	松柏「桓桓」

五、形符、聲符相同，位置不同

項次	《毛詩》重言	重言異文	項次	《毛詩》重言	重言異文
1	哀鳴「嗸嗸」 〈小雅・鴻鴈〉	哀鳴「嗷嗷」	2	庭燎「晣晣」 （從日折聲） 〈小雅・庭燎〉	庭燎「晢晢」

六、《毛詩》非重言，異文爲重言

項次	《毛詩》重言	重言異文	項次	《毛詩》重言	重言異文
1	「委蛇委蛇」， 自公退食 〈召南・羔羊〉	「委委」「虵虵」	2	「睍睆」黃鳥 〈邶風・凱風〉	「簡簡」黃鳥
3	雨雪「其霏」 〈邶風・北風〉	雨雪「霏霏」	4	碩人「其頎」 〈衛風・碩人〉	碩人「頎頎」； 石人「姬姬」
5	「熠燿」宵行 〈豳風・東山〉	「熠熠」宵行	6	「夭夭」是椓 〈小雅・正月〉	「夭夭」是椓
7	側弁「之俄」 〈小雅・賓之初筵〉	側弁「峨峨」	8	「昊天」有成命， 二后受之〈周頌・昊天有成命〉	「昊＝」又城命 ，二后受之

9	萬舞「有奕」〈商頌・那〉	萬舞「奕奕」			

七、《毛詩》重言，異文非重言

項次	《毛詩》重言	重言異文	項次	《毛詩》重言	重言異文
1	將其來「施施」〈王風・丘中有麻〉	將其來「㐌」（《說文》無）	2	狐裘「黃黃」〈小雅・都人士〉	狐裘「黃裳」

八、象形字和形聲字

項次	《毛詩》重言	重言異文	項次	《毛詩》重言	重言異文
1	「燕燕」于飛〈邶風・燕燕〉	「鷰鷰」于飛	2	有狐「綏綏」〈衛風・有狐〉	有狐「夊夊」
3	雄狐「綏綏」〈齊風・南山〉	雄狐「夊夊」			

九、省形符

項次	《毛詩》重言	重言異文	項次	《毛詩》重言	重言異文
1	被之「僮僮」〈召南・采蘩〉	被之「童童」	2	「雝雝」鳴鴈〈邶風・匏有苦葉〉	「邕邕」鳴雁
3	淇水「悠悠」〈衛風・竹竿〉	淇水「悠悠」淇水「攸攸」	4	風雨「瀟瀟」〈鄭風・風雨〉	風雨「蕭蕭」
5	「悠悠」我思〈鄭風・子衿〉	「攸攸」我思	6	維莠「驕驕」〈齊風・甫田〉	莠「喬喬」
7	垂轡「濔濔」〈齊風・載驅〉	垂轡「爾爾」	8	其葉「湑湑」〈唐風・杕杜〉	「胥＝」
9	其葉「菁菁」〈唐風・杕杜〉	其葉「青青」	10	「蕭蕭」馬鳴〈小雅・車攻〉	「肅肅」馬鳴
11	「悠悠」旆旌〈小雅・吉日〉	「攸攸」旆旌	12	其角「濈濈」〈小雅・無羊〉	其角「戢戢」
13	維石「巖巖」〈小雅・節南山〉	維石「嚴嚴」	14	憂心「慇慇」〈小雅・正月〉	憂心「殷殷」
15	「悠悠」我里〈小雅・十月之交〉	「攸攸」我里	16	「潝潝」訿訿〈小雅・小旻〉	「翕翕」訿訿
17	雨雪「瀌瀌」〈小雅・角弓〉	雨雪「麃麃」	18	檀車「煌煌」〈大雅・大明〉	檀車「皇皇」
19	憂心「慇慇」〈大雅・桑柔〉	憂心「殷殷」	20	八鸞「鏘鏘」〈大雅・烝民〉〈大雅・韓奕〉	八鸞「將將」
21	其旂「茷茷」《魯頌・泮水》	其旂「伐伐」			

十、省部件

項次	《毛詩》重言	重言異文	項次	《毛詩》重言	重言異文
1	河水「瀰瀰」〈邶風・新臺〉	河水「瀰瀰」	2	淇水「滺滺」〈衛風・竹竿〉	淇水「浟浟」
3	捄之「陾陾」〈大雅・緜〉	捄之「陑陑」			

十一、增部件（或增字）

項次	《毛詩》重言	重言異文	項次	《毛詩》重言	重言異文
1	載驟「駸駸」〈小雅・四牡〉	載驟「驂驂」	2	伐鼓「淵淵」〈小雅・采芑〉	伐鼓「鼘鼘」

十二、通假字

項次	《毛詩》重言	重言異文	項次	《毛詩》重言	重言異文
1	鶉之「彊彊」〈鄘風・鶉之奔奔〉	「強＝」	2	桑者「閑閑」兮〈魏風・十畝之閒〉	桑者「閒閒」兮

十三、形體相似

項次	《毛詩》重言	重言異文	項次	《毛詩》重言	重言異文
1	「緜緜」葛藟〈王風・葛藟〉	「縣」葛藟	2	明星「晢晢」〈陳風・東門之楊〉	明星「晣晣」
3	春日「遲遲」〈豳風・鴟鴞〉	春日「遟遟」（健章案：或爲俗體字）	4	行道「遲遲」〈小雅・采薇〉	行道「遟遟」
5	黍稷「彧彧」〈小雅・信南山〉	黍稷「彧彧」	6	子孫「繩繩」〈大雅・抑〉	孫「縄縄」
7	不自我後，「藐藐」昊天〈大雅・瞻卬〉	自我後「藐藐」	8	以車「祛祛」〈魯頌・駉〉	以車「袪袪」

十四、殘　字

項次	《毛詩》重言	重言異文	項次	《毛詩》重言	重言異文
1	蟲飛「薨薨」，甘與子同夢。〈齊風・雞鳴〉	「□灰＝」敢與子同夢	2	汶水「滔滔」，行人「儦儦」〈齊風・載驅〉	「□系＝」行人「□＝」
3	鳥鳴「嚶嚶」〈小雅・伐木〉	「言□＝」出自幼浴			

十五、變聲旁

項次	《毛詩》重言	重言異文
1	予尾「翛翛」〈豳風・鴟鴞〉	予尾「脩脩」

十六、錯簡

項次	《毛詩》重言	重言異文
1	「緝緝」翩翩（三章）； 捷捷「幡幡」（四章） 〈小雅・巷伯〉	「緝緝」「幡幡」 （此條缺「翩翩」以及「捷捷」而只存「緝緝」「幡幡」）

十七、雙重言

項次	《毛詩》重言	重言異文	項次	《毛詩》重言	重言異文
1	「儦儦」「俟俟」 〈小雅・吉日〉	「駓駓」「俟俟」； 「駓駓」「騃騃」； 「騷騷」「騃騃」； 「伾伾」「俟俟」； 「麃麃」「俟俟」； 「爊爊」「俟俟」	2	「潝潝」「訿訿」 〈小雅・小旻〉	「噏噏」「呰呰」
3	「緝緝」翩翩（三章）；捷捷「幡幡」（四章）〈小雅・巷伯〉	「唼唼」「幡幡」 江瀚：緝緝「繽繽」；「唼唼」「扁扁」「緝緝」「幡幡」	4	「顒顒」「卬卬」 〈大雅・卷阿〉	「禺禺」「昂昂」

撰者將上表類型統計如下：

類　　型	個數	類　　型	個數
1、加形符	36	10、省部件	3
2、形符不同，聲符相同	84	11、增部件（或增字）	2
3、形符相同，聲符不同	26	12、用假借字	2
4、形符、聲符均不同	108	13、形體相似	8
5、形符、聲符相同，位置聲不同	2	14、殘字	4
6、《毛詩》非重言，異文爲重言	9	15、變聲旁	1
7、《毛詩》重言，異文非重言	2	16、錯簡	1
8、象形字和形聲字	3	17、雙重言	4
9、省形符	21		

研究結果發現《毛詩》異文以「形符、聲符均不同」爲最多有 108 個，這種情形多半是因爲用通假字；其後依次是「形符不同，聲符相同」有 84 個、「加形符」有 36 個、「形符相同，聲符不同」有 26 個、「省形符」有 21 個。這些現象說明異文產生的不規則性，其中原因和書籍傳抄息息相關。

第三節　《毛詩》異文的價值

王力《古代漢語》:「一個字原則上只應有一個形體，不需要兩種以上的寫法。但是漢字是一種具有幾千年歷史的文字，使用漢字的人又非常的多，在漢字發展的過程中，有些出現兩種以上的寫法，那是很自然的事。」〔註 28〕這幾千年來文字「出現兩種以上的寫法」就是「異體字」，也是異文。異文問題從根本上來說是一種文字使用過程中所產生的問題，但它往往有社會和文化的因素在裡面。

《毛詩》異文研究的歷史上可追溯到漢代的《毛詩故訓傳》，阮元《毛詩注疏校勘記序》中說:「非孰於《周官》」。而漢成帝時，劉向奉詔校理群書，已廣泛地使用不同的傳本，來進行古藉的校勘工作。前文已提過《漢書・藝文志》所記載:「劉向以中《古文易經》校施孟梁丘經」；繼劉向之後，東漢鄭玄詮釋諸經，亦多參照各本異文。賈公彥說：

> 鄭（玄）注《禮》之時……或從今（文），或從古（文），皆逐義彊者從之；若二字俱合義者，則互換見之。〔註 29〕

又北齊顏之推《顏氏家訓》，其中《書證》一篇於古書疑誤多所訂正，亦每以各本異文爲比較。如篇中說：

> 《詩》云:「將其來施施」。……《韓詩》亦重爲「施施」。河北《毛詩》皆云:「施施」。江南舊本悉單爲「施」，俗遂是之，恐爲少誤。
>
> 〔註 30〕

由上可知異文具有「文字」、「詞彙」、「語法」、「校勘」方面的價值。王彥坤在《古籍異文研究》下篇〈古籍異文應用研究〉第二章中提出了異文在七方面的運用，〔註 31〕撰者考察《毛詩》異文在文化和文字上的價值共有四點:（一）在

〔註 28〕王力，《古代漢語》（北京：中華書局，2002 年 7 月北京第 33 次印刷），頁 170。

〔註 29〕王彥坤，《古籍異文研究》（台北：萬卷樓出版，民國 85（1996）年 12 月初版），頁 2。

〔註 30〕顏之推著、程小銘注，《顏氏家訓・書證》（台北：地球出版社，民國 84（1995）年元月第一版），頁 374～375。

〔註 31〕王彥坤，《古籍異文研究》（台北：萬卷樓出版社，民國 85（1996）年 12 月初版），頁 89。

古籍校勘上的應用；（二）在詞義訓詁上的應用；（三）在古音韻研究上的應用；（四）在文字學上的應用。

今日我們站在前人對《詩經》異文研究的成果上，更應該結合出土的地下材料繼續探查，這就是王國維所提倡的「二重證據法」。他於《古史新證》中說：

> 研究中國古史爲最糾紛之問題，上古之事，傳說與史實混而不分。〔註32〕

這段話也可作爲我們研究《毛詩》時所遇到的文字問題，我以必須用異文來彌補。近來更有許多出土文物如《長沙馬王堆漢墓帛書・五行》所引《詩經》異文和《戰國楚竹書・孔子詩論》所引《詩經》異文，都可作爲我們的參考。正如王國維說：

> 吾輩生於今日，幸於紙上之材料外，更得地下之新材料。由此種材料我輩固得據以補正紙上材料，亦得證明古書之某部分全爲實錄，即百家不雅訓之言，亦不無表示一面之事實，此二重證據法。〔註33〕

所以在爲「重言」訓詁時不但要參考前人的注解，更要結合新出土的材料，方有突破性的嶄獲。而「異文」材料的運用，正是探討「重言」問題的關鍵。

〔註32〕王國維，《古史新證・總論》（北京：清華大學出版社，2000年4月第五次印刷），頁1。

〔註33〕同上註，頁2。

第七章　《毛詩》重言詞的訓詁問題

中華民族是一個歷史悠久的民族，從有文字的記載以來，就有三千多年的歷史，創造了非常光輝燦爛的文化水準。悠悠歲月事隨境遷，語言和文字亦隨著社會的進步而發展，作爲紀錄語言的文字，隨著書寫工具的進步、社會生活的變化而隨之變化。因此，後代的人閱讀前人記載的文獻典籍時，就會遇到語言文字的障礙。如，漢代人去閱讀先秦或更早的典籍時，已略有困難；而到了唐代，一般人對於兩漢、先秦的典籍就更不易懂了。所以在閱讀古籍和研究古代文獻時，首先要須先掃除文字障礙、減少語言隔閡。只有突破了語言文字這關，才能正確理解古代文獻內容。

早在漢代就開始了以掃除古代文獻中語言文字障礙爲目的的專門工作，叫作「訓詁」。「訓詁」這兩字的連用，始於漢代《毛詩詁訓傳》。孔穎達在《詩經・周南・關雎》疏中對「訓」和「詁」分別作解釋。他說：

> 詁者，古也。古今異言，通之使人知也。訓者，道也。道物之形貌以告人也。〔註1〕

他還綜合性的對「訓詁」兩字下了一個定義：「訓詁者通古今異辭，辨物之形貌，則解釋之義盡歸於此。」由孔氏所言得知「詁」與「訓」是解釋語言的兩個不同的法則：（一）「詁」是解釋異言的。所謂異言，就是同一事物因時代不同或

〔註1〕陸宗達，《訓詁學簡論》（台北：新文豐出版公司，民國73（1984）年），頁2。

地域不同而有不同的稱呼。比如，《爾雅・釋天》:「夏曰歲，商曰祀，周曰年，唐虞曰載。」這是因時而產生的異言，也就是古語。又如《釋文》「楚人曰火名燥，齊人曰毀，吳人曰焜」。這也是因地產生的異言，也就是方言。古代訓詁家用當時之語去解釋這些古語、方言就是「詁」。(二)「訓」是「道形貌」的。所謂「道形貌」，就是對文獻語言的具體涵義，進行形象的描繪、說明。這就不只是以辭來解釋辭，而且是要用較多的文字來達到疏通文意的目的。

近代學者黃侃先生對「詁」、「訓」二字解釋，「詁」就是「故」，「本來」的意思，《說文》:「詁，故言也」。「訓」就是「順」，「引申」的意思。在解釋詞意的時候，首先要推求他的本義，即可以推溯的最原始或最核心的意義，然後沿著詞意的發展的線索，找出他不同的引申義，這才能完成對一個多義詞詞義系統的解釋。

訓詁的專書，影響最大的是漢武帝時期就廣爲流傳的《爾雅》和東漢許慎所作的《說文解字》。《爾雅》曾被稱爲「訓詁學的鼻祖」，它是漢儒注傳的訓詁箚記。它將古代注釋（以《毛詩詁訓傳》爲主）中曾經有過的同樣訓釋的詞歸納在一起，以類別分編，是一部我國最早的訓詁資料集。《說文解字》的作者許慎被稱爲「五經無雙許叔重」。許沖在上《說文解字》書中說:「慎博問通人，考之於逵，作《說文解字》。六藝羣書之詁皆訓其意。而天地、鬼神、山川、草木、鳥獸、昆蟲、雜物、奇怪、王制、禮儀，世間人事莫不畢載。」〔註2〕可知許慎成爲了當時的訓詁大師。

第一節　《毛詩》重言訓詁困難的原因

訓詁學是我國一門古老的學科，它從語義的角度來研究古代文獻。但是要訓釋古代的經典並非一件容易的事，尤其是有著大量通假字和異文的《毛詩》，以下是就通假字、方言詞、異文三方面論述之：

一、通假字

許慎在《說文解字・敘》中說:「假借者，本無其字，依聲託事。」〔註3〕

〔註2〕東漢・許慎著、清代・段玉裁注，《說文解字》(台北：書銘出版社，民國83(1994)年10月七版)，頁793～794。

〔註3〕同上註，頁764。

段玉裁注說：「大氐假借之始，始於本無其字。及其後也，既有其字矣，而多爲假借。又其後也，且至後代，譌字亦得自冒於叚借。」〔註4〕這個意思是說，最早是無本字的假借，後來是有本字的假借，最後是譌字也冒充假借。鄭康成云：

> 其始書之也，倉卒無其字，或以音類比方假借爲之，趣於近之而已。受之者，非一邦之人，人用其鄉，同言異字，同字異言，於兹遂生矣。〔註5〕

而清代王引之於《經義述聞・序》中引其父王念孫說：

> 家大人曰：詁訓之指，存乎聲音，字之聲同、聲近者，經傳往往假借，學者以聲求義破其假借之字，則渙然冰釋。如其假借之字，而強爲之解，則詰䪢爲病矣。故毛公詩傳多易假借之字而訓以本字，已開改讀之先。至康成箋《詩》注《禮》，婁云：『某讀爲某』而假借之例大明。〔註6〕

又說：

> 經典古字，聲近而通用。……往往本字見存，而古本則不用本字而用同聲字。學者改本字讀之，則怡然理順，依借字解之，則以文害辭。〔註7〕

由上而知所謂「通假」乃是一字已有其本字，而行文之時倉卒或其他原因不用本字而用一個同音字，此二字只在聲音上有關係，其意義上則多爲無關；就是所謂「甲」字通「乙」字。而所謂「假借」字若依許愼定義言之，則原來屬於無本字之借。

《詩經》通假字數量相當的多，而且其應用紛繁複雜，是先秦典籍中最爲豐富的。〔註8〕據向熹《詩經語文論集》中所言：

〔註4〕同上註，頁764。

〔註5〕陸德明，《經典釋文》（孔子大全編輯委員會，濟南：山東友誼出版社，1990年），頁14。

〔註6〕王引之，《經義述聞・序》（孔子大全編輯委員會，濟南：山東友誼出版社，1990年），頁13。

〔註7〕王引之，《經義述聞》卷30。

〔註8〕《論語》用了30來個通假字；《孟子》有60多個通假字；《尚書》較早其28篇中

《詩經》裡共出現單字2825個，其中通假的字達500個。〔註9〕

由此可以清楚地瞭解，《詩經》的通假字佔全書用字的五分之一弱，也就是說平均五個字就會有一個「通假字」，而想要正確通讀《詩經》卻又不得不破通假字方能求其原意，通假字在先秦確為先民求得方便，但造成了後世讀經無限的困擾，可謂是經典中的「攔路之虎」。

西漢《詩》有今文齊、魯、韓三家立於學官，而獨古文《毛詩》於民間傳授，於新莽時始立於學官。《毛詩》雖晚立於學官，但因有兼通今古文的鄭玄為之作注，而免於三家詩早亡的命運。但《毛詩》文字多用通假，不易閱讀。清代學者馬瑞辰說：

> 《毛詩》為古文，其經字類多假借。毛傳釋《詩》，有知其為某字之假借，因以所假借之正字釋之者；有不以正字釋之，而即以所釋正字之義釋之者。說者必先通其假借，而經義始明。齊魯韓用今文，其經文多用正字，經傳引《詩》釋《詩》，亦多用正字者，正可藉以考證《毛詩》之假借。〔註10〕

可知現存《毛詩》的經文多用假借字。如〈周南‧汝墳〉「惄如調饑」，《傳》：「調，朝也。」據《韓詩》作「愵如朝饑」，知「調」即「朝」之假借。又如〈召南‧何彼襛矣〉「何彼襛矣」，《傳》：「襛，猶戎戎也。」據《韓詩》作「何彼茙矣」，知「襛」即「茙」之假借。又如〈小雅‧小旻〉「是用不集」，《傳》：「集，就也。」據《韓詩》作「是用不就」，知「集」即「就」之假借。……凡此皆毛《傳》知其為某字之假借即以所假借之正字釋之者也。又〈小雅‧巧言〉「秩秩大猶」，「秩」借作「戴」。《說文》「戴，大也。讀若詩戴戴大猷」，三家《詩》即作「戴」。可能《毛詩》古文較多地保存了先秦《詩經》的原貌，而三家《詩》所用正字倒是漢代學者根據詩義改寫了原文。

二、方言詞

何謂方言，就是和「民族共同語言」（也就官方語言）不同的語言就是方言。

有170多個通假字，亦比《詩經》少的多。（引自向熹《詩經語文論集》頁163）。

〔註9〕向熹，《詩經語文論集》（四川民族出版社，2002年7月第一次印刷），頁163。

〔註10〕馬瑞辰，《毛詩傳箋通釋卷一‧毛詩古文多假借考》（北京：中華書局，2005年7月第4次印刷），頁23。

在《詩經》時代所謂方言就是相對於「雅言」來說。所謂雅者，夏也、正也，雅言就是「華夏的正音」。相對於「雅言」的方言問題，《禮記・王制》說：「五方之民，言語不通，嗜欲不同。」《禮記》這一段話是我國古代文獻中對語言差異的最早記載。《顏氏家訓・音辭篇》：

> 夫九州之人，言語不同，生民已來，固常然矣。自《春秋》標齊言之傳，《離騷》目楚辭之經，此蓋其較明之初也。〔註11〕

可知當時齊語的差異很引人注目。齊語也是方言，所以方言是「生民已來，固常然矣。」方言這個概念最早大約出現在我國周代，東漢應劭在《風俗通義・序》中說：

> 周秦常以歲八月遣輶軒之使，求異代方言，還奏籍之，藏於祕室。及嬴氏之亡，遺棄脫漏，無見之者。〔註12〕

是說周秦時代的君王常常在秋收農閒派使者到民間採錄方言俗語，並且登籍珍藏，但此並未流傳後世；〔註13〕而揚雄〈答劉歆書〉也曾說：

> 常聞先代輶軒之使奏籍之書，皆藏於周秦之室；及其破也，遺棄無見之者。〔註14〕

可知周代早已留心方言的問題了，而這些「方言」就是殊方異語。

在人類社會的歷史長河中，語言是什麼時候產生的呢？誰也不能確切的回答這個問題。沒有語言，人類的社會生活將無法維持，人類的文化創造也無法實現。語言的產生意味著燦爛多姿的人類文化誕生，文化和語言可以說是共生的。語言是文化的產生和發展的關鍵，文化的發展也促使語言更加豐富和細密。而語言常隨著社會發展、政治變遷、人類遷徙和地域的阻隔而產生變化，形成地區性的溝通工具，若非親身涉入便難以了解，如《孟子・滕文公下》：

> 孟子謂戴不勝曰：子欲子之王之善與？我明告子。有楚大夫於此，

〔註11〕顏之推著，程小銘注，《顏氏家訓》（台北：地球出版社，民國 84（1995）年元月第一版），頁 454。

〔註12〕東漢・應劭，《風俗通義・序》（台北：世界書局印行，民 52（1963）年），頁 1。

〔註13〕周振鶴、游汝杰，《方言與中國文化》（台北：南天書局出版，民國 79（1990）年 10 月台一版），頁 10。

〔註14〕周祖謨，《方言校箋・附錄》（北京：中華書局，2004 年 11 月），頁 92。

欲其子之齊語也，則使齊人傅諸？使楚人傅諸？曰：使齊人傅之。曰：一齊人傅之，眾楚人咻之，雖日撻而求其齊也，不可得矣。引而置之莊嶽數年，雖日撻而求其楚，亦不可得矣。〔註15〕

孟子這段話就是說明當時齊語、楚語間差別很大，非置身當地不能學會。《孟子・滕文公上》也說：

今南蠻鴃舌之人，非先王之道，子倍子之師而學之，亦異於曾子矣。〔註16〕

這「鴃」是伯勞鳥，也就是說「南蠻人」說話像伯勞鳥在叫不知所云，就是當時所稱的「夷語」其實就是「吳語」相對於官方性語，它便是方言。《萬章上》也說：

此非君子之言，齊東野人之語也。〔註17〕

這齊東就是今山東半島東部，萊夷所居住。而賀之章〈回鄉偶書〉中說：「少小離家老大回，鄉音無改鬢毛催。兒童相見不相識，笑問客從何處來？」這首詩道盡了人事雖已變化，然而唯鄉音依然如故。鄉音就是方言。古希臘語「dialektos」是指一個地方居民的話。這個概念是伴隨書面文學語言傳統的建立和鞏固而出現的，凡是不合於語言規範或標準的便是方言。這些方言造成了彼此溝通的障礙，當然也是文字書寫後閱讀的障礙。袁家驊在《漢語方言概要》對方言提出了「三層」意思：〔註18〕

1、方言是同一個語言的地方變體，特別是語音方面，往往是其他地方的人覺得難於聽懂的。

2、方言是不見於書面的特殊口語，是不夠文雅的土語。

3、方言間在語音詞彙語法各方面互有異同，一個語言往往有兩個以上的方言，就是在人口很少，分布面積很小的地點，居民的話也可能因年齡、性別、職業、階層和階級的區別而有所不同。

但撰者以爲「方言」並非全然「不夠文雅」，只因「民族共同語」有其時代

〔註15〕朱熹，《四書章句集註》（台北：鵝湖出版，民國73（1984）年9月初版），頁269。

〔註16〕同上註，頁261。

〔註17〕同註613，頁306。

〔註18〕袁家驊，《漢語方言概要》（北京：語文出版社，2003年1月），頁1。

性、歷史性和政治性的因素存在。

「現代的語言學者認爲，方言是語言的變體。同屬一種語言的方言有共同的歷史來源，共同的辭彙和語法結構。」〔註19〕方言雖有共同的歷史來源，但在閱讀書籍時常造成困擾。王充《論衡・自紀篇》說：

經傳之文，聖賢之語，古今言殊，四方談異也。〔註20〕

他正確的指出古書難懂的原因是：古今語言有歷時的變化，又有共時的方言差異。《詩經》更是屬於訓讀不易的古書之一。

方孝岳說：「《詩經》是上古時代古今南北的總匯。」〔註21〕就以《詩經》來說它從編輯到成書前後時間約有五百年，因此有方言是難免的。如：《國風》就有十五個地域，向熹《詩經論文集》說：「周南、召南大半是《詩經》裏面的楚風了。」〔註22〕而這些地區產生的民歌經過收集之後或已編成官方性的語言，但要將當中的方言完全剔除實屬不易，且方言也未必然全有對應的「雅言」，所以方言的存在應是有的。《二雅》是西周王畿的詩；《周頌》是西周作品，當產生於王畿，今陝西中部；《魯頌》爲魯國作品，在今之山東；《商頌》則是春秋時宋國作品，也就是商朝遺民所建的國家，在今之河南東部、江蘇西北，可見《詩經》產生地域之廣大。《禮記・王制》說：「五方之民，言語不通，嗜欲不同。」可見讀《詩經》還要面對殊方異語的問題。

正因爲有方言的存在，所以要有一個共同語，也就是當時王畿官話，就是我們所稱的「雅言」來講授這部經典。《論語・述而》：「子所雅言，詩、書、執禮皆雅言也。」孔子弟子三千人，來自各地，各有各的母語方言，如子若是蔡人、閔子騫是魯人，子游是吳人、原憲是宋人、子夏是衛人、子禽是陳人、梁子鱣是齊人，若無共同語，弟子大概很難學習吧。所以，孔子講《詩經》《書經》時用的就是雅言；執行重要典禮、儀式時也用雅言。《詩經》作品來自殊方異域「雅言」化的整理。「雅言」化後的《詩經》雖尚有方言存在，但總的來說不至

〔註19〕周振鶴、游汝杰，《方言與中國文化》（台北：南天書局出版，民國 79（1990）年 10 月台一版），頁 4。

〔註20〕東漢・王充，《論衡》（嚴一萍選輯，板橋：藝文印書館，民國 56（1967）年）。

〔註21〕方孝岳，〈關於先秦韻部的合韻問題〉，《中山大學學報》，第 4 期（1956 年）。

〔註22〕向熹，《詩經論文集》（四川民族出版社，2002 年 7 月），頁 8。

於太多或不易了解。

在《詩經》時代所謂「通語」也就是「雅言」，也就是「鎬京」附近的一種語言，它當然也是一種方言，後因政治因素成爲了通語，也是當時所謂的「民族共同語」。現將「民族共同語」的形成繪成下圖：〔註 23〕

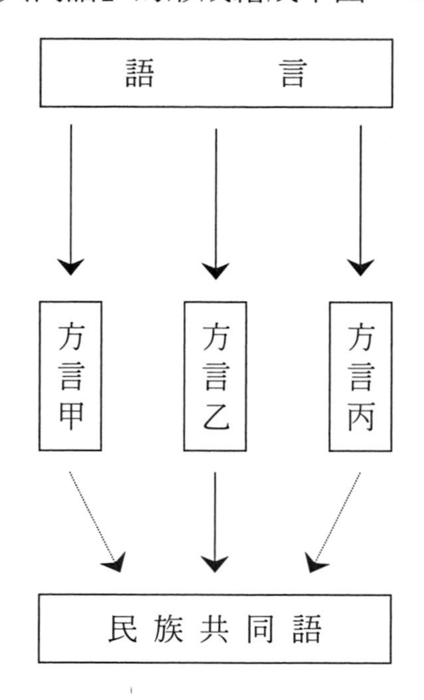

其後因周朝衰微「民族共同語」（雅言）也就漸漸崩散，正如《說文・敘》所言：

> 其後諸侯力政，不統於王，惡禮樂之害己，而皆去其典籍，分爲七國……言語異聲，文字異形。〔註 24〕

根據《說文・敘》知戰國打破了雅言這一官方性語言，各國均以其國方言爲標準音，因此方言更趨歧異。這種文字的分歧讓不同區域的讀書人陷入了溝通和閱讀其它區域書籍的困窘。

爲解決此問題，西漢揚雄著有《輶軒使者絕代語釋別國方言》〔註 25〕（簡稱爲《方言》）一書是我國第一部紀錄方言的書。有人以爲《方言》一書非揚雄

〔註 23〕周振鶴、游汝杰《方言與中國文化》（台北：南天書局出版，民國 79（1990）年 10 月台一版），頁 5。

〔註 24〕東漢・許愼、清・段玉裁注，《說文解字》（台北：書銘出版社，民國 83（1994）年 10 月七版），頁 765。

〔註 25〕亦稱爲《揚雄倉頡訓纂》。

所著，但劉歆〈與揚雄書〉中談到：

> 聞子雲獨採集先代絕言，異國殊語，以爲十五卷，其所解略多矣。〔註26〕

可知揚雄已撰寫「先代絕言，異國俗語」十五卷了，而揚雄在〈答劉歆書〉中更明確的說：

> 雄常把三寸弱翰，齎油素四尺，以問其異語；歸即以鉛摘次之於槧，二十七歲於今矣。〔註27〕

可知這本「懸諸日月不刊之書」確爲揚雄所作，只是當時其名稱尚未定名。揚雄所謂的「方言」是跟「通語」相對而言的。「通語」或稱爲「通名」、「凡語」、「凡通之語」、「四方之通語」，這些都是指通行範圍較廣泛的詞語；又有指明某詞是某地語、某地某地之間語；或指明某詞是某地某地之間通語。値得注意的是《方言》提供的材料以秦晉爲最多，語義也較詳細，這說明了作者對以西漢首都長安爲中心的秦晉方言比較熟悉，也說明了秦晉方言在全國占有最重要的位置。從揚雄的《方言》可以很清楚地看到語言是不斷發展的，且隨著民族遷徙而四方傳播。林語堂曾根據《方言》所引地名推測漢代方言可分爲十二區。〔註28〕而《說文》中指出使用地點的方言詞共有 191 條，這方言也影響到讀書人紀錄文字的習慣和用語，當然也包括《詩經》。

前已說《詩經》三百五篇來自不同的地區，不會沒有各地的方言成分，可是能眞正確定其爲某地的方言詞並不太多。古音學者根據《詩經》用韻歸納出上古韻部，其性質與《切韻》的 206 韻是不同的，這當中是存在著「異部合韻」的問題。有些學者認爲「合韻」是方言不同的反映。如顧炎武《易音》卷三說：

> 按眞諄臻不與耕清青相通。然古人於耕清青中字往往讀入眞諄者，當由方音不同，古猶今也。〔註29〕

〔註26〕周祖謨，《方言校箋・附錄》（北京：中華書局，2004 年 11 月），頁 92。

〔註27〕同上註，頁 93。

〔註28〕周振鶴、游汝杰，《方言與中國文化》（台北：南天書局出版，民國 79（1990）年 10 月台一版），頁 87。

〔註29〕顧炎武，《易音》卷三（《文津閣四庫全書（八三）・經部・小學類》，北京：商務印書館，2005 年）。

而戴震〈答段若膺論韻〉說：

> 五方之音不同，古猶今也，故有合韻。〔註30〕

除了方言問題外再加上「合韻」，使我們在研究《詩經》時雖有揚雄的《方言》、《說文》、《爾雅》及郭璞《方言注》等的輔助，但對於《詩經》難懂的詞彙或不易訓詁的問題仍是不容易處理。且《方言》比《詩經》晚出五六百年，社會發生了很大的變動，而漢語的詞彙和詞義的變化也不少，因此研讀《詩經》時或是訓詁其詞義（包括「重言詞」）有時顯得不易十分精準。在訓詁學上有「以雅言釋方言」的方式，林尹《訓詁學概要・訓詁的條例》引劉師培語說：

> 周代十五國，國風各操土音，與王都之正音不合。《論語》子所雅言，阮元曰：雅言猶官話也。《爾雅》者，方言之近於官話者也。則雅與夏同，又即中夏之言矣。〔註31〕

可見以雅言釋方言，《爾雅》一書已注意收集了。撰者以《方言》所收之詞對照《毛詩》舉《毛詩》中幾條方言詞如下：

（一）單言詞

1、《周南・樛木》：「樂只君子，福履將之。」

《傳》：「將，大也。」《方言》：「碬、將，大也。……燕之北鄙齊楚之郊或曰京，或曰將。古今語也，初別國不相往來之言也，今或同。」〔註32〕

2、《衛風・氓》：「自我徂爾。」〈豳風・東山〉：「我徂東山。」《小雅・小明》：「我征徂西。」

漢代口語用齊、魯方言。《方言》：「徂，往也。齊語也。往，凡語也。」所謂「凡語」就是普遍通行的語詞。

3、《秦風・權輿》：「於我乎夏屋渠渠。」

《傳》：「夏，大也。」《小雅・卷阿》：「純碬爾常矣。」《傳》：「碬，大也。」《方言》：「碬，大也。宋魯陳衛之間謂之碬，或曰戎。秦晉之間凡物壯大謂之

〔註30〕戴震，《戴東原集・答段若膺論韵》卷六（長沙：商務印書館印行，民國28（1939）年）。

〔註31〕林尹，《訓詁學概要》（台北：正中書局，民國86（1997）年6月第17次印行），頁183。

〔註32〕周祖謨，《方言校箋》（北京：中華書局，2004年11月），頁4。

暇，或曰夏。」〔註33〕

4、《小雅・采綠》：「五日為期，六日不詹。」

《傳》：「詹，至也。」《方言》：「詹，至也。楚語也。」〔註34〕

5、《小雅・楚茨》：「執爨踖踖。」

《傳》：「爨，饔爨、廩爨也。」漢代口語則爲齊魯方言詞。《說文》：「爨，齊人謂之炊爨。」段注：「齊謂炊爨者。齊人謂炊曰爨。」

6、《大雅・雲漢》：「胡不相畏，先祖于摧。」

《傳》：「摧，至也。」《方言》：「摧，至也。楚語也。」〔註35〕

（二）重言詞

1、《邶風・谷風》：「習習谷風。」

《傳》：「習習，和舒貌。」馬瑞辰認爲是「輯輯」的假借。〔註36〕但《詩考・詩異字異義》引異文作「湜湜」，或爲方言。

2、《召南・野有死麕》：「舒而脫脫兮。」

馬瑞辰說：「脫脫即娧娧之假借。」〔註37〕《說文》：「娧，好也。」段注：「脫蓋即娧之假借。」〔註38〕或「娧娧」爲方言。

3、《鄘風・干旄》：「孑孑干旄。」

《傳》：「孑孑，干旄貌。」《箋》：「時有建此旄來至浚之郊。」古者聘賢招士多以弓旌車乘。《方言》：「孑，俊也。」「俊」有美義。則「孑孑」或是方言詞。

4、《王風・黍離》：「中心搖搖。」

《傳》：「搖搖，憂無所愬也。」陳喬樅《詩經四家詩異文考》引異文作「愮愮」，馬瑞辰即「愮愮」假借。《方言》：「愮，治也。又憂也。」〔註39〕《王風》

〔註33〕同上註，頁4。

〔註34〕同上註，頁5。

〔註35〕同上註，頁5。

〔註36〕馬瑞辰，《毛詩傳箋通釋》（北京：中華書局，2005年7月），頁130。

〔註37〕馬瑞辰，《毛詩傳箋通釋》（北京：中華書局，2005年7月），頁99。

〔註38〕東漢・許慎著、清・段玉裁注，《說文解字》（台北：書銘出版社，民國83（1994）年10月七版），頁624。

〔註39〕周祖謨，《方言校箋》（北京：中華書局，2004年11月），頁69。

爲王畿之詩，「慆慆」應是雅言。

5、《魏風‧葛屨》：「摻摻女手。」

《傳》：「摻摻，猶纖纖也。」《韓詩》作「纖纖」；《說文》引作「攕攕」。馬瑞辰說：「摻摻、纖纖皆攕攕之假借。」〔註40〕《方言》：「摻，細也。自關而西秦晉之間凡細而有容謂之魏或曰徥。凡細貌謂之笙，斂物而細謂之揫，或謂之摻。」〔註41〕又「纖，小也。」〔註42〕可知「摻摻」爲方言詞，只是不知《詩經》原用何字。

6、《魏風‧葛屨》：「好人提提。」

《傳》「提提，安諦也。」馬瑞辰說：「提爲媞之假借。……媞媞又通作徥徥。」《方言》：「自關而西秦晉之間凡細而有容謂之魏或曰徥。」可知本字作「徥」或「媞」爲方言。

7、《秦風‧小戎》：「厭厭良人。」

《傳》：「厭厭，安靜也。」《爾雅》：「懕懕，安也。」馬瑞辰《通釋》說：「厭者，懕之假借。」〔註43〕《方言》：「猒，安也。」〔註44〕則「厭厭」或爲方言。

向熹《詩經論文集》中〈詩經語言的性質〉亦列有許多《毛詩》中的《方言》詞，但其所列多爲單言詞，未列重言詞。撰者在重言356個中，也僅得以上數條，可見判斷重言詞是否爲方言十分困難。而這些重言詞不易訓解，也可能是因方言的因素所造成。

三、異　文

余章成在〈談通假字與異字同義〉一文中說：「通假字與異體字同義的區別。即如果兩個字形體不同，意義相同或相關，聲音相同、相近或不同，這兩個字屬於異字同義；如果兩個字形體不同，意義不同，聲音相同或相近，古人就用甲字代替乙字，兩個字屬通假。」〔註45〕除余文所指的異體字（異字同義）之外，《詩

〔註40〕馬瑞辰，《毛詩傳箋通釋》（北京：中華書局，2005年7月），頁318。

〔註41〕周祖謨，《方言校箋》（北京：中華書局，2004年11月），頁12。

〔註42〕同上註，頁12。

〔註43〕馬瑞辰，《毛詩傳箋通釋》（北京：中華書局，2005年7月），頁383。

〔註44〕周祖謨，《方言校箋》（北京：中華書局，2004年11月），頁46。

〔註45〕余章成，〈談通假字與異字同義〉《曲靖師專學報》，第14卷第四期（1995年7月

經》中還有許多異文，如第六章所論，而這些異文或許是「古今字」、或許是「俗體字」、或許是「假借字」、抑或是「譌字」造成校勘或訓詁的極大困難。

《詩經》異文作爲一種普遍的文字現象，是在唐以前特定的社會歷史條件和文化背景下形成的。張樹波〈《詩經》異文產生繁衍原因探索〉說：

> 《詩經》被長期用漢字傳鈔刻寫和引用過程中逐步產生和繁衍起來。因之對《詩經》異文的研究，從一定意義上說也是唐以前古人用字習慣、方式和規律的研究，尤其是對《詩經》用字規律和本字本義的研究。〔註 46〕

而王力《古代漢語．古漢語通論六》：「異體字跟古今字的差別是：兩個（或兩個以上的）字的意義完全相同，在任何情況下都可以互相代替。」〔註 47〕他將異體字分爲幾種狀況：（一）會意字與形聲字之差；（二）改換意義相近的意符；（三）改換聲音相近的聲符；（四）變換各成份的位置。他說的這幾種狀況撰者在討論異文時已有詳列。爲重言訓詁，除了找出這些異體字的規則特徵之外，對於其它異文如古今字、通假字、譌字等也要一一辨識，在訓詁實踐過程中，方能正確對待文字異形紛雜的問題。

第二節 《毛詩》重言訓詁舉隅

陳國慶《漢書藝文志注釋彙編》中說：

> 《詩經》是我國最早的一部詩歌總集，它對中國文化影響至爲深遠。在文學上，可說是文學光輝的起點；在語言上，它則是研究上古音的重要依據。《漢書．藝文志》引《書》曰：「詩言志，歌詠言。」故哀樂之心感，而歌詠之聲發。誦其言謂之詩，詠其聲謂之歌。〔註 48〕

---

9 日），頁 4。

〔註 46〕張樹波，〈《詩經》異文產生繁衍原因探索〉，《河北師範大學學報》，第 18 卷第 4 期（1995 年 10 月）。

〔註 47〕王力，《古代漢語．古漢語通論六》（北京：中華書局，1999 年 5 月第三版），頁 173。

〔註 48〕陳國慶，《漢書藝文志注釋彙編》（台北：木鐸出版社，民國 72（1983）年 9 月初版），頁 40。

這說出了文學和語言之間是密不可分的。文學的分析鑑賞，離不開語言這一載體，否則就會空泛，而顯得遊談無根。《詩經》自問世以來，注家蜂起，大著作疊出，眾所熟悉的有漢朝著名的四家詩——魯、齊、韓、毛；唐代孔穎達的《毛詩正義》和陸德明《經典釋文》中的《毛詩音義》；宋代朱熹的《詩經集傳》；到了清朝更是《詩經》訓詁成就開花結果的時代，主要有馬瑞辰的《毛詩傳箋通釋》、陳奐《詩毛氏傳疏》、段玉裁《詩經小學》、方玉潤《詩經原始》、范家相《詩經拾遺》、王引之《經義述聞》中的《毛詩》、馮登府《三家詩異文疏證》、陳喬樅《三家詩遺說考》《詩經四家異文考》、王先謙《詩三家義集疏》……等。這些大著作都不遺餘力的注解這部用字頗是深奧的詩歌經典，有的單憑一己的理解、有的卻是用科學的方法從語音、文字的角度上遡到上古的用字習慣和語音系統，明假借而還其本字。

民初王國維先生在〈與友人論《詩》、《書》中成語書〉中說：

> 《詩》、《書》爲人人誦習之書，然於六藝中最難讀。以弟之愚暗，於《書》所不能解者殆十之五，於《詩》亦十之一二。此非獨弟所不能理解也，漢魏以來諸大師未嘗不強爲之說，然其說中不可通，以是知先儒亦不能解也。其難解之故有三：訛闕，一也；☆此以《尚書》爲甚。古語與今語不同，二也；古人頗用成語，其成語之意義，與其中單語分別之意義又不同，三也。唐、宋之成語，吾得由漢、魏、六朝人書解之；漢、魏之成語，吾得由周、秦人書解之。至於《詩》、《書》，則書更無古於是者。其成語之數數見者，得比較之而求其相沿之意義，否則不能贊一辭。〔註 49〕

可見要正確的理解出《詩經》中的語言，唯有破除假借字還其本字，以及王國維所說的明瞭先秦所用的成語外，對於這古老又優雅的雅言詩歌便沒有其他法門。

《毛詩》三百五篇中有 192 篇用了重言，共出現 685 次，若去其重複則有 356 個。經文中的重言占全部《詩》的百分之六十以上。可見，對「重言」正確的詮釋，與正確理解《毛詩》經文關係極大。偏偏重言詞往往只取其聲，廣泛被用在講求聲音美的《詩經》中，往往同一詞放在不同的語境中，而含有不同的詞義，造成各家解讀的分歧。以下撰者列舉 30 例，以見重言訓詁之困難。

〔註 49〕王國維，《觀堂集林》（河北教育出版社，2002 年 1 月第二次印刷），頁 40。

（一）「翹翹」錯薪，言刈其楚（周南・漢廣）

1、毛《傳》:「翹翹，薪貌」。

2、鄭《箋》:「雜薪之中尤翹翹者。」

3、朱熹《詩集傳》:「秀起之貌」。

4、王筠《毛詩重言》:「翹翹即因相雜而起薪。」

5、李雲光《毛詩重言通釋》:「翹翹爲高皃。取翹字引申之義。」

6、屈萬里《詩經詮釋》:「眾也，義見《廣雅》」。

7、竹添光鴻《毛詩會箋》:「秀起貌。《說文》:『翹，尾長毛也；從羽搖聲，堯之言高也』」。

8、程俊英、蔣見元《詩經注析》:「高揚貌。引《說文》:『翹，尾長毛也』段注：『尾長毛必高舉，故凡高舉約翹』」。

【健章案】:翹翹」訓爲「眾多義。」《釋文》同《傳》。《說文・羽部》:「翹，尾長毛也。」段《注》:「按尾長毛必高舉，故凡高舉曰翹。《詩》曰：『翹翹錯薪』。高則危，《詩》曰：『予室翹翹』。」〔註 50〕陳奐《傳疏》:「翹翹，高大之意，故云薪皃。」毛《傳》注「薪貌」，未指薪爲何種貌。所以高本漢說：「那簡直不是說明」。然由《傳疏》和段《注》可知「翹」是用引申義。高氏同意「翹翹」訓「高」義，又說朱熹訓爲「秀起之貌」是相同義。〔註 51〕

《廣雅疏證》:「翹翹，眾也。」王念孫案：「翹翹與錯薪連文，則『翹翹』爲『眾貌』。言於眾薪之中，刈取其高者耳，《傳》《箋》以翹翹爲『高』，則與下句重複，《廣雅》以爲『眾』，蓋本於三家也。」〔註 52〕王先謙《集疏》引王念孫云，且言：「《魯》《韓》說曰：『翹翹，眾也』。……《文選》陸機〈歎逝賦〉:『翫春翹而有思』，李《注》:『翹，茂盛貌。《詩》曰：翹翹錯薪。』『茂盛』與『眾』義合。」〔註 53〕撰者義同馬、王將「翹翹」訓爲「眾多義。」

〔註 50〕東漢・許愼著清・段玉裁注，《說文解字》（台北，書銘出版社，民國 82（1993）年 10 月七版），頁 140。

〔註 51〕董同龢譯，《高本漢詩經注釋》（國立編譯館中華叢書編審委員會，民國 68（1979）年 2 月再版），頁 29。

〔註 52〕王念孫，《廣雅疏證》（北京：中華書局，2004 年 4 月北京第二次印刷），頁 187。

〔註 53〕王先謙，《詩三家義集疏》（台北：明文書局，民國 77（1988）年 10 月 10 日初版），頁 54。

（二）被之「僮僮」，夙夜在公（召南・采蘩）

1、毛《傳》:「被，首飾也；僮僮，竦敬也。」

2、鄭《箋》:「主婦髲髢。」

3、《正義》:「言夫人首服被之飾、僮僮然其竦敬乎。」

4、朱熹《詩集傳》:「竦敬也。」

5 李雲光《毛詩重言通釋》:「僮僮爲盛貌、蓋狀其重疊搖動之容。以字音爲義。」〔註54〕

6、屈萬里《詩經詮釋》:「形容首飾之盛。」

7、高亨、朱東潤《詩經今注／詩三百篇探故》:「高而直豎貌。」

8、程俊英、蔣見元《詩經注析》:「假髻高聳貌。」又說:「詩人以『被』代蠶婦，僮僮也就是形容蠶婦眾多。」〔註55〕

【健章案】:「僮僮」當爲形容「首飾盛貌。」《爾雅》無注。《說文》:「僮，未冠也。」段《注》:「……《廣雅》曰:『僮，癡也。』若〈召南〉:『僮僮，竦敬也。』則又如『愚』之義也。」〔註56〕《釋文》:「音同，竦敬也。」〔註57〕同意毛《傳》。

王先謙《詩三家義集疏》:「三家『僮僮』作『童童』。《韓》《魯》說曰:『童童，盛也。』《齊》說曰:『夙夜在公，不離房中』。……〈射義〉鄭《注》亦引作『童童』。據此三家並作『童童』。」。〔註58〕他認爲「僮僮」乃是形容髮飾之盛。

王筠《毛詩重言》:「《說文》分『童』『僮』爲二，今人亦然，而與《說文》

〔註54〕李雲光，《毛詩重言通釋》（台北：台灣商務印書館，民國67（1978）年12月初版），頁369。

〔註55〕程俊英、蔣見元，《詩經注析》（北京：中華書局，2005年1月），頁33。

〔註56〕東漢・許愼著清・段玉裁注，《說文解字》（台北：書銘出版社，民國 82（1993）年10月七版），頁369。又《說文》:「髲，益髮也。」又「鬄，髲也。鬄或從也聲（髢）」，頁431。

〔註57〕陸德明，《經典釋文》（孔子大全編輯委員會，濟南：山東友誼出版社，1990年），頁221。

〔註58〕王先謙，《詩三家義集疏》（台北：明文書局，民國77（1988）年10月10日初版），頁72。

相反。據此言之似不分也。」〔註59〕王筠認爲「童」「僮」二字相同。

王引之《經義述聞》:「家大人曰:《詩》言:被之僮僮,被之祁祁。則僮僮、祁祁,皆是形容首飾之盛。下乃言奉祭祀之不失職耳。僮與童通。《廣雅》曰:『童童,盛也』。《釋名》曰:『幢,童也』。其貌童童然也。皆謂盛貌也。〈小雅・大田〉:『有渰萋萋,興雲祁祁』。〈大雅・韓奕〉:『諸娣從之,祁祁如雲。』是祁祁亦盛貌也。」〔註60〕

王念孫《廣雅疏證》:「童童,盛也。」王氏並說:「《廣雅》曰:童童,盛也。蓋亦本三家也。……《蜀志先主傳》云:『有桑樹高五丈餘,遙望見童童如小車蓋。』《藝文類聚》引作『幢幢』。張衡〈東京賦〉『……樹羽幢幢,皆爲盛貌也。』童、童、幢,古同聲而通用。」〔註61〕

馬瑞辰《通釋》:「《廣雅》云『假節謂之鬠』。『鬠』即『副』也。《後漢書》章懷注:『副,婦人首服。三輔謂之假紒。』是又副即『假紒』。……《左氏傳・哀十七年》:『公見己氏之妻髮美,使髡之,以爲呂薑髢。』是『被』亦取他人之髮以爲飾。『被』取『被覆之義』,與『副』之訓『覆』義近。……《廣雅》曰:童童,盛也。〈大雅〉『祁祁如雲』,祁祁,盛貌。『僮僮』、『祁祁』,皆狀首飾之盛。《傳》說非是。」〔註62〕它明確的駁斥毛《傳》之非,而認爲「僮僮」應爲「盛貌」,且是形容髮飾。

馬瑞辰也駁斥《毛傳》,認爲「僮僮」應爲「首飾之盛」。而于省吾《澤螺居詩經新證》:「被、髲並從皮聲,字雖可通,然髲髢婦人常服,非從祭之服,陳奐以辨之。至陳奐謂『副』與『被』同物,皆編髮爲之,亦非。詩人形容公侯夫人之在公與否,不應專言其首飾。假令言之,又不應專就其編髮或次弟髮一端言之。且單象『被』,故無以測其『竦敬』與『舒遲』也。『被』、『彼』古通用。『彼』籀文只作『皮』……然則,此詩應讀爲『彼之僮僮,夙夜在公』,『彼

〔註59〕清・王筠,《毛詩重言》上篇(嚴一萍選輯,台北:藝文印書館,民國57(1968)年),頁1。

〔註60〕王引之,《經義述聞》(孔子大全編輯委員會,濟南:山東友誼出版社,1990年),頁488。

〔註61〕王念孫,《廣雅疏證》(北京:中華書局,2004年4月北京第二次印刷),頁186。

〔註62〕馬瑞辰,《毛詩傳箋通釋》(北京:中華書局,2005 年 7 月北京第四次印刷),頁75~76。

之祁祁，薄言還歸』。頌其人之在公『敬愼』、歸來『安徐』，進退有度也。」〔註63〕于氏則同意毛。

陳奐《傳疏》:「古童、僮用〈射義注〉引《詩》:『被之童童』,《廣雅》:『童童，盛也。』此三家詩義。『童童』爲首飾盛。……毛於『祁祁』探下文『薄言還歸』，爲舒遲；『僮僮』探下文『夙夜在公』，爲竦敬，則首飾之盛不待言矣。」〔註64〕陳奐似乎認爲既「竦敬」，則必佩帶「盛多首飾」。

高本漢:「古書『童』和『僮』常互用。」他說:「『被之僮僮』在句法上和〈桃夭〉的『桃之夭夭』完全相同。」因此，他比較贊成《廣雅》:「童童，盛也。」的解釋，形容女子首飾「豐富」之義。〔註65〕撰者以爲毛《傳》既訓「被」爲「首飾也」，則「僮僮」當爲形容「首飾盛貌」，且有《廣雅疏證》、《魯詩》、《韓詩》爲佐證。

（三）被之「祁祁」，薄言還歸（召南・采蘩）

1、毛《傳》:「祁祁，舒遲也」。

2、鄭《箋》:「其威儀祁祁然而安舒。」

3、朱熹《詩集傳》:「舒遲貌。」

4、李雲光《毛詩重言通釋》:「祁祁爲盛皃、以字音爲義。」

5、屈萬里《詩經詮釋》:「形容首飾之盛也。」

6、竹添光鴻《毛詩會箋》:「僮僮、祁祁皆狀首飾之盛也。」

7、程俊英、蔣見元《詩經注析》:「眾多貌，形容髮髻之盛來寫蠶婦之眾。」

【健章案】:「祁祁」同「僮僮」訓「盛多」爲是。「祁祁」在《毛詩》中出現了6次。〔註66〕《說文》:「祁，大原縣。」「祁」本義是縣名，段《注》引《詩》諸「祁祁」，並說:「皆與本義不相關。」〔註67〕《爾雅・釋訓》:「祁祁、遲遲，

〔註63〕于省吾，《澤螺居詩經新證》（北京：新華書店，1982年11月第一版），頁8。

〔註64〕陳奐，《詩毛氏傳疏》（台北：台灣學生書局，民國75（1986）年10月第七次印刷），頁46。

〔註65〕董同龢譯，《高本漢詩經注釋》（國立編譯館中華叢書編審委員會，民國68（1979）年2月再版），頁36。

〔註66〕〈召南・采蘩〉〈豳風・七月〉〈小雅・出車〉〈小雅・大田〉〈大雅・韓奕〉〈商頌・玄鳥〉。

〔註67〕東漢・許愼著、清・段玉裁注，《說文解字》（台北：書銘出版社，民國82（1993）

徐也。」郭《注》:「皆安徐。」〔註68〕陳奐《傳疏》引《爾雅》並說:「祁與遲聲同義通。」〔註69〕《釋文》:「祁祁,巨私反,舒遲也。」〔註70〕諸書所訓「祁祁」均與毛同。

于省吾《澤螺居詩經新證》:「被之僮僮,夙夜在公。被之祁祁,薄言還歸。」應讀爲「彼之僮僮,夙夜在公。彼之祁祁,薄言還歸。」「彼」、「被」古通,頌其人之在公敬慎,歸來安徐,進退有度也。

〈小雅·吉日〉「其祁孔有」,《傳》:「祁,大也。」高本漢《詩經注釋》三九條「被之祁祁」,認爲「祁」有「大」義,且說:「多和大意義相關,可以同是一個詞根。」〔註71〕所以,高氏認爲「祁祁」應該是「多」的意思。

上言「祁祁」在《詩》中有6次,其中本篇和〈小雅·大田〉「興雨祁祁」及〈大雅·韓奕〉「祁祁如雲」,《傳》所注都是「徐義」;〈豳風·七月〉「采蘩祁祁」,《傳》訓「眾多」;〈小雅·出車〉「采蘩祁祁」無《傳》《箋》,《正義》言:「祁祁然眾多」;〈商頌·玄鳥〉「來假祁祁」,《箋》也訓「眾多」。恰好三訓「徐」、三訓「多」,其實〈韓奕〉「祁祁如雲」應該是訓「眾多」爲是。「祁」有「大」之義與「多」通,而「祁祁」可訓「眾多」者有四,依據《詩》義再與「被之僮僮」相配合,「祁祁」同「僮僮」訓「盛多」爲是。

(四)鶉之「奔奔」,鵲之「彊彊」(鄘風·鶉之奔奔)

1、毛《傳》:「鶉則奔奔,鵲則彊彊然。」

2、鄭《箋》:「奔奔、彊彊,言居有常匹,飛則相隨之貌,刺宣姜與頑非匹偶。」

3、《正義》:「言鶉則鶉自相隨奔奔然,鵲則鵲自相隨彊彊然,各有常匹,不亂其類。」

年10月七版),頁292。

〔註68〕周祖謨,《爾雅校箋》(昆明:雲南人民出版社,2004年11月),頁37。

〔註69〕陳奐,《詩毛氏傳疏》(台北:台灣學生書局,民國75(1986)年10月第七次印刷),頁46。

〔註70〕陸德明,《經典釋文》(孔子大全編輯委員會,濟南:山東友誼出版社,1990年),頁221。

〔註71〕董同龢譯,《高本漢詩經注釋》(國立編譯館中華叢書編審委員會,民國68(1979)年2月再版),頁37。

4、朱熹《詩集傳》:「奔奔、彊彊，居有常匹，飛則相隨之貌。」

5、李雲光《毛詩重言通釋》:「奔奔爲乘匹之皃。乘匹者，雄雌相合之意。……奔之本義爲走，鳥獸之求合，必相奔逐。故以奔奔狀乘匹之皃。重言曰奔奔、單言曰奔，其義不異。」〔註 72〕又「彊彊爲乘匹之皃、以字音爲義。」〔註 73〕

6、王筠《毛詩重言》:「乘匹者、通淫之別名。」

7、屈萬里《詩經詮釋》:「《左傳》、《禮記》、《呂氏春秋》呂氏春秋引詩俱作賁賁。高注:『賁賁爲其色不純，謂高義爲長。』《禮記》引詩作姜姜，奔奔彊彊，相匹偶之貌。」〔註 74〕

8、竹添光鴻《毛詩會箋》:「彊彊，剛也。其性倔強，故曰彊彊，彊、強古今字，言鵲所以彊彊然，難偶者。」

9、高亨、朱東潤《詩經今注／詩三百篇探故》:「鵲鳴聲，詩以鶉鵲均有固定的配偶反比頑與宣姜亂倫姘居。」

10、朱守亮《詩經評釋》:「彊彊與奔奔同義；或云鵲鳴聲；或以爲皆形容雄鳥乘雌鳥之背交尾時拍翅之聲。」

【健章案】: 毛《傳》:「鶉則奔奔，鵲之彊彊然。」似乎讓人無法了解「奔奔」和「彊彊」究爲何義。《釋文》:「彊、音姜。《韓詩》云:『奔奔、䲔䲔，乘匹之貌。』」馬瑞辰認爲《箋》義本《韓詩》。王筠《毛詩重言》:「乘匹者、通淫之別名。」

王先謙《集疏》:「《齊》《魯》『奔奔』作『賁賁』,『彊彊』作『姜姜』。《韓詩》云:『奔奔、䲔䲔，乘匹之貌。』」〔註 75〕《詩考》《三家詩拾遺》《詩經四家詩異文考》亦引有「賁賁」、「姜姜」。于茀《金石簡帛詩經研究・阜陽漢簡詩經》和陸錫興《詩經異文研究》引作「強強」、「賁賁」。「強強」即「彊彊」借

〔註 72〕李雲光，《毛詩重言通釋》(台灣：商務印書館，民國 67(1978)年 12 月初版)，頁 287。

〔註 73〕同上註，頁 335。

〔註 74〕屈萬里，《詩經詮釋》(台北：聯經出版社，民國 91(2002)年初版第十四刷)，頁 89。

〔註 75〕王先謙，《詩三家義集疏》(台北：明文書局，民國 77(1988)年 10 月 10 日初版)，頁 234。

字。

《說文》:「奔，奔走。」，是如《箋》雌雄奔走，是居有常匹。《音義》引《蒼頡篇》:「彊，健也。」是齊飛而羽翮健動，「飛則相隨之貌」。「彊，弓有力也。」《楚語》:「彊，彊力也。」則重言之曰「彊彊」。《禮記・表記》「彊彊」作「姜姜」則只是借音字，此爲《齊詩》。

《文選・七發》:「椐椐、彊彊，相隨之貌。」乃是《韓詩》:「乘匹之貌」之說。陳奐《傳疏》:「《韓詩》:『奔奔、疆疆，乘匹之皃。』鄭本《韓》以申《毛》也。奔奔，《左傳》及《禮記・表記》《呂覽・壹行注》俱作『賁賁』。彊彊，《禮記》作『姜姜』。鄭注，姜姜、賁賁，爭鬥惡皃。高誘以賁賁爲其『色不純』。《玉篇》:『翱、飛皃。』此或兼取齊家魯家詩。」〔註 76〕高誘以「賁賁」爲「色不純」。或許是受《說文》和《易經》的影響。《說文》:「賁，飾也。」又《易・賁》，《釋文》引王肅注曰:「賁，有文飾，黃白色。」但王先謙認爲「賁」有「憤」義。他引《禮記・樂記》:「賁讀爲憤」爲證。「憤」有「怒氣充實」之義，故鄭玄注《禮》時「賁賁，爭鬥惡皃。」

馬瑞辰《通釋》:「《釋文》引《韓詩》云:『奔奔、彊彊，乘匹之貌。』此《箋》義所本。《禮記・表記》引詩作『賁賁』、『姜姜』，《呂氏春秋》引詩亦作『賁賁』。《說文》:『奔，从夭，从賁省聲。』是奔本以賁得聲，故通用。《宋書・百官志》:『虎賁，舊作虎奔』，亦其類也。鄭注《禮記》以賁賁、姜姜爲爭鬭惡貌，高誘以賁賁爲色不純，俱非詩義。凡鳥皆雄求雌，惟鶉以雌求雄，最爲淫鳥，然與鵲各有乘匹。至宣姜則淫於非偶，更鶉鵲之不若耳。」〔註 77〕馬氏在此駁斥了鄭《注》和高《注》說:「俱非詩義」。他贊同《韓詩》之說，而陳奐卻沒表明立場。

而高本漢《詩經注釋》第一三七條則反對《韓詩》認爲它沒有佐證。〔註 78〕他卻贊同鄭《注》「姜姜、賁賁，爭鬥惡皃。」也就是「鶉很兇猛，鵲很凶狠。」

〔註 76〕陳奐，《詩毛氏傳疏》(台灣:臺灣學生書局，民國 75 (1986) 年 10 月第七次印刷)，頁 137。

〔註 77〕馬瑞辰，《毛詩傳箋通釋》(北京：中華書局，2005 年 7 月北京第四次印刷)，頁 180。

〔註 78〕董同龢譯，《高本漢詩經注釋》(國立編譯館中華叢書編審委員會，民國 68 (1979) 年 2 月再版)，頁 133。

因爲他用了「賁」的「猛烈」義和「奔」的「奔跑」義，且以《周禮・弓人》:「忿埶以賁」爲其佐證。

由上可知「奔奔」、「彊彊」的諸家訓解莫衷一是，各持己見，近代更有將此訓爲「拍翅之聲」或「鳴聲」的，至今仍是無定論，主要由於無從了解此重言的來源。

（五）庶姜「孽孽」（衛風・碩人）

1、毛《傳》:「盛飾。」

2、鄭《箋》:「庶姜，姪娣也。」「孽孽」無注。

3、朱熹《詩集傳》:「盛飾也。」

4、王筠《毛詩重言》:「《釋文》云:『韓詩作钀钀，長皃。《呂覽・過理篇》引同，則與『頎頎』、『敖敖』同義。《說文・子部》:『孽，庶子也。』郝懿行曰:『《韓詩》之钀爲正體，孽爲假借。《說文》:『钀，載高皃。段《注》、《爾雅》:『蓁蓁、孽孽，載也』，亦載高之意也。」

5、李雲光《毛詩重言通釋》:「『孽孽』爲長皃，蓋假『㠯』字或『钀』字之義，狀形體之高也。」〔註 79〕

6、竹添光鴻《毛詩會箋》:「眾多之貌。」

7、屈萬里《詩經詮釋》:「盛飾貌。」

8、程俊英、蔣見元《詩經注析》:「《韓詩》作『钀钀』，與頎頎敖敖同義，都是形容女子長大美麗貌」。

【健章案】: 此用假借字，本字爲「钀钀」，表體態高貌。

《說文》:「孽，庶子也。」可知《毛詩》非用本字，只借其音；又「钀，載高貌。」段《注》:「钀钀，車載高貌。〈衛風〉:『庶姜孽孽』，毛云:『孽孽，盛飾』,《韓詩》作『钀钀』，長皃。《呂覽》:『宋王作爲蘖臺』。高誘曰:『蘖』當作『钀』,《詩》曰:『庶姜钀钀』，高長皃，然則《韓》用本字，《毛》用假借字，《爾雅》:『蓁蓁、孽孽，戴也』，亦載高之義也。〈西京賦〉『飛簷钀钀』。」〔註 80〕段注以言明「毛爲假借，韓爲本字。」

〔註 79〕李雲光，《毛詩重言通釋》(台北：台灣商務印書館，民國 67(1978)年 12 月初版)，頁 211。

〔註 80〕東漢・許愼著、清・段玉裁注，《說文解字》(台北：書銘出版社，民國 82(1993)

《爾雅・釋訓》:「蓁蓁、孼孼，戴也。」郭《注》:「皆頭戴物。」〔註 81〕可知爲飾物。《釋文》:「魚竭反，徐五謁反，盛飾也。《韓詩》作『钀』，牛遏反，長貌。」〔註 82〕亦爲飾物；又《廣雅疏證》:「钀钀，高也。王念孫注:《說文》『钀，載高貌。』重言之則曰『钀钀』。〈衛風・碩人篇〉:『庶姜孽孽』,《韓詩》作『钀钀』，云:『钀，長貌。』《呂氏春秋・過禮》篇注引《詩》作『钀钀』，云:『高長貌』。張衡〈西京賦〉『飛簷钀钀』。薛綜《注》云:『钀钀，高貌』。」〔註 83〕可見王氏認爲「钀钀」、「孽孽」爲「高貌」。

馬瑞辰《通釋》所引同王氏，且說:「『钀』、『孼』雙聲，故通用，猶『櫱』一作『蘖』也。」〔註 84〕馬氏亦說明「孽」和「钀」的假借關係。

陳奐《傳疏》:「庶姜，謂媵諸侯一取九女，皆媵也。……《玉篇》『盛飾貌』，謂首飾之盛貌。《爾雅》: 孼孼，戴也。郭注：皆頭戴物。《廣韻》:『櫱，頭戴物也』，亦盛飾之義。《說文》『櫱』、『蘖』同字。『蘖』之或作『孼』，猶『櫱』之或作『钀』。《釋文》引《韓詩》作『钀钀』，云:『長貌』，謂庶姜形體之高長。」〔註 85〕陳奐沒有明確說出「孽孽」就是「頭戴物之盛」抑或是形容「人高貌」，或許他認爲兩者皆說得通。

王先謙《詩三家義集疏》:「《韓》『孼』作『钀，云長貌』者。」他認爲《傳》訓「盛飾」乃因《爾雅》訓「孼孼」爲「戴也。」他又說:「但上文皆以『頎頎』『敖敖』皆以高長美碩人，則此亦以高長美庶姜，非謂『盛飾』。頭戴物則高，與『钀』之『載高』正同，故字從『钀』爲正，引申之人高長義。……『孼』一爲『钀』，猶《說文》引《書・盤庚》『蘖』一爲『櫱』。」〔註 86〕王先謙也認

年 10 月七版)，頁 734。

〔註 81〕周祖謨，《爾雅校箋》(昆明：雲南人民出版社，2004 年 11 月)，頁 37。

〔註 82〕陸德明，《經典釋文》(孔子大全編輯委員會，濟南：山東友誼出版社，1990 年)，頁 247。

〔註 83〕王念孫，《廣雅疏證》(北京：中華書局，2004 年 4 月北京第二次印刷)，頁 178。

〔註 84〕馬瑞辰，《毛詩傳箋通釋》(北京：中華書局，2005 年 7 月北京第四次印刷)，頁 209。

〔註 85〕陳奐，《詩毛氏傳疏》(台灣：臺灣學生書局，民國 75(1976)年 10 月第七次印刷)，頁 164。

〔註 86〕王先謙，《詩三家義集疏》(台北：明文書局，民國 77(1988)年 10 月 10 日初版)，頁 289。

爲是形容庶姜的體態高䠷之貌。朱駿聲《說文通訓定聲》：「轞，載高皃。从車獻聲。《呂覽・過理》、宋王築爲蘖臺。以轞爲之。重言形況字……〈西京賦〉：『飛檐轞轞』。薛《注》：『高貌』。」〔註87〕

上文注家多有引《呂覽》和〈西京賦〉且明說「轞」爲「高」之意，若依《詩》句和諸家注釋分析「庶姜，姪娣也」，而「孽孽」形容體態高䠷較好，可與〈碩人〉以及下句庶士「有朅」（武壯）同媲。

（六）氓之「蚩蚩」（衛風・氓）

1、毛《傳》：「氓，民也。蚩蚩，敦厚之貌。」

2、鄭《箋》無訓釋。

3、《正義》：「蚩蚩然顏色敦厚。」

4、朱熹《詩集傳》：「無知之貌，蓋怨而鄙之也。」

5、李雲光《毛詩重言通釋》：「蚩蚩爲敦厚之貌。以聲爲義。」〔註88〕

6、屈萬里《詩經詮釋》：「敦厚貌。」

7、竹添光鴻《毛詩會箋》：「《說文》：『蚩，笑也』。李善云：『嗤與蚩同』據此則蚩蚩爲戲笑貌。《正義》申毛謂：『顏色敦厚，己所以悅之，是亦不以蚩蚩爲鄙詞』。」

8、高亨、朱東潤《詩經今注／詩三百篇探故》：「借爲嗤嗤，猶嘻嘻，笑也。」

9、糜文開、裴普賢《詩經欣賞與研究》：「和悅帶笑貌。」

10、程俊英、蔣見元《詩經注析》：「嘻笑貌。《韓詩》『蚩』作『嗤』。李善云：『嗤與蚩同』。毛《傳》訓『蚩蚩』爲『敦厚之貌』，《韓詩》訓『嗤嗤』爲『意志和悅貌』均可通。」

【健章案】：王筠《毛詩重言》同意毛「蚩蚩」之訓。

《說文》：「氓，民也。」段《注》：「方言亦曰：『氓，民也。』《孟子》：則天下之民皆悅而願爲之氓矣。」〔註89〕可見毛訓「氓，民也。」有據，而高本

〔註87〕朱駿聲，《說文通訓定聲》（台北：藝文印書館，民國64（1975）年8月三版），頁738。

〔註88〕李雲光，《毛詩重言通釋》（台灣：商務印書館，民國67（1978）年12月初版），頁9。

〔註89〕東漢・許慎著、清・段玉裁注，《說文解字》（台北：書銘出版社，民國82（1993）年10月七版），頁633。

漢也說:「氓」訓「民」已經很好了。〔註 90〕王先謙《集疏》引《韓詩》說:「氓,美貌。『蚩』亦作『嗤』。」〔註 91〕《釋文》除訓「氓,民也。」也引《韓詩》:「氓,美貌。」「氓」訓爲「美」會影響「蚩蚩」的訓詁。若是「美」則朱熹之訓則非也。《釋文》:「蚩蚩,尺之反,敦厚貌。」同《傳》。

馬瑞辰說:「氓,唐石經作『甿』。……《說文》又曰:『甿,田民也。』……《釋文》引《韓詩》云:『氓,美貌。』蓋以氓、藐一聲之轉,以氓爲『藐』之假借。《爾雅》:『藐藐,美也。』《說文》:『懇,美也。』藐即懇之假音也。然以氓爲美,與蚩蚩義不相貫,蚩蚩蓋極狀其癡昧之貌。」〔註 92〕又說:「《小爾雅》:『蚩,戲也。』……《一切經音義》引《倉頡》云:『蚩,笑也。』《文選》李《注》兩引《說文》:『蚩,笑也。』今本說文無蚩字。據《說文・欠部》有欰字,云『欰欰,戲笑貌』,蚩蚩即欰欰之俗。是蚩蚩又爲戲笑之貌。」〔註 93〕據馬所言「蚩蚩」爲「癡昧之貌」或「戲笑之貌」。因此他不贊同《韓詩》訓「氓」爲美,因如此則「蚩蚩」於文句不連貫。《說文》:「蚩,蚩蟲也。」段《注》:「假借爲氓之蚩蚩。」他引毛《傳》,並說:「《玉篇》曰:『癡也。』此謂《毛詩》又曰笑也;此謂假蚩爲蚩也。」〔註 94〕

李善云:「嗤與蚩同。」而江瀚《詩經四家詩異文考補》也引異文作「嗤嗤」,且其案語言:「嗤與蚩同。」《說文》:「嗤,笑也。」慧琳《音義》十五引《韓詩》作「蚩」,《音義》七卻引作「嗤」,且說:「志意和悅貌也」。則「蚩蚩」又有「和悅」之義。又《玉篇》:「蚩,癡也。」《廣雅》:「蚩蚩,亂也。」

陳奐《傳疏》:「敦亦厚也,言男子始來意甚敦厚,則蚩蚩然。《釋文》引《韓詩》『氓,美貌。』美貌謂之氓,蚩蚩爲美。毛韓訓異義同。」〔註 95〕陳奐認爲

〔註 90〕董同龢譯,《高本漢詩經注釋》(國立編譯館中華叢書編審委員會,民國 68(1979)年 2 月再版),頁 175。

〔註 91〕王先謙,《詩三家義集疏》(台北:明文書局,民國 77(1988)年 10 月 10 日初版),頁 290。

〔註 92〕馬瑞辰,《毛詩傳箋通釋》(北京:中華書局,2005 年 7 月北京第四次印刷),頁 210。

〔註 93〕同上註,頁 210。

〔註 94〕東漢・許慎、清・段玉裁注,《說文解字》(台北:書銘出版社,民國 83(1994)年 10 月七版),頁 674。

〔註 95〕陳奐,《詩毛氏傳疏》(台灣:學生書局,民國 75(1986)年 10 月第七次印刷),

訓「敦厚」或「美」均可。

陳喬樅《齊詩遺說考》:「此婦人追本男子誘己之時，與己戲笑，己悅之而以爲美。」依陳之言「蚩蚩」有「戲笑」之義。

高本漢認爲毛《傳》訓「蚩蚩，敦厚之貌。」沒佐證。他也不認同朱熹的「無知之貌」，但他同意慧琳《一切經音義》所訓「志意和悅貌也」。

由上可見「蚩蚩」之訓解各家解說有「敦厚之貌」、「戲笑貌」、「美貌」、「志意和悅貌也」歧見頗大，頗不易明確訓詁。

（七）清人在軸，駟介「陶陶」（鄭風・清人）

1、毛《傳》:「陶陶，驅馳之貌」；鄭《箋》無訓釋。

2、朱熹《詩集傳》:「樂而自適之貌」。

3、李雲光《毛詩重言通釋》:「二篇陶陶（君子陽陽、清人）之義略異，〈王風〉:『陶陶』爲『和樂貌』，乃僋字之假借；〈鄭風〉陶陶爲『驅馳貌』，乃駋字之假借。」〔註 96〕

4、屈萬里《詩經詮釋》:「和樂貌」。

5、竹添光鴻《毛詩會箋》:「〈祭義〉:『陶陶遂遂』，鄭《注》:『相隨行之貌』；《楚辭》:『哀歲冬夜兮陶陶』。《注》:『陶陶，長也』。《禮記》注有：『相隨之義』；《楚辭》注：『有長義』，合二注爲『不息義』。《傳》:『驅馳』即有『不息之義』，與久而不召義亦合」。

6、程俊英、蔣見元《詩經注析》「陶陶是駋駋的假借字。《說文》『駋，馬行貌』。」

【健章案】:「陶陶」有「驅馳之貌」、「和樂貌」和「相隨行之貌」。

《說文》:「陶，再成丘也，在濟陰。」〔註 97〕可知「陶」是個地名。《釋文》:「陶陶，徒報反，驅馳貌。」〔註 98〕同毛。王先謙《集疏》:「〈君子陽陽〉《傳》:

頁 165。

〔註 96〕李雲光，《毛詩重言通釋》（台灣：臺灣商務印書館，民國 67（1978）年 12 月初版），頁 29。

〔註 97〕東漢・許慎、清・段玉裁注，《說文解字》（台北：書銘出版社，民國 83（1994）年 10 月七版），頁 742。

〔註 98〕陸德明，《經典釋文》（孔子大全編輯委員會，濟南：山東友誼出版社，1990 年），頁 257。

『陶陶，和樂貌。』此因在詩中，易其文，猶暢樂義也。」〔註 99〕

陳奐《傳疏》：「陶即『騊』之假借。《説文》：『騊，馬行皃。』馬行謂之騊，重言騊騊。古聲匋、舀同。騊騊之爲陶陶，猶江漢滔滔。《風俗通義》作『江漢陶陶』之例。〈祭義〉『陶陶遂遂』。鄭《注》云：『相隨行之貌』，與《傳》驅馳之訓合。」〔註 100〕

高本漢《詩經注釋》二二〇條，他認爲朱熹訓「陶陶」爲「樂而自適之貌」是用「陶」的基本義，但他較贊同毛《傳》也認爲「陶陶」是「騊騊」假借，因爲有第一章「駟介旁旁」相應。

由上注釋可知「陶陶」有「驅馳之貌」、「和樂貌」（樂而自適之貌）和「相隨行之貌」，然用在詩義似均可通讀。

（八）揚之水，白石「鑿鑿」（唐風・揚之水）

1、毛《傳》：「鮮明貌。」

2、鄭《箋》：「激揚之水，波流湍疾，洗去垢濁，使白石鑿鑿然。」

3、朱熹《詩集傳》：「巉巖貌。」

4、高本漢《詩經注釋》：「《左傳・桓公二年》：『粢食不鑿』。杜預訓『鑿』爲『精』；《玉篇》引作『粢食不糳』，『糳』是本字；『鑿』在本篇和《左傳》都是假借字；《楚辭・九章》：『糳申椒以爲糧』。『糳』的本意是『潔淨的、洗濯過的』。在本篇也就是被激流的水沖刷光潔的意思。」〔註 101〕

5、屈萬里《詩經詮釋》：「鮮明貌。」

6、李雲光《毛詩重言通釋》：「鑿鑿爲鮮明貌。與濯濯、灼灼聲義皆相近。」〔註 102〕

【健章案】：「鑿鑿」異文作「糳糳」，「糳糳」爲本字，以「鮮明」或「鮮潔」

〔註 99〕王先謙，《詩三家義集疏》（台北：明文書局，民國 77（1988）年 10 月 10 日初版），頁 344。

〔註 100〕陳奐，《詩毛氏傳疏》（台北：台灣學生書局，民國 75（1986）年 10 月第七次印刷），頁 211。

〔註 101〕董同龢譯，《高本漢詩經注釋》（國立編譯館中華叢書編審委員會，民國 68（1979）年 2 月再版），頁 298。

〔註 102〕李雲光，《毛詩重言通釋》（台北：臺灣商務印書館，民國 67（1978）年 12 月初版），頁 72。

爲是。王筠《毛詩重言》無注。《釋文》:「鑿鑿，子洛反。」也只注音未言其義。

《說文》:「鑿，所以穿木也。」段《注》:「……穿木之器曰『鑿』，因之既穿之孔亦曰『鑿』矣。」〔註103〕依據段《注》鑿爲工具，此只借其音。

于茀《金石簡帛詩經研究・阜陽漢簡詩經》和陸錫興《詩經異文研究》引異文作白石「糳糳」。于茀說：「今本《毛詩》作『鑿鑿』，《毛傳》:『鑿鑿，鮮明貌』。陳奐《詩毛氏傳疏》:『鑿讀爲糳』。《說文》:『鑿，所以穿木也。』『糳，糲米一斛，舂米八斗曰糳。』糳爲精米，粲然有光。因此，『鑿』當是『糳』的假借字。」〔註104〕陸錫興：「簡文用本字，《毛詩》用假借字。」〔註105〕又《說文》「糳，糲米一斛舂爲八斗曰糳。」段《注》:「經傳多假鑿爲糳。」〔註 106〕段《注》明說「鑿」和「糳」的假借關係。

陳奐《傳疏》:「『鑿』讀爲『糳』。」他引《說文》「糳」字訓，且說：「爲米六斗大半斗曰粲。故鮮明謂之粲亦謂之鑿。重言之曰粲粲，亦鑿鑿也。聲義皆相近。」〔註107〕也就是「鑿鑿」即是「粲粲」，也就是毛說的「鮮明貌」。且依鄭《箋》可知欲用「激揚之水」沖刷使白石露出原來「潔白鮮明」的面貌，馬瑞辰則說：「〈揚之水〉蓋以喻晉昭微弱，不能制桓叔而轉封沃，以使之強大，則有如水之激石，不能傷石而益使之鮮潔。」〔註 108〕其所重亦在「鮮潔」，而朱子言「水緩弱而石巉巖，以比晉衰而沃盛」，故訓「鑿鑿」爲「巉巖貌」。但是若依「揚之水，白石鑿鑿」言之，「揚」爲水激揚，非水緩弱，朱子所訓未切詞義，高本漢和楊合鳴亦駁斥朱熹所訓，高氏認爲「鑿鑿」爲「鮮明貌」還有「白石皓皓」作佐證，故「鑿鑿」以「鮮明」或「鮮潔」爲是。

〔註103〕東漢・許愼著、清・段玉裁注，《說文解字》（台北，書銘出版社，民國 82（1993）年 10 月七版），頁 713。

〔註104〕于茀，《金石簡帛詩經研究》（北京：北京大學出版社，2004 年 10 月第一次印刷），頁 79。

〔註105〕陸錫興，《詩經異文研究》（中國社會科學出版社，2002 年 10 月第二次印刷），頁 27。

〔註106〕東漢・許愼著、清・段玉裁注，《說文解字》（台北，書銘出版社，民國 82（1993）年 10 月七版），頁 337。

〔註107〕陳奐，《詩毛氏傳疏》（台灣：臺灣學生書局，民國 75（1986）年 10 月第七次印刷），頁 283。

〔註108〕馬瑞辰，《毛詩傳箋通釋》（北京：中華書局，2005 年 7 月第四次印刷），頁 341。

（九）羔裘豹袪，自我人「居居」（唐風・羔裘）

1、毛《傳》：「自，用也。居居，懷惡不相親比之貌。」

2、鄭《箋》：「其意居居然有悖惡之心，不恤我之困苦。」

3、《正義》：「釋訓云：居居、究究，惡也。李巡曰：居居，不狎習之惡。孫炎曰：究究、窮極人之惡。此言懷惡而不與民相親，是不狎習也。」

4、朱《傳》：「未詳。」

5、王筠《毛詩重言》：無訓解。

6、高本漢《詩經注釋》：「《爾雅》簡單的說：『居居、究究，惡也。』……王先謙進一步以爲『居』就是『倨』的假借字，用我們的人傲慢。馬瑞辰以爲『居居』是『裾裾』的假借字：用我們的人穿著很奢華。馬氏以『居』爲『裾』的假借字不如王氏以爲『倨』的假借字。」〔註109〕

7、李雲光《毛詩重言通釋》：「居居爲不相親比之貌，與『踽踽』聲義相近。」〔註110〕

8、屈萬里《詩經詮釋》：「讀爲裾裾，衣服盛貌：馬瑞辰說。自我人居居者，爲其裾裾然華盛之裘，出自我人也。」

【健章案】：「居居」訓爲「盛服貌」較好。正字爲「倨倨」或「裾裾」。《釋文》：「如字，又音據，懷惡不相親比之貌。」〔註111〕同毛《傳》。《爾雅・釋訓》：「居居、究究，惡也。」郭《注》：「皆相憎惡。」〔註112〕《爾雅》所言應是毛《傳》所據。《說文》：「居，蹲也。」〔註113〕《方言》：「鼻，始也。……梁益之間謂鼻爲初，或謂之祖，祖，居也。」〔註114〕也就是說「居」是「始」的別

〔註109〕董同龢譯，《高本漢詩經注釋》（台北：國立編譯館中華叢書編審委員會編印，民國68（1979）年2月再版），頁305。

〔註110〕李雲光，《毛詩重言通釋》（台灣：臺灣商務印書館，民國67（1978）年12月初版），頁95。

〔註111〕陸德明，《經典釋文》（孔子大全編輯委員會，濟南：山東友誼出版社，1990年），頁272。

〔註112〕周祖謨，《爾雅校箋》（昆明，雲南人民出版社，2004年11月第一版第一次印刷），頁38。

〔註113〕東漢・許慎著清・段玉裁注《說文解字》（台北，書銘出版社，民國82（1993）年10月七版），頁403。

〔註114〕周祖謨，《方言校箋》（北京：中華書局，2004年11月），頁84。

語。

《毛傳》言：「懷惡不相親比。」王先謙《集疏》：「《魯》說曰：『居居、究究，惡也。』又曰：『不狎習之惡』。」〔註 115〕王氏引胡承珙之見認爲：「居又與『倨』通。」〔註 116〕《說文》訓「倨」有「不遜」之義，也就是「倨傲無禮」，因此有「惡」之意。

馬瑞辰《通釋》：「瑞辰按：《爾雅》：『居居、究究，惡也。』惡讀如愛惡之惡，釋《詩》義，非詁《詩》辭，蓋言惡在位者徒有此盛服而不恤其民，非訓居居、究究爲惡也。」又言：「古居處之居作凥，居爲古踞字，《釋文》：『居又音據』是也。踞通作居，故《說文》曰：『裾，讀與居同』。《荀子・子道篇》：『子路盛服見孔子，子曰：由，是裾裾何也？』楊倞《注》：『裾裾，衣服盛貌。』《說苑》『裾裾』作『襜襜』。此詩『居居』承上『羔裘豹袪』，正當讀作裾裾，言其徒有此盛服也。……究究猶居居，蓋窮極奢侈之意，亦盛服貌。」〔註 117〕依馬氏所言「居居」爲「裾裾」之假借字，應訓爲「盛服貌」，並且以《荀子》爲佐證。屈萬里《詩經詮釋》採馬瑞辰的說法。

陳奐《傳疏》：「居居、究究，皆不恤其民之謂。……居居與上篇『湑湑』、『踽踽』聲義相近。《晉語》：『暇豫之吾吾，不如鳥烏。』韋《注》：『吾讀如魚。吾吾，不敢自親之貌也』。《御覽》人事部一百十引《國語》舊注：俉俉，疏遠之貌。《淮南子・覽冥篇》：『臥倨倨』。高《注》：『倨倨，臥無思慮也。』倨讀虛田之虛，聲義竝相近。」〔註 118〕依據陳奐所言，他認爲「居居」是「不恤其民」或「疏遠之貌」。

「自我人居居」除「居居」難解外，「自我人」也相當不易解釋。「自」，毛《傳》有兩訓，其一是〈綿〉〈執競〉中訓爲「用」，其二是〈皇矣〉〈召旻〉則訓爲「從」。在此詩「自我人」《箋》從《傳》訓爲「役使我之民人」，陳奐說：

〔註 115〕王先謙，《詩三家義集疏》（台北：明文書局，民國 77（1977）年 10 月 10 日初版），頁 426。

〔註 116〕同上註，頁 426。

〔註 117〕馬瑞辰，《毛詩傳箋通釋》（北京：中華書局，2005 年 7 月北京第四次印刷），頁 350。

〔註 118〕陳奐，《詩毛氏傳疏》（台北：台灣學生書局，民國 75（1986）年 10 月第七次印刷），頁 291。

「我人，我民人也」。楊合鳴訓爲「對於我那個人」，但是將「自」說成「對於」，呂珍玉〈《詩經》「居」字用法歧義考辨〉認爲「無據」。〔註 119〕然「自我人」的解釋影響「居居」要訓爲「倨倨」的假借，亦或是「裾裾」。呂珍玉認爲馬瑞辰將「居居」作爲「裾裾」的假借，訓爲「盛服貌」較好。「自」宜近於「從」，做「出自」講較切詩義。

（十）於我乎，夏屋「渠渠」，今也每食無魚（秦風・權輿）

1、毛《傳》：「夏，大也。」（「渠渠」無注。）

2、鄭《箋》：「夏，具也。渠渠猶勤勤也，言君始於我厚，設禮食大具以食我，其意勤勤然。」

3、《正義》：「案崔駰〈七依〉說宮室之美云：『夏屋渠渠』。王肅云：『屋則立之於先君，食則受之於今君，故居大屋而食餘。』義似可通。鄭不然者，詩刺有始無終，上言於我乎，謂始時也。下言今也，謂其終時也。始則大具，今終則無餘。猶下章始則四簋，今則不飽。皆說飲食之事，不得言屋宅也。」

4、朱熹《詩集傳》：「深廣貌。」

5、王筠《毛詩重言》：「《傳》云：『夏，大也。』然則『渠渠，大皃也』。《廣雅》：『渠渠，盛也。』屋既大，未有不美盛者，是亦一義引伸也。《箋》云：『猶勤勤也』。則主秦君禮義言之。蓋以渠、劬同聲，故立此說，然別自成義。」

6、李雲光《毛詩重言通釋》：「渠渠爲高大貌。渠渠與『仡仡』聲義相近。」〔註 120〕

7、高本漢《詩經注釋》：「毛《傳》：『夏，大也。』……毛《傳》只用這麼多，分明以爲本句其他的字都用普通的意義，所以這句是『大屋子宏大』。『渠渠』《荀子・彊國篇》有『渠衝』。《魯詩》訓『渠渠』爲『盛』。鄭《箋》：『猶勤勤也』。所以，『他殷勤的多具備（食物）』。『夏屋』是

〔註 119〕呂珍玉〈《詩經》「居」字用法歧義考辨〉（東海大學學報第三十九卷（一），民國 87（1998）年 7 月），頁 6。

〔註 120〕李雲光，《毛詩重言通釋》（台北：台灣商務印書館，民國 67（1978）年 12 月初版），頁 99。

有實例了複詞，『渠渠』訓大有佐證。」〔註 121〕

8、屈萬里《詩經詮釋》：「猶勤勤，即殷勤也。」

【健章案】：「渠渠」或作「蘧蘧」兩者或爲方言或爲無本字假借。

《釋文》：「屋如字，具也。渠渠，其居反，猶勤勤也。」〔註 122〕《說文》：「渠，水所居也。」〔註 123〕可知「渠渠」乃借其音。陳喬樅《詩經四家詩異文考》說：「《文選．靈光殿賦》注引崔駰〈七依〉曰：『夏屋蘧蘧』。」〔註 124〕可知「渠渠」異文作「蘧蘧」，《說文》：「蘧，蘧麥也。」〔註 125〕是一種麥類，亦是借音。

江瀚《詩經四家異文考補》作「廈屋渠渠」。王先謙《集疏》：「《魯》說曰：『夏，大屋也。』引《詩》又曰：『渠渠，盛也』，亦作『蘧蘧』。《韓詩》曰：『殷商屋而夏門也。』……《淮南．本經訓》高《注》：『夏屋，大屋也。』……李《注》引崔駰〈七依〉曰：『夏屋蘧蘧，高也。音渠。』案渠與蘧通。《左氏春秋》十五年『齊侯次子渠蒢』，《公羊》作『蘧蒢』。〈西京賦〉『蘧藕』，薛綜《注》以『蘧』爲『芙渠』，是其明證。……夏者『廈』之假借。……『夏門』者，大門也。」〔註 126〕依據王先謙《集疏》江氏所列異文「廈」爲「夏」之本字，訓爲大。可知「渠渠」與「蘧蘧」相同。

陳奐《傳疏》：「『渠渠』無《傳》。詁，夏爲大，則渠渠爲大皃。《文選．王延壽魯靈光殿賦》：『揭蘧蘧而騰湊』。……案蘧與渠通。《廣雅》：『渠渠，盛也』。義蓋本三家詩。」〔註 127〕

〔註 121〕董同龢譯，《高本漢詩經注釋》（台北：國立編譯館中華叢書編審委員會編印，民國 68（1979）年 2 月再版），頁 334。

〔註 122〕陸德明，《經典釋文》（孔子大全編輯委員會，濟南：山東友誼出版社，1990 年），頁 279。

〔註 123〕東漢．許慎著、清．段玉裁注《說文解字》（台北，書銘出版社，民國 82（1993）年 10 月七版），頁 559。

〔註 124〕陳喬樅，《詩經四家詩異文考》（《詩經要籍集成》第 40 冊，中國詩經學會編，北京：學苑出版社，2002 年），頁 374。

〔註 125〕同上註，頁 25。

〔註 126〕王先謙，《詩三家義集疏》（台北：明文書局，民國 77（1988）年 10 月 10 日初版），頁 459。

〔註 127〕陳奐，《詩毛氏傳疏》（台北：台灣學生書局，民國 75（1986）年 10 月第七次印

馬瑞辰《通釋》:「《爾雅・釋言》:『握,具也。』郭《注》:『謂備具。』《箋》本《爾雅》,以夏屋爲禮食大具,其說是也。……《廣雅》:『渠渠,盛也。』『夏屋渠渠』正狀其禮食大具之盛。《箋》訓爲勤勤,失之。王肅以屋爲居室,惠周惕、戴震竝以夏屋猶言大房,皆不若《箋》訓大具爲確。」〔註128〕可知馬瑞辰認爲「夏屋」爲「大食具」。

要了解「渠渠」必先正確的知道「夏屋」是指何物?《箋》以「夏屋爲禮食大具」,馬瑞辰《通釋》說:「夏屋爲大具,猶《論語》言『盛饌』,《國語》言『侁飯』也。」〔註129〕屈萬里言「夏屋」爲大具,即是盛饌之意;聞一多《詩風類鈔》:「『夏屋』蓋食器也,房俎之類,狀如屋,故名。」朱子所謂「夏屋」指的是大屋。若「夏屋」所言是大屋則「渠渠」乃是形容屋「宏大」或「深廣」;若「夏屋」是「大具」那「渠渠」便是精美而豐盛的食物了。但因本句後接「今也每食無餘」,既涉及到「食」以前「食具」較切詩義。

(十一)蜉蝣之羽,衣裳「楚楚」(曹風・蜉蝣)

1、毛《傳》:「鮮明貌。」

2、鄭《箋》:「……喻昭公之朝,其群臣皆小人也,徒整飾其衣裳,不知國之將迫脅……。」

3、《說文》:「䖳,會五彩鮮皃。《詩》曰:『衣裳䖳䖳』。」段《注》:「……〈曹風・蜉蝣〉曰:『衣裳楚楚』,《傳》曰:『楚楚,鮮明皃』,許所本也。䖳其正字,『楚』其假借字也。蓋三家詩有作䖳䖳者,如毛革韓鞹之比。」〔註130〕

4、朱熹《詩集傳》:「鮮明貌。」

5、王筠《毛詩重言》:無訓釋。

6、高本漢《詩經注釋》:「毛傳:鮮明貌。……(蜉蝣翅膀)是鮮明的衣服;

刷),頁320。

〔註128〕馬瑞辰,《毛詩傳箋通釋》(北京:中華書局,2005年7月北京第四次印刷),頁397。

〔註129〕同上註。

〔註130〕東漢・許慎、清・段玉裁注,《說文解字》(台北:書銘出版社,民國83(1994)年10月七版),頁368。

沒有佐證。另一說，『楚楚』就是『盛』：（蜉蝣的翅膀）是豐盛的衣服。參看《戰國策・秦策》：『楚服而見』（注『楚』，盛也）；〈小雅・楚茨〉：『楚楚者茨』（毛傳『楚楚』，茨貌），朱熹，『楚楚，盛密貌』；〈賓之初筵〉：籩豆有楚（毛傳訓『楚』爲『列』）。另一家（《說文》引）作『衣服髗髗』，沒有佐證，有些晚期的學者以爲毛詩的『楚』就是『髗』的假借字，不過這個揣測是毫無理由的。」〔註 131〕

7、李雲光《毛詩重言通釋》：「楚楚爲布列貌。〔註 132〕〈蜉蝣篇〉：『衣裳楚楚』與次章『采采衣服』句法畧異，『楚楚』似不當爲『鮮明貌』，而宜作上衣下裳布列整齊解。《說文》：『髗』蓋後起專字不足爲據。」〔註 133〕

8、屈萬里《詩經詮釋》：「鮮明貌。」

【健章案】：「楚楚」爲假借字，本字爲「髗髗」，鮮明貌。

「楚楚」衣服鮮豔之貌，此《爾雅》無注。《說文》：「楚，叢木。一名荊也。」段《注》：「〈小雅〉，《傳》曰：楚楚，茨棘貌」……。」可知「楚楚」必是假借字。《釋文》：「如字，鮮明貌。」引《說文》作「髗髗」。〔註 134〕馬瑞辰《通釋》：「楚楚即『髗髗』之假借。『髗』，從虘聲，虘從且聲，楚從疋，古讀如『胥』，與『且』同聲，故通用。『髗髗』作『楚楚』，猶〈賓之初筵〉：『籩豆有楚』，義同〈韓奕〉：『籩豆有且』。」〔註 135〕

陳奐《傳疏》：「……『髗』、『楚』同聲，『髗髗』本字，『楚楚』假借字。……蓋許取《三家詩》之本字，以明《毛詩》之借字。凡冕服上衣下裳，五采皆於裳，『髗髗』指繡裳而言，故《說文》入『黹』部。『黹』、『繡』義同。」〔註 136〕

〔註 131〕董同龢譯，《高本漢詩經注釋》（台北：國立編譯館中華叢書編審委員會編印，民國 68（1979）年 2 月再版），頁 364。

〔註 132〕〈小雅・賓之初筵〉：「籩豆有楚」，毛《傳》：「楚，列貌。」

〔註 133〕李雲光，《毛詩重言通釋》（台北：台灣商務印書館，民國 67（1978）年 12 月初版），頁 104。

〔註 134〕陸德明，《經典釋文》（孔子大全編輯委員會，濟南：山東友誼出版社，1990 年），頁 287。

〔註 135〕馬瑞辰，《毛詩傳箋通釋》（北京：中華書局，2005 年 7 月北京第四次印刷），頁 435。

〔註 136〕陳奐，《詩毛氏傳疏》（台北：台灣學生書局，民國 75（1986）年 10 月第七次印刷），頁 352。

所以，他認爲「楚楚」是鮮明之義。

王先謙《詩三家義集疏》：「『衣裳楚楚』，指群臣言。三家『楚』作『髗』。」〔註 137〕王也引《說文》，且據段《注》以爲「楚楚」爲借字；《詩考》、陳喬樅《詩經四家詩異文考》均有「髗」異文。而〈詩序〉云：「蜉蝣，刺奢也。」蓋既刺奢衣當華美鮮豔，李雲光說：「上衣下裳布列整齊」或從華美鮮豔引申其義。

（十二）蜉蝣之翼，「采采」衣服（曹風・蜉蝣）

1、毛《傳》：「眾多也。」

2、鄭《箋》無訓釋。

3、《說文》：「采，捋取也。」段《注》：「〈大雅〉曰：『捋采其劉』；〈周南・芣苡〉，《傳》曰：『采，取也』；又曰：『捋，取也』。是采、捋同訓也，詩又多言『采采』；〈卷耳〉，《傳》曰：『采采，事采之也』，此謂上『采』訓『事』，下『采』訓『取』；而〈芣苡〉曰：『采采』非一辭也。〈曹風〉：『采采衣服』，《傳》曰：『采采，眾多也』；〈秦風・蒹葭〉：『采采』，《傳》曰：『采采猶萋萋也』，此三傳義略同，皆謂可采者，眾也。」〔註 138〕

4、朱熹《詩集傳》：「華飾也。」

5、高本漢《詩經注釋》：「毛傳：采采，眾多也。所以：蜉蝣的翅膀——他們是很多的衣服。《釋文》引韓詩訓『采采』爲『盛貌』……他們是豐盛的衣服。朱熹：『采采』華飾也，這確實表示朱氏用『色彩』的意思，譯是，蜉蝣的翅膀——他們是有顏色的衣服。」〔註 139〕【健章案：高氏贊同朱子，因有《晏子春秋・內篇諫下》：「身服不雜綵」，爲印證。】

6、李雲光《毛詩重言通釋》：「楚楚，於衣裳之下，爲衣裳之貌。今采采在衣服上故知言多有衣服、非衣裳之貌也。……采采爲鮮盛貌，狀物之有文采也。〈大東篇〉：『采采衣服』。《傳》云：『鮮盛貌』。『采』『粲』一

〔註 137〕王先謙，《詩三家義集疏》（台灣：明文書局，民國 77（1988）年 10 月 10 日初版），頁 494。

〔註 138〕東漢・許慎著、清・段玉裁注，《說文解字》（台北：書銘出版社，民國 82（1993）年 10 月七版），頁 270。

〔註 139〕董同龢譯，《高本漢詩經注釋》（台北：國立編譯館中華叢書編審委員會編印，民國 68（1979）年 2 月再版），頁 325。

聲之轉。」〔註 140〕

7、屈萬里《詩經詮釋》:「美盛貌。(參看〈周南·卷耳〉〈芣苢〉、〈秦風·蒹葭〉)」

【健章案】:「采采」應爲華美鮮明。

王筠《毛詩重言》只釋〈卷耳〉「采采卷耳」和〈芣苢〉「采采芣苢」,且說其爲「可以不必重而重者。」〔註 141〕而《爾雅》、《釋文》、《廣雅疏證》、馬瑞辰《通釋》無注,且無異文爲輔。

陳奐《傳疏》:「采采,眾多,謂文采之眾多也。《文選》禰衡〈鸚鵡賦〉注引《韓詩》『采采衣服』;薛君章句云:『采采,盛貌。』盛亦眾多也。」〔註 142〕王先謙《詩三家義集疏》:「《韓詩》曰:『采采衣服』。《韓》說曰:『采采,盛貌。』……『盛貌』與『眾多』意同,言其群臣競侈衣服,故《韓》曰:『盛貌』,《毛》曰『眾多』也。」〔註 143〕所以,王氏以爲毛訓「眾多」是正確的。〈秦風·蒹葭〉:「蒹葭采采」之「采采」,毛曰:「猶淒淒也。」「淒淒猶蒼蒼也。」「蒼蒼」,毛《傳》:「盛也」,也就是「茂盛之意」,而朱熹《詩集傳》訓爲「華飾」或許是從「眾多」中引申出來的。

綜合上述,此句「采采」依然要訓爲鮮明華美,因爲承上句「蜉蝣之翼」而來,與首章概念相同,所以上句「蜉蝣之翼」,可譯爲「蜉蝣的羽翼像華美衣裳一樣美麗」,依此,「采采」訓爲華美鮮明,比訓「眾多」爲長,且修飾其下所接的名詞「衣服」。

(十三)彼求我者,如不我得。執我「仇仇」,亦不我力(小雅·正月)

1、毛《傳》:「仇仇猶謷謷也」。

2、鄭《箋》:「王既得我,執留我,其禮待我謷謷然。」

〔註 140〕李雲光,《毛詩重言通釋》(台北:台灣商務印書館,民國 67(1978)年 12 月初版),頁 8。

〔註 141〕王筠,《毛詩重言》(式訓堂叢書,嚴一萍選輯,板橋:藝文印書館,民國 57(1968)年),頁 12。

〔註 142〕陳奐,《詩毛氏傳疏》(台北:學生書局,民國 75(1986)年 10 月第七次印刷),頁 352。

〔註 143〕王先謙,《詩三家義集疏》(台北:明文書局,民國 77(1988)年 10 月 10 日初版),頁 495。

3、《正義》：「《釋訓》：『仇仇、敖敖，傲也』。義同故猶之。」

4、朱熹《詩集傳》：「執我堅固如仇讎然，然終亦莫能用也。」

5、高本漢《詩經注釋》：「……《逸周書》：『極刑則仇仇』。他扣留我，好像我是敵人。……」〔註 144〕

6、李雲光《毛詩重言通釋》：「仇仇為傲慢貌，與究究不相親比之義相近。」〔註 145〕

7、屈萬里《詩經詮釋》：「仇人也」。

8、陳子展《詩經直解》：「掌握我了又慢慢擱起。」

【健章案】：「仇仇」或為「傲慢之義」。于茀《金石簡帛詩經研究》引郭店楚簡《緇衣》第十章引詩：「皮求我則，女不我得，執我『裁裁』，亦不我力。」〔註 146〕他說：「『裁裁』《毛詩》作『仇仇』。金文『仇』字有從戈求聲者，中山王譽鼎『仇』字作『䞈』。『裁』、『𢦏』皆隸定為『戟』，假借為『仇』。」〔註 147〕

毛《傳》：「仇仇猶謷謷也」。《說文．言部》：「謷，不省人言也。」《爾雅．釋訓》：「仇仇、敖敖，傲也。」郭《注》：「皆傲慢賢者。」〔註 148〕

《禮記．緇衣》有引此詩，鄭《注》：「既得我，持我仇仇然不堅固，亦不力用我，是不親信我。」「持我仇仇然不堅固」王念孫說：「即是緩持之義。」

王引之《經義述聞》引其父解說《禮記．緇衣》鄭《注》說：「仇仇或作『执执』。《廣雅》：『执执，緩也。』《集韻》曰：『执执，緩持也。』持我仇仇然不堅固，即是緩持之義，與《廣雅》同，與《爾雅》、毛《傳》，詩《箋》皆異，蓋本於三家也。今案彼求我，則如不我得，言求我之急。『執我仇仇』，亦不我力，言用我之緩也。三復詩詞，則緩於用賢之說為切，而傲賢之說為疏。」〔註 149〕

〔註 144〕董同龢譯，《高本漢詩經注釋》（台北：國立編譯館中華叢書編審委員會編印，民國 68（1979）年 2 月再版），頁 532。

〔註 145〕李雲光，《毛詩重言通釋》（台北：台灣商務書局，民國 67（1978）年 12 月初版），頁 25。

〔註 146〕于茀，《金石簡帛詩經研究》（北京：北京大學出版社，2004 年 10 月第一次印刷），頁 109。

〔註 147〕同上註。

〔註 148〕周祖謨，《爾雅校箋》（昆明，雲南人民出版社，2004 年 11 月第一版第一次印刷），頁 38。

〔註 149〕王引之，《經義述聞》（孔子大全編輯委員會，濟南：山東友誼出版社，1990 年），

陳奐《傳疏》也引《緇衣》並說：「緩持、傲慢一也。」而屈萬里《詩經注釋》：「言當政者拘執我之仇人，則不肯為我盡力也。」將「仇仇」訓為「仇人」，當作名詞而高本漢亦將「仇仇」當名詞，但《毛詩》中重言當名詞僅「燕燕」、「子子」、「孫孫」三例，餘皆作形容詞。所以呂珍玉師認為將「仇仇」當作「仇人」，「恐怕無必然理由」。〔註 150〕王念孫和陳奐引《禮記・緇衣》以申說毛，因此撰者也認為「無理由不接受毛《傳》。」

（十四）「蛇蛇」碩言，出自口矣（小雅・巧言）

1、《毛傳》：「淺意也。」

2、鄭《箋》無訓釋。

3、《正義》：「蛇蛇然淺意之大言。」

4、朱熹《詩集傳》：「安舒也。」

5、李雲光《毛詩重言通釋》：「蛇蛇為欺罔誇大之皃。」〔註 151〕

6、高本漢《詩經注釋》：「《呂氏春秋・貴公篇》高注引詩作『虵虵碩言』……。《毛傳》：『蛇蛇，淺意。』……是『淺薄、虛假』的意思。所以：那些虛假的大話。……『蛇』顯然是假借字……本字『訑（詑）』……《孟子・告子下》：『訑訑之聲音顏色』。」〔註 152〕【高氏說：「朱《傳》：安舒，大話很（舒服＝）順耳」】

7、屈萬里《詩經詮釋》：「音迤，即《孟子》之『訑訑』。馬瑞辰云：『大言欺世之貌』。」

8、陳子展《詩經直解》：「誇誇其談的大言。《魯》：『蛇蛇』作『虵虵』。」〔註 153〕

【健章案】：「蛇蛇」假借字，本字為「訑訑」，或作「虵虵」、「詑詑」。《釋

頁 596。

〔註 150〕呂珍玉，〈讀屈萬里先生《詩經詮釋・雅頌》疑義〉，《東海大學文學院學報》，第 44 卷（民國 91 年 7 月出版），頁 7。

〔註 151〕李雲光，《毛詩重言通釋》（台北：台灣商務印書館，民國 67（1978）年 12 月初版），頁 128。

〔註 152〕董同龢譯，《高本漢詩經注釋》（台北：國立編譯館中華叢書編審委員會編印，民國 68（1979）年 2 月再版），頁 595。

〔註 153〕陳子展，《詩經直解》（上海：復旦大學出版，1994 年）。

文》:「蛇蛇，以支反，淺意也。」〔註154〕同《傳》。《說文》:「蛇」爲「它」之重文。許訓說:「它，虫也。从虫而長，象冤曲垂尾形。上古艸居患它，故相問無它乎。」段《注》:「〈羔羊〉《傳》曰『委蛇，形可從迹也。』亦引申之義也。」〔註155〕從《說文》知「蛇蛇」在此必定是假借字。

陳喬樅《詩經四家詩異文考》引異文作「虵虵」；江瀚《詩經四家詩異文考補》作「�譃碩言」。江瀚案語:「譃，今《玉篇》作『訑』……。」〔註156〕王先謙《集疏》說:「《魯》『蛇蛇』一作『虵虵』。……《潛夫論・交際篇》:《詩》傷『蛇蛇碩言，出自口矣。』……一作『虵虵』。《呂覽・重己篇》高《注》:『酏，讀如《詩》虵虵碩言之虵。……『虵』是『蛇』的俗體，『蛇蛇』又作『詑詑』之借字。《說文》『詑』下云:『沇州謂欺曰詑。』『訑』亦即『詑』之俗體。『詑詑碩言』，正謂大言欺人，毛訓『淺義』，於義未確。』」〔註157〕王先謙以爲「蛇蛇」爲「詑詑」之假借，其義爲「大言欺人」。

馬瑞辰《通釋》:「蛇蛇即『訑訑』之假借也。《孟子》:『則人將曰訑訑』，趙《注》:『訑訑者，自足其智，不嗜善言之貌。』《音義》引張氏曰:『訑訑，蓋言詞不正，欺罔於人，自誇大之貌。』《廣雅》:『詑，欺也。』《玉篇》:『訑，詭言也。』《燕策》:『寡人甚不喜訑者言也。』竝以『訑』爲詭言欺人。重言之則曰『訑訑』。……『虵虵』蓋大言欺世也。」〔註158〕馬氏認爲「蛇蛇」之本字爲「訑訑」且爲「大言欺世」之義。

王筠《毛詩重言》:「陳碩甫曰:蛇蛇與詍詍通，《傳》『淺』字與《公羊傳》『諓諓善竫言』同。筠案:《潛夫論》云:『淺淺善靖，俾君子怠。』即用〈秦誓〉

〔註154〕陸德明，《經典釋文》(孔子大全編輯委員會，濟南:山東友誼出版社，1990年)，頁328。

〔註155〕東漢・許愼著、清・段玉裁注《說文解字》(台北:書銘出版社，民國82(1993)年10月七版)，頁684。

〔註156〕江瀚，《詩經四家詩異文考補》(《詩經要籍集成》第41冊，中國詩經學會編，北京:學苑出版社，2002年)，頁11。

〔註157〕王先謙，《詩三家義集疏》(台北:明文書局，民國77(1988)年10月10日初版)，頁706。

〔註158〕馬瑞辰，《毛詩傳箋通釋》(北京:中華書局，2005年7月北京第四次印刷)，頁654。

也，與《傳》淺字合。《廣雅》:『諓諓，善也。』則已誤會《傳》意。」〔註159〕王筠疏通《傳》義。又《說文》:「諓，善言也。一曰：�也。」〔註160〕

陳奐《傳疏》:「《孟子・告子篇》:『訑訑之聲音顏色。』趙《注》:『訑訑，自足其智，不嗜善言之貌。』蛇與訑聲同而義近。〈板〉《傳》:『泄泄猶沓沓也。』《說文》引作呭，又作訑，多言也。蛇與泄、呭、詍又竝聲轉而義通。」〔註161〕他又說：「《傳》云：『淺意也』者，淺讀與諓同。文十二年《公羊傳》引《書》:『惟諓諓善竫言。』何《注》云：『諓諓，淺薄之貌。』越語『又安知是諓諓者乎。』韋《注》云：『諓諓，巧辯之言。』《公羊》、《釋文》引賈注《國語》云：『諓諓、巧言也。』《楚辭・九歎》:『讒人諓諓，孰可愬兮。』王《注》云：『諓諓、讒言貌。』引《書》『諓諓竫言。』《潛夫論・救邊篇》云：『淺淺善靖，俾君子怠。』《鹽鐵論・論誹篇》云：『淺淺面從，以成人之過。』竝與《傳》訓合。解者多以淺近申《傳》，失其義矣。」〔註162〕依據陳奐之言毛《傳》訓「淺意」有「巧辯之言」、「淺薄之貌」、「讒言貌」等諸義而非「淺近」。

朱駿聲《說文通訓定聲》:「《廣雅・釋詁二》:「『他、欺也。』字亦作『訑』、作『詑』、作『訑』、作『他』。《國策》:『寡人正不喜訑者言也。』又重言形況字。假借爲『迆』。」〔註163〕朱氏認爲「蛇蛇」又可寫爲「他他」。然「碩」有「大義」。「大言者，言不顧其行，徒從口出，非由心也。」也就「大言欺世」之義，朱熹訓爲「安舒也」，高本漢認爲不可信。

（十五）「佻佻」公子，行彼周行（小雅・大東）

1、毛《傳》:「佻佻，獨行貌。」

2、鄭《箋》無訓釋。

〔註159〕王筠，《毛詩重言・上篇》（式訓堂叢書，嚴一萍選輯，臺北：藝文印書館，民國57（1968）年），頁13。

〔註160〕東漢・許慎、清・段玉裁注，《說文解字》（台北：書銘出版社，民國83（1994）年10月七版），頁94。

〔註161〕陳奐，《詩毛氏傳疏》（台北：台灣學生書局，民國75（1986）年10月第七次印刷），頁532。

〔註162〕同上註。

〔註163〕朱駿聲，《說文通訓定聲》（台北：藝文印書館，民國64（1975）年8月三版），頁516。

3、朱熹《詩集傳》:「佻佻，輕薄不奈勞苦之貌。」

4、王筠《毛詩重言》:「《釋文》佻本或作「窕」。《韓詩》作『嬥嬥』，往來貌。《說文》:『嬥，直好皃。』蓋不主本詩。《楚辭・九歎》注引作『苕苕』。『兆』、『翟』、『苕』三聲疊韻。」〔註164〕

5、李雲光《毛詩重言通釋》:「佻佻爲急行皃。與躍躍、趯趯聲義相近。」〔註165〕

6、屈萬里《詩經詮釋》:「佻佻，獨行貌（本毛傳）。釋文引韓詩，佻佻作嬥嬥，云:『往來貌』。」

7、高本漢《詩經注釋》:「韓詩（釋文引）作『嬥嬥公子』;《魯詩》（楚辭引）作『苕苕公子』,『苕』是『佻』的同音假借。……無論字形用『佻』、『嬥』或是『苕』。全文是『佻佻公子，行彼周行』。既往既來使我心疚。用《韓詩》解釋最切實。」〔註166〕

8、陳子展《詩經直解》「急急遠行。魯，佻作『苕』；韓作『嬥』。」〔註167〕

【健章案】:「佻佻」或作「嬥嬥」或作「苕苕」，訓爲「直好貌」。

《釋文》:「佻佻，徒彫反。徐又徒了反；沈又徒高反。獨行貌。《韓詩》作『嬥嬥，往來貌。』並音挑。本或作『窕』，非也。」〔註168〕陸氏不認爲應作「窕」。但王筠所引或作「窕」。《爾雅・釋訓》:「佻佻、契契，愈遐急也。」郭《注》:「賦役不均，小國困竭，賢人憂歎，遠益急切。」〔註169〕「佻佻」本義

〔註164〕王筠，《毛詩重言・中篇》（式訓堂叢書，嚴一萍選輯，板橋：藝文印書館，民國57（1968）年），頁12。

〔註165〕李雲光，《毛詩重言通釋》（台北：台灣商務印書館，民國67（1978）年12月初版），頁67。

〔註166〕董同龢譯，《高本漢詩經注釋》（台北：國立編譯館中華叢書編審委員會編印，民國68（1979）年2月再版），頁243。

〔註167〕陳子展，《詩經直解》（上海：復旦大學出版，1994年）。

〔註168〕陸德明，《經典釋文》（孔子大全編輯委員會，濟南：山東友誼出版社，1990年），頁331。

〔註169〕周祖謨《爾雅校箋》（昆明：雲南人民出版社，2004年11月第一版第一次印刷），頁40。

「狀其遠行急切之義。」《說文》:「佻,愉也。」引《詩》「視民不佻。」段《注》:「視民不佻,視民不愉薄。」〔註170〕之後引申有「苟且之義」,知非《詩》義。

王先謙《集疏》說:「《魯》『佻』作『苕』,《韓》作『嬥』,云:『往來貌』。」〔註171〕《詩考》和《詩經四家詩異文考》亦引有異文作「嬥嬥」,知其所引爲《韓詩》。王又說:「《韓》訓往來者,蓋以『嬥嬥』爲『趯趯』之借字。」此說「嬥嬥」亦非其正字。《說文》:「嬥,直好貌。一曰嬈也。」段《注》:「直好,直而好也。嬥之言擢也。《詩》:『佻佻公子』。〈魏都賦〉注云:『佻』或作『嬥』。《廣韻》曰:『嬥嬥,往來貌』。」〔註172〕《韓詩》訓「嬥嬥」爲「往來貌」,王引之不認同,其《經義述聞》:「家大人曰:佻佻當從《韓詩》作『嬥嬥』。『嬥嬥,直好貌也』。非獨行貌,亦非往來貌。《詩》言『糾糾葛屨,可以履霜。嬥嬥公子,行彼周行。』糾糾是葛屨之貌,非履霜之貌;則嬥嬥亦是公子之貌,非獨行往來之貌。猶之摻摻女手,可以縫裳。『摻摻』是女手之貌,非縫裳之貌也。……《廣雅》:『嬥嬥,好也。』嬥嬥猶言『苕苕』。張衡〈西京賦〉曰:『狀亭亭以苕苕』是也。故《楚辭・九歎》注引詩作『苕苕公子』……《釋文》曰:『佻佻,本或作窕窕』。《方言》曰:『美狀爲窕窕。』亦好貌也。此句但言其直好。……《毛詩》因『行彼周行』而訓爲『獨行』;《韓詩》因『既往既來』而訓爲『往來』,皆緣詞生訓,非詩人本義也。」〔註173〕據王引之所言「嬥嬥」非「獨行貌」,亦非「往來貌」。「嬥嬥」、「苕苕」、「窕窕」是相同形容詞,乃在形容「公子之貌」,是狀其「美好之義」,其如「摻摻女手」之「摻摻」狀「女手纖細之貌。」

陳奐《傳疏》:「《爾雅・釋訓》:『佻佻、契契、愈遐急也。』郭《註》云:『賦役不均,小國困竭,賢人憂歎,遠益急切。』案:釋《詩》『佻佻公子』、『契

〔註170〕東漢・許愼著、清・段玉裁注《說文解字》(台北,書銘出版社,民國82(1993)年10月七版),頁383。

〔註171〕王先謙,《詩三家義集疏》(台北:明文書局,民國77(1988)年10月10日初版),頁728。

〔註172〕東漢・許愼著、清・段玉裁注,《說文解字》(台北,書銘出版社,民國82(1993)年10月七版),頁626。

〔註173〕王引之,《經義述聞》(孔子大全編輯委員會,濟南:山東友誼出版社,1990年),頁616。

契寤歎也。』下章《傳》:『契契,憂苦也。』本《爾雅》。此云:『佻佻』,獨行皃者,亦謂困竭急切之狀,與《爾雅》訓異義同。」〔註174〕他也引《釋文》:「佻本或作窕」,亦引《韓詩》「作『嬥嬥』,往來皃。」又說:「《楚辭・九歎》注作『苕苕』。《玉篇彳部》:『佻佻,獨行皃。』竝字異而義同。」陳奐最後也爲《毛詩》和《韓詩》注解下一結論:「毛探下『行彼周行』爲訓,韓探下『既往既來』爲訓。」〔註175〕這結論同王引之。

屈萬里《詩經注釋》說:「《韓詩》云:『往來貌』。於下文既相應,復與〈子衿〉『挑達』義合,較毛《傳》爲長」。〔註176〕重言「佻佻」有《傳》:「獨行貌。」《集傳》:「輕薄不奈勞苦之貌。」《韓詩》:「往來貌」以及「美好貌」或用「佻佻」的「急切義」等,各種分歧之見。但撰者以爲王引之所言較切詩義,朱熹《詩集傳》言:「輕薄不奈勞苦之貌。」十分獨特,但不知何據。

(十六)賓既醉止,載號載呶,亂我籩豆,屢舞「僛僛」(小雅・賓之初筵)

1、毛《傳》:「舞不能自正也。」

2、鄭《箋》:無注釋。

3、朱熹《詩集傳》:「傾側之狀。」

4、姚際恆《詩經通論》:「攲傾貌,無復僊僊之狀矣。」〔註177〕

5、李雲光《毛詩重言通釋》:「僛僛爲傾側貌,狀醉時之情態。」〔註178〕

6、高本漢《詩經注釋》:「『僛』是『倛』『欺』或『䫏』的或體。他們一直跳舞,就像帶著鬼臉面具的舞者。」〔註179〕

〔註174〕陳奐,《詩毛氏傳疏》(台北:台灣學生書局,民國75(1986)年10月第七次印刷),頁549。

〔註175〕同上註。

〔註176〕屈萬里,《詩經注釋》(台北:聯經出版社,民國91(2002)年10月初版第十四刷),頁390。

〔註177〕姚際恆,《詩經通論》(台北:廣文書局印行,民國50(1961)年),頁354。

〔註178〕李雲光,《毛詩重言通釋》(台北:台灣商務印書館,民國67(1978)年12月初版),頁5。

〔註179〕董同龢譯,《高本漢詩經注釋》(台北:國立編譯館中華叢書編審委員會編印,民國68(1979)年2月再版),頁685。

7、屈萬里《詩經詮釋》:「朱《傳》:『僛僛，傾側之狀』」。

8、陳子展《詩經直解》:「一僛一僛的歪斜。」〔註 180〕

【健章案】:王筠《毛詩重言》同毛《傳》:「舞不能自正」之說。

《說文》:「僛，醉舞皃。《詩》曰:『屢舞僛僛』。」〔註 181〕王念孫《廣雅疏證》:「僛僛，舞也。」〔註 182〕均和跳舞有關係，而《說文》所釋「僛」本亦因醉而舞。《釋文》:「僛僛，起其反。舞不能自正也。注本正或作止。按:下『傞傞』是『舞不止』，此宜爲『正』。《說文》云:『醉舞也』。」〔註 183〕陸德明基本上贊同「醉舞」而「舞不能自正」之皃。

王先謙《集疏》:「《韓》說:『僛，醉舞皃』。……《玉篇・人部》:『僛，醉舞皃。《詩》曰:屢舞僛僛』。」可知《玉篇》同《韓詩》、《說文》異於《毛詩》。

陳奐《傳疏》:「僛與欹聲相近，故云:『舞不能自正也』。《說文》:『僛，醉舞貌。』《詩》曰:『婁舞僛僛』。《玉篇》同。」〔註 184〕陳奐或以爲「僛」爲「欹」之假借字，但高本漢說:「僛不可能假借爲『欹』。」因爲「不叶韻。」

「僛僛」說的最特殊的是高本漢《詩經注釋》，他認爲毛《傳》釋「僛僛，舞不能自正也。」沒有佐證。高氏說:「《說文》有『䫏』字，訓爲醜。……『䫏』事實上是面具，在周禮叫『方相』，醜怪可怕;這種面具是『方相氏』特別用來作『逐疫』跳舞的。」故說:「他們屢屢像帶假面具的舞者跳舞。」〔註 185〕

《說文》:「䫏，醜也。從頁其聲。今逐疫有䫏頭。」段《注》:「……『䫏』

〔註 180〕陳子展，《詩經直解》(上海:復旦大學出版，1994 年)。

〔註 181〕東漢・許慎著、清・段玉裁注，《說文解字》(台北:書銘出版社，民國 82 (1993) 年 10 月七版)，頁 384。

〔註 182〕王念孫，《廣雅疏證》(北京:中華書局，2004 年 4 月北京第二次印刷)，頁 188。

〔註 183〕陸德明，《經典釋文》(孔子大全編輯委員會，濟南:山東友誼出版社，1990 年)，頁 345。

〔註 184〕陳奐，《詩毛氏傳疏》(台北:台灣學生書局，民國 75 (1986) 年 10 月第七次印刷)，頁 608。

〔註 185〕董同龢譯，《高本漢詩經注釋》(台北:國立編譯館中華叢書編審委員會編印，民國 68 (1979) 年 2 月再版)，頁 685。

醜言極醜也」。」〔註 186〕由《說文》和高氏可知「顛」是除疫所戴的「極醜」面具，但一個跳舞的宴賓場合爲何要戴一個「極醜」的「除疫」面具呢？此不合場所。然而，《箋》解此章說：「此更言賓既醉而異章者，著爲無筭爵以後。」〔註 187〕所謂「異章」就是禮儀不合規範，喝醉酒之後歪歪斜斜舞個不停。

（十七）賓之初筵，左右「秩秩」（小雅・賓之初筵）

1、毛《傳》:「秩秩然，肅靜也。」

2、鄭《箋》:「秩秩，知也。先王將祭，必謝以擇士。」

3、《正義》:「《箋》依訓云：秩秩，智也。《傳》言：肅敬者，以序刺媟慢，由有智而能肅敬、理亦通也。」

4、朱熹《詩集傳》:「有序也。」

5、李雲光《毛詩重言通釋》:「秩秩爲清明而成文理之皃。」〔註 188〕

6、陳子展《詩經直解》:「秩秩有禮節。」〔註 189〕

【健章案】:「秩秩」,「有序」、「肅靜」均說得通。《說文》:「秩，積貌。《詩》曰：『稹之秩秩』。」段《注》:「敘成文理曰秩。」〔註 190〕他以爲《詩》中毛《傳》所訓之「秩秩」和《爾雅・釋訓》:「秩秩，智也。邢《疏》，〈小雅・賓之初筵〉云：『左右秩秩，言其威儀審智，不失禮也。』」均是引申之意。〔註 191〕《釋文》引《傳》、《箋》則表示兩種解釋均可。陳奐《傳疏》:「《後漢書》引《韓詩》云：『言賓客初就筵之時，賓主秩秩然俱謹敬也。』毛、韓義同。《荀子・仲尼篇》『貴賤長少秩秩焉，莫不從桓公而貴敬之。與《詩》

〔註 186〕東漢・許愼著清・段玉裁注，《說文解字》（台北，書銘出版社，民國 82（1993）年 10 月七版），頁 426。

〔註 187〕東漢・鄭玄，《毛詩鄭箋》（校相臺岳氏本，台北：新興書局，民國 82（1993）年 12 月版），頁 96。

〔註 188〕李雲光，《毛詩重言通釋》（台灣：商務印書館，民國 67（1978）年 12 月初版），頁 155。

〔註 189〕陳子展，《詩經直解》（上海：復旦大學出版，1994 年）。

〔註 190〕東漢・許愼著、清・段玉裁注，《說文解字》（台北，書銘出版社，民國 82（1993）年 10 月七版），頁 328。

〔註 191〕同上註。

秩秩同』。」〔註 192〕而王先謙《集疏》也引《韓詩》，可見他和陳奐也認爲毛《傳》無誤。

朱熹《詩集傳》對《毛詩》出現「秩秩」的篇章都訓爲「有序也」。〔註 193〕但高本漢僅認爲此篇訓爲「有序也」合乎文義，其餘都是較爲牽強。〈秦風・小戎〉:「秩秩德音」，毛《傳》:「秩秩，有知也。」同此篇鄭《箋》之說；〈大雅・假樂〉:「德音秩秩」，毛《傳》:「秩秩，有常也。」《正義》:「《釋詁》云：秩，常也。故以秩秩爲有常。」兩篇相同，只是文句前後對調，《傳》却兩注，蓋隨文註解。陳奐《傳疏》在〈假樂〉說：「秩，讀爲咸秩無文之秩。秩，有次第之意，重言之曰秩秩。《傳》云：『有常』，有典常也。意承上章。」〔註 194〕也就是說「秩秩」訓爲「有常」是合乎體態的莊嚴，而此篇訓爲「肅靜也」，亦與「有常」異訓同義也。

（十八）臨衝「閑閑」，崇墉言言，臨衝茀茀，崇墉仡仡（大雅・皇矣）

1、毛《傳》:「閑閑，動搖也。茀茀，彊盛也」。鄭《箋》無注釋。

2、《正義》:「以閑閑是臨衝之狀，車皆駕之而往，故爲動搖。」

3、朱熹《詩集傳》:「閑閑，徐緩也。」

4、李雲光《毛詩重言通釋》:「閑閑爲盛皃，以字音爲義。」

【健章案】:「閑閑」訓爲「車彊盛也。」

《說文》:「閑，闌也。」知此乃是借其音。《廣雅疏證》:「閑閑，盛也。」所訓與《傳》不同。王引之《經義述聞》:「家大人曰：『言言、仡仡皆謂城高，則閑閑、茀茀亦皆謂車彊盛。茀茀或作勃勃，《廣雅》曰：『閑閑、勃勃，盛也』。其說『閑閑』與毛《傳》異義，蓋本於三家也。」〔註 195〕可知「閑閑」有盛義，此乃形容「車強盛」。

〔註 192〕陳奐，《詩毛氏傳疏》（台北：台灣學生書局，民國 75（1986）年 10 月第七次印刷），頁 604。

〔註 193〕其他三篇：「秩秩德音」（秦風・小戎）、「秩秩大猷」（小雅・巧言）、「秩秩斯干」（小雅・斯干）。

〔註 194〕陳奐，《詩毛氏傳疏》（台北：台灣學生書局，民國 75（1986）年 10 月第七次印刷），頁 723。

〔註 195〕王引之，《經義述聞》（孔子大全編輯委員會，濟南：山東友誼出版社，1990 年），頁 651。

陳奐《傳疏》:「《傳》訓閑閑，動搖；茀茀，彊盛。茀茀有動搖之義，閑閑亦有彊盛之義。《漢書・敍傳》:『戎車七征，衝輣閑閑』。《廣雅》云:『閑閑，盛也。』蓋本三家詩。」〔註196〕陳亦同意「盛」義，和王念孫相同。

高本漢認爲《傳》訓「閑閑」爲「動搖」沒有佐證。他也贊同「閑閑」訓爲「盛」也就是「大」義，他引了兩個例子。《莊子・齊物論》:「大知閑閑」和《荀子・修身篇》:「多聞曰博……多見曰閑。」以佐證「閑閑」有「大」義。〔註197〕

朱熹訓爲「徐緩」或許是受〈十畝之間〉「桑者閑閑」的影響。〈殷武〉「旅楹有閑」之「閑」,《文選注》引《韓詩》訓爲「大」。「盛」有「大」義，故「閑閑」應訓爲「盛」。又陳喬樅《詩經四家詩異文考》引異文「臨轒閑閑」。《說文》:「轒，陷陬車也。从車童聲。」〔註198〕「衝」即「轒」字，故毛《詩》「衝」爲「車」，合詩文則是如王念孫言:「車強盛」。

（十九）「明明」天子（大雅・江漢）／「明明」魯侯（魯頌・泮水）／在公「明明」（魯頌・有駜）

【健章案】:「明明」即「勉勉」也。

毛《傳》、鄭《箋》、朱《傳》均無注。王力《王力古漢語字典》「明明」有兩訓：〔註199〕一是「明察貌」，如〈小雅・小明〉:「明明上天」和〈大雅・常武〉:「赫赫明明」；其二是「同黽黽，勉力。」如此詩。王引之《經義述聞》說:「家大人曰：明、勉一聲之轉，故古多謂勉爲明，重言之則曰明明。《爾雅》曰:『亹亹，勉也。』鄭注禮器曰:『亹亹猶勉勉也』。亹亹、勉勉、明明亦一聲之轉。〈大雅・江漢〉曰:『明明天子，令聞不已』，猶『亹亹文王，令聞不已』也。〈魯頌・有駜〉曰:『夙夜在公，在公明明。』言『在公勉勉』

〔註196〕陳奐，《詩毛氏傳疏》（台北：台灣學生書局，民國75（1986）年10月第七次印刷），頁683。

〔註197〕董同龢譯，《高本漢詩經注釋》（台北：國立編譯館中華叢書編審委員會編印，民國68（1979）年2月再版），頁813。

〔註198〕東漢・許愼著、清・段玉裁注，《說文解字》（台北：書銘出版社，民國82（1993）年10月七版），頁728。

〔註199〕王力主編，《王力古漢語字典》（北京：中華書局，2003年12月北京第四次印刷），頁428。

也。」〔註 200〕《說文》:「明,照也。(古音在十部)。」〔註 201〕「勉,彊也。从力免聲。(古音當在十三部)。」〔註 202〕《說文》無「亹」字。「十部」在第四類、「十三部」在第五類。「明」、「勉」不同部亦不同類,因此無法相互假借。但王氏說「一聲之轉」爲聲母雙聲,亦或是因方言的差異。

(二十)鳧鷖在亹,公尸來止「熏熏」(大雅・鳧鷖)

1、毛《傳》:「和說也。」

2、鄭《箋》:「……故變言來止熏熏,坐不安之意。」

3、朱熹《詩集傳》:「和說也。」

4、王筠《毛詩重言》:「《說文》引『公尸來燕醺醺』,則專字也。」

5、李雲光:《毛詩重言通釋》:「熏熏爲和說貌,以字音得義。」

6、屈萬里《詩經詮釋》:「和悅也。」

【健章案】:「熏熏」爲假借字,「醺醺」當爲其本字。

高本漢認爲毛《傳》:「和說也」,沒有佐證。《說文》:「熏,火煙上出也。」可見「熏」非本字本義。

王應麟《詩考・詩異字異義》、范家相《三家詩拾遺・文字考異》和陳喬樅《詩經四家詩異文考》有作異文「公尸來燕醺醺。」王先謙《集疏》:「《魯》作『公尸來燕醺醺』。……『熏』『薰』『醺』三字古通。」〔註 203〕《說文》:「醺,醉也。《詩》曰『公尸來燕醺醺』。」段《注》:「今《詩》作『來止熏熏』,……『醺醺』恐淺人所改。」〔註 204〕段《注》所言甚是,用「醺」的引申義,但朱駿聲《說文通訓定聲》:「醺疑後出字,他經無用者。」陳喬樅說:「許以『醉』釋『醺』,則『醺』爲『醉』之意。張衡〈東京賦〉『具醉薰薰』,會詩意而言也。」

〔註 200〕王引之,《經義述聞》《經義述聞》(孔子大全編輯委員會,濟南:山東友誼出版社,1990 年),頁 685。

〔註 201〕東漢・許慎著、清・段玉裁注,《說文解字》(台北:書銘出版社,民國 82(1993)年 10 月七版),頁 317。

〔註 202〕同上註,頁 706。

〔註 203〕王先謙,《詩三家義集疏》(台北:明文書局,民國 77(1988)年 10 月 10 日初版),頁 894。

〔註 204〕東漢・許慎著、清・段玉裁注,《說文解字》(台北:書銘出版社,民國 82(1993)年 10 月七版),頁 757。

趙帆聲《詩經異讀》:「熏熏,《說文》作『醺』,云:醉也。《說文》醺字下引《詩》曰『公尸來燕醺醺。』今按:『醺醺』,醉貌,醉則和悅。《詩》假『熏』以爲『醺』。俞樾《古書疑義舉例》曰:『公尸來止熏熏,旨酒欣欣。薰薰、欣欣傳寫誤倒,本作:公尸來止欣欣,止酒熏熏』。」〔註 205〕若是從俞樾則毛訓「和說也」是合理的。但參異文「醺」或不類俞樾所言。

陳奐《傳疏》:「《說文》『醺,醉也。《詩》曰『公尸來燕醺醺』。』許依字作『醺』,故爲醉。其實《詩》意不爲醉也。繹祭祭畢,尸既出,其時賓客行旅酬之禮,始有醉酒飽德之事。此云『公尸燕飲』,尚未即旅酬之節,不得言醉。《傳》云:『和說』,祭義所謂饗之必樂也。……〈東京賦〉:『具醉薰薰』,薛綜《注》云:『熏熏,和說皃』。」〔註 206〕由陳奐言似乎說異文「醺」不能切合詩義之訓詁,而段《注》、朱駿聲均不認爲有「醺」字。然《說文》有「醺」字,且又有異文爲輔,故「醺醺」當是本字,而其義「和說也」爲引申。

(二十一)既入於謝,徒御「嘽嘽」(大雅・崧高)

1、毛《傳》:「徒行者、御車者,嘽嘽,喜樂也。」

2、鄭《箋》:「……車徒之行,嘽嘽安舒,言得禮也。」

3《正義》:「嘽嘽,閒暇之貌。由軍盛所以嘽嘽然,故云:『盛也』。」

4、朱熹《詩集傳》:「眾盛也。」

5、李雲光《毛詩重言通釋》:「嘽嘽爲舒緩貌,以字音爲義。」〔註 207〕

6、屈萬里《詩經詮釋》:「聲盛貌。」

【健章案】:「嘽嘽」,此有「眾多之義」,乃借音詞。

《說文》「嘽,喘息也。一曰:喜也。《詩》曰:『嘽嘽駱馬』。」段《注》:「馬勞則喘息。」〔註 208〕《說文》所引《詩》是在形容馬喘息貌。《正義》又說:「嘽嘽,安舒之貌。行則安舒,貌則喜樂,與《箋》相接成也。」《釋文》:

〔註 205〕趙帆聲,《詩經異讀》(河南大學出版社,2002 年 1 月第一次印刷),頁 384。

〔註 206〕陳奐,《詩毛氏傳疏》(台北:台灣學生書局,民國 75(1986)年 10 月第七次印刷),頁 721。

〔註 207〕李雲光,《毛詩重言通釋》(台北:台灣商務印書館,民國 67(1978)年 12 月初版),頁 248。

〔註 208〕東漢・許愼著、清・段玉裁注,《說文解字》(台北:書銘出版社,民國 82(1993)年 10 月七版),頁 56。

「毛，『喜樂也』；鄭云：『安舒』。」《廣雅疏證》：「嘽嘽，眾也。」王念孫案：「徒御嘽嘽，亦是眾盛之貌。」〔註209〕與《傳》《箋》均不同義。

陳奐《傳疏》：「〈采芑〉〈常武〉『嘽嘽』，《傳》訓『眾盛』，此云『喜樂』者，探下文周邦咸喜而釋之也。〈樂記〉云：『其樂心感者，其聲嘽以緩』。又云：『嘽諧慢易繁文簡節之音作，而民康樂。』是『嘽嘽』有喜樂之意。」〔註210〕

高本漢認爲鄭《箋》云：「嘽嘽安舒」，沒有證據，他認爲朱熹所訓「眾盛」，比較好。

《說文》「嘽」的本義是形容馬的喘息貌，〈四牡〉：「嘽嘽駱馬」，毛《傳》：「喘息之貌」，王筠認爲「爲此用字之本義」。而《毛詩》出現「嘽嘽」有〈采芑〉：「戎車嘽嘽」，毛《傳》「眾也。」〈常武〉：「王旅嘽嘽」，毛《傳》：「嘽嘽然盛也。」其他兩篇均和「盛」有關，「盛」即是眾，符合朱熹和王念孫之說。而屈萬里認爲「聲盛貌」將此重言歸爲狀聲詞較特殊，可能是因人多而產生出來的；而李雲光所訓「舒緩貌」義同《箋》訓。

（二十二）四牡業業，征夫「捷捷」（大雅・烝民）

1、毛《傳》：「言樂事也。」

2、鄭《箋》：「……仲山甫犯軷而將行，車馬業業然動，眾行夫捷捷然至……。」

3、《正義》：「捷捷者，舉動敏捷之貌。行者或苦於役，則舉動遲緩，故言捷捷以見其勸樂於事也。」

4、朱熹《詩集傳》：「疾貌。」

5、王筠《毛詩重言》：「《玉篇》作『倢倢』，亦云樂事也。」

6、李雲光《毛詩重言通釋》：「捷捷爲接續不絕貌，蓋假接字之義。」

7、屈萬里《詩經詮釋》：「疾貌。」

【健章案】：段玉裁認爲毛《傳》用引申義；但「捷捷」有異文爲「倢倢」，爲其本字，此用「倢」之本義，爲敏捷之意。王先謙《集疏》：「《韓》『捷』

〔註209〕王念孫，《廣雅疏證》（北京：中華書局，2004年4月北京第二次印刷），頁187。

〔註210〕陳奐，《詩毛氏傳疏》（台北：台灣學生書局，民國75（1986）年10月第七次印刷），頁780。

作『倢』。」〔註211〕

《說文》:「捷，獵也。」又:「倢，佽也」段《注》:「《玉篇》曰:《詩》云『征夫倢倢』。倢倢，樂事也，本亦作『捷』……言敏捷而又安舒。」;〔註212〕又「佽，便利也。」可知「捷」非本字，「倢」才是本字。

鄭《箋》云:「眾行夫捷捷然至。」究竟是「喜樂」，抑或是「迅速」?語意不是很明顯。《釋文》同《傳》。《正義》:「捷捷者，舉動敏捷之貌。行者或苦於役，則舉動遲緩，故言捷捷以見其勸樂於事也。」陳奐《傳疏》:「捷捷，言樂事也者，征夫樂此述職之事捷捷然也。《玉篇》引作『倢倢』。」〔註213〕承襲毛《傳》。

陳喬樅《詩經四家詩異文考》引也異文作「倢倢」，他說:「《玉篇》又云:『捷，本亦作倢』。又案〈巷伯篇〉:『捷捷幡幡』。」〔註214〕

王先謙《集疏》:「《眾經音義》十六作『倢倢幡幡』。據《詩》，《釋文》云:『捷』如字，則毛詩他本無作『倢倢』者，知玄應所引亦皆爲《韓詩》之文。」〔註215〕「捷捷」爲假借字，「倢倢」爲本字，且用本義，有異文佐證;而李雲光所言:「接續不絕」較爲特殊。

(二十三)絲衣其紑，載弁「俅俅」(周頌·絲衣)

1、毛《傳》:「絲衣，祭服也。紑，絜鮮貌。俅俅，恭順貌。」

2、鄭《箋》無訓釋。

3、朱熹《詩集傳》:「俅俅，恭順貌。」

4、李雲光《毛詩重言通釋》:「俅俅爲冠飾纏結之貌，假借絿字之義。《釋

〔註211〕王先謙,《詩三家義集疏》(台北:明文書局,民國77(1988)年10月10日初版),頁971。

〔註212〕東漢·許愼著、清·段玉裁注,《說文解字》(台北:書銘出版社,民國82(1993)年10月七版),頁376。

〔註213〕陳奐,《詩毛氏傳疏》(台北:台灣學生書局,民國75(1986)年10月第七次印刷),頁786。

〔註214〕陳喬樅,《詩經四家詩異文考》(《詩經要籍集成》第40冊,中國詩經學會編,北京:學苑出版社,2002年),頁472。

〔註215〕王先謙,《詩三家義集疏》(台北:明文書局,民國77(1988)年10月10日初版),頁971。

文》曰：『《說文》作絿』。是陸氏所見《說文》如是。絿，从系求聲。絿之言糾也。與冠飾之義正合。今本《說文》疑經後人竄改。」〔註216〕

5、屈萬里《詩經詮釋》「按：俅俅，義當如糾糾，纏結之貌也。」

【健章案】：用本義，不應訓爲恭順，而應依《說文》，即是戴有「冠飾」之貌。

《爾雅·釋訓》：「俅俅，服也。」郭《注》：「謂戴弁服。」〔註217〕與毛《傳》所訓差異極大。《說文》：「俅，冠飾皃。從人求聲。《詩》曰：『戴弁俅俅』。」段《注》：「〈周頌·絲衣〉：『載弁俅俅』。《釋訓》曰：『俅俅，服也』。《傳》曰：『俅俅，恭順貌』。按許以上文紑屬衣言之，則俅俅亦當屬冠言之，故用《爾雅》易《傳》義……載、戴古書多互譌。」〔註218〕段《注》指出毛《傳》訓解不周全，故許以《爾雅》易之。又《通典》引作「會弁俅俅」。

高本漢：「從『求』得聲的字，沒有一個有『恭順』的意思，可以說作『俅』的本字。」他又說：「俅」和「球」有聲音上的關係，是同一個詞。高氏說：「『球』見於〈商頌·長發〉：『受小球大球』，指一種玉石。」〔註219〕所以，他認爲此句詩可能就是：「他戴著有玉飾的小帽。」〔註220〕《釋文》：「音求，恭慎也。《說文》作『絿』同。」〔註221〕《說文》：「絿，急也。《詩》曰：『不競不絿』。」段《注》：「……絿之言糾也。」〔註222〕這或許是屈萬里訓爲「糾糾，纏結之貌也」的原因，但王筠認爲「陸氏誤記。」〔註223〕《說文》：「紑，白鮮衣也。」

〔註216〕李雲光，《毛詩重言通釋》（台北：台灣商務印書館，民國67（1978）年12月初版），頁26。

〔註217〕周祖謨，《爾雅校箋》（昆明：雲南人民出版社，2004年11月），頁39。

〔註218〕東漢·許慎著、清·段玉裁注，《說文解字》（台北：書銘出版社，民國82（1993）年10月七版），頁370。

〔註219〕董同龢譯，《高本漢詩經注釋》（台北：國立編譯館中華叢書編審委員會編印，民國68（1979）年2月再版），頁1069。

〔註220〕同上註。

〔註221〕陸德明，《經典釋文》（孔子大全編輯委員會，濟南：山東友誼出版社，1990年），頁413。

〔註222〕東漢·許慎著、清·段玉裁注，《說文解字》（台北：書銘出版，民國82（1993）年10月七版），頁654。

〔註223〕王筠，《毛詩重言·中篇》（式訓堂叢書，嚴一萍選輯，臺北：藝文印書館，民國

〔註 224〕則「俅俅」訓爲「冠飾」或「服飾」可與之相配。

馬瑞辰《通釋》:「《爾雅・釋言》:『俅，戴也。』郭《注》引《詩》:『戴弁俅俅』，蓋以俅俅爲戴弁貌。《釋訓》: 俅俅，服也。胡承珙曰 :『服當是屈服，柔服之服，正毛《傳》所謂恭服貌。』……上文紑爲一貌，則『俅俅』宜從《爾雅》《說文》訓爲冠服貌。《釋文》:『俅，《說文》作『絿』。今《說文》亦作『俅』，或陸氏所見《說文》本異。……《玉篇》引《詩》:『戴弁俅俅』，云 :『或作頯頯』，則後人增益之字。」〔註 225〕陳奐《傳疏》:「載，語詞也。弁俅俅，謂弁者，俅俅然恭順也。」〔註 226〕他同意毛《傳》。

王先謙《詩三家義集疏》:「《魯》《韓》『載』作『戴』。《韓》『俅』作『頯』。《說文》:『俅，冠飾皃。』引《詩》:『戴弁俅俅』，所引當亦《魯》文。《釋名》『戴，載也，載之於頭也。』即《箋》『載，猶戴也。』……《玉篇頁部》:『《詩》云 : 戴弁俅俅。或作頯，此《韓》異文』。」〔註 227〕王氏認爲當爲「冠飾皃」。

屈萬里云 :「疑爲曲貌，參〈良耜〉:『其笠伊糾』;〈小雅・大東〉『有捄棘匕』，桑扈『兕觥其觩』。又〈小雅・角弓〉、〈魯頌・泮水〉，皆有『角弓其觩』。」〔註 228〕高本漢言 :「《說文》以『俅』爲『冠飾』在原則上正確，是很清楚的。『俅』描寫『弁』，正如第一句『絲衣其紑』的『紑』描寫絲衣一樣。」，〔註 229〕撰者之見與高氏同。

「俅俅」諸家說法有「恭順義」、有形容「冠飾」，甚至有「纏結之貌」。

57（1968）年），頁 5。

〔註 224〕東漢・許愼著、清・段玉裁注，《說文解字》（台北：書銘出版社，民國 82（1993）年 10 月七版），頁 658。

〔註 225〕馬瑞辰，《毛詩傳箋通釋》（北京：中華書局，2005 年 7 月北京第四次印刷），頁 1113。

〔註 226〕陳奐，《詩毛氏傳疏》（台北：台灣學生書局，民國 75（1986）年 10 月第七次印刷），頁 870。

〔註 227〕王先謙，《詩三家義集疏》（台北：明文書局，民國 77（1988）年 10 月 10 日初版），頁 1053。

〔註 228〕屈萬里，《詩經詮釋》（台北：聯經出版社，民國 91（2002）年 10 月初版第 14 刷）頁 593。

〔註 229〕董同龢譯，《高本漢詩經注釋》（台北：國立編譯館中華叢書編審委員會編印，民國 68（1979）年 2 月再版），頁 1069。

但依詩義應爲形容「冠飾」較好，而不作爲恭順之義。然而如何裝飾，各家訓解何者爲是，難以判別。

（二十四）「繩繩」（有二例）

（甲）宜爾子孫「繩繩」兮（周南・螽斯）

1、毛《傳》:「繩繩，戒愼也」。

2、鄭《箋》無訓釋。

3、朱熹《詩集傳》:「不絕貌」。

4、屈萬里《詩經詮釋》:「連續不絕貌」。

5、高亨、朱東潤《詩經今注／詩三百篇探故》:「眾多貌」。

6、程俊英、蔣見元《詩經注析》:「謹愼貌；繩與愼雙聲通用」。

（乙）子孫「繩繩」（大雅・抑）

1、毛《傳》無訓釋。

2、鄭《箋》:「繩繩，戒也。王之子孫，敬戒行王之教令。」

3、《正義》:「繩繩，戒也。《釋訓》文」。

4、朱熹《詩集傳》:「繩繩，不絕。」

5、朱駿聲《說文通訓定聲》:「《爾雅・釋訓》:『繩繩、戒也。』《釋文》或作憴。《詩・抑》:『子孫繩繩』。《韓詩》作承承。」

6、李雲光《毛詩重言通釋》:「繩繩爲戒愼皃，蓋假愼字之義。」

【健章案】:「繩繩」或作「憴憴」、「承承」、「愼愼」、「緝緝」，訓爲「不絕」較長。

《釋文》於〈螽斯〉〈抑〉均無注，不知《正義》和朱駿聲所據爲何？《傳》、《箋》分別在兩篇，看法一致，均作「戒愼義。」《說文》:「繩，索也。」段《注》:「繩可以縣，可以束，可以爲閑，故《釋訓》曰『兢兢、繩繩，戒也。』」〔註230〕《傳》訓「戒愼」與朱《傳》「不絕」均用引申義。

陳喬樅《詩經四家詩異文考》於〈螽斯〉引異文爲「憴憴」，〔註231〕且說：

〔註230〕東漢・許愼著、清・段玉裁注，《說文解字》（台北：書銘出版社，民國82（1993）年10月七版），頁663。

〔註231〕范家相《三家詩拾遺》和陳喬樅《詩經四家詩異文考》於〈大雅・抑〉亦引此異文。陸錫興《詩經異文研究》引《漢石經集成》一一〇作「孫繩繩」，且說：「石

「《爾雅》《釋文》『繩繩』本或作『憴』同，食蒸反。作『憴』者《魯詩》之異文。說詳魯詩考。」〔註 232〕《說文》無「憴」字，陳又於〈大雅・抑〉引異文作「承承」。〔註 233〕而〈大雅・下武〉「繩其祖武」，三家詩作「慎其祖武」。「繩」、「慎」雙聲。蓋「繩繩」可作「憴憴」、「承承」、「慎慎」或「縄縄」。《爾雅・釋訓》：「兢兢、憴憴，戒也。」郭《注》：「皆戒慎。」〔註 234〕邢《疏》：「憴、繩音義同。」因此，「繩繩」訓「戒」爲《傳》爲本。

馬瑞辰《通釋》於〈螽斯篇〉說：「以詩義求之，亦爲眾盛。〈抑〉詩『子孫繩繩』，《韓詩外傳》引作『承承』，謂相繼之盛也。」〔註 235〕又於〈抑篇〉說「《韓詩外傳》引作『子孫承承』，蓋取子孫似續相承之義。繩又與慎音近義通。〈下武〉詩『繩其祖武』，毛《傳》：『繩，戒也。』《後漢書・祀郊志》注引作『慎其祖武』，故《爾雅》、毛《傳》並以繩繩爲『戒』。」〔註 236〕馬氏所言「繩繩」有「眾盛義」，有「相承不絕義」，他此兩訓皆比「戒慎」合於此處詩義。

陳奐《傳疏》於〈螽斯〉引《爾雅》和〈抑篇〉《箋》說。《管子・宙合篇》：『故君子繩繩乎慎其所先』。《淮南子・繆稱篇》：『末世繩繩乎、唯恐失仁義。』是繩繩爲戒慎，其訓古矣。繩、慎雙聲。……《韓詩外傳》云：『詩曰：宜爾子孫繩繩兮。』言賢母使子賢也。」陳奐《傳疏》於〈下武〉：「繩讀爲慎。……繩慎聲轉義通。」陳奐認爲「繩繩」訓爲「戒慎」自古已然。而《漢書・禮樂志》：「繩繩意變」，應劭注：「繩繩，敬謹更正意也。」與《韓詩》同，《韓》訓「繩繩」爲「敬」，與毛《傳》訓「戒慎」相同。

高本漢《詩經注釋》二〇贊同朱熹訓爲「不絕」，因爲有《韓詩外傳》的「子

經作『繩』者，漢之俗字。如《武梁祠堂畫像》、《老子銘》可見。」見陸錫興，《詩經異文研究》（中國社會科學出版社，2002 年 10 月第二次印刷），頁 94。

〔註 232〕陳喬樅，《詩經四家詩異文考》（《詩經要籍集成》第 40 冊，中國詩經學會編，北京：學苑出版社，2002 年），頁 319。

〔註 233〕同上註，頁 465。

〔註 234〕周祖謨，《爾雅校箋》（昆明：雲南人民出版社，2004 年 11 月），頁 36。

〔註 235〕馬瑞辰，《毛詩傳箋通釋》（北京：中華書局，2005 年 7 月北京第四次印刷），頁 53。

〔註 236〕同上註，頁 953。

孫繩繩」爲佐證。《老子》:「繩繩不可名，復歸於無物」。河上公《注》:「繩繩者，動行無窮極也。」這與朱熹所訓「繩繩，不絕」義通，或用「繩」字的引申義。「繩繩」用引申義說得通，且有異文佐證訓爲「不絕」，但毛《傳》所言的「戒愼」自古本然，也有〈下武〉的「愼」爲證，但就這兩首詩歌頌子孫繁衍眾多，以訓「不絕」爲長。

（二十五）「振振」（三例）

（甲）宜爾子孫「振振」兮（周南・螽斯）

1、毛《傳》:「仁厚也。」

2、鄭《箋》:「后妃之德，寬容不嫉妬，則宜女之子孫，使其無不仁厚。」

3、《正義》:「言宜爾子孫，明子孫皆化后妃能寬容，故爲仁厚，即寬仁之義也。〈麟趾〉〈殷其靁〉,《傳》曰：振振，信厚者，以〈麟趾序〉云，雖衰世之公子皆信厚。〈殷其靁〉其妻勸夫以義、臣成君事，亦信。故皆以爲信厚也。」

4、朱熹《詩集傳》:「盛貌。」

5、王筠《毛詩重言》:「仁信音形接近，似仁爲信訛。《說文》:『誠，信也。』『信，誠也。』然則信厚是兩義，言誠信而敦厚也，若仁厚則是一義。」〔註237〕

6、李雲光《毛詩重言通釋》:「振振爲動而衆盛之皃、以字音爲義。」〔註238〕

7、屈萬里《詩經詮釋》:「眾盛貌。」

8、高亨、朱東潤《詩經今注／詩三百篇探故》:「多而成群貌。」

9、聶石樵主編《詩經新注》:「振奮有爲。」〔註239〕

【健章案】：此「振振」訓爲「眾多」較長。《說文》:「振，奮也。」這或許是聶石樵等人注爲「振奮有爲」的原因。《爾雅・釋言》「振，訊也。」郭《注》:

〔註237〕王筠，《毛詩重言・上篇》（式訓堂叢書，嚴一萍選輯，臺北：藝文印書館，民國57（1968）年），頁9。

〔註238〕李雲光，《毛詩重言通釋》（台北：台灣商務印書館，民國67（1978）年12月初版），頁278。

〔註239〕聶石樵主編，《詩經新注》（濟南：齊魯書社出版，2003年3月第二次印刷），頁15。

「振者奮迅。」〔註 240〕《釋文》:「振振，仁厚也。」〔註 241〕陳奐《傳疏》:「振振、繩繩、蟄蟄，言后妃子孫眾多，又皆賢也。……振振，仁厚，與〈麟之趾〉、〈殷其靁〉,《傳》『信厚』，各隨文訓。《禮記・中庸篇》『肫肫其仁。』鄭《注》:肫肫，讀如誨爾忳忳之忳。忳忳、懇誠貌也。今詩作諄諄，竝與振振聲同義近。」〔註 242〕陳奐認爲應訓爲「眾多」較好，但也認爲《傳》訓無誤。

馬瑞辰《通釋》:「振振，謂眾盛也。振振與下章繩繩、蟄蟄，皆爲眾盛，故〈序〉但以『子孫眾多』統之。……振振或作敐敐，又作陳陳。《呂覽》:『舜爲天子，轉轉敐敐，莫不載悅。』高《注》:『又作陳陳殷殷。』今案：敐敐、陳陳，皆極狀人民之眾盛。……振又通袗。《說文》:『袗，一日，盛服。袗或作裖。』振之言㐱，㐱，亦盛也，重也。振振又作軫軫。羽獵賦「殷殷軫軫」，李善《注》:『殷軫，盛貌也。』振振之義又引伸爲信厚，然義各有當。有應从信厚之訓者,〈殷其雷〉『振振君子』及〈麟之趾〉『振振公子』是也。有應从眾盛之訓者，此詩『振振兮』謂子孫眾多是也。《傳》訓爲仁厚，失之。」〔註 243〕馬氏認爲「振振」又作「敐敐」、「陳陳」、「軫軫」都應訓爲「眾多」之意。

高本漢認爲毛《傳》在此訓爲「仁厚」和在「振振君子」、「振振公子」訓爲「信厚」是「沒什麼根據的」又說:「螽斯以擬子孫，當然要取多的解說。」〔註 244〕

〈螽斯序〉云:「后妃子孫眾多也。言若螽斯不妬忌，則子孫眾多也。」可明瞭「振振」之意，而〈魯頌・有駜〉「振振鷺。」《傳》:「振振，群飛貌。」群飛則「多」，與此言子孫「多義」相同，且據《詩》上下文考察，應無言及「品德」義，故此之「振振」訓爲「眾多」較善。

〔註 240〕周祖謨，《爾雅校箋》(昆明：雲南人民出版社，2004 年 11 月)，頁 33。

〔註 241〕陸德明，《經典釋文》(孔子大全編輯委員會，濟南：山東友誼出版社，1990 年)，頁 217。

〔註 242〕陳奐，《詩毛氏傳疏》(台北：台灣學生書局，民國 75 (1986) 年 10 月第七次印刷)，頁 28。

〔註 243〕馬瑞辰，《毛詩傳箋通釋》(北京：中華書局，2005 年 7 月北京第四次印刷)，頁 52。

〔註 244〕董同龢譯，《高本漢詩經注釋》(台北：國立編譯館中華叢書編審委員會編印，民國 68 (1979) 年 2 月再版)，頁 18。

（乙）「振振」公子／公姓／公族（周南・麟之趾）

1、毛《傳》:「振振，信厚也。公姓，公同姓。公族，公同祖也。」

2、鄭《箋》:「喻今公子亦信厚，與禮相應，有似於麟。」

3、《正義》:「以麟於五常屬信，爲瑞則應禮，古以喻公子信厚而與禮相應也。」

4、朱熹《詩集傳》:「仁厚貌。」

5、屈萬里《詩經詮釋》:「與螽斯之振振同義，盛多貌。」

6、高亨、朱東潤《詩經今注／詩三百篇探故》:「多而成群貌。」

7、程俊英、蔣見元《詩經注析》:「振奮有爲貌。」

（丙）「振振」君子，歸哉歸哉（召南・殷其雷）

1、毛《傳》:「振振，信厚也。」

2、鄭《箋》:「大夫信厚之君子。」

3、朱熹《詩集傳》:「信厚也。」

4、竹添光鴻《毛詩會箋》:「傳信厚也者，信則不敢有二心，厚則不敢有怨意，蓋以信厚之道，勉其君子，欲不憚勤勞，以盡爲臣之義也」。

5、屈萬里《詩經詮釋》:「信厚貌。又言毛訓振振爲信厚，無據，當爲威武貌。」

6、高亨、朱東潤《詩經今注／詩三百篇探故》:「勤奮也。」

7、聶石樵編；雒三桂、李三注《詩經新注》:「振奮有爲貌。」

【健章案】:此二例亦訓爲「眾多」較長。陳奐《傳疏》於〈麟之趾〉說:「〈序〉云:「公子皆信厚」，故《傳》以振振訓信厚。〈殷其靁〉『振振君子』，謂大夫之信厚。」〔註 245〕〈殷其靁〉篇他也認爲應是此訓。《釋文》在〈麟之趾〉言:「音眞，信厚也。」〔註 246〕在〈殷其靁〉只說:「音眞。」可知是同訓。而也同意訓「信厚」，他說:「振振公子、振振君子的『振振』，很明白是指品德而不指數量。」〔註 247〕而王先謙《集疏》則說:「『振振』解見〈螽斯〉，言此

〔註 245〕陳奐，《詩毛氏傳疏》（台北：台灣學生書局，民國 75（1986）年 10 月第七次印刷），頁 41。

〔註 246〕陸德明，《經典釋文》（孔子大全編輯委員會，濟南：山東友誼出版社，1990 年），頁 220。

〔註 247〕董同龢譯，《高本漢詩經注釋》（台北：國立編譯館中華叢書編審委員會編印，民

振奮有爲之公子應運而出，即是麟也。」〔註248〕他認爲「振振」是「振奮有爲」此或爲聶石樵、程俊英之所據。

欲了解「振振」義則必須先解「公族」「公姓」「公子」。馬瑞辰《通釋》:「《傳》:公姓，公同姓。《集傳》:公姓，公孫也。瑞辰按:姓者，生也。古者謂孫曰子姓。《儀禮・特牲饋食》:『子姓兄弟如主人之服』，鄭《注》:『子姓者，子之所生。』亦謂孫也。謂眾子孫又通謂子姓。〈喪大記〉:『卿大夫父兄子姓立於東方』，鄭《注》:『子姓謂眾子孫』是也。……公族與公姓亦同義。韋昭《國語注》、高誘《呂覽注》並曰:『族，姓也。』《周官・司市》鄭司農《注》:『百族，百姓也。』」是其証矣。毛《傳》謂公族爲公同祖，亦誤。公姓、公族皆謂公子，故〈序〉言『公子』以概之耳。」〔註249〕

王引之《經義述聞》說:「公姓、公族，皆子孫也。古者謂子孫曰姓。或曰子姓。字通作『生』。〈商頌・殷武〉『以保我後生』。《箋》曰:『以此全守我子孫』。」〔註250〕可證「生」、「姓」通。他也引《儀禮・特牲饋食》和〈喪大記〉以證「子姓」即「子孫」。又說:「《廣雅》曰:『姓，子也。』是姓爲子孫之通稱也，由公姓也。……公子、公姓、公族，皆指後嗣而言，猶〈螽斯〉之言『宜爾子孫』也。」〔註251〕

由上馬瑞辰和王引之可了解「公族」「公姓」「公子」均爲「子孫」之義，且是望其「子孫眾多」，故訓爲「眾多」較好。

(二十六)「肅肅」兔罝，椓之丁丁(周南・兔罝)

1、毛《傳》:「肅肅，敬也。兔罝，兔罟也。」

2、鄭《箋》:「兔罝之人，鄙賤之事，猶能恭敬，則是賢者眾多也。」

3、《正義》:「肅肅，敬也，《釋訓》文。此美賢人眾多，故爲敬。〈小星〉

國68(1979)年2月再版)，頁17。

〔註248〕王先謙，《詩三家義集疏》(台北:明文書局，民國77(1977)年10月10日初版)，頁62。

〔註249〕馬瑞辰，《毛詩傳箋通釋》(北京:中華書局，2005年7月北京第四次印刷)，頁69。

〔註250〕王引之，《經義述聞》(孔子大全編輯委員會，濟南:山東友誼出版社，1990年)，頁484。

〔註251〕同上註，頁487。

云：『肅肅宵征』。故《傳》曰：『肅肅，疾貌』。〈鴇羽〉、〈鴻雁〉說鳥飛、文連其羽，故《傳》曰：『肅肅、羽聲也』。〈黍苗〉說宮室。《箋》云：『肅肅，嚴正之貌。』各隨文勢也。」

4、朱熹《詩集傳》：「整飭貌」。

5、李雲光《毛詩重言通釋》：「全詩肅肅約有四解：一、敬貌。用肅字之本義。二、嚴正貌。用肅字引申之義。三、疾貌。假借速字之義。四、羽聲也。以字音爲義、後起之專字爲翻。」〔註 252〕

6、屈萬里《詩經詮釋》引馬瑞辰云：「肅肅，蓋縮縮之假借。」

7、竹添光鴻《毛詩會箋》：「肅肅整飭，則其人持事不忘其敬。」

8、高亨、朱東潤《詩經今注／詩三百篇探故》「稀疏不密貌。」

9、糜文開、裴普賢《詩經欣賞與研究》引馬瑞辰云：「係縮縮之假借，糾結貌」；或曰：「縮即數密也」。

10、朱守亮《詩經評釋》：「舊多解爲整飭貌，糾結嚴密貌，或縮縮之假借。縮，數也，即密也。實摹聲之詞。」

【健章案】：「肅肅」即「縮縮」之假借，訓爲「細密」。「肅肅」在《毛詩》中出現 13 次，可見其作爲形容詞的重要性。而此處《釋文》無注。《說文》：「肅，持事振敬也。」《爾雅・釋訓》：「肅肅，敬也。」《傳》本《爾雅》用「肅」本義。

陳奐《傳疏》：「《列女傳・賢明篇》：『夫安貧賤而不怠於道者，唯至德者能之。』《詩》曰：『肅肅兔罝，椓之丁丁』。言不怠於道也。《易林・坤》云：『兔罝之容，不失其恭』。竝與毛訓同。」〔註 253〕陳奐基本上是承《傳》一脈。

王先謙《集疏》：「《魯》說曰：『兔罝，網也。』又曰：『肅肅兔罝，椓之丁丁』，言不怠於道也。」〔註 254〕又說：「『肅肅』，至『道也』。」〔註 255〕他也是

〔註 252〕李雲光，《毛詩重言通釋》（台北：台灣商務印書館，民國 67（1978）年 12 月初版），頁 39。

〔註 253〕陳奐，《詩毛氏傳疏》（台北：台灣學生書局，民國 75（1986）年 10 月第七次印刷），頁 31。

〔註 254〕王先謙，《詩三家義集疏》（台北：明文書局，民國 77（1988）年 10 月 10 日初版），頁 44。

〔註 255〕同上註。

以「敬」釋之。

馬瑞辰《通釋》：「肅、宿古通用，〈少牢饋食禮〉鄭《注》：『宿讀爲肅』是也。肅亦訓縮。〈豳〉詩『九月肅霜』，毛《傳》：『肅，縮也』是也。肅肅蓋縮縮之假借。……縮縮爲兔罝結繩之狀，猶赳赳爲武夫勇武之貌也。……《傳》、《箋》俱訓肅肅爲敬，似非詩義。……以罝兔之人爲干城腹心則可，不得以肅肅爲恭敬也。」〔註256〕馬瑞辰在此說得很清楚「肅肅」是「縮縮」的假借字，且明言「肅肅」非恭敬之意。《詩》：「縮版以載。」《傳》、《爾雅》皆曰：「繩之謂之縮。」「繩之」是動詞，就是將繩子拉緊，故可引申爲「密」。楊合鳴也贊同此說法。

聞一多《詩經新義》云：「縮，數也，即密也」。他引〈豳風・七月〉「九月肅霜」，《傳》：「肅，縮也，霜降而收縮萬物。」他認爲「肅肅」即「縮縮」、「數數」（《釋文》：「數罟，密網也。」），訓爲「網目細密之貌也。」〔註257〕這個訓釋相當出色。

但是，高本漢《詩經注釋》二五條認爲「肅」爲「橚」之假借。《廣雅》：「橚，擊也。」所以，他以「肅肅」爲「橚橚」乃動詞重疊，將「肅肅兔罝」譯爲「我們打下兔罝的栓子。」〔註258〕但前已說《毛詩》中的重言詞均爲形容詞，沒有作動詞重疊的，高氏之說顯然有誤。

撰者以爲「肅肅」是形容「兔罝之密」以馬瑞辰和聞一多所訓爲是。

（二十七）「肅肅」宵征，夙夜在公（召南・小星）

1、毛《傳》：「肅肅，疾貌。」

2、鄭《箋》：「諸妾肅肅然夜行，或早或夜，在於君所。」

3、朱熹《詩集傳》：「齊遬貌。」

4、屈萬里《詩經詮釋》：「疾也。」

5、竹添光鴻《毛詩會箋》：「敬也。」

〔註256〕馬瑞辰，《毛詩傳箋通釋》（北京：中華書局，2005 年 7 月北京第四次印刷），頁57。

〔註257〕聞一多，《詩經研究》（成都：巴蜀書社出版，2002 年 12 月第一次印刷），頁 102。

〔註258〕董同龢譯，《高本漢詩經注釋》（台北：國立編譯館中華叢書編審委員會編印，民國 68（1979）年 2 月再版），頁 23。

6、朱守亮《詩經評釋》:「摹聲之詞,此乃疾行所成之聲也」。

7、聶石樵主編、雒三桂、李三注《詩經新注》:「恭敬而有禮儀的樣子」。

【健章案】:此「肅肅」訓爲「疾貌」較恰當。《釋文》於此無注。

《說文》:「肅,持事振敬也。」段《注》:「《廣韻》:恭也、敬也、戒也、進也、疾也。按訓進者,羞之假借,訓疾者,速之假借,皆見《禮》。」〔註259〕段《注》將「肅」之假借義說的很明白,若此訓「敬」即是用本義,若訓「疾」就是假借義。《爾雅・釋訓》:「肅肅、翼翼,恭也。」郭《注》:「皆恭敬。」〔註260〕于省吾《澤螺居詩經新證》:「肅肅,恭敬有儀。」〔註261〕于氏認爲是恭敬義,而陳奐與他持不同論點。陳奐《傳疏》說:「《爾雅・釋詁》『肅,疾也。』重言之爲肅肅。肅肅猶數數,數數亦疾也。」〔註262〕陳奐認爲「肅肅」爲「疾」之義。

〈周南・兔罝〉:「肅肅兔罝」,《傳》「肅肅,敬也。」本乎《爾雅》。《正義》:「肅肅,敬也、釋訓文。此美賢人眾多,故爲敬。〈小星〉云:『肅肅宵征』。故《傳》曰:『肅肅,疾貌』。〈鴇羽〉〈鴻雁〉說鳥飛,文連其羽,故《傳》曰:『肅肅,羽聲也。』〈黍苗〉說宮室,《箋》云:『肅肅,嚴正之貌』。各隨文勢也。」《正義》之言說明了「肅肅」的幾個意思,有「敬」、「疾」、「嚴正之貌」或狀「羽聲」,然而,〈周頌・有瞽〉「肅雝和鳴」。《爾雅・釋言》「肅、雝,聲也。」郭《注》:「《詩》曰:肅雝和鳴」。邢《疏》:「和樂聲也。」所以「肅肅」還可以狀鳥叫聲。

在此詩中「肅肅」究竟是「疾速之義」或是「恭敬之義」?《箋》說:「肅肅然夜行」不太明確,其是訓「疾」或「敬」。但依《詩》句之義是「宵征」即是「夜行」當以「疾」爲恰當,而朱守亮所言「摹聲之詞,此乃疾行所成之聲

〔註259〕東漢・許慎著、清・段玉裁注,《說文解字》(台北:書銘出版社,民國82(1993)年10月七版),頁118。

〔註260〕周祖謨,《爾雅校箋》(昆明:雲南人民出版社,2004年11月第一版第一次印刷),頁36。

〔註261〕于省吾,《澤螺居詩經新證》(北京:新華書店,1982年11月北京第一次印刷),頁9。

〔註262〕陳奐,《詩毛氏傳疏》(台北:台灣學生書局,民國75(1986)年10月第七次印刷),頁63。

也。」只是一種臆測罷了。

（二十八）「濟濟」（五例）

（甲）四驪「濟濟」，垂轡瀰瀰（齊風・載驅）

1、毛《傳》:「濟濟，美貌。」

2、鄭《箋》無訓「濟濟」，只言:「此又刺襄公乘是四驪而來，徒爲淫亂之行。」

3、朱熹《詩集傳》:「濟濟，美貌。」

4、屈萬里《詩經詮釋》:「眾盛貌。」

5、高亨、朱東潤《詩經今注／詩三百篇探故》:「即齊齊，整齊；毛色一樣，高長一樣。」

6、程俊英、蔣見元《詩經注析》:「整齊貌。」

（乙）「濟濟」多士，文王以寧（大雅・文王）

1、毛《傳》:「多威儀也。」

2、鄭《箋》無訓釋。

3、《正義》:「《釋訓》云:『濟濟，容止也』。孫炎曰:『齊齊，多士之容止也』。然則齊齊總爲在朝之儀，故云威儀也。〈曲禮〉下云:『大夫濟濟。謂行容之皃』，與此異。〈少儀〉云:『朝廷之儀，濟濟翔翔』，與此同矣。」

4、朱熹《詩集傳》:「多貌。」

5、屈萬里《詩經詮釋》:「眾多貌。」

（丙）「濟濟」辟王，左右奉璋（大雅・棫樸）

1、《毛傳》無注釋。

2、鄭《箋》無注釋。

3、《正義》:「濟濟然多容儀之君王。」

4、朱熹《詩集傳》:「容貌之美也。」

5、屈萬里《詩經詮釋》:「敬貌。」

（丁）「濟濟」多士，秉文之德（周頌・清廟）

1、毛《傳》無注釋。

2、鄭《箋》:「濟濟之眾士，皆執行文王之德。」

3、《正義》:「濟濟之眾士，謂朝廷之臣也。」

4、朱熹《詩集傳》:「眾也。」

(戊)「濟濟」多士,克廣德心(魯頌·泮水)

1、毛《傳》無注釋。

2、鄭《箋》:「多士,謂虎臣及如皐陶之屬。」

3、《正義》:「濟濟然多威儀之多士。」

4、李雲光《毛詩重言通釋》:「濟濟爲美盛皃。濟之言齊也。說文云:禾麥吐穗上平也。試望平原、麥秀漸漸、禾黍油油,誠田野之壯觀也。故有美盛之義。」〔註263〕

【健章案】:《說文》:「濟,濟水出常山房子贊皇山,東入泜。」〔註264〕「濟」本義爲水名,可知這些「濟濟」非用本義。《釋文》於〈文王〉說:「子禮反,多威儀也,後濟濟皆同。」〔註265〕可知其後之「濟濟」皆是「多威儀」。《爾雅·釋訓》:「藹藹、濟濟,止也。」郭《注》:「皆賢士盛多之容止。」〔註266〕屈先生《詩經詮釋》引《爾雅·釋訓》「濟濟,敬也。」〔註267〕有誤。陳奐於〈文王〉說:「濟濟是狀士有光之德,故傳云多威儀也。爾雅:濟濟,止也。止,容止也。多威儀卽容止之義。」朱子言:「多士,與祭執事之人也。」而「容止」必須多威儀,因此,「濟濟」訓「美」、訓「眾」或「多威儀」或「容貌之美」,蓋或隨文注釋。陳俊英訓「四驪濟濟」之「濟濟」爲「整齊貌」,或由「齊」之本義「禾麥吐穗上平也」所引申出來的。

(二十九)「翼翼」:(兩例)

(甲)四牡「翼翼」(小雅·采薇)

1、毛《傳》:「翼翼,閑也。」鄭《箋》無注釋。

〔註263〕李雲光,《毛詩重言通釋》(台北:台灣商務印書館,民國67(1978)年12月初版),頁166。

〔註264〕東漢·許愼著、清·段玉裁注,《說文解字》(台北,書銘出版社,民國82(1993)年10月七版),頁545。

〔註265〕陸德明,《經典釋文》(孔子大全編輯委員會,濟南:山東友誼出版社,1990年),頁357。

〔註266〕周祖謨,《爾雅校箋》(昆明:雲南人民出版社,2004年11月),頁37。

〔註267〕屈萬里,《詩經詮釋》(台北:聯經出版社,民國91(2002)年10月初版第十四刷),453。

2、《正義》:「翼翼然閑習。」

3、朱熹《詩集傳》:「翼翼，行列整治之狀。」

4、方玉潤《詩經原始》:「行列鴟張之狀。」

5、高本漢《詩經注釋》:「除去本義『翅膀，像翅膀』,『翼』至少又講作九種別的意義:『恭敬、有秩序、嫺習、整飭、完成、強壯、盛多、幫助』……切韻有『廙』字，音與『翼』同，訓『敬』……傳注中所謂『有秩序、嫺習、整飭』等解釋……由此講通。」〔註268〕

6、李雲光《毛詩重言通釋》:「翼翼爲嚴整貌，其義可由𪔄字尋繹之。本條所附〈六月〉〈斯干〉二篇之單言、與重言義同。凡全詩中單言之上加『有』『其』『伊』等字，或其下加『彼』『如』『若』『然』『止』『兮』等字或上下加『其』字者，其用每與重言同。亦有不加此等字而義亦不異重言……。」〔註269〕

7、屈萬里《詩經詮釋》:「業業、騤騤、翼翼，皆盛貌；說見《廣雅》。【翼翼，整飭貌】」。

（乙）乘其四騏，四騏「翼翼」(小雅・采芑)

1、毛《傳》無注釋。

2、鄭《箋》云:「翼翼，壯健貌。」

3、朱熹《詩集傳》:「翼翼，順序貌。」

4、屈萬里《詩經詮釋》:「盛貌。」

5、陳子展《詩經直解》:「有力翼翼。」

【健章案】:重言「翼翼」在《毛詩》中出現10次，可見這是深具張力的修辭詞用語。《釋文》、馬瑞辰《通釋》在這兩篇均無注，而王先謙《集疏》分別引《傳》《箋》也無提出其他異義。屈萬里於〈采薇篇〉說:「業業、騤騤、翼翼，皆盛貌。說見《廣雅》」〔註270〕《爾雅・釋訓》:「肅肅、翼翼，恭也。」

〔註268〕董同龢譯，《高本漢詩經注釋》(台北：國立編譯館中華叢書編審委員會編印，民國68(1979)年2月再版)，頁436～438。

〔註269〕李雲光，《毛詩重言通釋》(台北：台灣商務印書館，民國67(1978)年12月初版)，頁4。

〔註270〕屈萬里，《詩經詮釋》(台北：聯經出版社，民國91(2002)年初版第十四刷)，頁296。

《廣雅疏證》:「翼翼,敬也。」〔註 271〕又訓「和也。」〔註 272〕又訓「明也。」〔註 273〕又訓「盛也。」〔註 274〕可知「翼翼」乃多義的重言詞。

《說文》「翼」是「䶒」,訓爲「翄也。」段《注》:「凡敬者必如兩翼之整齊,故毛傳曰:『翼,敬也』。」〔註 275〕「翼翼」大部分是訓爲「恭敬」或是「嚴然有序」,如〈文王〉「厥猷翼翼」,《傳》:「翼翼,恭敬也。」〈大明〉「小心翼翼」,《箋》;「翼翼,恭甚貌。」〈殷武〉「商邑翼翼」,《傳》:「商邑之禮俗翼翼然。」唯此〈采薇〉訓「閑也」;〈采芑〉訓「壯健也」。王筠《毛詩重言》:「……〈采薇〉:『四牡翼翼』,《傳》:『閑也。』〈采芑〉:『四騏翼翼』,《箋》:『壯健也』。案:壯健必須閑習要駕矣。以上諸義,人物不倫,且大小不倫,然以整齊嚴肅說之,可以貫諸經,且可知形容之詞,以聲爲義,不可泥字以說之。」〔註 276〕王筠的「整齊嚴肅」是一個統說,因此他才強調「不可泥字以說之」,也就是要合乎《詩》義。

陳奐《傳疏》於〈采薇〉說:「翼翼,閑者,閑,當作閒。〈車鄰〉,《傳》:『閒,習也』。《廣雅》:『翼翼,和也。』閒、和義相近。〈采芑〉:『四騏翼翼』,義當同。」〔註 277〕

高本漢《詩經注釋》認爲朱《傳》所訓「翼翼,行列整治之狀」,和毛《傳》訓「閑」是同義。他又說:「〈巧言篇〉:『四騏翼翼』,〔註 278〕和這句(「四牡翼翼」)十分相像,《箋》云:『翼翼,壯健貌』。……只要用(幫助、恭敬、有秩序),所有問題的例子都可以講了」〔註 279〕

〔註 271〕王念孫,《廣雅疏證》(北京:中華書局,2004 年 4 月北京第二次印刷),頁 176。

〔註 272〕同上註,頁 178。

〔註 273〕王念孫,《廣雅疏證》(北京:中華書局,2004 年 4 月北京第二次印刷),頁 179。

〔註 274〕同上註,頁 185。

〔註 275〕東漢·許愼著、清·段玉裁注,《說文解字》(台北,書銘出版社,民國 82(1993)年 10 月七版),頁 588。

〔註 276〕王筠,《毛詩重言·上篇》(式訓堂叢書,嚴一萍選輯,臺北:藝文印書館,民國 57(1968)年),頁 11。

〔註 277〕陳奐,《詩毛氏傳疏》(台北:台灣學生書局,民國 75(1986)年 10 月第七次印刷),頁 418。

〔註 278〕應該是〈采芑篇〉。

〔註 279〕董同龢譯,《高本漢詩經注釋》(台北:國立編譯館中華叢書編審委員會編印,民

「翼翼」一詞隨文註解只要不離基本義（恭敬、有秩序）大多不失其義，而用在馬上則以「有序」、「閑習」（和貌）、「盛壯」均說得通。

（三十）民今之無祿，「天夭」是椓（小雅・正月）

1、毛《傳》：「君夭之，在位椓之，是王者之政，又復椓破之，言遇害甚也。」

2、鄭《箋》：「民於今而無祿者，天以薦瘥夭殺之。」

3、朱《傳》：「夭，禍；椓，害。民今獨無祿者，是天禍椓喪之爾亦無所歸怨之詞也。」

4、陳奐《傳疏》：「《釋文》云：『夭，災也。』『夭』、『椓』二字連文，並有殘害侵削之義。」〔註 280〕

【健章案】：「天夭是椓」之「天夭」，可能是「夭夭」的訛誤。馬瑞辰說：「蔡邕《釋誨》云：『夭夭是加』，章懷注引《韓詩》『夭夭是椓』；《蜀石經》亦作『夭夭』，今按作夭夭者是也。夭夭，美盛貌。《說文》：『夭，从大，象形。』〈凱風〉，《傳》曰：『夭夭，盛貌也。』正與『仳仳』爲小，『蔌蔌』卑陋相反。……此民之貧而無祿者，雖夭夭盛美，而不免受譖於人。『天』、『夭』字形相近，易譌。」〔註 281〕所以馬氏認爲「天夭」，即是「夭夭」，而蔡邕屬於《魯詩》，可知《魯詩》爲「夭夭」。

高本漢《詩經注釋》引《尚書・高宗肜日篇》：「非天夭民，民中絕命。」中也有「天夭」二字，當「殺害」講，此可證實《毛詩》之「天夭」而否定《魯詩》之「夭夭」。但王應麟《詩考》引《韓詩》異文爲「夭夭是椓」，又注曰：「《後漢蔡邕傳注》、《韓詩》亦同。」且陳喬樅《詩經四家詩異文考》中說：「《蜀石經》『夭夭是椓』。」蓋「天」、「夭」形近而混，若無「異文」相輔實不易了解，更遑言訓詁「天夭」了。

從上文所舉 30 例以及第四章「歐文擬聲詞」之商榷可知「重言」的多義性，要爲其詞義訓詁確爲一件相當不易的工作，其必須具備文字、聲韻、訓詁的基

國 68（1979）年 2 月再版），頁 436。

〔註 280〕陳奐，《詩毛氏傳疏》（台北：台灣學生書局，民國 75（1986）年 10 月第七次印刷），頁 505。

〔註 281〕馬瑞辰，《毛詩傳箋通釋》（北京：中華書局，2005 年 7 月北京第四次印刷），頁 610。

本能力，再從前人的注解中逐一耙梳，並配合現今出土的材料，一一的深入探討分析，方有突破性的看法。

「重言」的訓解歷來都是《毛詩》中爭議頗大的問題，除了重言的定義存在主觀意識外，文字本身也摻雜了許多的異體字和假借字甚至是方言詞，這些問題有些確實因時空的不同而難以解決。這種難以解決的問題，若無新的出土材料，我們只能暫且從舊說之中選擇比較接近詩義的說法。

結語

寫物抒情，有時只要多用一字相疊，便能使興會神情一齊湧現，這種修辭法，就是現代所的「疊字法」。從《詩經》大量使用重言開始，爲文學修辭技巧開創了一條嶄新的道路。其後《楚辭》、古詩到唐詩、宋詞、元曲，歷代均有以「重言」寫出的好作品。如屈原《離騷》的「余固知謇謇之爲患兮，忍而不能捨也！」若不用「謇」之疊字，那種忠心耿耿有話要說，卻又令人討厭的意態便描繪不出；又古詩「行行重行行」，別離難捨之情五字足以盡括；唐詩如王維〈積雨輞川莊作〉有「漠漠水田飛白鷺，陰陰夏木囀黃鸝」句，這「漠漠」和「陰陰」可說是傳神之眼，難怪郭彥深會說：「漠漠陰陰，用疊字之法，不獨摹景入神，而音調抑揚，氣格整暇，悉在四字中。」至於宋詞則有李清照最膾炙口的〈聲聲慢〉頭三句「尋尋覓覓，冷冷清清，淒淒慘慘戚戚。」讓讀者愛賞不已，徐虹亭評道：「首句連下十四個疊字，眞似大珠小珠落玉盤也。」又元曲如馬致遠的〈秋思〉：「密匝匝蟻排兵，亂紛紛蜂釀蜜，鬧穰穰蠅爭血。」這是「補疊式」的新形式，就是「元曲」由《詩經》重言中萃取而來的養分。

重言的運用由《詩經》發展出來，至今尚是一種非常重要的修辭形式，爲了使語氣更綿密、音韻更動人、形象更逼眞，使用「疊字」是一種最生動的方法，不然《詩經》中怎會大量用「重言」來描神摹聲呢？《詩經》中所使用的重言詞，至今有少數後來成爲成語，而多數在語言演變過程中死亡。幸而語言會隨著時代不斷孳生，不斷地產生新的具有時代特性的重言詞，顯見重言強韌的生命力。

本論文全面探討《毛詩》中的重言詞，收集了《毛詩》中所有的重言詞，整理各家紛雜的說法，爲重言下了一個明確周延的定義，一一剖析其與聯綿詞的異同，統計其出現詩篇與次數，探討其異文、多樣構詞類型及獨特的修辭功能，並對於前人擬聲詞研究的缺失，以更爲嚴謹的態度提出補述和商榷，揭示《詩經》由於配樂，爲聲律之諧美，「重言詞」的需求自然強，於是爲狀聲、狀形以及押韻之須要，重言難免被借音襲用，而形成在不同語境下多義的特質，因而造成訓詁的困難。撰者舉三十例，深入探討各家對重言詞分歧的訓解，以爲印證。

重言詞爲漢語中最獨特的構詞形式，本文對於重言詞的收集，整理相關問題的探討已盡全力，期望能有益於《詩經》的研究，並得到方家的不吝指正。在寫作過程中撰者亦同時全面進行《毛詩》重言的訓詁，希望未來能完成一部《毛詩》重言詞典的撰寫，全面解決《毛詩》重言的訓詁問題，提供《詩經》研究更爲方便的參考用書。

參考書目

【備註：民國前的專書依朝代順序，民國後（含中國大陸）以姓氏筆劃順序，姓氏筆劃相同者以出版年代分，且在台灣出版均置於中國大陸出版之前】

一、專　書

（一）【詩經】

1. 〔東漢〕鄭玄，《毛詩鄭箋》，校相臺岳氏本，台北：新興書局，民國82（1993）年12月版。
2. 〔唐〕孔穎達，《毛詩正義》《十三經注疏分段標點》，台北：新文豐出版公司，民國90（2001）年。
3. 〔唐〕陸德明，《經典釋文・毛詩音義》，孔子大全編輯委員會，濟南：山東友誼出版社，1990年。
4. 〔宋〕朱熹，《詩集傳》，台北：藝文印書館，民國63（1974）年4月三版。
5. 〔宋〕王應麟，《詩考》，《詩經要籍集成》第10冊，中國詩經學會編，北京：學苑出版社，2002年。
6. 〔明〕陳第，《毛詩古音考》，北京大學出版社，1988年8月北京第一版。
7. 〔清〕方玉潤，《詩經原始》，台北：藝文印書館，民國70年2月三版。
8. 〔清〕陳奐，《詩毛氏傳疏》，台北：台灣學生書局，民國75（1986）年10月第七次印刷。
9. 〔清〕馬瑞辰，《毛詩傳箋通釋》，北京：中華書局，2005年7月第四次印刷。
10. 〔清〕王引之，《經義述聞・毛詩》，孔子大全編輯委員會，濟南：山東友誼出版社，1990年。
11. 〔清〕王筠，《毛詩重言》，式訓堂叢書，嚴一萍選輯，臺北：藝文印書館，民國57（1968）

年。

12. 〔清〕姚際恆，《詩經通論》（台北：廣文書局印行，民國 50（1961）年）。
13. 〔清〕王先謙，《詩三家義集疏》（台北：明文書局，民國 77（1988）年 10 月 10 日初版）。
14. 〔清〕陳喬樅，《詩經四家詩異文考》，《詩經要籍集成》第 40 冊，中國詩經學會編，北京：學苑出版社，2002 年。
15. 〔清〕范家相，《三家詩拾遺》，《詩經要籍集成》第 38 冊，中國詩經學會編，北京：學苑出版社，2002 年。
16. 〔清〕江瀚，《詩經四家詩異文考補》，《詩經要籍集成》第 41 冊，中國詩經學會編，北京：學苑出版社，2002 年。
17. 于省吾，《澤螺居詩經新證》，北京：新華書店，1982 年 11 月第一版。
18. 于茀，《金石簡帛詩經研究》，北京：北京大學出版社，2004 年 10 月第一次印刷。
19. 中國詩經學會編，《詩經要籍集成》，北京：學苑出版社，2002 年。
20. 中國詩經學會編，《詩經研究叢刊》，北京：學苑出版社，2004 年。
21. 王巍，《詩經民俗文化闡釋》，北京：北京商務印書館，2004 年 3 月。
22. 白川靜著、杜正勝譯，《詩經的世界》，台北：東大圖書股份有限公司，民國 90（2001）年 6 月。
23. 竹添光鴻，《毛詩會箋》，台北：大通書局印行，民國 59〔1970〕年。
24. 朱守亮《詩經評釋》，台北：台灣學生書局，民國 77（1988）年初版。
25. 朱廣祁，《詩經雙音詞論稿》，河南人民出版社，1986 年。
26. 向熹，《詩經語言研究》，成都：四川人民出版社，1987 年 4 月。
27. 向熹，《詩經語文論集》，成都：四川民族出版社，2002 年 7 月第一次印刷。
28. 李雲光，《毛詩重言通釋》，台北：台灣商務書局，民國 67（1978）年 12 月初版。
29. 呂珍玉，《高本漢詩經注釋研究》，台北：花木蘭文化工作坊，2005 年 12 月。
30. 金公亮，《詩經學導讀》，台北：河洛圖書出版，民國 67（1978）年 12 月。
31. 屈萬里，《詩經詮釋》，台北：聯經出版社，民國 91（2002）年 10 月初版第 14 刷。
32. 吳萬鍾，《從詩到經——論毛詩解釋的淵源及其特色》，北京：中華書局，2001 年 3 月北京第一版。
33. 高亨、朱東潤，《詩經今注／詩三百篇探故》，台北：漢京文化，民國 73（1984），初版。
34. 夏傳才，《詩經研究史概要》，台北：萬卷樓圖書公司，民國 83（1994）年 11 月初版三刷。
35. 夏傳才，《詩經語言藝術新編》，北京：語文出版社，1998 年 1 月第一次印刷。
36. 袁長江，《先秦兩漢詩經研究論稿》，北京：學苑出版社，1999 年 8 月北京第一版。
37. 高明乾等著，《詩經動物釋詁》，北京：中華書局，2005 年 9 月。
38. 張西堂，《詩經六論》，上海：商務印書館，1957 年 11 月上海二次印刷。

39. 陳子展，《詩經直解》，上海：復旦大學出版，1994 年。
40. 陸錫興，《詩經異文研究》，北京：中國社會科學出版社，2002 年 10 月第二次印刷。
41. 張啓成，《詩經研究史論稿》，貴州人民出版社，2003 年 2 月。
42. 傅斯年，《詩經講義稿》，北京：中國人民大學出版社，2004 年 10 月第一次印刷。
43. 程俊英、蔣見元，《詩經注析》，北京：中華書局，2005 年 1 月北京第四次印刷。
44. 葉舒憲，《詩經的文化闡釋》，陝西人民出版社，2005 年 5 月。
45. 猶家仲，《詩經的解釋學研究》，桂林：廣西師範大學出版社，2005 年 6 月。
46. 董同龢譯，《高本漢詩經注釋》，台北：國立編譯館中華叢書編審委員會編印，民國 68（1979）年 2 月再版。
47. 楊鍾基，《詩集傳舊説輯校》，香港中文大學聯合書院，1974 年 9 月初版。
48. 楊愛姣，《詩經研究叢刊第四輯・詩經中名詞作疊根的狀態形容詞探析》，中國詩經學會編，北京：學苑出版社，2003 年 1 月。
49. 楊合鳴，《詩經疑難詞語辨析》，武漢：崇文書局，2003 年 5 月。
50. 劉毓慶，《從詩經到文學——明代詩經學史論》，北京：北京商務印書館，2003 年 11 月。
51. 趙帆聲，《詩經異讀》，河南大學出版社，2002 年 1 月第一次印刷。
52. 聞一多，《詩經研究》，成都：巴蜀書社出版，2002 年 12 月第一次印刷。
53. 潘富俊著、呂勝由攝影，《詩經植物圖鑑》，台北：貓頭鷹出版，2002 年 1 月。
54. 糜文開、裴普賢《詩經欣賞與研究》，台北：三民書局，民國 80（1991）年重印二版一刷。
55. 聶石樵主編，《詩經新注》，濟南：齊魯書社出版，2003 年 3 月第二次印刷。

（二）【訓詁與校勘】

1. 〔清〕王念孫，《廣雅疏證》，北京：中華書局，2004 年 4 月北京第二次印刷。
2. 〔清〕邵晉涵《爾雅正義》卷第四〈釋訓第三〉，收於《續修四庫全書 187・經部・小學類》，上海：古籍出版社。
3. 白兆麟，《校勘訓詁》，合肥：安徽大學出版社，2001 年 6 月第一次印刷。
4. 周祖謨，《爾雅校箋》，昆明：雲南人民出版社，2004 年 11 月第一版第一次印刷。
5. 周祖謨，《方言校箋》，北京：中華書局，2004 年 11 月。
6. 林尹，《訓詁學概要》，台北：正中書局，民國 86（1997）年 6 月第 17 次印行。
7. 倪其心，《校勘學大綱》，北京大學出版社 2004 年 7 月第二版。
8. 陸宗達，《訓詁學簡論》，台北：新文豐出版公司，民國 73（1984）年。
9. 馮浩菲，《中國訓詁學》，山東大學出版社 2003 年 3 月第三次印刷。
10. 齊佩瑢，《訓詁學概論》，北京：中華書局 2004 年 7 月。

（三）【語言、語法與音韻】

1. 王力，《中國語法理論》下冊，北京：中華書局，1955 年 4 月第一版。

2. 王力，《古代漢語》，北京：中華書局，2002 年 7 月北京第 33 次印刷。
3. 申小龍，《語文的闡釋》，遼寧教育出版社，1991 年 12 月第一版。
4. 呂叔湘，《中國文法要略》，北京商務印書館，1982 年 8 月新一版。
5. 余行達主編，《古代漢語》，東北師範大學出版社，1993 年 5 月第四次印刷。
6. 周法高，《中國古代語法・造句編》，台北：中央研究院歷史語言研究所印行，民國 83（1994）年 4 月景印二版。
7. 周法高，《中國古代語法・構詞篇》，台北：中央研究院歷史語言研究所印行，民國 83（1994）年 4 月景印二版。
8. 周振鶴、游汝杰，《方言與中國文化》，台北：南天書局出版，民國 79（1990）年 10 月台一版。
9. 竺家寧，《漢語詞彙學》，台北：五南圖書出版，民國 88（1999）年 10 月初版一刷。
10. 房玉清，《實用漢語語法》，北京語言學院出版社，1993 年 6 月第二次印刷。
11. 孟蓬生，《上古漢語同源詞語音關係研究》，北京：北京師範大學出版社，2001 年 6 月第一次印刷。
12. 周薦，《漢語詞匯結構論》，上海辭書出版社，2004 年 12 月第一版。
13. 范淑存、于雲，《成語中的古漢語知識》，中國經濟出版社，1991 年 2 月第一版。
14. 袁家驊，《漢語方言概要》，北京：語文出版社，2003 年 1 月。
15. 陳望道，《修辭學發凡》，台北：台灣開明書店，民國 49（1950）年 4 月。
16. 陳望道，《修辭學發凡》，上海：世紀出版集團，2003 年 10 月第三次印刷。
17. 許世瑛，《中國文法講話》，台北：台灣開明書局，民國 74（1985）年 10 月修訂十八版發行。
18. 郭紹虞，《照隅室語言文字論集》，上海古籍出版社，1985 年 4 月第一次印刷。
19. 張先亮，《理論語法研究與比較》，浙江教育出版社，1998 年 4 月第一版。
20. 程湘清主編，《先秦漢語研究》，山東教育出版社，1992 年 9 月第一版。
21. 黃金貴，《古漢語同義詞辨識論》，上海古籍出版社，2002 年 8 月第一次印刷。
22. 蔣紹愚，《古漢語詞匯綱要》，北京大學出版社，1989 年 12 月第一次印刷。
23. 董秀芳，《詞彙化：漢語雙音詞的衍生和發展》，成都：四川民族出版社，2002 年 7 月第一次印刷。
24. 葛本儀主編，《漢語詞匯學》，山東大學出版，2003 年 8 月第二次印刷。
25. 魏建功，《古音系研究》，北京：中華書局，2004 年 9 月北京第二次印刷。

（四）【文字】

1. 〔東漢〕許慎、清・段玉裁注，《說文解字》，台北：書銘出版社，民國 83（1994）年 10 月七版。
2. 〔清〕朱駿聲，《說文通訓定聲》，台北：藝文印書館，民國 64（1975）年 8 月三版。
3. 于省吾，《雙劍誃群經新證》，上海書店出版社，1999 年 4 月第一次印刷。

4. 王力，《同源字典》，北京商務印書館，2002 年 11 月北京第六次印刷。
5. 王力主編，《王力古漢語字典》，北京：中華書局，2003 年 12 月北京第四次印刷。
6. 唐蘭，《中國文字學》，上海：古籍出版社，2005 年 4 月第一次印刷。
7. 許威漢，《漢語文字學概要》，上海：上海大學出版社，2002 年。
8. 魯實先，《假借遡原》，台北：文史哲出版社，民國 62（1973）年 10 月初版。
9. 蔡信發，《說文答問》，台北：萬卷樓出版社，民國 84（1995）年 11 月。
10. 顧實，《中國文字學》，台灣文海出版社，民國 59（1970）年 1 月初版。

（五）【詩話】

1. 〔宋〕嚴羽著、郭紹虞校釋，《滄浪詩話》，台北：里仁書局，民國 76（1987）年 4 月初版。
2. 〔清〕何文煥，《歷代詩話》（上、下集），北京：中華書局，2004 年 9 月第六次印刷。
3. 丁福保輯，《歷代詩話續編》（上、中、下集），北京：中華書局，2001 年 8 月第四次印刷。

（六）【其他】

1. 〔春秋〕管仲，《管子》，台北：中華書局印行，民國 70（1981）年。
2. 〔春秋〕左丘明，《國語》，台北：中華書局，民國 70（1981）年。
3. 〔戰國〕呂不韋，《呂氏春秋》，台北：中華書局印行，民國 70（1981）年。
4. 〔西漢〕揚雄，《法言義疏》，台北：世界書局印行，民國 47（1958）年。
5. 〔西漢〕桓寬，《鹽鐵論》，台北：台灣商務印書館印行，民國 64（1975）年。
6. 〔西漢〕劉安，《淮南子》，台北：中華書局印行，民國 70（1981）年。
7. 〔東漢〕應劭《風俗通義》，台北：世界書局印行，民 52（1963）年。
8. 〔東漢〕班固，《漢書‧食貨志》，台北：藝文印書館影，民國 54（1965）年。
9. 〔東漢〕王充，《論衡》，嚴一萍選輯，臺北：藝文印書館，民國 56（1967）年。
10. 〔東漢〕班固，《漢書‧藝文志》，《續修四庫全書》914，續修四庫全書編纂委員會編，上海：古籍出版社 1995 年。
11. 〔東漢〕班固，《漢書》，上海：上海古籍出版社，2003 年第一版。
12. 〔梁〕蕭統撰、〔唐〕李善注，《昭明文選》，長沙：商務印書館印行，民 28（1939）年。
13. 〔梁〕劉勰著、周振甫注，《文心雕龍》，台北：里仁書局，民國 90（2001）年 9 月 28 日初版 4 刷。
14. 〔梁〕沈約，《宋書‧謝靈運傳》，北京：中華書局，1996 年。
15. 〔北齊〕顏之推著，程小銘注《顏氏家訓》，台北：地球出版社，民國 84（1995）年元月第一版。
16. 〔唐〕釋慧琳《一切經音義》，《百部叢書集成》嚴一萍選輯，臺北：藝文印書館影印，民國 56（1967）年。

17. 〔唐〕杜佑，《通典》，杭州：浙江古籍出版，2000 年第二版。
18. 〔宋〕朱熹，《四書章句集註》，台北：鵝湖出版社，民國 73（1984）年 9 月初版。
19. 〔宋〕李昉等奉敕撰，《太平御覽》，台北：台灣商務印書館，民國 81（1992）年臺一版。
20. 〔宋〕張有，《復古編》第三冊，上海：涵芬樓影印影宋經鈔本。
21. 〔明〕方以智著、侯外廬主編，《方以智全書》，江蘇：上海古籍出版社，1988 年 9 月出版。
22. 〔清〕戴震，《戴東原集・答段若膺論韵》卷六，長沙：商務印書館印行，民國 8（1939）年。
23. 〔清〕紀昀，《四庫全書總目提要》，長沙：商務印書館印行，民國 28（1939）年。
24. 〔清〕顧炎武，《日知錄》，長沙：商務印書館印行，民國 28（1939）年。
25. 〔清〕阮元校，《十三經注疏附校勘記・公羊傳》，台北：藝文印書館，民國 45（1956）年。
26. 〔清〕朱右曾，《逸周書集訓校釋》，台北：世界書局印行，民國 45（1956）年。
27. 〔清〕孫希旦，《禮記集解》，台北：文史哲出版社，民國 79（1990）年 8 月文一版。
28. 〔清〕阮元校，《十三經注疏分段標點・周易》，台北：新文豐出版公司，民國 90（2001）年）。
29. 〔清〕邵晉涵，《爾雅正義》(《續修四庫全書 187・經部・小學類》)，上海：古籍出版社，2002 年。
30. 〔清〕顧炎武，《易音》卷三，《文津閣四庫全書（八三）・經部・小學類》，北京：商務印書館，2005 年。
31. 〔清〕馬國翰，《玉山房輯佚書・經編詩類》，《續修四庫全書》之子部・雜家類（1201），續修四庫全書編纂委員會，上海古籍出版社，頁 211～414。
32. 王彥坤，《古籍異文研究》，台北：萬卷樓圖書公司，民國 85（1996）年 12 月初版。
33. 王國維著、吳調孚校注，《人間詞話》，台北：頂淵文化事業有限公司，民國 90（2001）年 6 月第五次印刷。
34. 王國維，《古史新證》，北京：清華大學出版社，2000 年 4 月第五次印刷。
35. 王國維，《觀堂集林》，河北教育出版社，2002 年 1 月第二次印刷。
36. 朱自清主編，《聞一多全集》，台北：里仁書局，民國 88（1999）年初版。
37. 朱自清，《說詩》，上海：上海古籍出版社，1999 年 10 月第二次印刷。
38. 朱光潛，《文藝心理學》，合肥：安徽教育出版社，2003 年 8 月第四次印刷。
39. 朱光潛，《詩論》，北京：北京出版社，2005 年 6 月第一次印刷。
40. 沈淑，《陸氏經典異文》，上海商務印書館，民國 26（1937）年 6 月初版。
41. 李滌生，《荀子集釋》，台北：台灣學生書局，2000 年 3 月初版八刷。
42. 李珊，《動詞重疊式研究》，北京：語文出版社，2003 年 8 月第一次印刷。
43. 吳新楚，《周易異文校證》，廣東人民出版社，2001 年 8 月第一次印刷。

44. 亞理士多德著、姚一葦譯註，《詩學箋註》，台北：台灣中華書局，民國 82（1993）年 8 月十版三刷。
45. 馬茂元主編，《楚辭注釋》，台北：文津出版社，民國 82（1993）年 9 月。
46. 徐振邦，《聯綿詞概論》，北京：大眾文藝出版社，1998 年 7 月北京第一次印刷。
47. 陳國慶，《漢書藝文志注釋彙編》，台北：木鐸出版社，民國 72（1983）年 9 月初版。
48. 張敏註譯，《列女傳今註今譯》，台北：台灣商務印書館，民國 83（1994）年。
49. 黃永武，《中國詩學・設計篇》，台北巨流圖書公司，民國 88（1999）年 9 月初版 12 印。
50. 黃懷信，《戰國楚竹書詩論解義》，北京：社會科學文獻出版社，2004 年 8 月第一次印刷。
51. 〔法國〕雅克・德里達，《聲音與現象》，北京：商務印書館，2005 年月第四次印刷。
52. 趙雨，《上古詩歌的文化視野》，北京：社會科學文獻出版社，2005 年 10 月。
53. 錢穆，《現代中國學術論衡》，長沙：岳鹿書社 1986 年出版。
54. 〔日人〕瀧川龜太郎，《史記會注考證》，台北：文史哲出版社，民國 82（1993）年 10 月初版。

二、【博、碩士論文】

1. 呂珍玉，《高本漢詩經注釋研究》，東海大學博士論文，民國 86 年（1997）年元月。
2. 歐秀慧，《詩經擬聲詞研究》，中正大學碩士論文，民國 81 年（1992）年。
3. 丁文倩，《元散曲重疊詞研究》，中正大學碩士論文，民國 85 年（1996）年。
4. 張淑惠，《詩經動植物意象的隱喻認知詮釋》，東海大學碩士論文，民國 94 年（2005）年 7 月。

三、【期刊論文】

（一）疊字（重言、疊音詞、雙音詞）相關論文

1. 余培林，〈三百篇中疊字不作動詞說〉，《國文學報》，第 17 期。
2. 魏聰祺，〈疊字分類及其辨析〉，《國學輔導》雙月刊（語文），43 卷第 5 期，民國 93（2004）年 6 月。
3. 王顯，〈詩經中跟重言作用相當的「有」字式、「其」字式、「斯」字式和「思」字式〉，《語言研究》，第 4 期，1959 年。
4. 陳慶武，〈泛論現代漢語的重疊形式〉，《福州師專學報》，第 14 卷第 1 期，1994 年 3 月。
5. 孫景陽，〈珠圓玉潤、妙趣橫生：談詩中疊字的妙用〉，《益陽師專學報》，第 15 卷第 3 期，1994 年 5 月。
6. 吳林森，〈疊字藝術漫談〉，《南平師專學報》，第 1 期，1995 年。
7. 吳曉峰，〈疊字與疊音詞〉，《長春師院學報》，第 2 期，1995 年。

8. 李長仁，〈古漢語雙音詞集説〉，《遼寧學刊》，第 2 期，1995 年。
9. 張其昀，〈《詩經》疊字三題〉，《鹽城師專學報》，第 1 期，1995 年。
10. 張其昀，〈《詩經》疊字三題（續）〉，《鹽城師專學報》，第 3 期，1995 年。
11. 王毅，〈試論元散曲的疊字藝術〉，《湖南師範大學社會科學學報》，第 25 卷第 3 期，1996 年。
12. 李文，〈重言的性質〉，《鎮江師專學報》，第 1 期，1997 年。
13. 張保寧，〈《詩經》疊音詞與主體情感表現〉，《西安外國語學院學報》，第 5 卷第 2 期，1997 年。
14. 楊滿忠，〈簡論《詩經》疊字的社會美〉，《固原師專學報》，第 4 期，1997 年。
15. 謝永玲，〈疊音詞和重疊式合成詞的區分〉，《河南師範大學學報》，第 25 卷第 3 期，1998 年。
16. 周克庸，〈也談《詩經》重疊詞的詞性〉，《河南師範大學學報》，第 25 卷第 4 期，1998 年。
17. 郭作飛，〈《毛詩訓詁傳》複音詞初探〉，《四川三峽學院學報》，第 4 期，1998 年。
18. 楊汝福，〈漫談重言〉，《柳州師專學報》，第 13 卷第 4 期，1998 年 12 月。
19. 李荀華，〈《詩經》中重言疊字的文化意義〉，《河南師範大學學報》，第 9 卷第 1 期，1999 年。
20. 麻曉燕，〈也談在古典詩歌創作中的作用〉，《河南師範大學學報》，第 2 期，1999 年。
21. 駱小所，〈關於疊音詞與重疊詞的區分〉，《保定師範專科學學報》，第 14 卷第 2 期，1999 年 4 月。
22. 李大遂，〈談毛傳對重言的訓釋〉，《廣播電視大學學報》，第 3 期，1999 年。
23. 周延雲，〈《詩經》疊字運用研究〉，《青島海洋大學學報》，第 2 期，2000 年。
24. 郭瓏，〈《詩經》疊音詞詞新探〉，《廣西師範大學學報》，第 36 卷第 2 期，2000 年 6 月。
25. 吳吟，〈漢語重疊研究綜述〉，《華東師範大學學報》，第 3 期，2000 年 6 月。
26. 趙伯義，〈《毛詩訓詁傳》解釋重言說〉，《河北師範大學學報》，第 23 卷第 3 期，2000 年 7 月。
27. 馬靜，〈從語用修辭角度解讀重言式〉，《外語教學》，第 21 卷第 4 期，2000 年 10 月。
28. 楊星，〈關於合成複音詞分類問題〉，《南平師專學報》，第 20 卷第 1 期，2001 年。
29. 鄭立新，〈大珠小珠落玉盤——疊字的審美功能〉，《福建師範大學福清分校學報》，第 3 期，2001 年。
30. 徐金穎，〈關於疊音詞與重疊詞的區分〉，《保定師範專科學學報》，第 15 卷第 1 期，2002 年 1 月。
31. 王冀，〈《詩經・國風》中疊字淺析〉，《修辭學習》，第 3 期，2002 年。
32. 李成君，〈重疊式的複音詞〉，《呼倫貝爾學院學報》，第 10 卷第 2 期，2002 年 4 月。
33. 王苹，〈論複疊式辭格的審美功能〉，《呼倫貝爾學院學報》，第 15 卷第 3 期，2002 年 9 月。

34. 華玉明，〈漢語重疊理據（一）——重疊動因〉，《邵陽學院學報》，第 1 卷第 1 期，2002 年。

35. 華玉明，〈漢語重疊理據（二）——重疊動因〉，《邵陽學院學報》，第 1 卷第 3 期，2002 年。

36. 吳麗興，〈重言式的語用修辭特色〉，《西安電子科技大學學報》，第 12 卷第 4 期，2002 年 12 月。

37. 王艷峰，〈《詩經》重言正格淺析〉，《佳木斯大學社會科學學報》，第 20 卷第 6 期，2002 年 12 月。

38. 李科、韓華，〈論古代詩詞中的疊字藝術〉，《河南廣播電視大學學報》，第 16 卷第 2 期，2003 年 6 月。

39. 孫冬妮，〈《詩經》疊字分析〉，《襄樊學院學報》，第 24 卷第 6 期，2003 年 11 月。

40. 鄭春琴、李小雲，〈疊音詞和重疊詞的區別〉，《內江師範學院學報》，第 19 卷第 1 期，2004 年。

（二）重言修辭功能相關論文

1. 牛多安，〈《詩經》藝術表現手法二題〉，《東岳論叢》，第 4 期，1994 年。

2. 吳宗淵，〈疊字在古典詩歌中的狀況與修辭功能〉，《寧夏大學學報》，第 17 卷第 4 期，1995 年。

3. 袁旭東，〈談疊字的修辭美〉，《自貢師專學報》，第 2 期，1997 年。

4. 駱小所，〈試析疊字及其修辭功能〉，《楚雄師專學報》，第 14 卷第 2 期，1999 年 4 月。

5. 米小群，〈談 AA 式疊音詞的修辭功能〉，《六盤水師專學報》，第 12 卷第 2 期，2000 年 6 月。

6. 汪東如，〈漢語重疊的語法意義和修辭意義〉，《河北師範大學學報》，第 22 卷第 1 期，2002 年 1 月。

7. 汪東如，〈漢語重疊的修辭意義芻議〉，《修辭學習》，第 5 期，2002 年。

8. 周成蘭，〈漢語重疊詞的修辭功能及語用規律〉，《湖北師範學院學報》，第 25 卷第 2 期，2005 年 2 月。

（三）重言語法、句法相關論文

1. 鄭海清，〈論疊字的語法、語用和語體特點〉，《韶關大學學報》，第 16 卷第 1 期，1995 年 1 月。

2. 華王明，〈重疊的特殊句法作用〉，《邵陽師專學報》，第 1 期，1995 年。

3. 沈榮森，〈《詩經》語言藝術探美〉，《昆明師專學報》，第 17 卷第 2 期，1995 年 6 月。

4. 向熹，〈論《詩經》語言的性質〉，《中國的文學刊》，1998 年 1 月

5. 廖小華，〈試析《詩經》中疊音詞的語法特點〉，《龍岩師專學報》，第 21 卷，2003 年 6 月。

6. 王繼紅，〈重言式狀態詞的語法考察〉，《語言研究》，第 23 卷第 2 期，2003 年 6 月。

7. 陳世軍，〈《詩經》語言與彝語比較溯源〉，《貴州民族學院學報》，第 3 期，2004。

（四）聯綿詞相關論文

1. 戴建華，〈連語説略〉，《固原師專學報》，第 4 期，1994 年。
2. 周玉秀，〈聯綿詞的構成與音轉試探〉，《西北師大學報》，第 31 卷第 4 期，1994 年 7 月。
3. 劉宜善，〈連語之研究〉，《昭烏達蒙族師專學報》（漢文哲學社會科學版），第 17 卷第 4 期，1995 年 4 月。
4. 關童，〈聯綿詞名義再認識〉，《浙江大學學報》，第 28 卷第 6 期，1995 年 12 月。
5. 賈齊華、董性茂，〈聯綿辭成因追溯〉，《信陽師範學院學報》，第 16 卷第 3 期，1996 年 7 月。
6. 龍慶榮、陳海倫，〈聯綿詞中的冒牌貨〉，《六安師專學報》，第 13 卷第 4 期，1997 年 12 月。
7. 黄宇鴻，〈試論《詩經》中的聯綿詞〉，《欽州學刊》，第 13 卷第 3 期，1998 年 9 月。
8. 鄧聲國，〈《楚辭章句》聯綿詞訓釋芻議〉，《東吳中文學報》，第 8 期，2002 年 5 月。
9. 方麗娜，〈漢語詞義學教學研究——聯綿詞篇〉，《中學教育學報》，第 9 期，民國 91 年 6 月。

（五）異文相關論文

1. 張樹波，〈《詩經》異文簡論〉，《文化遺產》，第 5 期，1994 年。
2. 管錫華，〈潛心研究、填補空白——《古籍異文研究》評介〉，《暨南學報》，第 16 卷第 4 期，1994 年 10 月。
3. 黃靈庚，〈《全唐詩》異文訛字考釋〉，《浙江師大學報》，第 1 期，1996 年。
4. 石雲孫，〈話語中的異文〉，《安慶師院社會科學學報》，第 2 期，1996 年。
5. 錢宗武，〈《説文》引《書》異文研究〉，《益陽師專學報》，第 17 卷第 3 期，1996 年。
6. 何保英，〈杜甫詩字詞異文的原因探析〉，《五邑大學學報》，第 1 卷第 3 期，1999 年 3 月。
7. 吳辛丑，〈由簡帛異文談古代通用問題〉，《汕頭大學學報》，第 17 卷第 4 期，2001 年 4 月。
8. 李義琳，〈異體字漫議〉，《廣西師院學報》，第 22 卷第 4 期，2001 年 10 月。
9. 陳祥明，〈中古詩歌異文關係類型初探〉，《大理學院學報》，第 1 卷第 1 期，2002 年 1 月。
10. 王平，〈上海博物館藏《戰國楚竹書・緇衣》引《詩》異文考〉，《華東師範大學學報》，第 35 卷第 4 期，2003 年 7 月。
11. 梁振杰，〈從《長沙馬王推漢墓帛書・五行》所引《詩經》異文看先秦至漢的《詩經》傳播〉，《焦作師範高等專科學校學報》，第 19 卷第 3 期，2003 年 9 月。
12. 景盛軒，〈異文的文化闡釋〉，《西南交通大學學報》，第 5 卷第 6 期，2004 年 11 月。

（六）音樂性相關論文

1. 龔道運，〈《詩經》的音樂性及其美學意義〉，《浙江大學學報》

2. 張宗福，〈論《詩經》的音樂性〉，《阿壩師範高等專科學校學報》，第 1 期，1999 年 5 月。

3. 黃敏學，〈《詩經》音樂的探索〉，《宿州師專學報》，第 17 卷第 3 期，2002 年 9 月。

4. 徐學萍、补哲浩，〈優選論與漢語重疊詞的聲調變化〉，《燕山大學學報》，第 4 卷第 2 期，2003 年 5 月。

5. 杜興梅，〈論《詩經》的音樂文化特質〉，《音樂探索》，2004 年 4 月。

6. 馬琳，〈漢語聲韻美探論〉，《重慶工學學報》，第 18 卷第 5 期，2004 年 10 月。

（七）文字、音韻、訓詁相關論文

1. 呂珍玉〈高本漢《詩經注釋》「堅持採用常見意義」、「堅持先秦文籍例證」兩項訓詁原則檢討〉，東海大學學報第三十七卷，民國 85 年 7 月出版。

2. 呂珍玉〈《詩經》「居」字用法歧義考辨〉，東海大學學報第三十九卷，民國 87 年 7 月。

3. 呂珍玉〈《詩經》疊章相對詞句訓詁問題探討〉，東海中文學報第十二期，民國 87 年 12 月。

4. 呂珍玉，〈讀屈萬里先生《詩經詮釋・雅頌》疑義〉，《東海大學文學院學報》，第 44 卷，民國 91 年 7 月出版。

5. 方孝岳，〈關於先秦韻部的合韻問題〉，《中山大學學報》，第 4 期，1956 年。

6. 管錫華，〈論注釋與訓詁和古籍整理研究的關係〉，《安徽教育學院學報》，第 2 期，1994 年。

7. 張月明，〈訓詁學性質研究述評〉，《內蒙古電大學刊》，第 4 期，1994 年。

8. 劉世俊，〈論黃侃的訓詁學定義〉，《寧夏大學學報》，第 16 卷第 2 期，1994 年。

9. 余章成，〈談通假字與異字同義〉《曲靖師專學報》，第 14 卷第四期，1995 年 7 月 9 日。

10. 趙航，〈《詩經》經文中疊詞探源（一）〉，《南京師範專科學校學報》，第 16 卷第 2 期，2000 年 3 月。

11. 趙航，〈《詩經》經文中疊詞探源（二）〉，《南京曉莊學院學報》，第 16 卷第 3 期，2000 年 9 月。

12. 趙航，〈《詩經》經文中疊詞探源（三）〉，《南京曉莊學院學報》，第 17 卷第 1 期，2001 年 3 月。

【附錄】《毛詩》重言表

（備註：一、依重言首字筆劃數為序；二、出現篇章後之數字是該篇出現次數）

項次	筆劃	重言	出現篇章	總次數	論文出現頁碼
1	二	丁丁	周南兔罝；小雅伐木	2	
2	二	几几	豳風狼跋	1	頁 50
3	三	孑孑	鄘風干旄（3）	3	頁 50
4	三	子子	小雅楚茨	1	
5	三	丸丸	商頌殷武	1	頁 49
6	四	夭夭	周南桃夭（3）、邶風凱風	4	頁 49、50
7	四	仇仇	小雅正月	1	
8	四	反反	小雅賓之初筵；周頌執競	2	頁 46
9	四	卬卬	大雅卷阿	1	頁 45
10	四	斤斤	周頌執競	1	頁 47
11	五	旦旦	衛風氓	1	頁 47
12	五	忉忉	齊風甫田、陳風防有鵲巢、檜風羔裘	3	頁 46
13	五	令令	齊風盧令	1	
14	五	央央	小雅出車、六月、采芑；周頌載見	4	頁 50
15	五	平平	小雅魚藻采菽	1	頁 46
16	五	仡仡	大雅文王皇矣	1	
17	六	汎汎	邶風二子乘舟（2）；小雅菁菁者莪、采菽	4	頁 50
18	六	休休	唐風蟋蟀	1	頁 46
19	六	交交	秦風黃鳥（3）；小雅小宛、桑扈（2）	6	頁 48

項次	筆劃	重言	出現篇章	總次數	論文出現頁碼
20	六	汕汕	小雅南有嘉魚	1	
21	六	伎伎	小雅小弁	1	頁 49
22	六	好好	小雅巷伯	1	頁 46
23	六	弗弗	小雅蓼莪	1	頁 51
24	六	安安	大雅皇矣	1	頁 47
25	六	耳耳	魯頌閟宮	1	頁 48
26	七	灼灼	周南桃夭	1	頁 50
27	七	忡忡	召南草蟲；小雅出車、蓼蕭	3	頁 46
28	七	祁祁	召南采蘩、豳風七月；小雅出車、大田；大雅韓奕；商頌玄鳥	6	頁 47、49
29	七	佗佗	鄘風君子偕老	1	頁 46
30	七	芃芃	鄘風載馳、曹風下泉；小雅黍苗、大雅棫樸	4	頁 49
31	七	坎坎	魏風伐壇（3）；小雅伐木	4	
32	七	究究	唐風羔裘	1	
33	七	沃沃	檜風隰有萇楚（3）	3	
34	七	沖沖	豳風七月	1	
35	七	抑抑	小雅賓之初筵；大雅假樂、大雅抑	3	頁 46
36	七	言言	大雅皇矣、大雅公劉	2	
37	七	甫甫	大雅韓奕	1	頁 49
38	七	伾伾	魯頌駉	1	頁 52
39	七	芒芒	商頌玄鳥、長發	2	頁 51
40	八	采采	周南卷耳、周南芣苢（6）、秦風蒹葭、曹風蜉蝣	9	頁 45、49
41	八	泄泄	邶風雄雉、魏風十畝之閒；大雅板	3	頁 47、49
42	八	招招	邶風匏有苦葉	1	頁 47
43	八	委委	鄘風君子偕老	1	頁 46
44	八	青青	衛風淇澳、鄭風子衿（2）；小雅苕之華	4	頁 45、49
45	八	杲杲	衛風伯兮	1	
46	八	怛怛	齊風甫田	1	頁 46
47	八	糾糾	魏風葛屨；小雅大東	2	頁 50
48	八	居居	唐風羔裘	1	
49	八	呦呦	小雅鹿鳴（3）	3	
50	八	依依	小雅采薇	1	頁 49
51	八	泥泥	小雅蓼蕭；大雅行葦	2	頁 49、51
52	八	京京	小雅正月	1	頁 46
53	八	佌佌	小雅正月	1	頁 50
54	八	佻佻	小雅大東	1	頁 47
55	八	明明	小雅小明；大雅大明、江漢、常武；魯頌有駜、泮水	6	頁 47、51

項次	筆劃	重言	出現篇章	總次數	論文出現頁碼
56	八	芬芬	小雅信南山；大雅鳧鷖	2	頁 51
57	八	泱泱	小雅瞻彼洛矣（3）	3	頁 51
58	八	怲怲	小雅頍弁	1	頁 46
59	八	怭怭	小雅賓之初筵	1	頁 46
60	八	欣欣	大雅鳧鷖	1	頁 46
61	八	板板	大雅板	1	頁 51
62	八	炎炎	大雅雲漢	1	頁 51
63	八	枚枚	魯頌閟宮	1	頁 50
64	九	赳赳	周南兔罝（3）	3	頁 45
65	九	虺虺	邶風終風	1	
66	九	奔奔	鄘風鶉之奔奔（2）	2	頁 48
67	九	洋洋	衛風碩人、陳風衡門；大雅大明；魯頌閟宮	4	頁 47、51、
68	九	活活	衛風碩人	1	頁 51
69	九	爰爰	王風兔爰（3）	3	
70	九	施施	王風丘中有麻	1	頁 47
71	九	肺肺	陳風東門之楊	1	頁 49
72	九	皇皇	小雅皇皇者華；大雅假樂；魯頌泮水、閟宮	4	頁 45、46、47、50
73	九	奕奕	小雅車攻、巧言、頍弁；大雅韓奕（2）；魯頌閟宮	6	頁 46、48、50、51
74	九	俟俟	小雅吉日	1	
75	九	幽幽	小雅斯干	1	頁 51
76	九	矜矜	小雅無羊	1	頁 45
77	九	哀哀	小雅蓼莪（2）	2	頁 46
78	九	律律	小雅蓼莪	1	頁 51
79	九	契契	小雅大東	1	頁 46
80	九	畇畇	小雅信南山	1	頁 51
81	九	苾苾	小雅信南山	1	
82	九	英英	小雅白華	1	頁 51
83	九	叟叟	大雅生民	1	
84	九	洸洸	大雅江漢	1	頁 45
85	九	信信	周頌有客	1	
86	九	挃挃	周頌良耜	1	
87	九	俅俅	周頌絲衣	1	頁 45
88	九	咽咽	魯頌有駜（2）	2	
89	九	昭昭	魯頌泮水	1	
90	十	振振	周南螽斯、周南麟之趾（3）、召南殷其靁（3）、魯頌有駜（2）	9	頁 46、48
91	十	耿耿	邶風柏舟	1	頁 46

項次	筆劃	重言	出現篇章	總次數	論文出現頁碼
92	十	悄悄	邶風柏舟；小雅出車	2	頁 46
93	十	俁俁	邶風簡兮	1	頁 45
94	十	殷殷	邶風北門	1	頁 46
95	十	敖敖	衛風碩人	1	頁 45
96	十	蚩蚩	衛風氓	1	頁 46
97	十	晏晏	衛風氓	1	頁 45
98	十	旁旁	鄭風清人	1	頁 48
99	十	淒淒	鄭風風雨、秦風蒹葭；小雅四月	3	頁 49、51
100	十	秩秩	秦風小戎；小雅斯干、巧言、賓之初筵、大雅假樂	5	頁 45、46、51
101	十	牂牂	陳風東門之楊	1	頁 49
102	十	悁悁	陳風澤陂	1	頁 46
103	十	烈烈	小雅采薇、蓼莪、四月、黍苗；商頌長發（2）	6	頁 45、46、50、51、52
104	十	旆旆	小雅出車；大雅生民	2	頁 50
105	十	草草	小雅巷伯	1	頁 46
106	十	冥冥	小雅無將大車	1	頁 51
107	十	孫孫	小雅楚茨	1	
108	十	彧彧	小雅信南山	1	頁 50
109	十	浮浮	小雅角弓；大雅生民、江漢	3	頁 51
110	十	峨峨	大雅棫樸	1	頁 50
111	十	勉勉	大雅棫樸	1	頁 47
112	十	茀茀	大雅皇矣	1	頁 50
113	十	甡甡	大雅桑柔	1	頁 49
114	十	訏訏	大雅韓奕	1	頁 51
115	十	高高	周頌敬之	1	頁 51
116	十	畟畟	周頌良耜	1	頁 50
117	十	栗栗	周頌良耜	1	頁 50
118	十	桓桓	周頌桓、魯頌泮水	2	頁 45
119	十	祛祛	魯頌駉	1	頁 52
120	十	茷茷	魯頌泮水	1	頁 50
121	十	烝烝	魯頌泮水	1	
122	十一	萋萋	周南葛覃；小雅出車、杕杜、大田；大雅卷阿	5	頁 49、51
123	十一	莫莫	周南葛覃；小雅楚茨；大雅旱麓	3	頁 47、49
124	十一	惙惙	召南草蟲	1	頁 46
125	十一	脫脫	召南野有死麕	1	
126	十一	悠悠	邶風終風、邶風雄雉、泉水、鄘風載馳、王風黍離（3）、鄭風子衿（2）、唐風鴇羽（3）、秦風渭陽；小雅車攻、十月之交、巧言、黍苗	17	頁 46、48、50、51

項次	筆劃	重言	出現篇章	總次數	論文出現頁碼
127	十一	習習	邶風谷風；小雅谷風（3）	4	頁 51
128	十一	浼浼	邶風新臺	1	頁 51
129	十一	猗猗	衛風淇澳	1	頁 49
130	十一	陶陶	王風君子陽陽、鄭風清人	2	頁 46、48
131	十一	啍啍	王風大車	1	
132	十一	將將	鄭風有女同車、秦風終南；小雅庭燎、鼓鐘、大雅緜；周頌執競、魯頌閟宮	7	頁 50
133	十一	崔崔	齊風南山	1	頁 51
134	十一	桀桀	齊風甫田	1	頁 49
135	十一	唯唯	齊風敝笱	1	頁 49
136	十一	晢晢	陳風東門之楊	1	頁 51
137	十一	惕惕	陳風防有鵲巢	1	頁 46
138	十一	許許	小雅伐木	1	
139	十一	棲棲	小雅六月	1	頁 52
140	十一	淵淵	小雅采芑；商頌那	2	
141	十一	晣晣	小雅庭燎	1	頁 50
142	十一	皎皎	小雅白駒（4）	4	頁 48
143	十一	淠淠	小雅小弁、采菽	2	頁 49、50
144	十一	蛇蛇	小雅巧言	1	頁 47
145	十一	捷捷	小雅巷伯；大雅烝民	2	頁 46
146	十一	偕偕	小雅北山	1	頁 45
147	十一	連連	大雅皇矣	1	頁 47
148	十一	逢逢	大雅靈臺	1	
149	十一	唪唪	大雅生民	1	頁 50
150	十一	戚戚	大雅行葦	1	頁 45
151	十一	處處	大雅公劉	1	
152	十一	宿宿	周頌	1	
153	十二	喈喈	周南葛覃、鄭風風雨；小雅出車、鼓鐘；大雅卷阿、烝民	6	
154	十二	肅肅	周南兔罝（3）、召南小星（2）、唐風鴇羽（3）；小雅鴻雁、黍苗；大雅思齊、烝民；周頌雝	13	頁 46、47、50、51
155	十二	揖揖	周南螽斯	1	
156	十二	喓喓	召南草蟲；小雅出車	2	
157	十二	棣棣	邶風柏舟	1	頁 46
158	十二	湜湜	邶風谷風	1	
159	十二	揭揭	衛風碩人	1	頁 49
160	十二	湯湯	衛風氓、齊風載驅；小雅鼓鐘、沔水、大雅江漢	5	頁 51
161	十二	綏綏	衛風有狐（3）、齊風南山	4	頁 49
162	十二	陽陽	王風君子陽陽；周頌載見	2	頁 46、50

項次	筆劃	重言	出現篇章	總次數	論文出現頁碼
163	十二	渙渙	鄭風溱洧	1	頁 51
164	十二	彭彭	齊風載驅；小雅出車、北山、大雅大明、烝民、韓奕；魯頌駉	7	頁 47、48、50、52
165	十二	提提	魏風葛屨；小雅小弁	2	頁 46、48
166	十二	閑閑	魏風十畝之閒；大雅皇矣	2	頁 47、50
167	十二	皓皓	唐風揚之水；小雅雨無正	2	頁 50、51
168	十二	菁菁	唐風杕杜；小雅菁菁者莪（3）	4	頁 49、50
169	十二	湑湑	唐風杕杜	1	頁 49
170	十二	惴惴	秦風黃鳥（3）；小雅小宛	4	頁 46
171	十二	欽欽	秦風晨風；小雅鼓鐘	2	頁 46
172	十二	渠渠	秦風權輿	1	頁 50
173	十二	慆慆	豳風東山（4）	4	頁 52
174	十二	湛湛	小雅湛露（3）	3	頁 51
175	十二	焞焞	小雅采芑	1	
176	十二	殖殖	小雅斯干	1	
177	十二	喤喤	小雅斯干；周頌執競、有瞽	3	
178	十二	惸惸	小雅正月	1	頁 46
179	十二	傍傍	小雅北山	1	頁 51
180	十二	湝湝	小雅鼓鐘	1	頁 51
181	十二	雰雰	小雅信南山	1	頁 51
182	十二	傞傞	小雅賓之初筵	1	頁 47
183	十二	黃黃	小雅都人士	1	頁 45
184	十二	陾陾	大雅緜	1	
185	十二	登登	大雅緜	1	
186	十二	馮馮	大雅緜	1	
187	十二	萋萋	大雅卷阿	1	頁 49
188	十二	番番	大雅崧高	1	頁 45
189	十二	皋皋	大雅常武	1	
190	十三	詵詵	周南螽斯	1	頁 49
191	十三	發發	衛風碩人；小雅蓼莪、四月	3	頁 51
192	十三	搖搖	王風黍離	1	頁 46
193	十三	滔滔	齊風載驅；小雅四月、大雅江漢	3	頁 51
194	十三	睘睘	唐風杕杜	1	頁 46
195	十三	煌煌	陳風東門之楊；大雅大明	2	頁 50、51
196	十三	楚楚	曹風蜉蝣；小雅楚茨	2	頁 45、49
197	十三	翛翛	豳風鴟鴞	1	頁 48
198	十三	蜎蜎	豳風東山	1	頁 49
199	十三	業業	小雅采薇；大雅雲漢、烝民、常武、召旻	5	頁 45、48

項次	筆劃	重言	出現篇章	總次數	論文出現頁碼
200	十三	痻痻	小雅杕杜	1	頁 48
201	十三	罩罩	小雅南有嘉魚	1	
202	十三	溱溱	小雅無羊	1	頁 47
203	十三	愈愈	小雅正月	1	頁 46
204	十三	訿訿	小雅小旻；大雅召旻	2	
205	十三	溫溫	小雅小宛、賓之初筵；大雅抑	3	頁 47
206	十三	粲粲	小雅大東	1	頁 45
207	十三	睠睠	小雅小明	1	頁 47
208	十三	與與	小雅楚茨	1	頁 50
209	十三	逸逸	小雅賓之初筵	1	頁 47
210	十三	僊僊	小雅賓之初筵	1	頁 47
211	十三	嗟嗟	周頌臣工（2）；商頌烈祖	3	
212	十四	蓁蓁	周南桃夭	1	頁 49
213	十四	僮僮	召南采蘩	1	頁 45
214	十四	漣漣	衛風氓	1	頁 45
215	十四	滺滺	衛風竹竿	1	頁 51
216	十四	摻摻	魏風葛屨	1	頁 45
217	十四	厭厭	秦風小戎；小雅湛露（2）；周頌載芟	4	頁 46、49
218	十四	蒼蒼	秦風蒹葭	1	頁 49
219	十四	慱慱	檜風素冠	1	頁 46
220	十四	赫赫	小雅出車（3）、節南山（2）、正月；大雅大明、雲漢、常武（2）；魯頌閟宮；商頌殷武	12	頁 45、46、51、52
221	十四	瑲瑲	小雅采芑	1	
222	十四	謷謷	小雅鴻雁	1	
223	十四	閣閣	小雅斯干	1	
224	十四	兢兢	小雅無羊、小旻、小宛；大雅雲漢、召旻	5	頁 45
225	十四	瑣瑣	小雅節南山	1	頁 47
226	十四	夢夢	小雅正月；大雅抑	2	頁 47
227	十四	慘慘	小雅正月、北山（2）；大雅抑	4	頁 46
228	十四	慇慇	小雅正月；大雅桑柔	2	頁 46
229	十四	嘒嘒	小雅小弁、采菽；商頌那	3	
230	十四	裳裳	小雅裳裳者華（3）	3	頁 50
231	十四	僛僛	小雅賓之初筵	1	頁 47
232	十四	蓬蓬	小雅采菽	1	頁 49
233	十四	綽綽	小雅角弓	1	頁 47
234	十四	漸漸	小雅漸漸之石（2）	2	頁 50
235	十四	熏熏	大雅鳧鷖	1	頁 46
236	十四	語語	大雅公劉	1	

項次	筆劃	重言	出現篇章	總次數	論文出現頁碼
237	十四	管管	大雅板	1	
238	十四	熇熇	大雅板	1	頁 46
239	十四	滌滌	大雅雲漢	1	頁 51
240	十四	實實	魯頌閟宮	1	頁 50
241	十五	養養	邶風二子乘舟	1	頁 46
242	十五	緜緜	王風葛藟（3）；大雅緜、常武；周頌載芟	6	頁 49、50、51
243	十五	麃麃	鄭風清人	1	頁 48
244	十五	膠膠	鄭風風雨	1	
245	十五	粼粼	唐風揚之水	1	頁 50
246	十五	嘵嘵	豳風鴟鴞	1	
247	十五	嘽嘽	小雅四牡、采芑（2）；大雅崧高、常武	4	頁 46、48、50、52
248	十五	翩翩	小雅四牡（2）、南有嘉魚、巷伯	4	頁 48
249	十五	幝幝	小雅杕杜	1	頁 50
250	十五	蓼蓼	小雅蓼莪（2）	2	頁 49
251	十五	蔌蔌	小雅正月	1	
252	十五	憯憯	小雅雨無正	1	頁 46
253	十五	潝潝	小雅小旻	1	
254	十五	踧踧	小雅小弁	1	頁 50
255	十五	緝緝	小雅巷伯	1	
256	十五	幡幡	小雅巷伯、賓之初筵、瓠葉	3	頁 46、49
257	十五	踖踖	小雅楚茨	1	頁 47
258	十五	諄諄	大雅抑	1	
259	十五	潰潰	大雅召旻	1	
260	十五	駉駉	魯頌駉（4）	4	頁 48
261	十五	增增	魯頌閟宮	1	
262	十六	燕燕	邶風燕燕（3）；小雅北山	4	頁 46
263	十六	曀曀	邶風終風	1	頁 51
264	十六	遲遲	邶風谷風、豳風七月；小雅采薇、出車；商頌長發	5	頁 47、52
265	十六	彊彊	鄘風鶉之奔奔（2）	2	頁 48
266	十六	濊濊	衛風碩人	1	
267	十六	踽踽	唐風杕杜	1	頁 46
268	十六	鄰鄰	秦風車鄰	1	
269	十六	駪駪	小雅皇皇者華	1	頁 47
270	十六	蕭蕭	小雅車攻	1	
271	十六	霏霏	小雅采薇	1	頁 51
272	十六	濃濃	小雅蓼蕭	1	頁 51

項次	筆劃	重言	出現篇章	總次數	論文出現頁碼
273	十六	噦噦	小雅庭燎、斯干；魯頌泮水	3	頁 51
274	十六	橐橐	小雅斯干	1	
275	十六	噲噲	小雅斯干	1	
276	十六	濈濈	小雅無羊	1	頁 49
277	十六	戰戰	小雅小旻、小宛	2	頁 45
278	十六	鞙鞙	小雅大東	1	頁 50
279	十六	邁邁	小雅白華	1	頁 46
280	十六	穆穆	大雅文王、假樂；周頌雝；魯頌泮水；商頌那	5	頁 46
281	十六	懆懆	小雅白華	1	頁 46
282	十六	膴膴	大雅緜	1	頁 51
283	十六	翯翯	大雅靈臺	1	頁 48
284	十六	憲憲	大雅板	1	
285	十六	謔謔	大雅板	1	頁 46
286	十六	蕩蕩	大雅蕩	1	頁 51
287	十六	嬛嬛	周頌閔予小子	1	頁 46
288	十六	澤澤	周頌載芟	1	頁 51
289	十七	關關	周南關雎	1	
290	十七	蟄蟄	周南螽斯	1	
291	十七	薨薨	周南螽斯；鄭風雞鳴、大雅緜	3	
292	十七	濟濟	齊風載驅；小雅楚茨；大雅文王、棫樸（2）、旱麓、公劉；周頌清廟、載芟；魯頌泮水	10	頁 45、46、48、49
293	十七	瀰瀰	齊風載驅	1	頁 48
294	十七	薄薄	齊風載驅	1	
295	十七	儦儦	齊風載驅；小雅吉日	2	頁 47
296	十七	駸駸	小雅四牡	1	頁 47
297	十七	翼翼	小雅采薇、采芑、楚茨、信南山；大雅文王、大明、緜、烝民、常武；商頌殷武	10	頁 46、48、50、52
298	十七	濕濕	小雅無羊	1	頁 49
299	十七	蹌蹌	小雅楚茨；大雅公劉	2	頁 46
300	十七	營營	小雅青蠅（3）	3	頁 49
301	十七	騂騂	小雅角弓	1	頁 50
302	十七	幪幪	大雅生民	1	頁 50
303	十七	濯濯	大雅靈臺、崧高；商頌殷武	3	頁 46、48
304	十七	嚝嚝	大雅韓奕	1	頁 49
305	十七	矯矯	魯頌泮水	1	頁 45
306	十七	優優	商頌長發	1	頁 51
307	十八	翹翹	周南漢廣（2）；豳風鴟鴞	3	頁 49、50
308	十八	繩繩	周南螽斯；大雅抑	2	頁 47

項次	筆劃	重言	出現篇章	總次數	論文出現頁碼
309	十八	雝雝	邶風匏有苦葉；小雅蓼蕭；大雅思齊、卷阿；周頌雝	5	頁 46
310	十八	瞿瞿	鄭風東方未明；唐風蟋蟀	2	頁 46
311	十八	騑騑	小雅四牡（2）、車舝	3	頁 48
312	十八	闐闐	小雅采芑	1	
313	十八	蹩蹩	小雅節南山	1	
314	十八	薿薿	小雅甫田	1	頁 50
315	十八	瀌瀌	小雅角弓	1	頁 51
316	十八	穟穟	大雅生民	1	頁 50
317	十八	顒顒	大雅卷阿	1	頁 45
318	十八	藐藐	大雅抑、崧高、瞻印	3	頁 51
319	十八	蟲蟲	大雅雲漢	1	頁 51
320	十八	簡簡	周頌執競；商頌那	2	頁 47
321	十九	孽孽	衛風碩人	1	頁 45
322	十九	檻檻	王風大車	1	
323	十九	離離	王風黍離（3）；小雅湛露	4	頁 49
324	十九	靡靡	王風黍離（3）	3	頁 47
325	十九	瀟瀟	鄭風風雨	1	頁 51
326	十九	蹶蹶	唐風蟋蟀	1	頁 47
327	十九	譙譙	豳風鴟鴞	1	頁 48
328	十九	蹲蹲	小雅伐木	1	頁 47
329	十九	騤騤	小雅采薇、六月；大雅桑柔、烝民	4	頁 48
330	十九	麌麌	小雅吉日	1	頁 49
331	十九	翽翽	大雅卷阿（2）	2	
332	十九	蹻蹻	大雅板、崧高；周頌酌；魯頌泮水（2）	5	頁 45、47、48
333	十九	鏘鏘	大雅烝民、韓奕	2	
334	十九	繹繹	魯頌駉	1	頁 52
335	二十	趯趯	召南草蟲；小雅出車	2	頁 49
336	二十	籊籊	衛風竹竿	1	頁 49
337	二十	瀼瀼	鄭風野有蔓草；小雅蓼蕭	2	頁 51
338	二十	嚶嚶	小雅伐木	1	
339	二十	龐龐	小雅車攻	1	頁 48
340	二十	爗爗	小雅十月之交	1	頁 51
341	二十	藹藹	大雅卷阿（2）	2	頁 46
342	二十一	瀰瀰	邶風新臺	1	頁 51
343	二十一	囂囂	小雅車攻、十月之交；大雅板	3	頁 47
344	二十一	躍躍	小雅巧言	1	
345	二十一	灌灌	大雅板	1	頁 47

項次	筆劃	重言	出現篇章	總次數	論文出現頁碼
346	二十一	亹亹	大雅文王、崧高	2	頁 47
347	二十一	鶬鶬	商頌烈祖	1	
348	二十二	驕驕	齊風甫田	1	頁 49
349	二十二	韡韡	小雅常棣	1	頁 50
350	二十二	穰穰	周頌執競；商頌烈祖	2	頁 47、51
351	二十三	鑣鑣	衛風碩人	1	頁 48
352	二十三	欒欒	檜風素冠	1	頁 45
353	二十三	巖巖	小雅節南山；魯頌閟宮	2	頁 51
354	二十三	顯顯	大雅假樂	1	頁 45
355	二十三	驛驛	周頌載芟	1	頁 49
356	二十八	鑿鑿	唐風揚之水	1	頁 50